THE OUTSIDER

아웃사이더 1

THE OUTSIDER

아웃사이더 1

스티븐 킹 장편소설 | 이은선 옮김

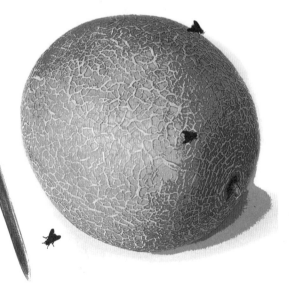

황금가지

STEPHEN KING

랜드 홀스턴과 주디 홀스턴에게 바친다.

사상이라는 것은 사상의 겉모습에 현혹될 만큼 나약한 인간들에게
질서의 허울을 부여해 줄 수 있을 뿐이다.

─콜린 윌슨,「맹인의 나라」*

---

* 영국 작가 콜린 윌슨의 대표작 『아웃사이더』의 첫 장(章) 제목.

목차

7월 14일

검거

1

그 위장 차량은 연식이 몇 년 된 별다른 특징 없는 미국 세단에 불과했지만, 블랙월 타이어와 안에 탄 세 남자를 보면 그 차의 정체를 알 수 있었다. 앞자리에 앉은 두 명은 파란 제복을 입었다. 뒷자리에 앉은 한 명은 양복을 입었지만, 덩치가 산만 했다. 인도에 흑인 남자아이 둘이 서 있었다. 한 명은 여기저기 긁힌 주황색 스케이트보드 위에 한 발을 얹고 다른 한 명은 라임색 스케이트보드를 겨드랑이춤에 끼고, 에스텔 바거 휴양 공원의 주차장으로 진입하는 그 차를 지켜보다가 서로를 바라보았다.

한 아이가 말했다.

"짭새다."

다른 아이가 말했다.

"두말하면 잔소리지."

그들은 더 이상 아무 말 없이 스케이트보드를 타고 출발했다. 기본 원칙은 간단했다. 짭새가 뜨면 토낀다. 그들의 부모님은 '흑인들의 생명도 소중하다.'고 가르쳤지만 짭새들이 보기에도 늘 그런 건 아니었다. 야구장에서는 1점 뒤진 상황에서 플린트 시티 골든 드래건스의 9회 말 공격이 시작되자 관중들이 환호성을 지르고 박자에 맞춰서 박수를 치기 시작했다.

두 아이는 뒤돌아보지 않았다.

2

조너선 리츠의 진술서

7월 10일, 9:30PM, 담당자: 랠프 앤더슨 형사

앤더슨 형사 : 혼란스러우신 거 압니다, 리츠 씨. 이해하고요. 하지만 오늘 저녁에 정확히 어떤 광경을 목격하셨는지 말씀해 주셨으면 합니다만.

리츠 : 그 광경을 절대 잊지 못할 겁니다. 절대. 약을 먹어야겠어요. 바륨을. 지금까지 한 번도 그런 걸 먹어 본 적 없지만 지금은 뭘 좀 먹어야겠어요. 아직도 심장이 목젖을 누르는 느낌이에요. 과학수사반이 사건 현장에서 토사물을 발견하거든, 분명히 발견할 텐데, 제 것이라고 얘기해 주세요. 민망하지

않습니다. 그런 광경을 목격한 사람이라면 누구든 저녁을 게울 수밖에 없을 테니까요.

앤더슨 형사 : 신문이 끝나면 병원에서 진정제를 처방받을 수 있을 겁니다. 제가 연결해 드릴게요. 하지만 지금은 맑은 정신 상태를 유지해 주셨으면 해서요. 이해하시죠?

리츠 : 네, 그럼요.

앤더슨 형사 : 어떤 광경을 목격하셨는지 하나도 남김없이 말씀해 주시면 오늘은 그걸로 끝이에요. 그래 주실 수 있겠습니까?

리츠 : 알겠습니다. 오늘 저녁 6시쯤에 데이브를 산책시키려고 데리고 나갔거든요. 데이브는 우리가 기르는 비글이에요. 5시에 저녁을 먹죠. 우리 부부는 5시 30분에 먹고요. 데이브는 6시가 되면 볼일을 치를 태세를 갖춰요. 큰 일과 작은 일 말입니다. 아내 샌디가 설거지를 하는 동안 제가 너석을 데리고 나가요. 집안일을 공평하게 분담하는 차원에서. 결혼 생활에서, 특히 아이들을 다 키운 이후에는 집안일을 공평하게 분담하는 게 아주 중요하죠. 우리가 생각하기에는 그래요. 제가 횡설수설하고 있죠?

앤더슨 형사 : 괜찮습니다, 리츠 씨. 편하게 말씀하세요.

리츠 : 아, 그냥 존이라고 불러 주세요. 리츠 씨라는 호칭은 질색입니다. 크래커가 된 것 같아서요. 학창시절에 친구들이 저를

그렇게 불렀거든요, 리츠 크래커.

앤더슨 형사 : 그러시군요. 그래서 개를 산책시키고 있었는데…….

리츠 : 맞아요. 그때 데이브가 강렬한 냄새를 맡았어요. 죽음의 냄새였겠죠. 그 바람에 제가 두 손으로 목줄을 당겨야 했어요. 덩치가 조그만 녀석인데도 말이죠. 냄새의 진원지로 달려가고 싶어 했어요. 그…….

앤더슨 형사 : 잠깐만요, 되짚어 보겠습니다. 6시에 멀버리 로 249번지 자택을 나서서…….

리츠 : 그 조금 전이었을 수도 있어요. 데이브와 함께 고급 식료품을 판매하는 길모퉁이의 제럴스 마트까지 언덕을 내려갔고, 바넘 가를 따라 걷다가 피기스(Figgis) 공원으로 들어갔어요. 애들이 프리그* 어스(Frig Us) 공원이라고 부르는 곳 말이에요. 애들은 자기들이 하는 말을 어른들은 못 알아듣거나 한 귀로 듣고 한 귀로 흘리는 줄 알지만 그건 아니죠. 적어도 일부는 그렇지 않다 이겁니다.

앤더슨 형사 : 평소에도 저녁 때 그 길로 다니시나요?

리츠 : 아, 싫증나지 않게 가끔 살짝 바꿀 때도 있지만 집으로 돌아가기 전에 마지막으로 들르는 곳은 거의 항상 공원이에요. 왜냐하면 거기 가면 데이브가 냄새를 맡을 것들이 많거든요.

---

* 영어로 성교하다는 뜻이다.

주차장이 있긴 하지만 저녁 그 무렵에는 거의 아무도 없어요. 가끔 고등학생들이 거기서 테니스를 칠 때도 있지만 그날 저녁에는 아무도 없었어요. 클레이 코트인데 그날 비가 왔거든요. 거기에 주차된 차량은 흰색 밴 한 대뿐이었어요.

앤더슨 형사 : 영업용 밴이었을까요?

리츠 : 맞아요. 창문 없이 뒤쪽에 슬라이딩 도어만 달렸어요. 작은 회사에서 화물용으로 쓰는 그런 밴이었죠. 이코노라인이었을 수도 있지만 확실하진 않아요.

앤더슨 형사 : 회사 이름이 적혀 있었나요? 예를 들면 '샘스 에어컨'이나 '밥스 커스텀 윈도'. 이런 게 보이던가요?

리츠 : 아뇨. 전혀 아무것도 없었어요. 하지만 지저분했다는 건 말씀드릴 수 있어요. 오랫동안 세차를 하지 않았더라고요. 그리고 비가 와서 타이어에 진흙이 묻어 있었고요. 데이브가 타이어 냄새를 맡았고, 그런 다음 둘이서 나무 사이로 난 자갈길을 걸었어요. 한 400미터쯤 갔을 때 데이브가 짖기 시작하면서 오른쪽 덤불 속으로 달려 들어갔어요. 그때 그 냄새를 맡은 거예요. 하마터면 목줄을 놓칠 뻔했지 뭐예요. 내가 목줄을 당겨도 녀석은 꿈쩍 않고 주저앉아서 앞발로 땅을 파헤치며 계속 짖었어요. 그래서 목줄을 짧게 잡고 녀석을 따라갔죠. 자동식이라 그런 때 아주 좋아요. 데이브는 이제 성견이라 다람쥐나 얼룩다람쥐에는 별로 관심이 없기 때문에 너

구리 냄새를 맡은 게 아닌가 했어요. 반려견들에게 누가 주인인지 교육을 시킬 필요가 있으니 녀석이 원하거나 말거나 이제 그만 끌고 가야겠다고 생각한 찰나, 핏방울을 맨 처음 발견했어요. 제 가슴 높이, 그러니까 지면으로부터 1.5미터쯤 되는 자작나무 잎사귀에 묻어 있더군요. 조금 옆의 또 다른 잎사귀에도 묻어 있었고, 거기서 조금 더 가면 나오는 덤불에는 아예 여기저기 튀었더라고요. 그때까지 빨갛고 축축한 핏자국이. 데이브는 그 덤불에 대고 코를 킁킁거렸지만 계속 걸어가고 싶어 했어요. 그리고 잊어버리기 전에 미리 말씀드리는데, 바로 그때 뒤에서 차에 시동을 거는 소리가 들렸어요. 못 들을 수가 없었던 것이, 머플러가 박살나기라도 한 것처럼 아주 요란했단 말이죠. 부릉부릉, 이렇게요. 무슨 말인지 아시겠어요?

앤더슨 형사 : 네, 알겠습니다.

리츠 : 그 흰색 밴이었다고 장담할 수는 없고, 돌아가서 확인해 보지 않았으니 그 차가 없어졌는지 어쨌는지 모르지만, 아마 그 밴이었을 거예요. 그렇다면 그게 무슨 뜻인지 아시겠어요?

앤더슨 형사 : 무슨 뜻이라고 생각하시는데요?

리츠 : 그자가 나를 지켜보고 있었을지 모른다는 뜻이죠. 살인범이. 나무 사이에 서서 나를 지켜보고 있었을지 모른다는 거예요. 생각만 해도 소름이 끼쳐요. 이제 와 생각해 보면. 그때는

18

핏자국에 정신이 팔려 있었어요. 그리고 데이브가 하도 목줄을 당기는 바람에 팔이 뽑힐 지경이었거든요. 나는 점점 겁이 났고, 그랬다고 시인한들 전혀 부끄럽지 않아요. 건강 관리는 꾸준히 하고 있지만 내 덩치가 크지도 않고 이제 60대잖아요. 20대에도 싸움에 별로 소질이 없었고요. 그래도 확인해야 했어요. 누가 다쳤을지 모르니까요.

앤더슨 형사 : 아주 존경스럽습니다. 핏자국을 맨 처음 목격하신 게 몇 시쯤이었을까요?

리츠 : 손목시계를 보지는 않았지만 6시 20분쯤 됐을 거예요. 계속 목줄을 바짝 쥐고 데이브가 앞장서는 대로 따라가서, 녀석이 그 짧은 다리로 그냥 통과한 덤불을 나는 헤치고 들어갔죠. 사람들이 비글을 두고 말하길 콧대는 높은데 몸은 바닥에 붙어 다닌다고 하잖아요. 녀석이 얼마나 미친 듯이 짖었는지 몰라요. 잠시 후에 공터가 나왔어요. 그러니까…… 뭐랄까, 연인들끼리 앉아서 주물럭거리기 좋은 한쪽 구석이었다고 할까요. 그 한가운데에 화강암 벤치가 있었는데, 그게 피투성이였어요. 피를 뒤집어쓰다시피 했죠. 아래쪽은 더 심했고요. 시신은 그 옆 풀밭에 누워 있었어요. 가엾은 그 남자아이가. 고개를 내 쪽으로 돌리고 눈을 뜨고 있었는데 목이 아예 사라졌더군요. 시뻘건 구멍 말고는 아무것도 없었어요. 청바지와 팬티가 발목까지 내려졌고 뭔가가 보였는데…… 죽은 나뭇가지 같은 게…… 그 아이의…… 그 아이의…… 아시죠?

앤더슨 형사 : 네, 압니다. 하지만 정식 기록으로 남길 수 있게 말씀해 주셨으면 하는데요.

리츠 : 아이는 엎드리고 있었고 나뭇가지가 아이의 엉덩이에 꽂혀 있었어요. 그것도 피투성이였죠. 나뭇가지 말이에요. 껍질이 일부분 벗겨졌고 거기에 손자국이 남아 있었어요. 내 두 눈으로 똑똑히 봤어요. 데이브는 더 이상 짖지 않고 딱하게도 하울링을 했죠. 도대체 어떤 인간이 그런 짓을 저지르는지 모르겠어요. 분명 정신병자일 거예요. 범인을 잡아 주시겠어요, 앤더슨 형사님?

앤더슨 형사 : 아, 네. 저희가 범인을 잡을 겁니다.

3

에스텔 바거 공원 주차장은 랠프 앤더슨 부부가 토요일 오후마다 장을 보는 크로거스 주차장과 거의 맞먹을 정도로 넓었지만 7월의 이날 저녁에는 빈자리가 하나도 없었다. 수많은 차량의 범퍼에 골든 드래건스 스티커가 붙어 있었고 뒷유리창에 비누로 열광적인 슬로건을 적은 차량도 몇 대 있었다. 승리는 우리의 것. 드래건이 곰을 불태워 주마. 수도에 우리가 왔다. 올해는 우리 차례. (아직 해가 지려면 제법 남았지만) 조명이 켜진 구장에서 환호성과 리드미컬한 박수 소리가 터져 나왔다.

경력 20년 차인 베테랑 트로이 래미지가 위장 차량의 운전석에 앉아 있었다. 그는 빽빽하게 주차된 차량의 행렬 사이로 한 줄씩 천천히 이동하며 말했다.

"여기 올 때마다 에스텔 바거가 도대체 누군지 궁금해진다니까."

랠프는 아무 대꾸도 하지 않았다. 근육이 팽팽하게 당겨졌다. 피부는 화끈거렸고 심장 박동은 최대 한계치에 다다른 듯했다. 지난 몇 년 동안 수없이 범인을 검거했지만 이번은 달랐다. 이번은 특별히 끔찍했다. 그리고 사적인 감정이 결부돼 있었다. 그게 최악이었다. 사적인 감정이 결부돼 있다는 것이. 랠프는 검거조로 출동하기에 부적절했고 그 자신도 그렇다는 걸 알았지만, 가장 최근에 이루어진 예산 삭감으로 인해 플린트 시티의 경찰 인력에 정규직 형사가 세 명밖에 남지 않았다. 잭 호스킨스는 휴가 중이라 어느 오지에서 낚시를 하고 있었고 사라져 줘서 다행이었다. 벳시 리긴스는 출산 휴가를 떠났어야 하지만 주 경찰이 맡은 오늘 저녁의 또 다른 임무를 도울 예정이었다.

그들이 너무 서두르는 것만은 아니길 바랄 따름이었다. 랠프는 바로 그날 오후에 검거 전 회의를 열었을 때도 플린트 카운티의 빌 새뮤얼스 지방검사에게 똑같은 우려를 표명했다. 새뮤얼스는 서른다섯 살밖에 되지 않았으니 그런 직책을 맡기에는 조금 젊은 편이었지만, 정당을 잘 선택했고 자신감이 넘쳤다. 다행히 독선적이지는 않았지만 누가 봐도 패기만만했다.

"아직 허술한 부분이 몇 군데 있어서 보충을 좀 했으면 좋겠는데요." 랠프가 말했다. "우리가 배후를 전부 파악하지 못했잖아요. 게

다가 알리바이가 있다고 할 거예요. 그냥 포기하지 않는 이상 그럴 거라고 보면 확실해요."

"그자가 알리바이를 주장하더라도 우리가 박살 내면 돼요. 그러면 된다는 걸 형사님도 아시잖아요."

랠프는 그러면 된다고 믿어 의심치 않았고 새뮤얼스가 그런 일에 적임자라는 걸 알았지만 그래도 방아쇠를 당기기 전에 좀 더 수사를 하고 싶었다. 그 개자식의 알리바이에서 구멍을 찾아서 트럭도 지나갈 수 있을 만큼 넓게 벌린 다음 체포하고 싶었다. 대부분의 경우에는 그것이 정석이었을 것이다. 하지만 이 사건은 그렇지가 않았다.

"주안점은 세 가지예요. 들어 보실래요?"

랠프는 고개를 끄덕였다. 좋으나 싫으나 그는 이 남자와 공조해야 했다.

"첫째, 이 마을의 주민들, 특히 어린아이를 둔 부모들이 공포와 분노를 느끼고 있어요. 그들은 다시 안심하고 지낼 수 있게 조속한 검거를 원하죠. 둘째, 증거에 의심의 여지가 없어요. 이렇게 반박이 불가능한 사건은 지금까지 본 적이 없어요. 이 부분은 형사님도 동의하시죠?"

"네."

"좋아요, 그럼 이제 셋째. 이게 중요한 건데요." 새뮤얼스는 몸을 앞으로 숙였다. "그 사람이 전에도 이런 짓을 저지른 적 있는지 그건 잘 모르겠어요. 전과가 있는 경우, 본격적으로 파헤쳐 보면 나오겠죠. 하지만 이제는 전적이 생긴 게 분명하잖아요. 시동이 걸렸죠.

초보 딱지를 뗐어요. 그리고 한번 그러기 시작하면⋯⋯."

"다시 그럴 수 있죠."

랠프가 대신 말문을 맺었다.

"맞아요. 피터슨의 그 사건이 벌어지고 얼마 안 된 시점에서 그럴 가능성이 아주 높지는 않지만 그래도 모르는 일이죠. 다른 건 몰라도 그자가 줄곧 애들을 상대하잖아요. 어린 남자애들을. 그중 한 명이라도 그자의 손에 죽는다면 우리는 직장에서 잘리는 건 둘째 치고 우리 자신을 절대 용서하지 못할 거예요."

랠프는 좀 더 일찍 예견하지 못했다는 점에서 이미 자기 자신을 용서하지 못하고 있었다. 리틀 리그 시즌이 끝나고 열린 뒷마당 바비큐 파티에서 어떤 남자의 눈빛을 보고 그가 차마 말로 표현할 수 없는 짓을 계획하고 있다는 것을, 쓰다듬고 물을 주며 점점 그 계획이 자라는 모습을 지켜보았다는 것을 간파할 수는 없었으니 얼토당토않은 반응이었지만, 얼토당토않다고 해서 그의 기분이 달라지는 건 아니었다.

이제 랠프는 앞자리에 앉은 두 경찰관 사이로 몸을 기울이며 이렇게 얘기했다.

"저쪽으로. 장애인 구역을 살펴봐."

그러자 조수석에서 톰 예이츠 경관이 말했다.

"그러면 벌금이 200달러인데요, 반장님."

"이번 같은 경우에는 예외가 적용되겠지."

"농담한 거였어요."

랠프는 농담 따먹기를 할 기분이 아니었기에 아무 대꾸도 하지 않았다.

"장애인 구역이 보인다." 래미지가 말했다. "빈자리가 두 군데 있네요."

그가 그중 한곳에 주차하자 세 사람은 차에서 내렸다. 랠프는 예이츠가 글록 권총을 넣어 둔 벨트를 푸는 걸 보고 고개를 저었다.

"미쳤어? 저 경기 관람객이 1500명은 될 텐데."

"녀석이 도망치면 어떻게 해요?"

"자네가 잡아야지."

랠프는 위장 차량의 보닛에 기대고 서서 플린트 시티 소속 경관 두 명이 경기장과 조명과 발 디딜 틈 없는 관중석을 향해 걸어가는 모습을 지켜보았다. 관중석에서는 박수와 환호성의 음량과 강도가 점점 커지고 있었다. 피터슨 살인범의 조속한 검거는 그와 새뮤얼스의 합작품이었다.(비록 새뮤얼스는 마지못해 거든 수준이었지만.) 경기장에서 검거하는 것은 전적으로 랠프가 내린 결정이었다.

래미지가 뒤를 돌아보았다.

"같이 안 가세요?"

"음. 자네가 체포하고 그의 권리를 또박또박, 우라지게 큰 소리로 읽어 준 다음 여기로 데리고 오도록 해. 갈 때는 톰, 자네가 그와 함께 뒷자리에 타도록. 나는 트로이와 함께 앞에 탈 테니까. 빌 새뮤얼스가 내 연락을 기다리고 있다가 지서로 올 거야. 그들은 최정예 팀이야. 하지만 검거는 100퍼센트 자네들의 몫이지."

"하지만 반장님 사건이잖아요." 예이츠가 말했다. "그런데 왜 반장님이 이 개새끼의 덜미를 잡지 않으세요?"

24

랠프는 계속 팔짱을 낀 채 말했다.

"나뭇가지로 프랭크 피터슨의 직장을 쑤시고 아이의 목을 딴 인간이 4년 동안 우리 아들을 가르쳤거든. 2년은 피위 리그에서, 2년은 리틀 리그에서. 우리 아들 몸에 손을 대고 방망이 쥐는 법을 가르쳤던 인간이라 내가 자제할 수 있을지 자신이 없어."

"아하, 과연."

트로이 래미지가 말했다. 그와 예이츠는 경기장을 향해 발걸음을 옮기기 시작했다.

"그리고 명심해, 자네 둘."

두 사람이 고개를 돌렸다.

"바로 그 자리에서 수갑을 채워. 그리고 앞으로 채우고."

"그건 통례에 어긋나는데요, 반장님." 래미지가 말했다.

"알아. 그리고 상관없어. 그가 수갑을 찬 채 끌려가는 걸 모든 사람이 봐 주었으면 하니까. 알겠나?"

그들이 출발하자 랠프는 허리춤에 찼던 휴대전화를 꺼냈다. 벳시 리긴스가 단축번호로 입력되어 있었다.

"대기 중인가?"

"네. 그의 집 앞에 주차했어요. 저하고 주 경찰관 네 명이서요."

"수색 영장은?"

"손에 꼭 쥐고 있어요."

"좋아." 그가 막 전화를 끊으려고 했을 때 생각난 게 또 하나 있었다. "베스, 예정일이 언제지?"

"어제요. 그러니까 이 개떡 같은 사건을 얼른 해치워야 해요."

그러고는 그녀 쪽에서 전화를 끊었다.

4

알린 스탠호프 부인의 진술서

7월 12일, 1:00PM, 담당자: 랠프 앤더슨 형사

스탠호프 　　: 형사님, 시간이 오래 걸릴까요?

앤더슨 형사 　: 전혀요. 7월 10일 화요일 오후에 뭘 목격하셨는지 얘기해 주시면 그걸로 끝입니다.

스탠호프 　　: 알았어요. 제럴스 파인 마트에서 나오던 길이었어요. 화요일에 항상 거기서 장을 보거든요. 제럴스 마트 물건들이 더 비싸긴 하지만 운전을 그만둔 이후로 크로거 마트에는 가지 않아요. 나는 남편이 죽은 다음 해에 면허증을 반납했어요, 내 반사 신경을 더는 믿을 수가 없어서. 사고를 두어 번 냈거든요. 그냥 펜더가 휘는 정도의 사고였지만 그걸로 충분했어요. 제럴스 마트는 내가 단독주택을 팔고 이사한 아파트에서 두 블록밖에 안 되고, 의사가 걸으면 좋다고 했거든요. 심장에 좋다고. 카트에 봉지 세 개를 담아서 나오던 길이었어요. 요즘은 물가가 너무 올라서 세 봉지밖에 살 수가 없어요. 특히 고기, 마지막으로 베이컨을 먹은 게 언제인지 모르겠네.

아무튼 그때 피터슨 집안의 아들을 봤어요.

앤더슨 형사 : 프랭크 피터슨이 확실한가요?

스탠호프 : 아, 그럼요, 프랭크였어요. 딱하기도 하지. 그런 일을 겪다니 너무 안됐지만 이제는 하늘나라로 떠났으니 고통이 끝났겠죠. 그나마 다행이에요. 피터슨 집안에는 아들이 둘이고 둘 다 머리색이 그 흉측한 당근색인데, 큰아이 올리버가 아무리 못해도 다섯 살은 더 많아요. 예전에 걔가 우리 집에 신문 배달을 했었죠. 프랭크는 핸들이 높고 안장이 좁은 자전거를 타고 다녔고……

앤더슨 형사 : 그런 걸 '바나나 안장'이라고 하죠.

스탠호프 : 그건 모르겠지만 밝은 노란빛이 도는 녹색이었고, 참 흉측한 색이죠. 안장에 스티커가 붙어 있었던 건 알아요. '플린트 시티 고등학교'라고 적힌 스티커요. 그런데 그 아이는 고등학교에 다닐 일이 없게 되었네요. 딱하기도 하지.

앤더슨 형사 : 스탠호프 부인, 잠깐 쉬었다가 하시겠어요?

스탠호프 : 아뇨, 마저 끝낼게요. 집에 가서 고양이 밥 줘야 하거든요. 늘 3시에 줬으니 배가 고플 거예요. 그리고 내가 어디 있는지 궁금할 테고. 저기, 휴지 한 장만 주실래요? 내가 지금 엉망일 게 뻔해서. 고마워요.

앤더슨 형사 : 프랭크 피터슨의 자전거 안장에 붙은 스티커를 볼 수 있었던

이유가……?

스탠호프 : 아, 그 아이가 자전거를 타고 있지 않았거든요. 그걸 끌고서
제럴스 마트 주차장을 가로지르고 있었어요. 체인이 끊겨서
바닥에 질질 끌렸어요.

앤더슨 형사 : 어떤 옷을 입고 있는지 보셨나요?

스탠호프 : 로큰롤 밴드가 그려진 티셔츠요. 밴드에 대해 아는 게 없어
서 어느 밴드였는지는 몰라요. 중요한 정보라면 미안해요. 그
리고 텍사스 레인저스 야구모자를 쓰고 있었어요. 뒤로 젖혀
쓰고 있어서 빨간 머리가 다 보였죠. 당근색 머리는 대개 아
주 일찍 대머리가 돼요. 그 아이는 이제 그런 걱정을 할 필요
가 없겠네요. 아, 너무 슬퍼요. 아무튼 주차장 저쪽 끝에 먼
지를 뒤집어쓴 흰색 밴이 주차되어 있었는데, 어떤 남자가
내려서 프랭크에게 다가갔어요. 그 남자는…….

앤더슨 형사 : 그 부분은 잠깐 건너뛰고 먼저 밴에 대해서 듣고 싶은데요.
창문이 없는 그런 종류였나요?

스탠호프 : 맞아요.

앤더슨 형사 : 그리고 차체에 아무것도 적혀 있지 않았고요? 회사 이름이나
뭐 그런 거요.

스탠호프 : 내가 본 바로는요.

앤더슨 형사 : 좋습니다. 그럼 이제 부인이 본 남자에 대해서 얘기해 보겠

28

습니다. 아는 사람이었나요, 스탠호프 부인?

스탠호프 : 아, 그럼요. 테리 메이틀랜드였어요. 웨스트사이드에서 T코
치를 모르는 사람이 있겠어요? 심지어 고등학교에서도 그렇
게 불리잖아요. 거기서 영어를 가르치고요. 남편이 퇴직 전
에 같은 학교에서 근무했어요. T코치라고 불리는 이유는 리틀
리그를, 리틀 리그 시즌이 끝나면 시티 리그 야구단을 가르치
고, 가을에는 미식축구를 좋아하는 꼬맹이들을 가르치기 때문
이죠. 그 리그에도 이름이 있는데 지금은 생각이 나지 않네요.

앤더슨 형사 : 화요일 오후에 목격하신 광경으로 다시 돌아가자면……

스탠호프 : 이제 더 얘기할 것도 별로 없어요. 프랭크가 T코치에게 말을
걸고 끊어진 체인을 가리켰어요. T코치는 고개를 끄덕이고 흰
색 밴의 뒤편을 열었는데, 그의 차일 리가 없는 게…….

앤더슨 형사 : 왜 그렇게 생각하십니까, 스탠호프 부인?

스탠호프 : 왜냐하면 번호판이 주황색이었거든요. 내 원거리 시력이 예
전 같지 않아서 어느 주 번호판이었는지는 모르겠지만, 오클
라호마는 파란색이랑 흰색이잖아요. 아무튼 밴 뒤편에서
공구함처럼 보이는 긴 초록색 물건 말고는 아무것도 못 봤어
요. 그거 공구함이었나요, 형사님?

앤더슨 형사 : 그런 다음에는요?

스탠호프 : T코치가 프랭크의 자전거를 뒤편에 싣고 문을 닫았어요. 프

랭크의 등을 쳤고요. 그런 다음 T코치는 운전석 쪽으로, 프랭크는 조수석 쪽으로 갔어요. 둘 다 차를 탔고 밴은 멀버리 로 쪽으로 멀어졌어요. 나는 T코치가 그 아이를 집까지 태워다 주려는 줄 알았어요. 당연히 그럴 수밖에요. 달리 뭐라고 생각할 수 있었겠어요? 테리 메이틀랜드는 웨스트사이드에서 거의 20년 동안 살았고 아내와 두 딸로 이루어진 아주 번듯한 가정이 있었고…… 휴지 한 장 더 주실래요? 고마워요. 이제 거의 끝났나요?

앤더슨 형사 : 네, 정말 도움이 많이 됐습니다. 기록으로 남기기 전에 한 가지 여쭤 볼 게 있는데, 그때가 3시 무렵이었다고 하셨죠?

스탠호프 : 3시 정각이었어요. 카트를 밀고 나왔을 때 시청에서 정각을 알리는 종소리가 들렸거든요. 얼른 집에 가서 고양이 밥을 주고 싶었죠.

앤더슨 형사 : 부인이 보신 그 빨간 머리 남자애는 프랭크 피터슨이었고요.

스탠호프 : 맞아요. 피터슨 가족은 모퉁이 바로 너머에 살아요. 올리가 예전에 우리 집에 신문 배달을 했고요. 오며 가며 항상 보던 애들이에요.

앤더슨 형사 : 그리고 그 남자, 흰색 밴 뒤편에 자전거를 싣고 프랭크 피터슨과 함께 차를 타고 사라진 남자는 테리 코치 아니면 T코치라고도 불리는 테런스 메이틀랜드였고요.

스탠호프   : 맞아요.

앤더슨 형사   : 확실하신 거죠.

스탠호프   : 그럼요.

앤더슨 형사   : 감사합니다, 스탠호프 부인.

스탠호프   : 테리가 그런 짓을 할 거라고 누가 상상이나 했겠어요? 공범
                 이 있다고 보세요?

앤더슨 형사   : 수사해 보면 알 수 있겠죠.

5

　모든 시티 리그 토너먼트가 이 카운티를 통틀어 가장 시설이 훌
륭하고 조명 덕에 야간 경기를 치를 수 있는 유일한 야구장인 에스
텔 바거 구장에서 열리기 때문에, 홈팀을 결정할 때는 동전을 던졌
다. 테리 메이틀랜드는 그 옛날 그의 시티 리그 코치에게 물려받은
미신에 따라 늘 그랬던 것처럼 뒷면을 선택했고, 결국 뒷면이 나왔
다. "어디에서 경기하느냐는 중요하지 않고 그냥 후공이면 된다."
그는 아이들에게 항상 그렇게 얘기했다.

　그리고 오늘 저녁에는 그 후공이 필요했다. 경기는 이제 9회 말
이고 베어스 팀이 1점차로 이 리그의 준결승전에서 이기고 있었다.

골든 드래건스는 아웃카운트가 하나밖에 남지 않았지만 만루였다. 포볼, 폭투, 실책 또는 내야안타 하나면 동점이었고 공을 쳐서 야수 사이로 보내면 승리할 수 있었다. 체구가 아담한 트레버 마이클스가 좌타자석에 들어서자 관중들은 박수를 치고 철제 관중석에서 발을 굴렀다. 가장 작은 타자용 헬멧을 썼는데도 시야를 가려서 계속 위로 올려야 했다. 트레버는 초조하게 방망이를 앞뒤로 씰룩거렸다.

테리는 대타를 내보낼까 고민했지만, 트레버는 키가 155센티미터밖에 안 되다 보니 포볼을 많이 얻어 낸다는 이점이 있었다. 그리고 홈런 타자는 아니지만 가끔 공을 제대로 맞힐 줄 알았다. 자주는 아니고 가끔. 테리가 트레버를 빼고 대타를 내보내면 가엾은 아이는 앞으로 중학교 1년 내내 굴욕감을 견뎌야 할 것이다. 반면에 안타를 쳐 내면 평생 뒷마당 바비큐 파티에서 맥주를 앞에 두고 그 순간을 회상할 수 있을 것이다. 테리는 알았다. 옛날 옛적, 아직 알루미늄 방망이를 쓰지 않았던 호랑이 담배 피우던 시절에 그도 똑같은 경험을 한 적이 있었다.

진정한 강속구 투수인 베어스 팀의 마무리 투수가 와인드업을 하고 플레이트의 한복판에서 오른쪽 아래로 공을 던졌다. 트레버는 당황한 얼굴로 가만히 지켜보았다. 주심이 원 스트라이크를 선언했다. 관중들은 앓는 소리를 냈다.

테리의 보조 코치인 개빈 프릭은 (테리가 그러지 말라고 몇 번이고 얘기했건만) 돌돌 만 야구 기록지를 한 손에 쥐고서는, 최소한 XXXL은 되는 배 위로 꼭 끼는 XXL 사이즈 골든 드래건스 티셔츠를 입은 채

선수 대기석에서 아이들 앞을 왔다 갔다 했다.

"트레버를 그냥 내보낸 게 판단 착오는 아니었으면 좋겠네요, 코치님." 땀방울이 개빈의 뺨을 타고 흘러내렸다. "하얗게 질린 것처럼 보이는데, 테니스 라켓을 쥐여 준들 저 아이의 빠른 공을 칠 수 있으려나 모르겠어요."

"두고 보자고. 예감이 좋거든."

사실은 그렇지가 않았다.

베어스의 투수가 와인드업을 하고 또다시 빠른 공을 뿌렸지만 이번에는 홈플레이트 앞의 땅바닥을 맞혔다. 관중들은 3루에 있던 드래건스의 동점 주자 베이버 파텔이 라인을 따라 몇 발짝 잽싸게 움직이는 걸 보고 자리에서 일어났다. 하지만 공이 튀어서 포수의 글러브 안으로 들어가자 앓는 소리를 내며 다시 앉았다. 베어스의 포수가 3루 쪽을 쳐다보는 순간, 테리는 마스크 사이로 그의 표정을 읽을 수 있었다. *어디 뛰어 봐.* 베이버는 뛰지 않았다.

다음 공은 멀찌감치 빠지는 공이었지만 트레버가 냅다 헛스윙을 했다.

"삼진으로 잡아, 프리츠!" 관중석 상단에서 우렁찬 고함이 들렸다. 아이가 그쪽으로 고개를 획 돌린 걸 보면 이 강속구 투수의 아버지인 게 거의 분명했다. "삼진으로 잡아아아아!"

트레버는 몸 쪽으로 바짝 붙어서 들어온 다음 공에 꿈쩍하지 않았다. 사실 방망이를 휘두르기에는 너무 바짝 붙어서 들어온 공이었지만, 주심이 볼을 선언하자 이번에는 베어스의 팬들이 앓는 소리를 냈다. 누군가가 심판에게 안경 도수를 높여야 하는 거 아니냐고 외쳤다. 또 다른 팬은 맹도견을 운운했다.

이제 투 스트라이크 투 볼이었고 테리는 드래건스의 시즌이 다음 공에 의해 판가름 날 듯한 강렬한 예감을 느꼈다. 팬더스 팀과 이 도시의 챔피언 자리를 놓고 싸워 경기가 텔레비전 중계도 되는 시 대항전에 진출할 것인가, 아니면 집으로 돌아가 늘 그렇듯 메이틀랜드의 집 뒷마당에서 열리는 바비큐 파티로 시즌 종료를 선포할 것인가.

테리는 여느 때처럼 홈플레이트 그물망 뒤편의 접이식 의자에 앉아 있는 마시와 딸들을 돌아보았다. 딸들은 예쁘장한 북엔드처럼 아내의 양옆에 앉아 있었다. 세 사람 모두 양쪽의 두 손가락을 십자가 모양으로 포개고 그를 향해 흔들었다. 테리는 그들에게 윙크와 미소를 날리며 양쪽 엄지손가락을 들어 보였지만 여전히 기분이 찜찜했다. 경기 때문만이 아니었다. 찜찜한 기분을 느낀 지는 좀 됐다. 어째 이상했다.

마주 보며 미소를 짓던 마시가 영문을 모르겠다는 듯이 미간을 찌푸렸다. 그녀는 왼쪽을 쳐다보며 엄지손가락으로 그쪽을 가리켰다. 테리가 고개를 돌려 보니 시 경찰관 두 명이 발을 맞추어 가며 3루 베이스라인을 따라 걸어와, 그쪽에서 코치를 보고 있는 배리 훌리헌을 지나쳤다.

"타임, 타임!"

주심이 우렁차게 외치며 이제 막 와인드업에 들어간 베어스 투수를 막았다. 타석에서 벗어나는 트레버 마이클스는 테리가 보기에 안도의 표정을 짓고 있는 듯했다. 관중들은 두 경찰관을 쳐다보며 잠잠해졌다. 한 경찰관은 등 뒤로 손을 뻗고 있었다. 다른 경찰관은 권총집에 넣은 권총 개머리판에 손을 얹은 상태였다.

"구장에서 나가요!" 주심이 소리를 질렀다. "구장에서 나가요!"

트로이 래미지와 톰 예이츠는 그 말을 무시했다. 그들은 기다란 벤치와 장비를 넣은 바구니 세 개, 지저분한 연습용 야구공을 담은 양동이 한 개로 이루어진 임시 시설에 불과한 드래건스 선수 대기석으로 들어가서, 곧장 테리가 서 있는 곳으로 향했다. 래미지가 허리 뒤춤에서 수갑을 꺼냈다. 관중들은 그를 쳐다보며 당혹과 흥분이 2대1의 비율로 섞인 속삭임을 내뱉었다. 오오오오오.

"이봐요!" 개빈이 외치며 달려왔다.(그러다 하마터면 리치 갤런트가 내동댕이쳐 놓은 1루수 글러브에 발이 걸려서 넘어질 뻔했다.) "우리 경기 마쳐야 한다고요!"

예이츠가 고개를 저으며 그를 밀쳤다. 관중석은 이제 고요했다. 잔뜩 긴장하고서 수비 자세를 취하고 있던 베어스 선수들은 글러브를 내리고 멀뚱멀뚱 구경했다. 포수가 투수에게로 터벅터벅 다가가더니 둘이 마운드와 홈플레이트의 중간에 같이 섰다.

테리는 수갑을 들고 있는 경관과 조금 아는 사이였다. 그들 형제가 가을에 가끔 유소년 미식축구 경기를 보러 온 적이 있었다.

"트로이? 왜 이래요? 무슨 일이에요?"

래미지가 보기에 이 남자는 진짜로 영문을 몰라 하는 표정을 짓고 있었지만, 그는 1990년대부터 경찰로 근무했기에 진짜 악질들이 '누구, 나요?' 하는 표정을 얼마나 완벽하게 짓는지 알았다. 그리고 이 남자는 누구 못지않게 악질이었다. 그는 앤더슨의 지침을 기억하고 있었기에(그리고 지침을 따를 용의가 살짝 있었기에), 다음 날 신문에 보도된 바에 따르면 1588명이었다는 전체 관중이 들을 수 있도록 언성을 높였다.

"테런스 메이틀랜드, 당신을 프랭크 피터슨 살인범으로 체포한다."

또다시 오오오오오 하는 소리가 관중석에서 들렸는데, 이번에는 좀 전보다 커서 거세어진 바람 소리 같았다.

테리는 래미지를 보고 미간을 찌푸렸다. 단순한 영어로 이루어진 간단한 선언이었기에 뭐라는지 알아들었고, 그도 프랭크 피터슨이 누구이며 그 아이에게 무슨 일이 벌어졌는지 알았지만, 이 말이 무슨 뜻인지 도무지 알 수가 없었다. 그가 할 수 있는 말이라고는 "뭐라고요? 지금 장난해요?"밖에 없었는데, 바로 그때 《플린트 시티 콜》의 스포츠 담당 사진기자가 그의 사진을 찍었고, 이 사진이 다음 날 1면에 실렸다. 골든 드래건스 야구모자 주변으로 머리가 삐친 가운데 입을 벌리고 눈을 휘둥그레 뜬 사진이었다.

"방금 뭐라고요?"

"손을 내밀어 주시기 바랍니다."

테리는 철조망 뒤편의 의자에 앉아 있는 마시와 딸들을 돌아보았다. 그들은 똑같이 놀라서 얼어붙은 표정으로 그를 쳐다보고 있었다. 경악은 나중에 찾아올 것이었다. 3루 베이스를 벗어난 베이버 파텔이 타자용 헬멧을 벗고 땀으로 떡이 진 까만 머리를 드러내며 선수 대기석 쪽으로 걸어오는데, 이제 보니 울고 있었다.

"다시 돌아가!" 개빈이 그에게 외쳤다. "경기 아직 안 끝났어."

하지만 베이버는 파울 구역에 서서 테리를 쳐다보며 목 놓아 울었다. 테리는 그 아이를 멍하니 바라보며 이 모든 게 꿈인 게 분명하다는(거의 분명하다는) 생각을 했지만, 톰 예이츠가 그를 잡고 팔을 앞으로 세게 당기는 바람에 휘청거렸다. 래미지가 그에게 수갑을 채웠다. 플라스틱이 아니라 큼지막하고 묵직한 진짜였고 늦은 오후 햇살을 받고 반짝였다. 좀 전처럼 우렁찬 목소리로 래미지가 선언했다.

"당신은 묵비권을 행사하고 답변을 거부할 권리가 있지만 발언을 할 경우 법정에서 불리한 증거로 쓰일 수 있습니다. 현재는 물론이고 향후에 신문을 받을 때 변호사를 선임할 권리가 있습니다. 아시겠습니까?"

"트로이?" 테리는 거의 들리지 않는 목소리로 말했다. 주먹으로 맞아서 숨을 못 쉬게 된 느낌이었다. "이게 도대체 무슨 일이에요?"

래미지는 들은 척도 하지 않았다.

"아시겠습니까?"

마시가 철조망 앞으로 다가와 구멍에 손가락을 끼우고 흔들었다. 그녀의 뒤에서 세라와 그레이스가 울고 있었다. 그레이스는 세라의 접이식 의자 옆에 무릎을 꿇고 있었다. 그레이스가 앉았던 의자는 뒤집혀서 흙바닥에 나뒹굴었다.

"지금 뭐하는 거예요?" 마시가 외쳤다. "지금 도대체 뭐하는 거예요? 여기서 이러는 이유가 뭐예요?"

"아시겠습니까?"

테리가 알겠는 거라고는 그의 손에 수갑이 채워졌고, 아내와 두 딸을 비롯해 거의 1600명에 육박하는 사람들 앞에서 낭독되는 그의 권리를 듣고 있다는 사실뿐이었다. 꿈이 아니었고, 단순한 검거도 아니었다. 그도 알 수 없는 이유에서 자행된 공개적인 망신 주기였다. 최대한 빨리 해치우고 오해를 바로잡는 게 최선이었다. 하지만 테리는 충격적이고 어리둥절한 상황이었음에도 그의 일상이 정상으로 되돌아가려면 한참이 걸리겠다는 걸 알아차렸다.

"알겠습니다." 테리는 그렇게 얘기하고 다시 말했다. "프릭 코치, 제자리로 돌아가."

주먹을 쥐고 시뻘게진 얼굴로 경찰들을 향해 다가오고 있었던 개빈이 팔을 내리고 뒤로 물러났다. 그는 철조망 너머로 마시를 쳐다보며 거대한 어깨를 들고 통통한 두 손을 벌렸다.

트로이 래미지는 뉴잉글랜드의 마을 광장에서 한주간의 중요한 소식을 알렸던 포고꾼이라도 되는 양, 좀 전처럼 우렁찬 목소리로 말을 이었다. 위장 경찰차에 기대고 서 있었던 랠프 앤더슨의 귀에까지 들렸다. 트로이는 잘하고 있었다. 이건 추태였고 랠프는 이 일로 문책을 당할 수도 있었지만, 그래도 프랭크 피터슨의 부모에게 문책을 당할 일은 없었다. 그들에게 그럴 일은 없었다.

"변호사를 선임할 여력이 되지 않는다면 원하는 경우 신문 전에 국선 변호사를 소개받을 수 있습니다. 아시겠습니까?"

"네. 그리고 아는 게 또 있는데요." 테리는 관중석을 향해 고개를 돌렸다. "제가 체포되는 이유를 전혀 모르겠어요! 경기가 끝날 때까지 개빈 프릭이 코치를 맡을 겁니다!" 그러고는 뒤늦게 생각났다는 듯이 덧붙였다. "베이버, 3루로 돌아가라. 파울선 바깥으로 달리는 거 잊지 말고."

박수 소리가 들렸지만 겉치레 수준이었다. 관중석에서 또 누군가가 고래고래 소리를 질렀다.

"*무슨 짓을 저질렀다고요?*"

그러자 관중들이 대답 삼아 두 단어를 중얼거렸고, 그 단어는 이내 웨스트사이드와 도시 전역으로 퍼졌다. 바로 프랭크 피터슨의 이름이었다.

예이츠가 테리의 팔을 잡고 매점과 그 너머의 주차장으로 떠밀기 시작했다.

"대중 연설은 나중에 하시죠, 메이틀랜드 씨. 지금은 구치소로 이동합니다. 그런데 그거 알아요? 이 주(州)에는 주사기가 있고 우리는 그걸 쓴다는 거. 하지만 당신은 교사죠? 그러니까 알고 있었을지 모르겠네."

그들이 임시로 만든 선수 대기석에서 스무 발짝도 가지 못했을 때, 마시 메이틀랜드가 따라와 톰 예이츠의 팔을 잡았다.

"도대체 이게 무슨 짓이에요?"

예이츠는 마시를 떨쳐 냈다. 그녀가 남편의 팔을 잡으려고 하자, 트로이 래미지는 조심스럽지만 단호하게 옆으로 밀쳤다. 마시는 그 자리에 잠깐 서 있다가 검거 경찰관들을 맞이하러 다가오는 랠프 앤더슨을 보았다. 그녀는 데릭 앤더슨이 테리가 이끄는 제럴스 파인 마트 라이온스 소속 선수로 활약했던 리틀 리그 시절부터 그와 알고 지낸 사이였다. 당연히 랠프는 모든 경기를 참관하지 못했지만 최대한 시간을 냈다. 그 당시에는 제복 경관이었다. 그가 형사로 승진하자 테리가 축하 이메일을 보낸 적도 있었다. 마시는 행운의 신발이라고 주장하며 테리의 경기가 있을 때마다 신고 다니는 낡은 테니스 운동화로 잔디밭을 잽싸게 지나 그에게로 달려갔다.

"랠프! 이게 무슨 일이에요? 지금 실수하시는 거예요!"

"이런 말 하기 뭐하지만 실수 아니에요."

랠프는 마시를 좋아했기 때문에 이런 말을 하기가 영 내키지 않았다. 그런가 하면 그는 테리도 좋아했다. 이 남자는 데릭에게 일말의 자신감을 심어 준 전력이 있었다. 덕분에 아이의 인생이 엄청나게 달라진 것은 아니지만, 열한 살짜리에게는 일말의 자신감이 얼마나 큰일인가. 하지만 고려해야 할 또 다른 측면이 있었다. 의식적인 수준에서는 아닐지 몰라도 마시가 남편의 정체를 알고 있었을 가능성이 있었다. 메이틀랜드 부부는 오랜 역사를 자랑하는 커플이었고 피터슨 살인과 같은 끔찍한 사건이 뜬금없이 발생할 리 없었다. 행동으로 옮기기 전에 준비 기간이 있기 마련이었다.

"집에 가요, 마시. 지금 당장. 딸들은 친구네 집에 보내는 게 좋을 수도 있어요. 경찰이 당신을 기다리고 있을 테니까."

그녀는 무슨 소리인지 이해하지 못하는 눈빛으로 랠프를 쳐다볼 따름이었다.

그들 뒤편에서 알루미늄 방망이가 공을 제대로 맞히는 소리가 들렸지만 환호성은 거의 들리지 않았다. 사람들은 아직 충격에서 헤어 나오지 못했다. 눈앞에서 펼쳐지는 경기보다 방금 전에 목격한 광경에 더 관심이 쏠려 있었기 때문이었다. 어떻게 보면 안타까운 일이었다. 트레버 마이클스가 그 어느 때보다 세게, T코치가 느린 연습 공을 던졌을 때보다 더 세게 공을 때렸던 것이다. 안타깝게도 공은 베이스의 유격수에게 직선타로 날아갔고 그는 점프할 필요도 없이 공을 잡았다.

경기가 끝났다.

6

준 모리스의 진술서

7월 12일 5:45PM, 담당자: 랠프 앤더슨 형사, 프랜신 모리스 부인 배석

앤더슨 형사   : 따님을 경찰서까지 데리고 와주셔서 감사합니다, 모리스 부인. 준, 그 탄산음료 어때?

준 모리스   : 맛있어요. 저한테 무슨 문제 생겼어요?

앤더슨 형사   : 전혀 아니야. 이틀 전날 저녁에 네가 본 장면에 대해서 몇 가지 묻고 싶어서 그러는 거야.

준 모리스   : 제가 테리 코치님 본 날 말인가요?

앤더슨 형사   : 맞아, 테리 코치님 본 날.

프랜신 모리스 : 우리는 준이 아홉 살이 됐을 때부터 혼자 걸어가서 친구 헬렌을 만나게 했어요. 해가 지기 전까지는요. '헬리콥터 부모'가 되고 싶지 않았거든요. 앞으로는 절대 그럴 일 없을 거

예요, 믿으셔도 돼요.

앤더슨 형사 : 코치님을 본 게 저녁을 먹은 다음이었지, 준? 맞지?

준 모리스 : 네. 우리는 미트로프 먹었어요. 어제 저녁은 생선이었고요. 저는 생선 싫어하지만 산다는 게 그런 거잖아요.

프랜신 모리스 : 이 아이가 길을 건너거나 그럴 필요는 없어요. 우리는 괜찮을 줄 알았어요, 워낙 번듯한 동네에 살고 있으니까. 적어도 제가 생각하기에는 그랬어요.

앤더슨 형사 : 아이들에게 언제부터 책임감을 부여하면 좋을지 판단하기가 쉽지 않죠. 자, 준…… 그 길을 걷다가 피기스 공원 주차장을 곧장 지나치게 됐을 텐데, 맞지?

준 모리스 : 네. 나하고 헬렌은…….

프랜신 모리스 : 헬렌하고 저는…….

준 모리스 : 헬렌하고 저는 남아메리카 지도를 완성할 생각이었어요. 우리 데이 캠프 숙제였거든요. 나라마다 다른 색깔을 써서 거의 다 완성했는데 파라과이를 깜빡하는 바람에 처음부터 다시 시작해야 했어요. 역시 산다는 게 그런 거잖아요. 그런 다음 헬렌의 아이패드로 앵그리 버드랑 코기 홉 게임을 하면서 아빠가 데리러 올 때까지 기다릴 생각이었어요. 그때쯤이면 어두워지기 시작할 수 있었으니까요.

앤더슨 형사 : 이때가 몇 시쯤이었을까요, 어머님?

프랜신 모리스 : 주니가 집을 나섰을 때 지역 뉴스가 방송되고 있었어요. 남편이 그걸 보는 동안 저는 설거지를 했죠. 그러니까 6시에서 6시 30분 사이였어요. 아마 6시 15분이었을 거예요, 일기예보가 나왔던 것 같으니까.

앤더슨 형사 : 주차장을 지나가는데 뭐가 보였는지 얘기해 주겠니, 준?

준 모리스 : 테리 코치님이라고 말씀드렸잖아요. 코치님은 우리 동네에 살고, 예전에 우리 개가 길을 잃어버렸을 때 그분이 데려다 준 적이 있어요. 저는 가끔 그레이스 메이틀랜드랑 놀기도 하지만 자주는 아니에요. 그레이스는 나보다 한 살 많고 남자를 좋아하거든요. 코치님이 피투성이였어요. 코 때문에.

앤더슨 형사 : 아하. 네가 봤을 때 그분이 뭘 하고 있었니?

준 모리스 : 숲속에서 나오는 길이었어요. 제가 쳐다보는 걸 보고는 손을 흔들었어요. 저도 마주 손을 흔들고 말했어요. "안녕하세요, 테리 코치님. 왜 그러세요?" 그러니까 코치님은 나뭇가지에 얼굴을 맞았다고 하더라고요. "무서울 것 없어, 그냥 코피가 난 거니까. 나는 코피가 자주 나." 그 말을 듣고 제가 그랬어요. "무섭지는 않은데 그 셔츠는 앞으로 못 입겠네요. 우리 엄마가 핏물은 지워지지 않는다고 하셨거든요." 코치님은 웃으면서 말했어요. "셔츠가 많아서 다행이로구나." 하지만 코치님의 바지에도 묻었더라고요. 손에도.

프랜신 모리스 : 이 아이가 그 정도로 가까이 있었구나. 그 생각을 멈출 수가

없어요.

준 모리스 : 왜요, 코치님이 코피가 나서요? 롤프 제이컵스도 작년에 운
동장에서 넘어져서 코피가 났지만 저는 무섭지 않았어요.
제 손수건을 주려고 했는데 그래서 선생님이 먼저 양호실로
데려갔어요.

앤더슨 형사 : 어느 정도로 가까이 있었는데?

준 모리스 : 잉, 모르겠는데. 코치님은 주차장에 있고 저는 인도에 있었거
든요. 그게 어느 정도 거리예요?

앤더슨 형사 : 나도 잘 모르겠지만 알아볼게. 그 탄산음료 맛 괜찮니?

준 모리스 : 아까 물어보셨잖아요.

앤더슨 형사 : 아, 맞다. 그랬지.

준 모리스 : 나이가 들면 깜빡깜빡한다고, 할아버지가 그러셨어요.

프랜신 모리스 : 준, 그런 말하면 못써.

앤더슨 형사 : 괜찮습니다. 할아버님이 현명한 분인 것 같구나, 준. 그러고
나서 어떻게 됐니?

준 모리스 : 아무 일도 없었어요. 테리 코치님은 밴을 타고 갔어요.

앤더슨 형사 : 밴이 무슨 색이었어?

준 모리스 : 음, 깨끗했다면 흰색이었을 텐데 엄청 더러웠어요. 그리고

소리도 요란하고 파란 연기를 막 뿜었어요. 피유 하면서.

앤더슨 형사 : 옆면에 뭐라고 쓰여 있었니? 회사 이름 같은 거?

준 모리스 : 아뇨. 그냥 흰색 밴이었어요.

앤더슨 형사 : 번호판은 봤고?

준 모리스 : 아뇨.

앤더슨 형사 : 밴이 어디 쪽으로 갔어?

준 모리스 : 바넘 가로요.

앤더슨 형사 : 그리고 네가 코피를 흘렸다고 얘기한 그 남자가 테리 메이틀랜드였던 게 확실하고?

준 모리스 : 그럼요. 테리 코치님, T코치님. 왔다 갔다 하면서 계속 만나는 분인걸요. 코치님 괜찮으세요? 무슨 나쁜 짓을 저질렀어요? 엄마는 신문이나 뉴스를 보지 못하게 하지만 공원에서 뭔가 안 좋은 일이 벌어진 게 분명하거든요. 학기 중이었다면 다들 떠들어 대서 알았을 텐데. 테리 코치님이 악당이랑 싸웠어요? 그래서 코피를……

프랜신 모리스 : 거의 끝났나요, 형사님? 정보가 필요하시다는 건 알지만 오늘 밤에 이 아이를 재워야 하는 사람은 저라는 걸 기억해 주세요.

준 모리스 : 저 혼자 자잖아요!

앤더슨 형사   : 네, 거의 끝났습니다. 그런데 준, 마지막으로 너랑 게임을 하
             나 하고 싶은데. 게임 좋아하니?

준 모리스   : 아마도요, 재미있는 게임이라면요.

앤더슨 형사   : 여섯 사람의 사진을 테이블 위에 펼쳐 놓을 거거든…… 이렇
             게…… 다들 테리 코치랑 조금 닮았어. 이 중에서…….

준 모리스   : 저분요. 4번. 4번이 테리 코치님이에요.

7

트로이 래미지가 위장 경찰차의 뒷문을 열었다. 테리가 어깨 너
머로 돌아보니 마시가 고녀 어린 당혹감이 어떤 건지 완벽하게 보
여 주는 표정으로 그들 뒤편의 주차장 끝에 서 있었다. 그녀 뒤에서
등장한 《플린트 시티 콜》 사진기자가 잔디밭을 달리며 계속 셔터
를 눌렀다. 그래 봐야 쓸 만한 사진은 못 건질 거다. 테리는 그런 생
각을 하며 일말의 만족감을 느꼈다. 그는 마시에게 외쳤다.

"하위 골드한테 연락해! 내가 체포됐다고 전해! 전화해서……."

그러자 예이츠가 테리의 정수리에 손을 얹고 눌러서 안으로 밀
었다.

"들어가세요, 들어가. 내가 안전벨트 매 줄 테니까 그동안 손을
무릎 위에 얹어 놓고 있어요."

46

테리는 안으로 들어갔다. 손을 무릎 위에 얹었다. 앞 유리창 너머로 야구장의 큼지막한 전광판이 보였다. 2년 전에 그의 아내가 기금 마련 캠페인을 주도해 설립한 전광판이었다. 이제 그녀가 그 앞에 서서 그가 절대 잊지 못할 표정을 짓고 있었다. 화염에 휩싸인 자신의 마을을 바라보는 제3세계 여자 같은 표정을 짓고 있었다.

잠시 후 래미지가 운전석에, 랠프 앤더슨이 조수석에 앉았고, 위장 경찰차는 랠프가 문을 닫기도 전에 끼이익 소리를 내며 후진으로 장애인 구역을 빠져나왔다. 래미지는 손바닥의 두툼한 부분으로 핸들을 돌려서 우회전을 하고 틴슬리 로로 향했다. 그들은 사이렌을 울리지 않고 달렸지만 계기판에 달린 파란 경광등이 흔들리고 번쩍이기 시작했다. 테리는 차 안에서 멕시코 음식 냄새가 난다는 걸 알아차렸다. 일상이, 삶이 있는 줄도 몰랐던 나락으로 느닷없이 떨어지는 추락하는 순간에 이런 것들이 의식에 들어오다니 얼마나 희한한 일인가. 그는 앞으로 몸을 기울였다.

"랠프, 내 말 좀 들어 봐요."

랠프는 앞을 똑바로 바라보고 있었다. 두 손은 단단히 깍지를 꼈다.

"하고 싶은 얘기 있으면 서에 가서 실컷 해요."

"젠장, 얘기하게 내버려 두세요. 시간도 아낄 겸."

"입 다물어, 트로이."

랠프는 그렇게 얘기하고, 앞으로 펼쳐지는 도로만 계속 바라보았다. 그의 뒷덜미에서 숫자 11처럼 불룩 튀어나온 힘줄 두 개가 테리의 눈에 들어왔다.

"랠프, 뭣 때문에 나를 의심하는지, 어째서 마을 사람들 절반이 모인 자리에서 나를 체포했는지 모르겠지만 완전히 헛다리 짚은 거예요."

"다들 그렇게 얘기해요." 톰 예이츠가 그의 옆에서 그냥 시간 때우기 식으로 말했다. "그 손 무릎 위에서 옮기지 마요, 메이틀랜드 씨. 코도 긁지 마요."

테리는 머릿속이 많이는 아니더라도 조금씩 맑아지고 있었기에 예이츠 경관(이름표가 제복 셔츠에 달려 있었다.)이 시키는 대로 했다. 예이츠는 수갑을 찼는지 여부에 상관없이 수감자를 한 대 칠 핑계만 호시탐탐 노리는 성격인 듯했다.

누군가가 이 차 안에서 엔칠라다를 먹었다고 테리는 장담할 수 있었다. 세뇨르 조에서 산 것일 수도 있었다. 항상 식사 시간마다 깔깔대며 웃고(아, 얼마나 잘 웃는지 몰랐다.) 집으로 가는 길에 방귀를 뀌었다고 서로를 비난하는 그의 딸들이 좋아하는 음식점이었다.

"내 말 좀 들어 봐요, 랠프. 제발요."

그러자 랠프가 한숨을 쉬었다.

"알았어요, 듣고 있어요."

"우리 모두 듣고 있어요." 래미지가 말했다. "귀를 쫑긋 세우고요. 귀를 쫑긋 세우고."

"프랭크 피터슨은 화요일에 죽었잖아요. 화요일 오후에. 신문에서도, 뉴스에서도 그랬어요. 나는 화요일, 화요일 저녁 그리고 수요일 거의 내내 캡 시티에 있었어요. 수요일 밤 9시인가 9시 30분이 되어서야 돌아왔다고요. 개빈 프릭, 배리 홀리헌 그리고 베이버의 아버지인 루키시 파텔이 그 이틀 동안 애들 훈련을 맡았어요."

잠깐 동안 차 안에 정적이 흘렀고 꺼 놓은 라디오조차 이 정적을 흐트러뜨리지 못했다. 테리는 이 절호의 순간에 랠프가 이제 운전석에 앉은 덩치 큰 경찰에게 차를 세우라고 얘기할 거라고 굳게 믿었다. 당황해서 휘둥그레진 눈으로 테리를 돌아보며 '맙소사, 우리가 정말 바보 같은 실수를 했네요.'라고 얘기할 거라고 굳게 믿었다.

하지만 랠프가 고개를 돌리지도 않은 채 한 말은 이거였다.

"아. 그 유명한 알리바이가 등장하는군요."

"네? 그게 무슨 소린지……."

"당신은 머리가 잘 돌아가죠, 테리. 리틀 리그에서 데릭을 가르치는 코치로 당신을 처음 만난 순간부터 그렇다는 걸 알고 있었어요. 나는 당신이 자백해 주길 바라긴 했지만 사실 기대하지는 않았고, 바로 자백하지 않을 경우에는 알리바이를 제시할 거라고 확신했어요." 그가 마침내 고개를 돌렸지만 테리를 마주한 것은 전혀 낯선 사람의 얼굴이었다. "그리고 우리가 그걸 박살 낼 수 있을 거라고도 마찬가지로 확신했고요. 이번 건은 우리가 제대로 당신의 덜미를 잡았거든요. 그럼요."

"캡 시티에서는 뭘 하셨나요, 코치님?"

예이츠가 물었다. 테리에게 코도 긁지 말라고 했던 사람이 갑자기 관심을 보이며 친근하게 접근했다. 테리는 그가 거기에서 뭘 했는지 하마터면 얘기할 뻔했지만 하지 않기로 했다. 이성이 반사작용을 대체하기 시작했고, 그는 엔칠라다 냄새가 점점 희미해져 가는 이 차가 적지임을 깨달았다. 하위 골드가 경찰서에 도착할 때까지 입을 다물어야 할 시점이었다. 둘이서 이 사태를 해결할 수 있을 것이다. 오래 걸리지 않을 것이다.

그는 또 다른 사실을 깨달았다. 어쩌면 평생을 통틀어 이보다 심했던 적이 없을 만큼 화가 났다. 그는 메인 가로 접어들어 플린트 시티 경찰서로 향하는 동안 다짐을 했다. 가을이면, 어쩌면 그보다 더 빨리, 한때 그가 친구라고 생각했던 앞좌석의 남자는 다른 직장을 찾아야 할 것이다. 어쩌면 털사나 애머릴로의 은행에 경비로 취직해야 할지도 몰랐다.

8

칼턴 스카우크로프트 씨의 진술서

7월 12일 9:30PM, 담당자: 랠프 앤더슨 형사

스카우크로프트: 오래 걸릴까요, 형사님? 제가 평소에 일찍 자거든요. 철도 정비사로 일하는데, 7시까지 출근하지 못하면 찍혀요.

앤더슨 형사 : 최대한 빨리 끝낼게요, 스카우크로프트 씨. 하지만 워낙 심각한 사안이라서요.

스카우크로프트: 알아요. 그리고 저도 힘닿는 데까지 도울게요. 그냥, 제가 드릴 말씀도 별로 없고 집에 가고 싶어서요. 하지만 잠을 얼마나 푹 잘 수 있을지 모르겠네요. 열일곱 살 때 알코올 파티

에 갔던 이후로 이 경찰서는 처음이라서요. 그때는 찰리 보턴이 서장님이었는데. 아버지들이 와서 빼내 주셨지만 저는 여름 내내 외출 금지였죠.

앤더슨 형사 : 아무튼 출두해 주셔서 감사합니다. 7월 10일 저녁 7시에 어디에 있었나요?

스카우크로프트: 들어오면서 데스크 여직원한테도 얘기했던 것처럼 쇼티스 펍에 있었고 그 흰색 밴과 웨스트사이드에서 야구랑 미식축구를 가르치는 남자를 봤어요. 이름은 기억나지 않지만 올해 그 사람 팀이 시티 리그에서 좋은 성적을 내고 있기 때문에 신문에 사진이 실린 걸 봤어요. 신문에서는 결승전까지 갈 수 있을지 모른다던데. 이름이 모어랜드인가요? 온몸이 피투성이더라고요.

앤더슨 형사 : 어쩌다 그를 보게 되었죠?

스카우크로프트: 그게, 저는 집에서 기다리는 마누라도 없고 요리도 잘 못해서 퇴근길에 정해진 스케줄이 있거든요. 월요일이랑 수요일에는 플린트 시티 다이너 식당에 가요. 금요일에는 보낸자 스테이크하우스에 가고요. 그리고 화요일이랑 목요일에는 대개 쇼티스 펍에 가서 립이랑 맥주를 먹어요. 그 화요일에 펍에 도착한 시각이, 음, 6시 15분쯤이었을 거예요. 그 시각이면 아이가 죽고 한참 지난 뒤였죠?

앤더슨 형사 : 하지만 7시쯤에 뒷문으로 다시 나왔죠? 쇼티스 펍 뒷문으로

말이에요.

스카우크로프트: 네, 라일리 프랭클린하고 같이요. 그 친구하고 거기서 만나서 저녁을 같이 먹었어요. 뒷문 앞은 담배 피우는 곳이에요. 화장실 사이 통로를 지나서 뒷문으로 나가면 거기에 재떨이용 양동이랑 뭐랑 다 있어요. 그래서 같이 저녁을 먹었죠. 저는 립을, 그 친구는 마카로니 앤드 치즈를 먹었어요. 디저트를 주문한 다음, 음식이 나오기 전에 뒤로 나가서 담배를 한 대씩 피웠어요. 거기 서서 말 같지 않은 소리들을 지껄이고 있었는데 지저분한 흰색 밴이 오더라고요. 뉴욕 번호판을 달고 있었던 게 기억나요. 차종이 확실하진 않지만 소형 스바루 왜건 옆에 주차하고, 그 남자가 밴에서 내렸어요. 이름이 모 어랜드인지 뭔지 잘 모르겠는 남자가.

앤더슨 형사 : 어떤 옷을 입고 있던가요?

스카우크로프트: 음, 바지는 잘 모르겠어요. 라일리는 기억할지 모르겠고 치노팬츠일 수도 있지만 셔츠는 흰색이었어요. 앞에 피가 제법 많이 묻어 있어서 기억해요. 바지에는 많지 않고 몇 방울 튄 게 전부였고요. 얼굴에도 피가 묻어 있었어요. 코 아래, 입 주변, 턱에요. 어휴, 피를 뒤집어썼더라고요. 저는 맥주를 한 잔밖에 안 마셨지만 라일리는 제가 도착하기 전에 두세 잔 마셨나 보던데, 그 친구가 이렇게 물었죠. "상대방은 몰골이 어때요, T코치님?"

앤더슨 형사 : 그를 'T코치'라고 불렀단 말씀이죠?

스카우크로프트: 네, 그랬더니 그 코치가 웃으면서 말했어요. "상대방은 없어요. 콧속에서 뭐가 올드 페이스풀*처럼 터졌을 뿐이지. 이 근처에 응급 병원이 있을까요?"

앤더슨 형사 : 그걸 메드나우나 퀵케어처럼 당일 진료를 받을 수 있는 병원을 묻는 걸로 해석했단 말이죠?

스카우크로프트: 그런 뜻에서 물은 거 맞았어요. 왜냐하면 안쪽을 지져야겠는지 궁금하다고 그랬거든요. 아프겠죠? 예전에도 한 번 그런 적이 있었대요. 제가 버필드 쪽으로 1.5킬로미터쯤 가다가 두 번째 신호등에서 좌회전하면 간판이 보일 거라고 했어요. 코니 포드 옆에 달린 그 게시판 아시죠? 거기 보면 대기 시간이 얼마이고 기타 등등 모든 게 적혀 있잖아요. 그러자 그 사람이 술집 뒤편의 조그만 주차장에 차를 두고 가도 되느냐고 묻더라고요. 손님용이 아니라 직원용인데, 건물 뒤편의 푯말에 그렇게 적혀 있었어요. 그래서 제가 말했죠. "제 가게는 아니지만 너무 오래 두지 않으면 괜찮을 거예요." 그랬더니 글쎄, 저희 둘 다 요즘 같은 시대에 그러겠다니 희한하다는 생각이 들었는데, 누가 차를 움직여야 할 경우에 대비해서 컵홀더에 열쇠를 두고 가겠다고 하는 거예요. 라일리가 말했어요. "그러면 도난당하기 딱 좋은데요, T코치님." 하지만 금

---

* 옐로스톤 국립공원의 유명한 간헐천.

방 다녀올 거라고, 누가 차를 옮기고 싶어 할지 모른다고 다시 한 번 강조하더군요. 저는 어떻게 생각하는지 아세요? 누가, 어쩌면 심지어 저나 라일리가 그 차를 훔쳐가길 그 사람이 바랐다고 생각해요. 그럴 수도 있지 않을까요, 형사님?

앤더슨 형사 : 그러고 나서 또 무슨 일이 있었습니까?

스카우크로프트: 그 사람이 그 초록색 소형 스바루에 올라타서 떠났어요. 그것도 희한하다 싶더라고요.

앤더슨 형사 : 뭐가 희한하게 느껴졌다는 거죠?

스카우크로프트: 견인이라도 될까 봐 걱정하는 사람처럼 자기 밴을 거기 좀 두어도 되느냐고 물었는데, 자기 차는 아까부터 멀쩡하게 잘 있었던 거잖아요. 희한하지 않아요?

앤더슨 형사 : 스카우크로프트 씨, 각기 다른 남자 사진 여섯 장을 앞에 펼쳐 놓을 테니, 쇼티스 펍 뒤편에서 본 남자를 지목해 주셨으면 하는데요. 다들 비슷하게 생겼으니까 천천히 골라도 됩니다. 부탁드려도 될까요?

스카우크로프트: 그럼요. 그런데 천천히 고르고 자시고 할 것도 없어요. 저기 저 남자예요. 이름이 모어랜드인지 뭔지 모르겠지만. 이제 집에 가도 될까요?

9

그들은 위장 경찰차가 경찰서로 들어서 **공무 차량 전용**이라고 적힌 공간에 주차할 때까지 그 뒤로 아무 말도 하지 않았다. 이윽고 랠프는 고개를 돌려서 그의 아들을 가르쳤던 남자를 관찰했다. 테리 메이틀랜드는 쓰고 있는 드래건스 야구모자가 살짝 삐딱하게 기울어져서 걸렁한 분위기를 풍겼다. 드래건스 티셔츠는 한쪽 허리춤이 삐져나왔고 얼굴은 땀투성이였다. 그 순간만큼은 누가 봐도 죄인이었다. 랠프의 눈을 똑바로 쳐다보는 두 눈만 예외였다. 접시만 한 그 눈은 말없이 랠프를 비난하고 있었다.

랠프는 당장 묻고 싶은 질문이 있었다.

"왜 하필 그 아이였어요, 테리? 왜 프랭크 피터슨이었어요? 그 아이가 올해 라이온스 리틀 리그 팀원이었나요? 평소부터 눈여겨보고 있었나요? 아니면 우발적인 범행이었나요?"

테리는 다시금 부인하려고 입을 열었지만 그런들 무슨 소용일까 싶었다. 아직은 랠프가 그의 말을 듣지 않을 터였다. 그들 모두 그럴 것이었다. 기다리는 편이 나았다. 힘든 일이었지만 결국에는 그쪽이 시간을 절약하는 방편일 수 있었다.

"대답해 봐요." 랠프가 일상적인 대화를 나누듯 부드럽게 말했다. "좀 전에 얘기하고 싶어 했잖아요. 그러니까 지금 해 봐요. 얘기해 봐요. 나를 이해시켜 줘요. 이 차에서 내리기 전에, 바로 이 자리에서."

"변호사가 올 때까지 기다리겠어요."

"죄가 없으면 변호사도 필요 없잖습니까." 예이츠가 말했다. "능력이 되면 지금 이 상황을 잘 모면해 봐요. 그럼 우리가 집까지 태워다 줄 수도 있는데."

테리는 계속 랠프 앤더슨의 눈을 똑바로 쳐다보며 거의 들리지도 않을 만큼 나지막이 얘기했다.

"이건 부당 행위야. 화요일에 내가 어디 있었는지 확인하지도 않았지? 당신이 이럴 줄은 몰랐는데." 그는 고민하는 듯 말을 멈추었다가 다시 말했다. "이 나쁜 놈아."

랠프는 그 부분에 대해서 새뮤얼스와 의논하기는 했지만 짧게 끝냈다고 테리에게 밝힐 생각이 전혀 없었다. 여긴 작은 마을이었다. 메이틀랜드의 귀에 소문이 들어갈지도 모르는데, 여기저기 캐묻고 다니고 싶지 않았다.

"확인할 필요가 없었던 드문 경우였거든요." 랠프는 자기 쪽 문을 열었다. "내려요. 변호사 오기 전에 서류 작성하고 지문이랑 사진이랑……."

"테리! *테리!*"

랠프의 충고에도 불구하고 마시 메이틀랜드가 도요타를 몰고 야구장에서 경찰차를 쫓아왔다. 한 동네에 사는 제이미 매팅리가 세라와 그레이스를 자기 집에 데리고 가겠다고 했다. 두 아이 모두 울고 있었다. 제이미도 마찬가지였다.

"테리, 이 사람들 뭐하는 거야? 내가 뭘 어째야 해?"

테리는 몸을 비틀어 그의 팔을 잡은 예이츠에게서 잠깐 벗어났다.

"하위한테 연락해!"

테리는 그렇게 외칠 시간밖에 없었다. 래미지가 **경찰서 직원 전용**이라고 적힌 문을 열자, 예이츠가 테리의 등 한가운데에 손을 얹고 별로 조심스럽지 않게 그를 안으로 떠밀었다.

랠프는 문을 붙잡고 뒤에 잠깐 남았다.

"집으로 가요, 마시. 신문기자들이 들이닥치기 전에."

그는 하마터면 '일이 이렇게 돼서 유감이에요.'라고 덧붙일 뻔했지만 참았다. 유감스럽지 않기 때문이었다. 벳시 리긴스와 주 경찰이 그녀를 기다리고 있을 테지만 그래도 집으로 돌아가는 게 최선의 방편이었다. 어쩌면 유일한 방편이었다. 그리고 어쩌면 그는 그녀에게 빚을 졌을 수도 있었다. 아이들을 생각하면 분명 그랬다. 두 아이야말로 아무 죄가 없지 않은가. 하지만…….

이건 부당 행위야. 당신이 이럴 줄은 몰랐는데.

어린아이를 성폭행하고 살해한 남자의 비난에 죄책감을 느낄 이유는 없었지만 그래도 그는 잠깐 죄책감을 느꼈다. 그랬다가 범죄 현장을 찍은 사진들, 차라리 앞을 보지 못했으면 좋겠다는 생각이 들 만큼 처참했던 그 사진들을 떠올렸다. 소년의 직장에 꽂혀 있었던 나뭇가지를 떠올렸다. 반질반질한 나무에 찍힌 핏자국을 떠올렸다. 그 나무가 반질반질했던 이유는, 핏자국을 남긴 손이 그것을 껍데기가 벗겨질 정도로 열심히 문질렀기 때문이었다.

빌 새뮤얼스는 간단하게 두 가지 관점에서 상황을 정리했다. 랠프는 동의했고 새뮤얼스에게 다양한 영장을 부여한 카터 판사도 마찬가지였다. 첫째, 성공할 게 분명했다. 필요한 모든 게 갖추어져 있는데 기다릴 이유가 없었다. 둘째, 시간을 주면 테리가 도망칠 수 있었고 그랬다가는 제2의 프랭크 피터슨이 성폭행과 살해를 당하기 전에 그를 찾아내야 했다.

10

라일리 프랭클린 씨의 진술서

7월 13일, 7:45AM, 담당자: 랠프 앤더슨 형사

앤더슨 형사　: 프랭클린 씨, 각기 다른 남자 사진 여섯 장을 보여 드릴 테니 7월 10일에 쇼티스 펍 뒤편에서 본 남자를 지목해 주셨으면 합니다. 천천히 골라도 됩니다.

프랭클린　: 그럴 필요 없어요. 저기 저 사람이에요. 2번. 저 사람이 T코치예요. 믿기지가 않아요. 리틀 리그에서 우리 아들을 가르쳤는데.

앤더슨 형사　: 저희 아들도 가르쳤죠. 감사합니다, 프랭클린 씨.

프랭클린　: 주사기는 너무 너그러운 처벌이에요. 밧줄로 천천히 고통스럽게 교수형을 당해야 해요.

11

마시는 틴슬리 로의 버거킹 주차장에 들어가 핸드백에서 휴대전화를 꺼냈다. 손이 떨리는 바람에 전화기를 바닥에 떨어뜨렸다. 그녀는 전화기를 집으려고 허리를 숙였다가 운전대에 머리를 부딪히고 다시 울음을 터뜨렸다. 연락처 목록을 휙휙 넘긴 끝에 하위 골드의 번호를 찾았다. 메이틀랜드 부부에게는 변호사 연락처를 단축번호로 입력해 놓을 이유가 없었지만 지난 두 시즌 동안 하위가 테리와 함께 유소년 미식축구 코치를 맡았었다. 그는 두 번째 신호에 전화를 받았다.

"하위? 저 마시 메이틀랜드예요. 테리의 아내요."

누가 들으면 그들이 2016년부터 한 달에 한 번 정도 저녁을 같이 먹은 사이인 줄 몰랐을 것이다.

"마시? 지금 울어요? 왜 그래요?"

너무 엄청난 사태라 그녀는 처음에 아무 말도 하지 못했다.

"마시? 전화 끊은 거 아니죠? 사고 났어요?"

"안 끊었어요. 제가 아니라 테리 때문에요. 테리가 경찰에 체포됐어요. 랠프 앤더슨이 테리를 체포했어요. 그 아이 살인범으로. 경찰들 얘기로는 그래요. 그 피터슨이라는 아이를 죽인 죄라고."

"뭐라고요? 지금 장난하는 거 아니죠?"

"그이는 이 마을에 있지도 않았다고요!" 마시가 울부짖었다. 그녀는 자기 목소리가 짜증을 부리는 10대처럼 느껴진다는 생각이 들었지만 어쩔 수가 없었다. "그이를 체포해 갔고 집에 가면 경찰이 기다리고 있을 거래요!"

"세라하고 그레이스는 어디 있어요?"

"옆길에 사는 제이미 매팅리한테 맡겼어요. 당분간은 괜찮을 거예요."

하지만 아버지가 체포돼서 수갑을 찬 채로 끌려가는 걸 방금 전에 보았는데 무슨 수로 괜찮을 수 있을까?

마시는 이마를 문지르며 운전대에 부딪힌 흔적이 남았을까 상념에 빠졌다가 문득 왜 거기에 신경 쓰는지에 생각이 미쳤다. 이미 기자들이 기다리고 있을지 모르기 때문일까? 기다리고 있다면 흔적을 보고 테리한테 맞았나 보다고 생각할 수 있기 때문일까?

"하위, 저 좀 도와줄래요? 우리 좀 도와줄래요?"

"당연하죠. 테리를 경찰서로 데려갔어요?"

"네! 수갑을 채워서요!"

"알았어요. 지금 당장 갈게요. 집으로 가요, 마시. 경찰이 원하는 게 뭔지 알아봐요. 수색 영장을 들고 왔으면…… 아마 그래서 거기 있을 거예요. 다른 이유는 모르겠네요. 그걸 읽고 경찰이 뭘 찾으려고 하는지 파악해서 안으로 들이되, 아무 말도 하지 마요. 알겠어요? 아무 말도 하지 마요."

"저는…… 알았어요."

"피터슨이라는 아이는 지난 화요일에 살해된 걸로 아는데. 잠깐만요……." 뒤에서 중얼거리는 소리가 들렸다. 처음에는 하위였다가 곧바로 여자 목소리로 바뀌었는데, 아마도 하위의 아내 일레인일 것이었다. 잠시 후에 하위가 다시 돌아왔다. "맞네요, 화요일이었어요. 화요일에 테리가 어디 있었어요?"

"캡 시티요! 그이는……."

"지금은 그 부분에 대해서 신경 쓰지 마요. 경찰이 당신한테 거기에 대해 물어볼 수 있어요. 온갖 것들을 물어볼 수 있어요. 그러면 변호사한테 들은 대로 묵비권을 행사하겠다고 해요. 알았죠?"

"아……알았어요."

"회유나 협박이나 미끼에 넘어가지 마요. 경찰이 이 세 가지를 다 잘하거든요."

"알았어요. 알았어요. 넘어가지 않을게요."

"지금 어디 있어요?"

간판을 보았기 때문에 마시는 거기가 어딘지 알았지만 다시 한 번 확인해야 확실하게 알 수 있었다.

"버거킹에 있어요. 틴슬리 로에 있는 거. 당신한테 전화하려고 들어왔어요."

"운전할 수 있겠어요?"

하마터면 머리를 부딪혔다는 얘기를 할 뻔했지만 결국 하지 않았다.

"네."

"심호흡해요. 세 번. 그런 다음 집에 가요. 제한속도 지키고, 모퉁이 돌 때마다 깜빡이 켜면서. 테리한테 컴퓨터 있어요?"

"그럼요. 사무실에요. 거기다 아이패드도 있는데 그건 잘 쓰지 않아요. 그리고 우리 둘 다 노트북 있어요. 아이들도 각자 아이패드 미니가 있고. 그리고 당연히 휴대전화, 넷 다 휴대전화 있어요. 그레이스는 석 달 전에 생일선물로 받았어요."

"경찰이 압수품 목록을 줄 겁니다."

"경찰에서 정말 그래도 되는 거예요?" 그녀는 다시 울부짖지는
않았지만 거의 그러는 거나 다름없었다. "우리 물건을 막 가져가고
그래도 돼요? 러시아나 북한도 아니고!"

"영장에 가져가도 된다고 적힌 건 들고 갈 수 있지만 당신도 따
로 목록을 작성해요. 애들은 휴대전화를 들고 다니나요?"

"그걸 말이라고요. 손에 붙어 있는 거나 다름없어요."

"좋아요. 경찰 측에서 당신 전화기도 들고 가겠다고 할 수 있어
요. 그럼 거부해요."

"그래도 들고 가면요?"

그리고 그게 중요한 문제일까? 그럴까?

"안 그럴 거예요. 당신이 기소된 항목이 없으면 들고 가지 못해
요. 이제 가요. 나도 최대한 빨리 달려갈게요. 둘이서 같이 해결하
면 됩니다, 약속해요."

"고마워요, 하위." 그녀는 다시 울음을 터뜨렸다. "정말, 정말 고
마워요."

"별말씀을. 그리고 잊어버리면 안 돼요. 제한속도 지키고 꼬박꼬
박 정차하고 깜빡이 켜는 거. 알았죠?"

"알았어요."

"이제 나는 경찰서로 갈게요."

그리고 그는 전화를 끊었다.

마시는 기어를 주행으로 옮겼다가 다시 주차로 바꿨다. 심호흡

을 한 번 했다. 두 번 했다. 세 번 했다. 이건 악몽이지만 그래도 *짧*
게 끝날 거야. 그이는 캡 시티에 있었어. 그 사실이 밝혀지면 그이
는 풀려나겠지.

"그러면." 마시가 자기 차에 대고 말했다.(뒤에서 키득거리고 옥신각
신하는 아이들이 없으니 너무 허전하게 느껴졌다.) "그 인간들을 고소해서
눈물콧물 빼 놔야지."

그 생각이 들자 허리를 곧게 펴고 다시 정신을 집중할 수 있었다.
그녀는 제한속도를 지키고 신호등마다 완전히 정차해 가며 집이
있는 바넘 코트로 향했다.

12

조지 저니 씨의 진술서

7월 13일 8:15AM, 답답자: 로널드 윌버포스 경관

윌버포스 경관 : 출두해 주셔서 감사합니다, 처니 씨.

저니   : '저니'라고 발음해요. C-Z-E-R-N-Y. C는 묵음이에요.

윌버포스 경관 : 아하, 고맙습니다, 적어 놓을게요. 랠프 앤더슨 형사님도 말
             씀을 나누고 싶으실 텐데, 지금 다른 면담을 진행 중이라 저
             니 씨가 아직 생생하게 기억하고 있을 때 기본적인 사항들

을 파악해 달라고 저한테 부탁하셨어요.

저니 : 그 차 견인하실 거예요? 그 스바루 말이에요. 아무도 증거를 훼손하지 못하게 압수하세요. 거기에 증거가 어마어마하게 많을 거예요.

윌버포스 경관 : 현재 처리하고 있습니다. 자, 오늘 아침에 낚시를 하러 나가 셨다고요?

저니 : 뭐, 그럴 생각이긴 했는데 낚싯줄을 물에 담그지도 못했어 요. 동이 트자마자 아이언 브리지라고 불리는 데로 갔거든요. 아시죠, 올드 포지 도로에 있는 곳?

윌버포스 경관 : 네, 압니다.

저니 : 거기서 메기가 잘 잡히거든요. 못생긴 데다 낚싯바늘을 빼 려고 할 때 가끔 물리는 경우도 있어서 메기 낚시를 싫어하는 사람들도 많지만, 우리 집사람이 거기다 소금이랑 레몬주스 를 뿌리고 튀기면 맛이 기가 막힌단 말이죠. 레몬이 비법이에 요. 그리고 무쇠 팬을 써야 해요. 우리 어머니는 '거미'라고 부 르던 걸.

윌버포스 경관 : 그래서 다리 끝에 차를 세우고…….

저니 : 네, 하지만 고속도로에서는 멀리요. 그 근처에 오래된 나루 터가 있어요. 몇 년 전에 누가 그 땅을 사서 출입 금지 푯말 이 달린 철조망을 설치했거든요. 그런데 아무것도 짓질 않았

어요. 그냥 방치돼서 잡초만 자라고 있죠. 땅의 절반은 물속에 잠겨 있고요. 나는 항상 그 철조망으로 가는 샛길에 트럭을 세워요. 오늘 아침에도 그랬는데 뭐가 보였게요? 철조망이 쓰러져 있고 초록색 소형차가 그 물속에 잠긴 나루터에 주차되어 있더란 말이죠. 앞바퀴가 진흙에 반쯤 잠길 정도로 바짝. 그래서 내려가 봤어요. 누가 전날 밤에 스트립 바에서 취해 차를 몰고 가다가 큰길에서 빠져나온 거 아닌가, 그래서 기절한 채로 차에 타고 있는 거 아닌가 싶었거든요.

윌버포스 경관 : 스트립 바라면 마을 경계선 바로 저쪽에 있는 '젠틀맨 플리즈'를 말씀하시는 건가요?

저니   : 네, 맞아요. 남자들이 거기 가서 술을 푸고, 빈털터리가 될 때까지 아가씨들 팬티에 1달러나 5달러짜리 지폐를 꽂아주고, 알딸딸한 상태로 차를 몰고 집으로 가잖아요. 나는 그런 데를 왜 가는지 모르겠지만.

윌버포스 경관 : 아하. 그래서 내려가서 차 안을 들여다보셨군요.

저니   : 소형 초록색 스바루였어요. 안에 아무도 없는데 조수석에 피가 묻은 옷가지들이 있기에 당장 살해당한 남자아이를 떠올렸죠. 경찰이 그 사건과 관련해서 초록색 스바루를 찾고 있다는 뉴스를 들었거든요.

윌버포스 경관 : 또 다른 건 목격하지 못하셨습니까?

저니   : 운동화요. 조수석 바닥의 좌석 아래쪽에. 거기도 피가 묻어
             있었어요.

윌버포스 경관 : 선생님께서 건드리신 게 있을까요? 문을 열려고 하셨다든지.

저니   : 전혀요. 집사람하고 나는 「CSI」 본방송을 한 편도 놓친 적이
             없어요.

윌버포스 경관 : 그래서 어떻게 하셨습니까?

저니   : 911에 연락했죠.

13

　테리 메이틀랜드는 취조실에 앉아서 기다렸다. 조만간 변호사
가 도착했을 때 핏대를 세워 가며 항의하는 일이 없도록 경찰 측에
서 수갑을 풀어 주었다. 랠프 앤더슨은 열중쉬어 자세로 서서 이중
거울 너머로 아들의 예전 코치를 지켜보았다. 예이츠와 래미지는
내보냈다. 벳시 리긴스와 통화해 보니 메이틀랜드 부인은 아직 귀
가하지 않았다고 했다. 검거를 마치고 흥분이 좀 가라앉자 랠프는
일이 진행되는 속도에 다시 불안해졌다. 테리가 알리바이를 주장
하는 것도 무리는 아니고 분명 근거가 희박한 것으로 밝혀지겠지
만……
　"랠프, 왔어요?"

빌 새뮤얼스가 넥타이 매듭을 바로잡으며 바쁘게 들어왔다. 그는 키위 구두약처럼 새까만 머리를 짧게 쳤는데, 한쪽 구석이 뻗쳐서 전보다 더 어려 보였다. 랠프도 알다시피 새뮤얼스는 대여섯 건의 1급 살인 사건에서 검사로서의 역할을 훌륭하게 수행했고, 유죄 선고를 받은 살인범(새뮤얼스는 이들을 그의 '자식들'이라고 불렀다.) 가운데 두 명이 현재 매컬레스터*에서 사형 집행을 기다리고 있었다. 모두 잘된 일이었고 같은 팀에 신동이 있어서 나쁠 건 없었지만, 오늘 저녁에 플린트 카운티의 지방검사는 그 옛날 「꾸러기 클럽」의 등장인물 중에서 앨펄퍼와 섬뜩하게 닮은 구석이 있었다.

"빌, 왔어요?"

"저 사람이로군요." 새뮤얼스가 테리를 쳐다보며 말했다. "아직까지 시합용 유니폼을 입고 드래건스 모자를 쓰고 있는 게 마음에 안 드네요. 근사한 갈색 죄수복으로 갈아입히면 뿌듯하겠어요. 사형 집행 테이블에서 6미터 떨어진 감방에 수감되어 있으면 더 뿌듯하겠고요."

랠프는 아무 말도 하지 않았다. 그는 양손을 으스러져라 맞잡고 길을 잃은 아이처럼 경찰서 주차장 끝에 서서 생판 처음 보는 사람 대하듯, 아니면 도깨비 대하듯 그를 바라보던 마시를 생각하는 중이었다. 하지만 도깨비는 그녀의 남편이었다.

랠프의 생각을 읽기라도 한 듯 새뮤얼스가 물었다.

"괴물 같아 보이지는 않네요, 그렇죠?"

---

* 오클라호마 주 동부의 도시로, 주립 교도소가 있으며 이곳에서 사형이 집행된다.

"그렇게 보이는 경우가 거의 없잖아요."

새뮤얼스는 스포츠재킷 주머니에서 접은 종이 몇 장을 꺼냈다. 그중 하나가 플린트 시티 고등학교의 파일에서 복사한 테리 메이틀랜드의 지문이었다. 새로 부임한 교사들은 교단에 서기 전에 전부 지문을 날인하게 되어 있었다. 나머지 두 장은 맨 꼭대기에 **주 경찰청 과학수사반**이라고 적혀 있었다. 새뮤얼스가 그걸 들고 흔들었다.

"가장 마지막 증거가 대박이에요."

"스바루에서 채취한 거요?"

"네. 주 경찰청 과학수사반에서 도합 70개의 지문을 땄는데 그중 57개가 메이틀랜드의 지문이에요. 감식한 전문가에 따르면 나머지는 훨씬 작다고, 2주 전에 캡 시티에서 차를 도난당했다고 신고한 여자의 지문일 것 같다고 해요. 이름은 바버라 니어링인데, 그 여자 지문은 훨씬 오래전에 남은 거라 피터슨 살인 사건에 가담했을 가능성이 없어요."

"그렇군요. 그래도 DNA가 필요한데. 저 사람이 샘플 채취를 거부했거든요."

이 주에서는 지문과 달리 뺨 안쪽에서 면봉으로 DNA를 채취하는 건 인권 침해로 간주됐다.

"필요 없다는 걸 누구보다 잘 아시면서. 리긴스하고 주 경찰이 그 남자 면도기, 칫솔, 베개에 남은 체모를 모조리 들고 올 거예요."

"이 자리에서 채취한 샘플하고 비교하면 모를까, 그걸로는 부족하죠."

새뮤얼스는 고개를 모로 꼬고 그를 쳐다보았다. 이제는 「꾸러기 클럽」의 앨팰퍼가 아니라 극도로 영리한 설치류처럼 보였다. 아니면 반짝이는 뭔가를 포착한 까마귀처럼.

"생각이 바뀌었어요? 아니라고 대답해 줘요. 오늘 아침까지만 해도 나만큼 열의를 보였잖아요."

그때는 데릭 생각을 했으니까. 테리가 당당하게 내 눈을 쳐다보기 전이었으니까. 나를 나쁜 놈이라고 욕하기 전이었으니까. 이쪽 귀로 들어와서 저쪽 귀로 빠져나갔어야 하는 욕인데, 그렇게 되질 않네.

"생각이 바뀐 건 아닙니다. 너무 빠르게 진행되니까 불안해서 그렇지. 나는 차근차근 증거를 수집하는 방식에 익숙하거든요. 심지어 아까 체포 영장도 없었잖아요."

"어린애가 배낭을 들고 다니며 시티 광장에서 약물 거래를 하는 걸 봤을 때도 영장이 필요하겠어요?"

"당연히 아니죠. 하지만 이건 다르잖아요."

"별로 다르지 않아요, 거의. 그런데 내가 영장을 발부받았어요. 당신이 그를 체포하기 전에 카터 판사가 발부해 줬어요. 지금 여기 팩스 기계에서 잠을 자고 있을 겁니다. 그러니까…… 이제 들어가서 문제를 논의해 볼까요?"

새뮤얼스의 눈이 그 어느 때보다 환하게 반짝였다.

"아무 말도 하지 않을 텐데요."

"그렇겠죠."

새뮤얼스는 미소를 지었고, 랠프는 그 미소 안에서 두 명의 살인범을 사형수 감방으로 보낸 남자를 보았다. 저기 앉아 있는 데릭 앤더슨의 예전 리틀 리그 코치도 조만간 그 신세를 면치 못할 거라고 랠프는 거의 장담할 수 있었다. 빌의 '자식들' 중 한 명이 될 거라고 말이다.

"하지만 우리 쪽에서 그에게 얘기할 수는 있잖아요, 안 그래요? 벽들이 점점 다가오고 있는데 조만간 그 사이에 껴서 곤죽이 되게 생겼다고 말이에요."

14

윌로 레인워터 씨의 진술서

7월 13일 11:40AM, 담당자: 랠프 앤더슨 형사

레인워터   : 괜찮아요. 얘기하세요, 형사님. 윌로라는 이름하고 이렇게 안 어울리는 사람은 처음 봤다고요.*

앤더슨 형사   : 레인워터 씨의 몸집은 중요한 사안이 아니라서요. 저희가 이 자리에서 논의할 문제는……

레인워터   : 중요한 사안 맞아요, 형사님이 몰라서 그렇지. 내가 거기 간 이유가 내 몸집 때문이거든요. 밤 11시 무렵이면 그 '팬티의

---

* 윌로(Willow)는 버드나무라는 뜻으로 종종 호리호리한 사람을 지칭할 때 쓰인다.

궁전' 앞에서 대개 택시가 열 대 내지 열두 대가 기다리는데, 나 혼자 여자예요. 왜냐고요? 승객들이 아무리 취해도 나한테는 수작을 걸지 않거든요. 고등학교 때 미식축구 팀에서 여학생도 받아 줬더라면 나는 레프트 태클을 맡을 수도 있었을 거예요. 더군다나 승객 절반은 택시에 탔을 때 내가 여자인 줄 모르고, 대부분은 내릴 때까지 몰라요. 그래도 나는 아무 상관 없어요. 다만 내가 어쩐 일로 거기에 갔는지 형사님이 궁금해하실지도 모른다는 생각이 들어서요.

앤더슨 형사 : 그렇군요, 고맙습니다.

레인워터 : 하지만 이날은 11시가 아니라 8시 30분쯤이었어요.

앤더슨 형사 : 7월 10일 화요일 밤이었고요.

레인워터 : 맞아요. 정유업계가 고사한 이후로 어딜 가나 평일 저녁에는 한산하거든요. 택시 기사들은 대개 차고지에서 헛소리를 늘어놓거나 포커를 치거나 음담패설을 하면서 시간을 때우는데, 나는 그런 데 관심 없으니까 플린트 호텔이나 홀리데이 인이나 더블트리로 나가요. 아니면 젠틀맨 플리즈로. 거기 가 보면 집까지 차를 몰고 가는 멍청한 짓을 저지를 만큼 취하지 않은 사람들을 위해 마련된 택시 승차장이 있는데, 일찍 나가면 내가 대개 1번이에요. 아무리 못 해도 2번 아니면 3번. 거기 앉아서 킨들로 책을 읽으며 승객을 기다리죠. 어두워지면 종이책은 읽기 힘들어지지만 킨들은 괜찮아요. 이쯤

에서 아메리카 원주민의 표현을 쓰자면 '우라지게 훌륭한 발명품'이죠.

앤더슨 형사 : 제가 듣고 싶은 얘기는…….

레인워터 : 얘기할게요, 내 방식대로. 나는 기저귀 차던 시절부터 이런 식이었으니까 잠자코 듣기나 하세요. 형사님이 원하는 게 뭔지 알고 있고, 원하는 대로 해 드릴게요. 이 자리에서는 물론이고 법정에서도요. 그런 다음 그 애를 죽인 개새끼의 지옥행이 확정되면 사슴 가죽을 입고 깃털을 달고 쓰러질 때까지 바보 춤을 출게요. 알겠어요?

앤더슨 형사 : 알겠습니다.

레인워터 : 그날 밤에는 이른 시각이다 보니 택시가 나 한 대뿐이었어요. 그가 들어가는 건 보지 못했어요. 그 부분에 대해 나름대로 추측한 게 있는데, 내 짐작이 맞는다는 데 5달러 걸게요. 그는 발라당 까진 댄서들을 구경하러 들어간 게 아니에요. 아마 내가 도착하기 전에, 어쩌면 내가 도착하기 직전에 등장해 택시를 부르려고 안에 들어갔을 거예요.

앤더슨 형사 : 돈을 걸었다면 땄겠는데요, 레인워터 씨. 배차원이…….

레인워터 : 화요일 저녁 배차 담당은 클린트 엘런퀴스트였어요.

앤더슨 형사 : 맞습니다. 엘런퀴스트 씨는 전화한 사람에게 주차장의 택시 승차장을 체크해 보라고, 거기 없더라도 택시가 금방 도

착할 거라고 얘기했죠. 일지 기록상으로 그 전화가 온 시각이 8시 40분이었어요.

레인워터 : 얼추 비슷해요. 그래서 그 인간이 밖으로 나와서 곧장 내 택시 쪽으로…….

앤더슨 형사 : 어떤 옷을 입고 있었는지 들을 수 있을까요?

레인워터 : 청바지에 깔끔한 버튼업 셔츠요. 청바지는 빛이 바랬지만 깨끗했어요. 주차장의 아크등 불빛으로 본 거라 잘 모르겠지만 셔츠는 노란색이었던 것 같아요. 아, 그리고 허리띠에 근사한 버클이 달려 있었어요. 말 머리 모양이었죠. 로데오 선수처럼. 허리를 숙이기 전까지는 원유가가 곤두박질쳐도 어찌어찌 직장에서 잘리지 않은 정유업계 직원이거나 건설 현장 인부인 줄 알았거든요. 그런데 보니까 테리 메이틀랜드더라고요.

앤더슨 형사 : 확신하시는군요.

레인워터 : 하늘에 대고 맹세할 수 있어요. 주차장 불빛이 대낮처럼 환하거든요. 강도질이나 몸싸움이나 마약 거래를 하지 못하게 그렇게 켜 놔요. 손님들이 하도 점잖다 보니. 그리고 내가 YMCA에서 프레리 리그 농구 코치예요. 남녀 혼성팀이지만 대부분 남학생이에요. 메이틀랜드가 매주 토요일은 아니지만 자주 찾아와서 학부모들이랑 같이 관중석에서 애들이 경기하는 모습을 보곤 했어요. 시티 리그 야구팀으로 스카우트

할 인재를 물색하는 중이라고, 농구하는 걸 보면 수비에 천부적인 소질이 있는 아이를 간파할 수 있다고 했는데, 나는 바보처럼 그 말을 믿었어요. 거기 앉아서 누굴 따먹으면 좋을지 고민하고 있었을 텐데. 남자들이 술집에서 여자들 점수를 매기듯 애들 점수를 매기고 있었을 텐데. 빌어먹을 변태 새끼. 인재 물색이라니, 내 코끼리만 한 인디언 궁둥이가 웃겠네!

앤더슨 형사 : 그가 택시에 탔을 때 알은척했나요?

레인워터 : 아, 그럼요. 성격이 조심스러운 사람이 있을지 몰라도 난 아니거든요. 그래서 인사했어요. "안녕하세요, 테리 코치님. 코치님의 오늘 밤 행선지를 부인도 아세요?" 그랬더니 "볼일이 좀 있어서 왔어요."라고 하더라고요. 내가 물었죠. "그 볼일이라는 게 랩 댄스하고 연관이 있는 건 아니겠죠?" 그러자 "회사에 연락해서 배차원한테 내가 택시 탔다고 전해 주세요."라고 했어요. 그래서 나는 "알겠습니다. 집으로 갈까요, T코치님?" 했어요. "아뇨, 기사님. 더브로로 가 주세요. 기차역으로."라고 하더군요. 내가 말했죠. "요금이 40달러 나올 텐데요." 그러니까 그 남자가 "댈러스행 열차를 탈 수 있게 가 주면 팁으로 20달러를 얹어 줄게요."라고 했어요. 그래서 말했어요. "거시기 꽉 잡으세요, 코치님. 출발할게요."

앤더슨 형사 : 그래서 더브로에 있는 앰트랙 역까지 태워다 주었나요?

레인워터 : 네. 댈러스-포트워스행 야간열차 시각에 맞춰서 여유 있게

도착했죠.

앤더슨 형사 : 가는 길에 그와 얘기를 나누었나요? 보아하니 대화를 좋아하시는 편인 것 같아서 묻는 겁니다.

레인워터 : 아, 맞아요! 내 혀로 말할 것 같으면 월급날 슈퍼마켓 컨베이어 벨트처럼 쌩쌩 돌아가죠. 그걸 모르는 사람이 없어요. 먼저 시티 리그 토너먼트에 대해 물었어요, 베어스를 이길 수 있겠느냐고. 그랬더니 이러더라고요. "좋은 결과를 기대합니다." 매직 에잇볼*에 물어본 것도 아닌데 말이죠. 자기가 저지른 짓을 생각하면서 얼른 도망치느라 그랬을 거예요. 그런 짓을 저지르고 나면 잡담을 나누는 능력에 구멍이 생길 수밖에 없지 않겠어요? 내가 묻고 싶은 건 뭔가 하면요, 형사님, 그 인간이 왜 플린트 시티로 돌아왔느냐는 거예요. 왜 텍사스를 넘어서 우리의 메-시-코까지 도망치지 않았느냐는 거예요.

앤더슨 형사 : 또 뭐라고 하던가요?

레인워터 : 별말 없었어요. 잠깐 눈 좀 붙여야겠다며 눈을 감았는데 연극이었던 것 같아요. 무슨 수작을 모의하면서 나를 훔쳐보고 있었을지도 몰라요. 그랬더라면 얼마나 좋았을까요. 그 인간이 무슨 짓을 저질렀는지 내가 그때 알았다면 얼마나 좋았을까요. 그랬다면 택시에서 끌어내 창자를 찢어 버렸을 텐데.

---

* 운세를 물어보는 장난감.

진심이에요.

앤더슨 형사 : 앰트랙 역에 도착했을 때는요?

레인워터 : 하차장에 차를 댔더니, 앞좌석으로 20달러짜리 지폐 세 장을 던졌어요. 부인한테 안부 전해 달라고 얘기하려고 했는데 벌써 가고 없더라고요. 스트립 바에 들어갔던 것도 화장실에서 옷을 갈아입기 위해서였을까요? 옷에 피가 묻어서?

앤더슨 형사 : 각기 다른 남자 사진 여섯 장을 앞에 펼쳐 놓을게요, 레인워터 씨. 다들 비슷하게 생겼으니까 천천히 고르셔도……

레인워터 : 그럴 필요 없어요. 바로 저기 있네요. 저 남자가 메이틀랜드예요. 가서 체포하세요. 그 인간이 저항했으면 좋겠네요. 세금을 한 푼이나마 절약할 수 있게.

15

마시 메이틀랜드는 중학교 때 가끔 알몸으로 등교해 모두의 웃음을 사는 악몽을 꾸었다. *바보 마시 깁슨이 오늘 아침에는 옷 입는 걸 깜빡했네. 저것 봐, 다 보여!* 고등학생이 되었을 때는 불안할 때 꾸는 이 꿈이 좀 더 복잡해져서, 옷을 제대로 입고 등교는 하지만 일생일대의 시험을 앞두고 깜빡하는 바람에 공부를 하지 못한 걸로 바뀌었다.

바넘 가에서 빠져나와 바넘 코트로 진입한 순간 이런 꿈을 꾸었을 때 느꼈던 공포와 무력감이 떠올랐지만, 이번에는 깨어나 '하느님 감사합니다.'라고 중얼거리며 달콤한 안도감을 느낄 수도 없었다. 테리를 경찰서로 데리고 간 차와 쌍둥이일 수도 있겠다 싶은 경찰차가 집 앞 진입로에 서 있었다. 옆면에 큼지막한 파란색 글씨로 **주 경찰청 기동 수사반**이라고 적힌 창문 없는 트럭이 그 뒤에 서 있었다. 오클라호마 고속도로 순찰대 소속의 까만색 순찰차 한 쌍이 점점 짙어 가는 어둠 속에서 경광등을 번쩍이며 진입로 양옆을 지키고 있었다. 카운티 보안관 대리가 쓰는 모자 때문에 키가 최소 2미터는 넘어 보이는 거구의 주 경찰관 넷이 다리를 쩍 벌리고(*불알이 너무 커서 다리를 모으고 설 수 없다는 거야 뭐야. 그녀는 생각했다.*) 인도에 서 있었다. 이것만으로도 불쾌한데 최악은 따로 있었다. 앞마당에 나와서 구경하는 동네 주민들이야말로 최악이었다. 그들은 메이틀랜드의 깔끔한 랜치하우스 앞에 난데없이 경찰이 등장한 이유를 알까? 추측컨대 휴대전화의 저주로 대부분은 이미 알고 있었고, 그들이 나머지 사람들에게 알려 줄 것이었다.

주 경찰관 한 명이 한 손을 들고 도로로 나섰다. 그녀는 차를 멈추고 차창을 내렸다.

"마르시아 메이틀랜드 씨 되십니까?"

"네. 저 차들이 진입로를 막고 있어서 차고로 들어갈 수가 없네요."

"저쪽 길가에 대세요." 그는 한 순찰차 뒤편을 가리켰다.

마시는 차창 너머로 몸을 내밀어 그의 면전에 대고 고함을 지르고 싶은 충동을 느꼈다. *내* 진입로야! *내* 차고고! 너희들이 비켜야지!

하지만 차를 주차하고 내렸다. 소변이, 그것도 아주 급했다. 아마 경찰이 테리에게 수갑을 채웠을 때부터 그랬는데 지금까지 알아차리지 못했을 것이다.

다른 경찰관 한 명이 어깨 마이크에 대고 뭐라고 얘기하는 중이었고, 불길하게 초현실적인 오늘 저녁의 대미를 장식하는 사람이 한 손에 무전기를 들고 집 모퉁이를 돌아 나왔다. 민소매 꽃무늬 원피스를 입은 만삭의 임산부였다. 그녀는 출산이 임박한 임산부 특유의 오리걸음으로 거의 뒤뚱뒤뚱 메이틀랜드의 앞마당을 가로질렀다. 목에는 라미네이트 코팅이 된 신분증을 걸고 있었다. 원피스에 핀으로 꽂혀서 거대한 한쪽 가슴을 타고 오르락내리락하는 것은, 성반*에 놓인 개 비스킷만큼이나 어울리지 않는 플린트 시티 경찰 배지였다.

"메이틀랜드 부인? 저는 벳시 리긴스 형사예요."

그녀가 손을 내밀었다. 마시는 악수를 하지 않았다. 그리고 하위에게 이미 들은 게 있음에도 이렇게 물었다.

"원하시는 게 뭐죠?"

리긴스는 마시의 어깨 너머를 쳐다보았다. 주 경찰관 중 한 명이 거기 서 있었다. 셔츠 소매에 줄무늬 계급장이 달려 있는 걸 보면 4인조의 우두머리인 모양이었다. 그가 서류를 한 장 내밀었다.

"메이틀랜드 부인, 저는 유넬 사블로 경위입니다. 이 저택을 수색하고 부군인 테런스 존 메이틀랜드의 소지품을 무엇이든 가지고

---

* 영성체하는 사람의 턱 밑에 대는 접시.

갈 수 있는 영장을 들고 왔습니다."

마시는 서류를 낚아챘다. 맨 꼭대기에 고딕체로 **수색 영장**이라고 적혀 있었다. 그 뒤로 어쩌고저쩌고하는 법리 문구가 무더기로 이어졌는데, 맨 아래에 서명된 이름을 그녀는 크레이터 판사로 잘못 읽었다. *이 판사는 오래전에 실종되지 않았나?* 그런 생각이 들었다가, 눈을 깜빡여 땀일 수도 있고 눈물일 수도 있을 물기를 없앴더니 그 이름이 크레이터(Crater)가 아니라 카터(Carter)라는 걸 알 수 있었다.* 영장에 오늘 날짜가 찍혀 있는 것으로 보아 서명한 지 여섯 시간도 되지 않은 게 분명했다.

그녀는 서류를 뒤집어 보고 미간을 찌푸렸다.

"목록이 없네요. 그럼 원하면 그이의 속옷도 들고 갈 수 있다는 얘긴가요?"

벳시 리긴스는 자신들이 빨래 바구니에 들어 있던 아무 속옷이라도 들고 갈 예정이라는 걸 알기에 이렇게 말했다.

"저희 재량에 따라 결정됩니다, 메이틀랜드 부인."

"당신들의 재량요? 당신들의 재량? 뭐예요, 나치 독일이에요?"

"제가 경찰로 근무한 20년을 통틀어 이 주에서 벌어진 가장 흉악한 범죄를 수사하는 중이기 때문에, 저희는 압수해야 하는 게 있으면 뭐든 압수할 겁니다. 부인이 귀가할 때까지 기다리는 예의를 보였으니⋯⋯."

---

* 1930년도에 실종된 뉴욕 주 1심법원 판사 조지프 크레이터를 말한다. 20세기 미국에서 사회적으로 가장 큰 반향을 일으켰던 실종 사건이었다.

"당신들의 예의는 엿이나 먹으라고 그래요. 내가 늦게 왔으면 어쩔 거였는데요? 문을 부술 거였어요?"

리긴스는 아주 불편해 보였다. 마시가 보기에는 그녀의 질문 때문이 아니라 이 무더운 7월 저녁에 배 속에 품고 있는 아이 때문이었다. 그녀는 에어컨을 틀어 놓은 집에서 발을 올려놓고 앉아 있어야 하는 상황이었다. 그러거나 말거나 관심 없었다. 마시는 머리가 지끈거리고 방광이 욱신거렸고 눈에는 눈물이 고였다.

"그건 최후의 수단이었을 겁니다." 소매에 개똥을 달고 있는 주 경찰관이 말했다. "하지만 제가 방금 보여 드린 영장에도 명시되어 있다시피 저희에게는 그럴 수 있는 법적 권리가 있긴 합니다."

"들어가게 해 주세요, 메이틀랜드 부인." 리긴스가 말했다. "일찍 시작하면 할수록 일찍 사라져 드릴 수 있어요."

"경위님." 다른 주 경찰관 한 명이 말했다. "콘도르들이 오네요."

마시는 고개를 돌렸다. 아직 접혀 있는 위성 안테나를 지붕에 얹은 텔레비전 중계차가 모퉁이를 돌아 나왔다. 보닛에 흰색으로 큼지막하게 KYO라고 붙인 SUV가 중계차 꽁무니를 따라왔다. 그 뒤를 이어서 KYO 차량의 범퍼를 거의 들이받을 기세로 다른 방송국의 중계차가 등장했다.

"저희랑 같이 안으로 들어가시죠." 리긴스의 말은 거의 회유하는 투였다. "저들이 들이닥쳤을 때 인도에 계시고 싶지 않을 텐데."

마시는 굴복하며, 이번을 기점으로 향후에 수많은 걸 포기해야할지 모른다는 생각을 했다. 프라이버시. 인간으로서의 존엄성. 아이들의 안정감. 그리고 남편은? 테리까지 포기해야 할까? 그건 분명 아닐 것이다. 경찰은 그에게 말도 안 되는 혐의를 제기하고 있었다. 차라리 린드버그의 아들을 납치했다고 하는 편이 나았을 것이다.*

"알았어요. 하지만 아무 얘기도 하지 않을 테니까 시도조차 하지 마세요. 그리고 내 전화기는 넘기지 않을 거예요. 변호사가 그렇게 얘기했어요."

"좋습니다."

몸집으로 보건대 리긴스가 발을 헛디뎌 그 엄청난 배를 깔고 넘어지지 않도록 마시가 그녀의 팔을 잡아야 하는 상황이었지만 리긴스가 그녀의 팔을 잡았다.

KYO(자칭 '키요')의 쉐보레 타호가 길 한복판에서 멈추어 섰고 금발의 예쁘장한 기자가 하도 급하게 내리느라 치마가 허리까지 올라갔다. 주 경찰관들은 이 장면을 놓치지 않았다.

"메이틀랜드 부인! 메이틀랜드 부인, 몇 가지만 여쭈어 볼게요!"

차에서 내렸을 때 핸드백을 챙긴 기억이 없었는데 어깨에 걸쳐져 있기에, 마시는 가방 옆 주머니에서 아무 문제 없이 집 열쇠를 꺼냈다. 문제는 그걸 구멍에 넣으려고 할 때 생겼다. 손이 너무 심하게 떨렸던 것이다. 리긴스는 열쇠를 건네받는 대신 진정이 되도록 마시의 손을 자기 손으로 감쌌다. 그러자 열쇠가 마침내 제 집을 찾아갔다.

뒤에서 소리가 들렸다.

"남편이 프랭크 피터슨 살인범으로 체포된 게 사실입니까, 메이

---

* 대서양 단독 비행에 성공한 찰스 린드버그의 아들이 1932년에 납치, 살해된 사건이 있었다.

틀랜드 부인?"

"뒤로 물러나요." 주 경찰관 한 명이 말했다. "인도에서 한 발짝
도 벗어나면 안 됩니다."

"메이틀랜드 부인!"

이윽고 그들은 안으로 들어갔다. 임산부 형사와 함께이긴 해도
다행스러운 일이었다. 하지만 집이 다르게 느껴졌고, 마시는 앞으
로 절대 예전과 같을 수 없다는 걸 알았다. 딸들과 함께 웃으며 신
나게 이 집을 나섰던 여인을 떠올리자, 사랑했지만 세상을 떠난 여
인을 추억하는 듯한 기분이 들었다.

다리에서 힘이 풀리는 바람에 마시는 딸들이 겨울에 부츠를 신
을 때 앉는 현관 앞 벤치에 털썩 주저앉았다. (오늘 저녁에도 그랬던 것
처럼) 테리가 경기장으로 출발하기 전에 가끔 앉아서 마지막으로
라인업을 점검하는 벤치이기도 했다. 벳시 리긴스가 살았다는 듯
이 끙끙대며 옆에 앉자 그녀의 두툼한 오른쪽 엉덩이가 그보다 살
이 없는 마시의 왼쪽 엉덩이를 철썩 때렸다. 소매에 개똥을 단 사블
로와 다른 두 경찰관이 두툼한 파란색 비닐장갑을 끼며 그들을 쳐
다보지도 않은 채 지나쳤다. 똑같은 파란색의 신발 커버도 이미 신
고 있었다. 마시는 남은 한 명이 구경꾼들을 통제하고 있나 보다고
추측했다. 나른한 바넘 코트에 있는 마시네 집 앞에서 구경꾼 통제
라니.

"화장실에 가야겠는데요." 그녀는 리긴스에게 말했다.

"저도요. 사블로 경위님! 얘기 좀 할까요?"

소매에 개똥을 단 경찰관이 벤치로 돌아왔다. 나머지 두 명은 계

속 전진해 부엌으로 들어갔지만, 거기서 발견할 수 있는 가장 해로운 물품이 있다면 반만 먹고 냉장고에 넣어 둔 초콜릿 케이크였다.

마시에게 리긴스가 물었다.

"1층에 화장실이 있나요?"

"네, 식료품 저장실 지나면 나와요. 테리가 작년에 직접 거기다 증축했어요."

"그렇군요. 경위님, 여자들이 화장실에 가야 하겠으니까 거기부터 시작해서 최대한 빨리 끝내 주세요." 그러고 나서 마시에게 물었다. "부군의 사무실도 있나요?"

"따로 있지는 않고 식당 한쪽 끝을 써요."

"고맙습니다. 그다음 차례는 거기예요, 경위님." 그녀는 다시 마시 쪽을 돌아보았다. "기다리는 동안 사소한 질문 하나만 해도 될까요?"

"아뇨."

리긴스는 아랑곳하지 않았다.

"지난 몇 주 동안 부군의 행동에서 이상한 낌새를 느낀 적 있나요?"

마시는 건조한 웃음을 터뜨렸다.

"그이가 살인을 저지르려고 준비를 하고 있었을까 봐서요? 왔다 갔다 서성이고 손을 마주 비비고 어쩌면 침을 흘리고 혼잣말을 중얼거리면서요? 임신 때문에 지적 능력에 문제가 생겼나요, 형사님?"

"그럼 그런 적 없었다는 거로군요."

"맞아요. 이제 제발 그만 좀 괴롭히세요!"

리긴스는 뒤로 기대 앉아서 깍지 낀 손을 배에 얹었다. 마시는 욱신거리는 방광을 달래며 개빈 프릭이 불과 지난주에 연습이 끝났을 때 했던 말을 떠올렸다. 요즘 테리 코치님이 정신을 어디 팔고 다녀요? 연습 시간 절반은 딴 데 가 있어요. 독감이나 뭐 그런 걸로 고생하는 사람처럼.

"메이틀랜드 부인?"

"왜요?"

"무슨 생각이 난 표정인데요."

"맞아요. 이 벤치에 형사님이랑 나란히 앉아 있으니까 너무 불편하다는 생각을 하고 있었어요. 숨을 쉴 줄 아는 오븐 옆에 앉아 있는 것 같거든요."

안 그래도 불그스름하던 벳시 리긴스의 뺨이 한층 더 벌게졌다. 마시는 자신이 그렇게 모진 말을 내뱉었다는 데 경악했다. 하지만 또 한편으로는 급소를 제대로 찔렀다는 데 희열을 느꼈다.

리긴스는 더 이상 아무것도 묻지 않았다.

영원처럼 느껴진 시간이 지난 뒤에 사블로가 1층 화장실 수납장에 들어 있던 약(그냥 약국에서 살 수 있는 약들이었다. 몇 안 되는 처방약은 2층의 두 군데 화장실에 있었다.)과 테리의 치질 크림을 담은 투명 비닐봉지를 들고 돌아와서 말했다.

"들어가도 좋아요."

"먼저 가세요." 리긴스가 말했다.

다른 때 같았으면 마시는 임산부에게 양보하고 좀 더 참았겠지만 지금은 아니었다. 화장실로 들어가 문을 닫은 그녀의 눈에 삐딱하게 놓인 변기 탱크가 들어왔다. 뭐 하러 거길 쑤셨는지 아무도 모를 일이었지만, 약물이 있는지 뒤졌을 공산이 가장 컸다. 그녀는 엉망진창인 다른 부분을 쳐다볼 필요가 없게 고개를 숙여서 두 손에 얼굴을 묻고 볼일을 보았다. 세라와 그레이스를 오늘 밤에 집으로 데려와야 할까? 그때쯤이면 방송국 조명이 설치될 텐데, 그 눈 부신 불빛 사이로 아이들을 끌고 와야 할까? 집이 아니면 어디로 피신해야 할까? 호텔? 그들(주 경찰관은 콘도르라고 했다.)이 찾아내지 않을까? 당연히 그럴 것이었다.

그녀의 용무가 끝나자 벳시 리긴스가 들어갔다. 마시는 현관문 앞 벤치에 코끼리 경찰관과 다시 앉아 있고 싶은 마음이 없었기에 슬그머니 식당으로 들어갔다. 경찰들이 테리의 책상을 헤집고 있었다. 서랍을 모조리 열고 안에 든 것들을 대부분 바닥에 쏟으며 사실상 유린하고 있었다. 컴퓨터는 이미 분해돼 차고 세일에 내놓을 물품이라도 되는 듯 각양각색의 부품에 노란색 스티커가 붙어 있었다.

마시는 생각했다. *한 시간 전만 해도 내 인생에서 가장 중요한 일은 골든 드래건스가 결승전에 진출하는 거였는데.*

벳시 리긴스가 돌아와서 식탁에 앉으며 말했다.

"아, 이제 좀 살 것 같네요. 앞으로 꼬박 15분 동안은."

마시는 하마터면 '당신 배 속의 아이가 죽어 버렸으면 좋겠어요.'라고 말할 뻔했다.

하지만 실제로는 이렇게 말했다.

"나 아닌 다른 사람이나마 살 것 같다니 다행이네요. 비록 15분이나마."

16

클로드 볼턴 씨의 진술서

7월 13일 4:30PM, 담당자: 랠프 앤더슨 형사

앤더슨 형사 : 클로드, 말썽을 부린 게 아니라 다른 이유로 여기서 만나니까 좋네. 신선해.

볼턴 : 그러게요. 경찰차 뒷자리가 아니라 앞자리에 탄 것도요. 캡시티에서 여기까지 거의 시속 140킬로미터로 달린 것도 그렇고. 경광등에 사이렌에 기타 등등. 맞아요. 좋았어요.

앤더슨 형사 : 캡 시티에는 어쩐 일이었어?

볼턴 : 관광하려고요. 이삼일 쉬는 날이 생겨서 훌쩍 떠났어요. 그게 불법은 아니잖아요, 그렇죠?

앤더슨 형사 : 일하는 데서는 '픽시 드림보트'라고 불리는 칼라 잽슨하고 관광을 같이 한 걸로 안다만.

볼턴 : 저랑 같이 순찰차를 타고 왔으니 당연히 아시겠죠. 그나저나 칼라도 순찰차 타고 오니까 좋았대요. 트레일웨이스 버스보다 훨씬 좋다고요.

앤더슨 형사 : 그리고 너희가 다닌 관광지는 대부분 40번 고속도로 근처에 있는 웨스턴 비사트 모텔 509호실 주변이고.

볼턴   : 아, 우리가 진종일 거기 틀어박혀 있었던 건 아니에요. 보낸
            자에서 저녁도 두 번 먹었어요. 거기 엄청 맛있거든요, 싸고.
            그리고 칼라가 쇼핑을 하고 싶어 해서 쇼핑몰에도 좀 다녀왔
            어요. 거기에 암벽 등반이 있는데 내가 아주 끝장을 냈다는
            거 아닙니까.

앤더슨 형사 : 어련했으려고. 여기 이 플린트 시티에서 남자아이가 살해당
            한 건 알고 있었나?

볼턴   : 뉴스에서 본 것 같기도 한데. 제가 그 사건하고 연관이 있다
            고 생각하는 건 아니죠?

앤더슨 형사 : 아니야. 하지만 네가 범인에 얽힌 정보를 알 수도 있어서.

볼턴   : 제가 무슨 수로…….

앤더슨 형사 : 너는 젠틀맨 플리즈에서 경비로 일하잖아. 아니야?

볼턴   : 보안 요원이죠. 우리는 경비라는 단어를 쓰지 않아요. 젠틀맨
            플리즈는 고급 업소거든요.

앤더슨 형사 : 거기에 대해서 왈가왈부하지는 않겠다. 네가 화요일 저녁
            에 근무조였다고 들었는데. 수요일 오후에서야 플린트 시티를
            나섰지?

볼턴   : 저랑 칼라가 캡 시티로 갔다는 얘기를 토니 로스한테 들었어요?

앤더슨 형사 : 음.

볼턴   : 그 모텔이 토니 삼촌 거라 할인을 받았거든요. 토니도 화요일
          저녁 근무조라 그의 삼촌한테 연락해 달라고 부탁했어요. 우
          리 둘이 친하거든요, 토니하고 저 말이에요. 4시부터 8시까지
          문 앞을 지켰고 8시부터 12시까지는 플로어에 있었어요. 신
          사분들이 앉는 무대 앞쪽 말이에요.

앤더슨 형사 : 로스 씨 말로는 네가 8시 30분이나 그쯤에 아는 사람을 만
          났다던데.

볼턴   : 아, T코치님을 만났어요. 코치님이 그 애한테 그런 짓을 저질
          렀다고 생각하시는 건 아니겠죠? 왜냐하면 T코치님은 고지
          식한 분이거든요. 미식축구 팀하고 리틀 리그에서 토니의 조
          카들을 가르쳤어요. 우리 업소에서 그분을 봐서 놀라기는 했
          지만, 충격을 받지는 않았어요. 어떤 사람들이 우리 업소를
          찾는지 형사님은 짐작도 못 할 거예요. 은행원, 변호사, 심지
          어 성직자도 몇 명 본 적 있어요. 하지만 라스베이거스를 두
          고 하는 말도 있잖아요. 남자 화장실에서 벌어진 일은…….

앤더슨 형사 : 그렇지. 너는 고해소를 지키는 신부님만큼 분별력이 있을 거
          라고 본다.

볼턴   : 실컷 비웃으셔도 좋지만 진짜예요. 이 일을 계속하고 싶으면
          그래야 해요.

앤더슨 형사 : 정확히 짚고 넘어가려고 묻는 건데, T코치라고 하면 테리 메
          이틀랜드를 말하는 거지?

볼턴   : 그렇죠.

앤더슨 형사   : 어쩌다 그를 만나게 됐는지 얘기해 봐.

볼턴   : 우리가 플로어만 지키고 있는 건 아니에요. 그것 말고도 할 일
              이 있거든요. 대개는 거기를 왔다 갔다 하면서 아가씨들한
              테 손을 대는 손님은 없는지 살피고 싸움질이 벌어지기 전에
              말려요. 손님들이 흥분하면 과격해지거든요. 형사님도 이 일
              을 하니까 아시겠지만. 그런데 플로어에서만 말썽이 벌어지
              는 게 아니라 그럴 가능성이 가장 큰 곳이기 때문에 한 명은
              붙박이로 거길 지켜요. 나머지는 여기저기 돌아다니면서 바
              카운터, 비디오 게임 몇 개하고 동전을 넣고 하는 당구 테이
              블이 설치된 코너, 개인 댄스룸 그리고 남자 화장실을 체크
              하죠. 거기서 약물 거래가 이루어지기 십상이라 그런 인간들
              이 보이면 중단시키고 내쫓아요.

앤더슨 형사   : 판매 목적의 약물 불법 소지죄로 복역한 전과자가 그런 얘길
              하다니.

볼턴   : 외람된 말씀이지만 너무하시네. 저 6년 동안 깨끗하게 지
              내 왔다고요. 약물중독자 치유 모임에도 참석하고 그러면서.
              소변 검사하고 싶으세요? 기꺼이 해 드릴게요.

앤더슨 형사   : 그럴 필요 없고 약물 끊은 거 축하한다. 그러니까 8시 30분쯤
              에 순찰을 돌고 있었는데…….

볼턴 : 맞아요. 바 카운터를 체크하고 남자 화장실을 들여다보려고 통로를 향해 걸음을 옮겼을 때 전화를 막 끊은 T코치님이랑 맞닥뜨렸어요. 그쪽에 공중전화기가 두 대 있는데, 한 대는 고장이 났거든요. 코치님은…….

앤더슨 형사 : 클로드? 얘기를 하다가 말았다만.

볼턴 : 생각하느라고요. 기억을 더듬느라. 좀 묘해 보였거든요. 어안이 벙벙한 사람처럼. 그 사람이 정말로 그 아이를 죽였다고 생각하세요? 저는 젊은 아가씨들이 옷을 벗어젖히는 그런 데 처음 와서 그런 줄 알았는데. 그런 식으로 바보가 되는 남자들도 있거든요. 아니면 약에 취했을 수도 있고요. 제가 인사를 건넸어요. "안녕하세요, 코치님. 요즘 그 팀 잘하고 있어요?" 그랬더니 처음 만나는 사람 대하듯 저를 쳐다보더라고요. 제가 스티비와 스탠리가 출전한 모든 미식축구 경기를 보러 갔었고 더블 리버스 하는 법도 설명했었는데 말이죠. 코치는 어린애들한테는 너무 복잡하다며 그 작전을 쓰지는 않았지만. 하지만 긴 나눗셈을 배울 수 있는 아이들이라면 그런 작전도 배울 수 있어야 하는 거 아니에요?

앤더슨 형사 : 테런스 메이틀랜드가 확실했단 말이지.

볼턴 : 아, 그렇다니까요. 코치는 팀이 잘하고 있다며 택시를 부르려고 들어왔다고 했어요. 남자들은 다들 화장실 변기 옆에 놓아둔 《플레이보이》를 부인한테 들키면 기사만 읽었다고 하

잖아요, 그런 식인 거죠. 하지만 나는 그런가 보다 했어요.
젠틀맨 플리즈에서는 손님이 왕이거든요, 아가씨들 가슴을
만지려고 들지만 않으면. 코치에게 밖에 나가 보면 택시가
한두 대 있을 거라고 알려 주었죠. 그랬더니 배차요원한테
들었다며 고맙다고 하고는 나갔어요.

앤더슨 형사 : 어떤 옷을 입고 있던가?

볼턴 : 노란색 셔츠에 청바지요. 허리띠 버클에 말 머리가 있었어
요. 근사한 운동화를 신었고요. 제법 비싸 보여서 기억해요.

앤더슨 형사 : 클럽에서 그를 본 사람이 너 말고는 없었나?

볼턴 : 아뇨, 그 사람이 나가는 걸 보고 두어 명이 손을 흔들었어요.
누구였는지는 모르겠고 찾으려면 골치깨나 아플 거예요, 대
부분의 남자들이 젠틀맨 플리즈 같은 데를 드나든다고 실토
하지 않을 테니까. 어쩔 수 없는 현실이죠. 이 일대에서 워
낙 유명한 편이라 알아보는 사람들이 있는 걸 보고 놀라지는
않았어요. 심지어 몇 년 전에는 무슨 상인가도 받았잖아요,
신문 기사 읽었거든요. 플린트 시티라 그런 것도 있겠죠. 워낙
손바닥만 한 마을이라 서로 모르는 사람이 거의 없으니까,
적어도 얼굴로는. 그리고 이른바 운동선수 성향이 있는 아들을
둔 집이라면 야구나 미식축구로 T코치님을 알 수밖에 없죠.

앤더슨 형사 : 고맙다, 클로드. 도움이 많이 됐어.

볼턴 : 또 하나 기억나는 게 있는데, 별건 아니지만 그 사람이 정말
그 아이를 죽인 범인이라면 좀 섬뜩해요.

앤더슨 형사 : 편지 들어 보자.

볼턴 : 어느 누구의 잘못이랄 것도 없고 그냥 살다 보면 벌어지는 사
건인데요. 그 사람이 택시가 있는지 나가서 찾아보려고 그랬
다고 했잖아요. 내가 손을 내밀면서 말했어요. "토니의 조
카들을 위해 베풀어 주신 모든 것에 감사드리고 싶어서요, 코
치님. 착한 아이들이지만 부모님이 이혼도 하고 그래서 좀 거
칠거든요. 코치님 덕분에 그 아이들이 이 마을을 헤집고 다니
는 거 말고도 할 일이 생겼어요." 제 말을 듣고 그 사람이 놀
랐는지 뒤로 살짝 움찔했다가 저하고 악수를 했어요. 그런
데 아귀힘이 셌고 그리고…… 제 손등에 이렇게 조그맣게 딱
지가 앉은 거 보이죠? 악수할 때 그 사람이 새끼손가락으로
상처를 낸 거예요. 이제는 많이 나았고 애초부터 살짝 파인
수준이었지만 잠깐 제 약쟁이 시절이 생각나더라고요.

앤더슨 형사 : 어째서?

볼턴 : 예전에 대개 헬스 엔젤스나 데블스 디시플스 같은 모터사이
클 클럽에 한쪽 새끼손가락 손톱을 기른 남자들이 있었거든
요. 그 옛날 중국 황제처럼 길게 기른 경우도 본 적 있어요.
일부 바이커들은 심지어 여자들처럼 거기에 스티커를 붙였고
요. 그런 걸 '코카인 손톱'이라고 불러요.

17

야구장에서 검거를 했으니 착한 경찰인 척 당근 작전을 동원할 수 없었기에, 랠프는 그저 취조실 벽에 기대고 서서 계속 지켜보는 수밖에 없었다. 또다시 비난의 눈초리와 맞닥뜨릴 것에 대비해 마음의 준비를 했지만, 테리는 아무 표정 없이 그를 흘끗 쳐다보고는 테이블 맞은편의 의자 세 개 중에 한 의자에 앉은 빌 새뮤얼스에게로 다시 관심을 돌렸다.

랠프는 이제 새뮤얼스를 관찰해 보니 그가 그렇게 빠른 속도로 그렇게 높은 자리까지 올라간 이유를 알 수 있었다. 그들 둘이 이중 거울의 저편에 서 있었을 때는 지방검사가 이런 사건을 맡기에 조금 어려 보였다. 프랭크 피터슨을 성폭행한 살인범을 마주하고 있는 지금은 더 어려 보였다. (일종의 행정 착오로) 1급 흉악범과 이런 식으로 면담하게 된 변호사 사무소 인턴 같았다. 앨팰퍼처럼 삐죽 솟은 뒷머리칼도 그가 맡은 역할(이 자리에서는 그저 행복한 햇병아리)에 일조했다. 동그랗게 뜬 호기심 어린 눈빛으로 이렇게 얘기했다. *나한테 무슨 얘기든 해도 돼요, 다 믿어 줄게요. 거물을 상대하는 게 이번이 처음이라 뭘 잘 모르거든요.*

"안녕하세요, 메이틀랜드 씨. 저는 이 카운티의 지방검사실에서 일하는 사람입니다."

시작이 좋네. 랠프는 생각했다. *자기가 지방검사실, 그 자체면서.*

"시간 낭비예요. 변호사가 오기 전에는 아무 말도 하지 않을 테니까요. 거액의 부당 체포 소송이나 각오하세요."

"기분 상하신 거 이해합니다. 선생님 같은 상황이면 누구나 그렇겠죠. 어쩌면 지금 이 자리에서 당장 해결할 수도 있을 것 같은 데요. 피터슨이라는 아이가 살해됐을 때 어디 계셨는지 말씀해 주실 수 있을까요? 지난 화요일 오후였는데요. 어디 다른 데 계셨다면……."

"다른 데 있었어요. 하지만 먼저 변호사와 상의한 다음 말씀드리죠. 변호사 이름은 하워드 골드예요. 그분이 도착하면 단둘이서 만나고 싶습니다. 그럴 권리가 있는 거 맞죠? 유죄로 확정될 때까지는 무죄로 추정되니까요."

금세 충격을 극복하는군. 랠프는 생각했다. 전문 범죄자도 이보다 더 훌륭하지는 못하겠어.

"맞습니다. 하지만 아무 잘못이 없으면……."

"그만하세요, 새뮤얼스 씨. 나한테 잘해 주려고 여기로 데려온 거 아니잖습니까."

"무슨 말씀이세요." 새뮤얼스는 열띤 목소리로 말했다. "무슨 착오가 있었다면 저도 바로잡고 싶은 마음이 선생님 못지않게 지대합니다."

"뒷머리가 삐쳤네요. 좀 어떻게 하지그래요. 그것 때문에 내가 어렸을 때 봤던 코미디 드라마에 나오는 앨펠퍼라는 등장인물을 닮은 것처럼 보이는데."

랠프는 감히 웃음을 터뜨리지는 않았지만 한쪽 입가를 실룩거렸다. 그것까지는 어쩔 도리가 없었다.

순간 허를 찔린 새뮤얼스는 손을 들어 삐친 머리를 매만졌다. 그

머리는 잠깐 눌렸다가 다시 삐죽 고개를 들었다.

"이 사태를 해결하고 싶지 않은 거 확실합니까?"

새뮤얼스는 몸을 앞으로 숙이고, 테리가 아주 심각한 실수를 저지르고 있다는 듯이 진지한 표정으로 물었다.

"네. 그리고 그 소송도 확실해요. 딱한 당신네 개쓰레기들이 오늘 저녁에 나뿐 아니라 아내와 우리 딸들에게 저지른 짓을 돈으로 보상할 방법이 과연 있겠는지 한번 알아볼 작정이니까요."

새뮤얼스는 몸을 앞으로 숙이고 기대에 찬 순진한 눈빛으로 테리의 눈을 똑바로 쳐다보며 그 자리에 잠깐 더 앉아 있다가 일어섰다. 순진한 눈빛이 사라졌다.

"네. 알겠습니다. 변호사랑 상의하세요, 메이틀랜드 씨. 그럴 권리가 있으니까. 녹음도 녹화도 하지 않고 커튼까지 쳐 드릴게요. 두 분이 신속하게 처리해 주시면 오늘 밤 중으로 정리할 수 있을지 모르겠네요. 내일 아침 일찍 '티오프'가 있어서."

테리는 자기가 제대로 들은 게 맞는지 의심스러워하는 표정을 지었다.

"골프 말입니까?"

"골프요. 조그만 공을 구멍에 넣는 게임이죠. 제가 그 게임은 잘하지 못하지만 이 게임은 아주 잘하거든요, 메이틀랜드 씨. 그리고 존경하는 골드 씨도 얘기할 테지만 우리는 당신을 기소 없이 48시간 동안 여기 붙잡아 놓을 수 있어요. 사실 그 정도로 오래 걸리지도 않겠지만. 그러고도 해결이 되지 않으면 월요일 아침 일찍, 날이 환할 때 당신을 데리고 나가서 기소인부절차*를 밟을 거예요. 그때쯤이면 당신이 체포됐다는 소식이 주 전체로 퍼져서 여기저기 보도도 많이 될 거예요. 사진기자들은 당신을 어느 쪽에서 찍으면 더 잘나오는지도 파악할 테고요."

새뮤얼스는 맺음말로 추정되는 발언을 마치고 거들먹거리며 문 쪽으로 걸어갔다. (랠프가 짐작하기로는 테리에게 삐친 머리를 지적당한 뒤끝이 남아 있어서 그런 듯했다.) 그가 아직 문을 열지 못했을 때 테리가 말했다.

"안녕하세요, 랠프."

랠프는 고개를 돌렸다. 테리는 침착해 보였다. 이런 상황에서 대단했다. 어쩌면 그게 아닐 수도 있었다. 정말로 냉정한 인간들, 예컨대 소시오패스들은 최초의 충격이 지나면 그렇게 침착해지면서 길고 힘든 싸움에 대비했다. 랠프는 전에도 본 적 있었다.

"하위가 도착하기 전에는 그 어떤 것도 논의할 생각이 없지만 당신한테는 하고 싶은 말이 하나 있는데요."

"하세요."

새뮤얼스가 기대하는 티를 내지 않으려고 애를 쓰며 대꾸했는데, 테리의 말을 듣는 순간 그는 실망한 표정으로 바뀌었다.

"데릭은 내가 가르친 아이들 중에 드래그 번트를 제일 잘 댔어요."

"아뇨." 랠프가 말했다. 그는 분노로 인해 자기 목소리가 비브라토처럼 떨리는 것을 느낄 수 있었다. "그런 얘기는 하지 마요. 당신 입에서 내 아들 이름이 튀어나오는 건 듣고 싶지 않으니까. 오늘 저

---

* 피고인에게 기소 사유를 알려 주고 유죄를 인정하느냐고 묻는 절차.

녁은 물론이고 앞으로도 영원히."

테리는 고개를 끄덕였다.

"그 심정 이해해요. 나도 아내와 딸아이와 1000명도 넘는 다른 사람들 앞에서 경찰에 체포되고 싶은 마음은 없었거든요. 그 1000여 명이 대부분 동네 주민이었는데 말이죠. 그러니까 당신이 내 말을 듣고 싶어 하건 말건 관심 없어요. 가만히 듣기나 해요. 나를 그런 식으로 못되게 끌고 왔으니 나한테 빚을 진 거 아닌가요?"

랠프는 문을 열었지만 새뮤얼스가 그의 팔에 손을 얹고 고개를 저으며 한쪽 구석에서 빨간색으로 조그맣게 반짝이는 카메라 쪽을 향해 눈을 살짝 치켜들었다. 랠프는 문을 닫고 팔짱을 끼며 테리 쪽으로 다시 몸을 돌렸다. 사람들 보는 앞에서 끌려온 것에 대해 응징하겠다는 테리의 발상이 그의 아픈 곳을 건드릴 듯한 예감이 들었지만 새뮤얼스의 판단이 옳았다. 변호사가 올 때까지 용의자가 입을 꾹 다물고 있는 것보다는 뭐라도 얘기를 하는 게 나았다.

"데릭은 리틀 리그에서 뛰었을 때 키가 147 내지 150센티미터 정도밖에 안 됐을 거예요. 그 뒤로 계속 지켜보았는데 이후로 15센티미터 더 컸더군요. 사실 올해 플린트 시티 선수로 영입하려고 했는데. 고등학교를 졸업할 무렵이면 당신보다 클 거예요."

랠프는 기다렸다.

"데릭은 땅꼬마였지만 타석에서 겁이 없었죠. 대부분의 아이들이 그렇지만 데릭은 심지어 와인드업을 하고 아무 데로나 공을 던지는 투수 앞에서도 피하는 법이 없었어요. 그러다 대여섯 번 공에 맞았지만 절대 굴복하지 않았고요."

사실이었다. 경기가 끝나고 데릭이 유니폼을 벗었을 때 랠프도 멍 자국을 본 적이 있었다. 엉덩이에, 허벅지에, 팔에, 어깨에. 한번은 목덜미에 까만색과 파란색의 완벽한 동그라미가 생긴 적도 있었다. 그걸 볼 때마다 지넷은 펄펄 뛰었고 데릭이 타자용 헬멧을 쓰고 있어도 마음을 놓지 못했다. 그녀는 데릭이 타석에 들어설 때마다 거의 피가 날 정도로 세게 랠프의 팔을 잡으며 저러다 눈 사이를 맞아서 혼수상태에 빠지면 어쩌느냐고 걱정했다. 랠프는 그럴 일 없다고 아내를 안심시켰지만, 데릭이 테니스가 더 잘 맞는다는 결론을 내렸을 때 지넷 못지않게 기뻐했다. 테니스공이 더 말랑말랑했다.

테리는 살짝 미소를 지으며 몸을 앞으로 숙였다.

"그 정도로 키가 작으면 볼넷을 많이 얻기 마련이거든요. 사실 오늘 저녁에 내가 트레버 마이클스를 타석에 그냥 내보낸 것도 그걸 바랐기 때문이었는데, 데릭은 대충 때울 생각이 없었어요. 안쪽이 됐건 바깥쪽이 됐건 머리 위로 날아오건 원바운드로 튀건 그냥 아무 공에나 방망이를 휘둘렀지. 몇몇 아이들이 헛스윙 앤더슨이라고 부르기 시작하다가 그중 한 명이 헛스윙칩이라고 과자 이름 비슷하게 바꿔서 그 별명으로 불렸어요. 얼마 동안은."

"아주 흥미진진하군요." 새뮤얼스가 말했다. "하지만 그 대신 프랭크 피터슨 얘기를 하면 어떨까요?"

테리의 시선은 계속 랠프에게서 떠날 줄 몰랐다.

"간단하게 요약하자면 그 아이가 그냥 걸어 나갈 생각이 없는 걸 보고 나는 번트를 가르쳤어요. 열 살이나 열한 살, 그 또래의 남자

아이들은 대개 번트를 치려고 들지 않아요. 어떻게 치면 되는지는 알지만, 정말로 세게 공을 던질 수 있는 아이를 앞에 두고 홈플레이트 위로 방망이를 낮추고 싶지 않거든요. 그런 식으로 방망이를 내밀었다가 맨손에 공을 맞으면 얼마나 아플까, 계속 그 생각이 드니까. 하지만 데릭은 아니었어요. 당신 아들은 배짱이 아주 두둑했어요. 게다가 발은 또 얼마나 빠른지, 희생 번트를 치라고 내보냈는데 안타가 될 때가 얼마나 많았는지 몰라요."

랠프는 고개를 끄덕이는 등 관심을 기울이는 내색을 전혀 보이지 않았지만 테리가 무슨 말을 하는지 알았다. 그는 그 번트를 보며 수없이 박수갈채를 보냈고, 아들이 엉덩이에 불이 난 사람처럼 베이스라인을 질주하는 광경을 직접 목격했다.

"방망이를 어떤 각도로 들어야 하는지만 가르쳐 주면 됐죠." 테리는 손을 들어 직접 보여 주었다. 오늘 저녁 경기 전에 타격 연습 공을 던져 주었는지 손에 아직까지 흙이 묻어 있었다. "왼쪽으로 기울여서 공이 3루선상으로 튀게. 오른쪽으로 기울여서 1루선상으로 튀게. 방망이를 밀면 잡기 쉬운 투수 앞 뜬공이 되기 십상이니 마지막 찰나의 순간에 살짝 내밀기만. 데릭은 금세 노하우를 터득했어요. 아이들이 이제는 헛스윙칩이라 부르지 않고 다른 별명을 지어 주었죠. 경기 후반부에 우리 주자가 1루나 3루에 있으면 상대팀은 데릭이 번트를 치리라는 걸 알았거든요. 페이크 동작도 없이 투수가 셋업모션에 들어가자마자 그 아이가 방망이를 홈플레이트 위로 내리면 벤치에 있던 아이들이 일제히 외쳤어요. '푸시 번트쳐, 데릭, 푸시 번트!' 작년에 우리가 지구 우승을 차지했을 때 1년 내내 아이들이 데릭을 그렇게 불렀거든요. 푸시 번트 앤더슨이라고. 당신도 알았나요?"

랠프는 몰랐다. 아마 철저하게 같은 팀원들만 아는 정보였기 때문이었을 것이다. 그가 알았던 게 있다면 데릭이 그해 여름에 많이 자랐다는 사실이었다. 더 많이 웃었고, 경기가 끝나면 고개를 숙이고 글러브를 늘어뜨린 채 차로 직행하기보다 친구들과 좀 더 어울려서 놀고 싶어 했다.

"대부분 데릭 스스로 거둔 업적이었죠. 제대로 할 수 있을 때까지 엄청 연습했거든요. 하지만 노력해 보도록 설득한 사람이 바로 나였어요." 테리는 말을 잠깐 멈추었다가 아주 나지막하게 다시 이었다. "그런데 당신은 나한테 이랬단 말이죠. 그 많은 사람들 앞에서."

랠프는 뺨이 화끈거리는 게 느껴졌다. 대꾸를 하려고 입을 벌렸지만 새뮤얼스가 그를 끌다시피 문 밖으로 데리고 나갔다. 새뮤얼스는 그러다 말고 잠깐 멈춰서 어깨 너머로 말했다.

"랠프가 그런 게 아닙니다, 메이틀랜드 씨. 내가 그런 것도 아니고. 당신이 자초한 거지."

그리고 나서 두 사람은 이중 거울을 마주 보았다. 새뮤얼스가 랠프에게 괜찮으냐고 물었다.

"괜찮습니다." 랠프는 뺨이 계속 화끈거렸다.

"상대방을 자극하는 데 도가 튼 녀석들이 있잖아요. 알죠?"

"알죠."

"그리고 저자가 범인이라는 것도 아시죠? 나는 이렇게 범인이 확실한 사건을 본 적이 없어요."

그래서 신경이 쓰인단 말이지. 아까는 아니었는데 지금은 그래. 새뮤얼스 말이 맞으니까 그러면 안 되는데도 그래.

"그 사람 손 봤어요?" 랠프가 물었다. "데릭한테 어떤 식으로 번트를 가르쳤는지 시범을 보였을 때, 손 봤어요?"

"네. 손이 왜요?"

"새끼손가락 손톱이 길지 않았어요. 양손 모두."

새뮤얼스는 어깨를 으쓱했다.

"잘랐나 보네요. 괜찮은 거 맞아요?"

"괜찮아요. 그냥……."

업무 공간과 구치동 사이에 달린 문이 부스럭거리다가 쾅 하고 열렸다. 복도를 달려오는 남자는 토요일 저녁에 집에서 편안하게 쉬다가 나오기라도 한 양, 빛바랜 청바지에 텍사스 크리스천 대학교의 마스코트인 슈퍼프로그가 허공으로 점프하는 그림이 그려진 티셔츠를 입고 있었다. 하지만 상자 모양의 서류가방을 들고 있는 걸 보면 변호사였다.

"안녕하세요, 검사님. 안녕하세요, 앤더슨 형사님. 어느 분께서 2015년 올해의 플린트 시티 시민을 체포한 이유를 설명해 주시겠습니까? 어찌어찌 수습할 수 있는 판단 착오인가요, 아니면 두 분 모두 빌어먹을 정신 이상을 일으킨 건가요?"

하워드 골드가 왔다.

18

수신: 카운티 지방검사 윌리엄 새뮤얼스

　　　플린트 시티 경찰서장 로드니 겔러

　　　플린트 카운티 보안관 리처드 둘린

　　　주 경찰청 제7지구대장 에이버리 루돌프

　　　플린트 시티 경찰서 랠프 앤더슨 형사

발신: 주 경찰청 제7지구 유넬 사블로 경위

날짜: 7월 13일

제목: 더브로 보겔 교통회관

　새뮤얼스 지방검사님과 앤더슨 형사님의 요청 아래 상기한 일자의 오후 2시 30분에 보겔 교통회관을 찾아갔습니다. 3개 주요 버스 노선(그레이하운드, 트레일웨이스, 미드스테이트)과 앰트랙 철도 서비스를 갖춘 보겔은 이 주 남부에서 가장 중요한 육상 교통 시설입니다. 흔히 볼 수 있는 렌터카 업체들(허츠, 에이비스, 엔터프라이즈, 알라모)도 있습니다. 교통회관 전역에 감시 카메라가 제대로 설치되어 있기에 곧장 보안실로 가서 보겔의 보안실장 마이클 캠프를 만났습니다. 저를 기다리고 있더군요. 녹화 영상은 30일 동안 보관되고 전부 컴퓨터로 작동되기 때문에 7월 10일 저녁부터 총 16대의 카메라가 촬영한 영상을 모두 살펴볼 수 있었습니다.

　7월 10일 저녁에 플린트 시티 택시회사에서 근무 중이었던 배차원 클린턴

엘런퀴스트 씨의 진술에 따르면 윌로 레인워터 기사가 9시 30분에 연락해 승객을 운송 완료했다고 보고했다고 합니다. 레인워터 씨의 진술에 따르면 피의자는 서던 리미티드 열차에 탑승할 계획이었다고 하는데, 그 열차가 보겔 역사로 진입한 시각이 오후 9시 50분이었습니다. 승객들은 3번 승강장에서 하차했습니다. 댈러스-포트워스로 가는 승객들은 7분 뒤인 9시 57분에 3번 승강장에서 탑승 승인을 받았고요. 서던 리미티드 열차는 10시 12분에 출발했습니다. 모든 출발과 도착이 컴퓨터로 관찰, 기록되기 때문에 지연되지 않습니다.

캠프 보안실장과 저는 (만전을 기하는 차원에서) 7월 10일 오후 9시부터 서던 리미티드가 역사를 나서고 약 50분이 지난 11시까지 16대의 카메라가 촬영한 모든 영상을 살펴보았습니다. 모든 영상의 특이사항을 아이패드에 기록했지만 (새뮤얼스 검사님께서) 워낙 시급한 상황이라 하셨으니 이 초기 보고에서는 간단하게 요약만 하겠습니다.

9:33PM: 용의자가 일반적인 택시 하차 지점이자 대부분의 승객들이 이용하는 북문을 통해 역사로 진입. 중앙 홀을 지난다. 노란색 셔츠에 청바지. 짐은 없음. 위에 달린 대형 시계를 올려다보자 2~4초 동안 얼굴이 선명하게 보인다.(새뮤얼스 검사님과 앤더슨 형사님에게 이메일로 정지 화면 전송함.)

9:35PM: 용의자가 광장 중앙의 신문 가판대에서 걸음을 멈춘다. 페이퍼백 책을 한 권 사고 현금으로 계산. 제목은 확인할 수 없고 점원은 기억하지 못하지만 필요한 경우 입수 가능. 이 장면에서는 말 머리 버클이 선명하게 보임.(새뮤얼스 검사님과 앤더슨 형사님에게 이메일로 정지 화면 전송함.)

9:39PM: 용의자가 몬트로스 로 출입구(남문)를 통해 역사를 빠져나감. 이

쪽 출입구가 일반인들에게도 공개되어 있기는 하지만 직원용 주차장이 이쪽이기 때문에 대개 교통회관 직원들이 이용하는 곳임. 이 일대에 설치된 카메라는 두 대. 용의자가 어느 카메라에도 잡히지 않았지만 오른쪽 뒷골목으로 향하는, 용의자로 추정되는 그림자 포착.

용의자는 현금으로든 신용카드로든 서던 리미티드 열차표를 구입하지 않았습니다. 화질이 선명하고 제가 판단하건대 완전한 3번 선로의 영상을 여러 번 살펴본 결과, 용의자가 역사로 다시 들어와 열차에 탑승하지 않았다고 상당히 분명하게 단언할 수 있습니다.

결론적으로 용의자가 더브로에 온 것은 거짓 단서로 수사에 혼선을 야기하기 위해서라고 봅니다. 용의자는 공범의 도움을 받거나 차를 얻어 타고 플린트 시티로 돌아갔을 겁니다. 차를 훔쳤을 가능성도 있고요. 더브로 경찰서에 따르면 문제의 그날 밤, 보겔 교통회관 인근에서 차량 도난 신고는 없었지만 캠프 보안실장도 짚고 넘어갔다시피 장기 주차장에 세워 놓은 차를 슬쩍하면 일주일이나 심지어 그 이상 신고가 접수되지 않을 수도 있죠.

장기 주차장의 보안 영상도 입수 가능하고 요청이 있을 경우 살펴보겠지만, 모든 곳이 완벽하게 커버되지는 않습니다. 뿐만 아니라 캠프 보안실장의 전언에 따르면 교체할 시기가 돼서 오작동이 잦다고 합니다. 따라서 일단은 다른 방향으로 수사를 진행하는 것이 좋을 듯합니다.

Y. 사블로 경위 드림
첨부 파일을 참고하시기 바랍니다.

19

하위 골드는 새뮤얼스와 랠프 앤더슨과 악수했다. 그런 다음 골드는 드래건스 유니폼을 입고 행운의 모자를 쓰고 있는 테리 메이틀랜드를 이중 거울 너머로 바라보았다. 테리는 허리를 꼿꼿하게 펴고, 고개를 들고, 두 손은 깔끔하게 포개 테이블 위에 올려놓았다. 씰룩거리지도 꼼지락거리지도 불안한 듯 좌우를 흘끗거리지도 않았다. 랠프도 속으로 인정했다시피 켕기는 구석이 없어 보였다.

마침내 골드가 새뮤얼스를 돌아보았다.

"말씀하시죠."

반려견에게 재주를 부려 보라는 듯한 말투였다.

"지금 시점에서는 할 얘기가 별로 없는데요, 하워드." 새뮤얼스는 손을 뒤통수로 가져가 삐친 머리를 눌렀다. 머리는 잠깐 눌렸다가 다시 삐죽 고개를 들었다. 랠프는 어렸을 때 남동생과 둘이서 듣고 키득댔던 앨펄퍼의 대사를 떠올렸다. *평생에 한 번뿐인 친구는 평생에 한 번밖에 못 만나는 거야.* "판단 착오도 아니고, 우리가 빌어먹을 정신 이상을 일으킨 것도 아니라는 얘기 말고는."

"테리는 뭐랍니까?"

"아직까지는 아무 말도 없었습니다." 랠프가 말했다.

골드는 둥그스름한 안경 렌즈 때문에 살짝 커 보이는 파란 눈을 반짝이며 몸을 돌렸다.

"내 말을 잘못 이해하셨네요, 앤더슨 씨. 오늘 저녁 말고요. 오늘 저녁에는 테리가 아무 얘기도 하지 않았을 거라는 건 알아요, 바보가 아니니까. 내 말은 1차 신문 때 말이에요. 그냥 알려 주시는 편이 좋을 겁니다, 어차피 테리에게 들을 테니까요."

"1차 신문은 없었어요."

4일이라는 짧은 기간 동안 진상을 파악한 사건이었으니 거기에 대해 찝찝함을 느낄 필요가 없었는데도 불구하고 랠프는 찝찝함을 느꼈다. 카운티 법원 청사 맞은편의 왜건 휠에서 서로 술을 사 주는 사이였던 하위 골드가 그를 이름이 아닌 성으로 불렀기 때문도 있었다. 그는 하위에게 이렇게 얘기하고 싶은 어이없는 충동을 느꼈다. *나를 보지 말고 내 옆에 있는 사람을 봐요. 전속력으로 밀어붙인 장본인이니까.*

"뭐라고요? 잠깐만. 나 원 참, 잠깐만요."

골드는 앞주머니에 손을 넣고 발뒤꿈치를 디딘 채 몸을 앞뒤로 흔들기 시작했다. 랠프는 카운티와 지방 법원에서 수없이 접했던 광경이기에 마음의 준비를 했다. 증인석에서 하위 골드에게 반대 신문을 당하는 건 결코 유쾌한 경험이 되지 못했다. 하지만 랠프는 그에게 악감정을 품은 적이 없었다. 모두 정당한 절차에 따라서 밟는 댄스 스텝이었다.

"지금 해명할 기회도 주지 않고 2000명 앞에서 그를 체포했다는 거예요?"

"당신이 훌륭한 변호사이긴 하지만 이번 경우에는 하느님도 메이틀랜드를 구제하지 못할 거예요. 그리고 거기 있었던 관중은 아마 1200명, 많아야 1500명이었을 테고요. 에스텔 바거 구장은 2000명을 수용하지 못해요. 그랬다가는 관중석이 무너질 거예요."

골드는 분위기를 밝게 바꾸려는 랠프의 이 어설픈 시도를 무시했다. 신종 벌레를 대하는 눈빛으로 랠프를 빤히 쳐다보았다.

"하지만 공개적인 장소에서 그를 체포했잖아요, 그것도 절정의 극치라고 할 만한 순간에……."

"뭐의 극치요?" 새뮤얼스가 웃으며 물었다.

골드는 이 발언도 무시했다. 계속 랠프만 빤히 쳐다보았다.

"경기장 주변에 조용히 경찰 병력을 배치해 놓고 경기가 끝난 다음 집에서 그를 체포할 수도 있었는데 그랬단 말이죠. 아내와 딸들 앞에서 일부러. 무슨 생각으로 그랬어요? 도대체 무슨 생각으로?"

랠프는 얼굴이 다시 화끈거리는 걸 느꼈다.

"진심으로 알고 싶습니까, 변호사님?"

"랠프."

새뮤얼스가 경고하는 투로 말했다. 참으라는 듯이 랠프의 팔에 손을 얹었다.

랠프는 그 손을 치웠다.

"내가 체포한 게 아니에요. 경관을 몇 명 보냈지. 새파랗게 질리도록 그의 목을 조를 수도 있겠다 싶어서. 그러면 당신 같은 영리한 변호사가 할 일이 조금 너무 많아질 테니까요." 랠프는 골드의 바로 앞으로 다가가서 그가 몸을 앞뒤로 흔들지 못하게 했다. "그자는 프랭크 피터슨을 잡아서 피기스 공원으로 끌고 갔어요. 거기서 나뭇가지로 아이를 욕보이고 살해했어요. 어떤 식으로 살해했는지 알고 싶어요?"

"랠프, 그건 기밀 사항이에요!" 새뮤얼스가 꽥꽥거렸다.

랠프는 아랑곳하지 않았다.

"예비 감식 결과에 따르면 이로 아이의 목을 뜯었답니다. 아이의 살점을 삼켰을 수도 있다고요, 알아요? 그러느라 흥분이 돼서 바지를 내리고 아이의 허벅지 위에다 자기 정액을 마구 뿌렸어요. 별 이변이 없는 한 어느 누구도 두 번 다시 볼 일 없을 만큼 끔찍하고 악랄하고 입에 담을 수 없는 살인 사건이었다고요. 그자는 한참 전부터 계획을 세웠을 게 분명해요. 현장에 출동했던 사람은 죽을 때까지 그날 본 광경을 지우지 못할 거예요. 그런데 테리 메이틀랜드가 범인이었어요. T코치가, 얼마 전까지 내 아들의 손을 잡고 번트 치는 방법을 가르쳤던 사람이. 그러고는 좀 전에 그때 얘기를 늘어놓더군요, 그러면 자기의 결백이 입증이라도 되는 듯이."

골드는 더는 무슨 벌레 대하듯 그를 쳐다보지 않았다. 이제는 알 수 없는 외계 종족이 남긴 유물을 맞닥뜨린 사람처럼 경이로워하는 표정을 짓고 있었다. 랠프는 상관하지 않았다. 상관할 수 있는 한계를 넘어섰다.

"당신도 아들이 있잖아요. 토미, 맞죠? 그래서 테리랑 같이 유소년 미식축구 코치를 맡은 거 아닌가요, 토미가 그 팀에서 뛰고 있었기 때문에? 그자는 당신 아들한테도 손을 댔어요. 그런데 변호를 하겠다고요?"

그러자 새뮤얼스가 말했다.

"맙소사, 아가리 닥쳐요."

골드는 더 이상 몸을 흔들지는 않았지만 뒤로 물러나지도 않고, 거의 인류학자처럼 경탄하는 눈빛으로 랠프를 계속 쳐다볼 따름이었다.

"테리를 신문하지도 않았다니." 그는 내뱉었다. "하지 않았다니, 신문조차. 나는 지금까지…… 나는 지금까지……."

"자, 그만합시다." 새뮤얼스가 어색하게 명랑한 목소리로 말했다. "다 보셨다고 보면 됩니다, 하위 씨. 대부분 두 번씩 보셨어요."

"이제 그와 상의를 해야겠습니다." 골드가 딱딱하게 말했다. "그러니까 녹음기 치우고 커튼 쳐 주세요."

"좋습니다. 15분 드리고 저희가 들어갈게요. 코치님이 할 얘기가 있는지 확인하게."

"한 시간 쓰겠습니다, 새뮤얼스 씨."

"30분 드리죠. 그런 다음, 매컬레스터에서 종신형을 사느냐 사형을 당하느냐의 기로에 섰을 때 상당한 영향이 미치니 그의 자백을 받든지, 월요일에 기소인부절차를 밟을 때까지 구치소로 끌고 가든지 하죠. 당신 하기 나름이에요. 하지만 우리가 생각 없이 이러고 있다고 생각하면 그보다 더 엄청난 착각은 없을 겁니다."

골드는 문 앞으로 다가갔다. 랠프는 신분증을 잠금장치에 대고 이중 빗장이 철컹 하고 열리는 소리가 들리는지 확인한 다음 거울 앞의 원래 자리로 돌아가 변호사가 들어가는 걸 지켜보았다. 메이틀랜드가 자리에서 일어나 팔을 내밀고 골드에게로 다가가자 새뮤얼스는 긴장했지만, 메이틀랜드는 공격적인 표정이 아니라 안심한 표정을 짓고 있었다. 그가 끌어안자 골드도 상자 모양의 서류가방을 내려놓고 마주 안았다.

"사나이들의 포옹이네요. 이보다 보기 좋을 수 있을까요?"

골드가 새뮤얼스의 말을 듣기라도 한 듯, 빨간색으로 조그맣게 반짝이는 카메라를 가리켰다.

"이거 끄세요." 머리 위에 달린 스피커에서 그의 목소리가 흘러나왔다. "소리도. 그런 다음 커튼 쳐요."

벽에 달린 콘솔 스위치 중에 녹음과 녹화 스위치도 있었다. 랠프가 그 두 스위치를 내렸다. 취조실 구석에 달린 카메라의 빨간 불빛이 꺼졌다. 그가 고개를 끄덕이자 새뮤얼스가 커튼을 닫았다. 커튼이 거울을 덮는 소리에 랠프는 불쾌한 기억을 떠올렸다. 랠프는 지금까지 세 번, 모두 빌 새뮤얼스가 등장하기 전에 매컬레스터에서 열린 사형식을 참관한 적이 있었다. 사형실과 참관실 사이의 기다란 유리창에 그 비슷한 커튼이 걸려 있었다.(어쩌면 같은 회사 제품일 수도 있었다!) 증인들이 참관실로 들어서자 커튼이 젖혔고 죄수에게 사망선고가 내려지자마자 닫혔다. 그때도 지금처럼 귀에 거슬리는 소리가 났다.

"길 건너편 조니스에 가서 탄산음료랑 햄버거 사 가지고 올게요." 새뮤얼스가 말했다. "너무 초조해서 저녁을 못 먹었거든요. 뭐 필요한 거 있어요?"

"커피요. 우유는 말고 설탕만 한 개 넣어서."

"진짜요? 나도 조니스 커피 마셔 봤지만 아무 이유 없이 블랙 데스라고 불리는 게 아니던데."

"도전해 볼게요."

"알았어요. 15분 안으로 올게요. 저들이 일찍 끝내더라도 나 올 때까지 기다려요."

당연한 얘기였다. 랠프가 보기에 이제부터는 빌 새뮤얼스의 작품이었다. 이런 소름 끼치는 사건에서 그럴 일이 있을지 모르겠지만 영광은 모두 그의 몫이었다. 복도 저편에 의자들이 일렬로 놓여 있었다. 랠프는 나지막이 웅웅거리며 잠을 자는 복사기 바로 옆 의자에 앉았다. 처진 커튼을 바라보며 테리 메이틀랜드가 그 안에서 뭐라고 하고 있을지, 유소년 미식축구 공동 코치 앞에서 무슨 황당한 알리바이를 늘어놓고 있을지 궁금해했다.

랠프는 메이틀랜드를 젠틀맨 플리즈 앞에서 더브로 기차역까지 태우고 갔다던 덩치 큰 아메리카 원주민 여자를 떠올렸다. *내가 YMCA에서 프레리 리그 농구 코치예요.* 그녀는 이렇게 말했다. *메이틀랜드가 학부모들이랑 같이 관중석에서 애들이 경기하는 모습을 보곤 했어요. 시티 리그 야구팀으로 스카우트할 인재를 물색하는 중이라고⋯⋯.*

그녀가 그를 알았으니 그도 그녀를 분명 알았을 것이다. 레인워터는 몸집과 인종 때문에 쉽게 잊힐 상대가 아니었다. 그런데도 택시를 탔을 때 그는 그녀를 기사님이라고 불렀다. 왜 그랬을까? YMCA에서 본 적 있지만 이름은 생각이 나지 않았기 때문에? 그럴 수도 있었겠지만 썩 탐탁지 않은 가설이었다. 윌로 레인워터도 쉽게 잊힐 만한 이름이 아니었다.

"뭐, 스트레스를 받고 있는 상황이었잖아." 랠프는 자기 자신, 혹은 꾸벅꾸벅 조는 복사기를 향해 중얼거렸다. "게다가⋯⋯."

또 다른 기억이 떠올랐고 그와 더불어 메이틀랜드가 기사님이라는 단어를 쓴 좀 더 그럴듯한 이유가 생각났다. 랠프보다 세 살 어린 남동생 조니는 숨바꼭질에 소질이 없었다. 자기 눈에 랠프가 보이지 않으면 랠프 눈에도 자기가 보이지 않을 거라고 생각했는지 대개 자기 방으로 뛰어 들어가서 이불을 뒤집어썼다. 방금 전에 끔찍한 살인을 저지른 사람도 그 비슷하게 허튼 희망을 품을 수 있지 않을까? *내가 너를 모르면 너도 나를 모르지.* 물론 말도 안 되는 논리이긴 하지만 이건 미치광이가 저지른 범죄였고, 그 관점에서 해석하면 테리가 레인워터에게 보인 반응뿐 아니라 그가 플린트 시티에서 많은 사람들이 아는 주지의 인물인 데다 스포츠 팬들에게는 사실상 유명 인사였는데도 불구하고 처벌을 모면할 수 있다고 생각한 이유까지 알 수 있었다.

하지만 칼턴 스카우크로프트가 있었다. 랠프는 눈을 감으면 스카우크로프트의 중요 진술에 밑줄을 긋고 배심원들에게 어쩌면 O.J. 심슨의 변호사가 한 말을 도용해 이런 식으로 최종 변론하는 골드의 모습이 그려지는 듯했다. *이 장갑이 맞지 않으면 그는 무죄입니다. 조니 코크런은 그렇게 말했다.*[*] 이걸 골드 식으로 바꾸면 거의 비슷하게 기억하기 쉬운 이런 문구가 탄생될지 모른다. *그 병원을 몰랐으니 그는 석방입니다.*

이 방법은 효과가 없을 테고 결과가 전혀 비슷하지도 않을 테지만……

스카우크로프트에 따르면 메이틀랜드는 얼굴과 옷에 피가 묻은

---

[*] 1990년대에 미식축구 선수였던 O.J. 심슨이 전처 살인범으로 체포됐을 때 사건 현장에서 발견된 피 묻은 장갑이 결정적인 증거로 채택됐다. 하지만 이 장갑은 심슨의 손에 맞지 않았고 담당 변호사였던 조니 코크런이 "이 장갑이 맞지 않으면 그는 무죄입니다."라는 유명한 말을 남기며 무죄 선언을 이끌어 냈다.

이유가 콧속에서 뭐가 터졌기 때문이라고 했다. *올드 페이스풀처럼 터졌을 뿐이지. 이 근처에 응급 병원이 있을까요?*

그런데 테리 메이틀랜드는 대학교에 다닌 4년을 제외하면 평생을 플린트 시티에서 살았다. 그러니 코니 포드 옆에 있는 퀵케어 병원까지 가는 길을 물을 필요도 없었을 것이다. 애초에 그런 데가 있느냐고 물을 필요도 없었을 것이다. 그런데 왜 물었을까?

새뮤얼스가 콜라와 포일에 싼 햄버거와 테이크아웃용 컵에 담긴 커피를 들고 돌아와 랠프에게 커피를 내밀었다.

"저 안은 잠잠해요?"

"네. 내 시계에 따르면 앞으로 20분 남았어요. 저들 얘기가 끝나면 내가 들어가서 DNA를 채취하겠다고 설득할게요."

새뮤얼스는 햄버거 포장을 풀고 빵을 들어서 안을 살짝 들여다보았다.

"이런 망할. 긴급 의료원이 화상 환자한테서 긁어낸 살점처럼 생겼네."

그는 그렇게 말해 놓고 햄버거를 먹기 시작했다.

랠프는 테리와 레인워터가 나눈 대화, 테리가 응급 병원에 대해서 물은 희한한 상황에 대해 언급할까 하다가 그만두었다. 테리가 변장도 하지 않고 심지어 선글라스로 얼굴을 가리려는 시도조차 하지 않은 것이 생각났지만 그것 역시 언급하지 않았다. 전에도 그 얘기를 꺼낸 적이 있었지만, 새뮤얼스는 목격자와 우라질 법의학 증거와 비교하면 전혀 중요하지 않은 부분이라며 한쪽 옆으로 제쳤고 그건 맞는 말이었다.

새뮤얼스가 예견했다시피 커피 맛이 끔찍했지만 그래도 랠프는 조금씩 마셨고, 거의 다 마셨을 때 골드가 버저를 눌러 취조실에서 나가겠다는 신호를 보냈다. 그의 표정을 보고 랠프 앤더슨의 뱃속이 경련을 일으켰다. 불안해하는 표정도 화난 표정도, 의뢰인이 아주 난처한 지경에 놓였다는 사실을 깨달았을 때 일부 변호사들이 오버해 가며 짓는 분개하는 표정도 아니었다. 그는 동정하는 표정이었고 진심인 듯했다.

"아이고, 이를 어쩌나. 두 분 아주 골치 아프게 됐네요."

20

플린트 시티 종합병원
병리학 및 혈청학과

수신: 랠프 앤더슨 형사

　　　유넬 사블로 경위

　　　윌리엄 새뮤얼스 지방검사

발신: 에드워드 보건 박사

날짜: 7월 14일

제목: 혈액형과 DNA

혈흔:

여러 품목에서 혈액형 검사를 실시했습니다.

먼저 희생자인 11세 백인 남자 어린이 프랭크 피터슨을 계간하는 데 쓰인 나뭇가지. 이 나뭇가지의 길이는 약 55센티미터이고 지름은 8센티미터입니다. 하단의 헐거운 껍데기가 벗겨진 이유는 범인이 거칠게 다루었기 때문일 가능성이 큽니다.(첨부한 사진을 참고) 껍데기가 벗겨진 이 부분에서 지문이 발견됐습니다. 주 경찰청 과학수사반이 여기서 지문을 사진촬영하고 채취한 뒤 랠프 앤더슨 형사(플린트 시티 경찰서)와 유넬 사블로 주 경찰관(주 경찰청 제7지구대)이 증거물을 저에게 전달했습니다. 따라서 증거의 연속성이 손상되지 않았다고 진술할 수 있습니다.

이 나뭇가지의 끝쪽 13센티미터에 남은 혈흔은 O+이고 이는 프랭크 피터슨 가정의 호러스 코널리가 맞다고 확인한 희생자의 혈액형입니다. 나뭇가지 곳곳에 O+의 혈흔이 남은 것은 이른바 '튀기기' 또는 '거품' 현상 때문입니다. 희생자가 성폭행을 당하는 순간 튄 것일 가능성이 크고 범인의 피부와 옷에도 이런 흔적이 남았을 것으로 추정됩니다.

샘플에서 발견된 또 다른 혈액형이 있습니다. 숫자가 훨씬 적은(인구의 3퍼센트) AB+형입니다. 범인의 혈액형일 텐데, 엄청난 힘을 동원해 나뭇가지를 다루었을 때 손을 베였을 수도 있다고 봅니다.

쇼티스 펍(메인 가 1124번지) 뒤편의 직원용 주차장에 유기된 2007년형 이코노라인 밴의 운전석, 운전대, 계기판에서도 상당히 많은 양의 O+형의 혈흔이 검출됐습니다. 운전대에서 AB+형의 혈흔 몇 방울도 검출됐습니다. 주 경찰청 과학수사반 소속 엘머 스탠턴과 리처드 스펜서 경사가 이 샘플들을 제게 전달했기에 증거의 연속성이 손상되지 않았다고 진술할 수 있습니다.

(올드 포지 도로라고도 불리는) 72번 도로 인근의 방치된 나루터에서 발견된 2011년형 스바루에서 수거한 의류(셔츠, 바지, 양말, 아디다스 운동화, 자키 속옷)에서도 O+형의 혈흔이 다량 검출됐습니다. 셔츠의 왼쪽 소맷단에 AB+형의 혈흔이 한 방울 남아 있었고요. (제7지구대) 존 코리타 주 경관과 주 경찰청 과학수사반 소속 스펜서 경사가 이 샘플들을 제게 전달했기에 증거의 연속성이 손상되지 않았다고 진술할 수 있습니다. 이 보고서를 작성하는 시점을 기준으로 스바루 아웃백에서는 AB+형의 혈흔이 검출되지 않았습니다. 향후에 검출될 수도 있겠으나, 범인이 범행 당시 찰과상이 생겼다 하더라도 스바루를 유기한 시점에서는 이미 응고됐을 가능성도 있습니다. 붕대를 감았을 수도 있지만 샘플이 워낙 적은 걸 감안했을 때 그랬을 가능성은 없다고 봅니다. 기껏해야 살짝 긁힌 정도였을 겁니다.

AB+형이 비교적 소수라는 점을 감안해 용의자의 혈액형을 조속히 확인하시기 바랍니다.

DNA:

캡 시티에서 DNA 검사 결과를 기다리는 샘플의 대기열이 워낙 길기 때문에 일반적인 경우에는 결과를 입수하기까지 몇 주, 심지어 몇 개월이 소요됩니다. 하지만 워낙 잔인한 범행인 데다 피해자의 연령이 있기에 현장에서 입수된 샘플을 '대기열 맨 앞'에 놓았습니다.

가장 중요한 샘플은 피해자의 허벅지와 둔부에서 채취한 정액이지만, 피해자의 항문에 꽂힌 나뭇가지에서도 피부 샘플이 채취되었고 물론 앞에서 말씀 드린 혈액 샘플도 있습니다. 현장에서 채취한 정액의 DNA 분석 결과는 다음 주에 나올 겁니다. 스탠턴 경사 말로는 그보다 더 일찍 나올 수도 있을지 모른다지만 지금까지 DNA 문제를 숱하게 다루어 본 사람으로서 아무리 이처럼 우선적인 사안이라도 다음 주 금요일은 되어야 할 거라고 봅니다.

관례에 어긋나는 일이지만 이쯤에서 사견을 하나 덧붙일까 합니다. 저는 지금까지 수많은 살인 사건의 증거를 검토했지만 이렇게 끔찍한 사건은 처음 이기에 조속한 시일 내로 범인을 검거해 주시길 촉구하는 바입니다.

오전 11시, 에드워드 보건 박사의 구술

21

하위 골드는 오후 8시 40분에 할당받은 30분에서 꼬박 10분을 남기고 테리와의 개인 면담을 마쳤다. 그 무렵에는 트로이 래미지와, 8시에 근무를 시작하는 스테퍼니 굴드 순경이 랩프와 빌 새뮤얼스에게 합류했다. 그녀는 계속 비닐봉지에 보관한 DNA 키트를 휴대하고 있었다. 랩프는 하위의 '아이고, 이를 어쩌나. 두 분 아주 골치 아프게 됐네요.' 발언을 무시하고 그에게 의뢰인의 DNA 샘플을 채취해도 되겠느냐고 물었다.

하위는 문이 다시 잠기지 않게 발로 취조실 문을 열어 놓고 있었다.

"뺨 안쪽에서 면봉으로 DNA 샘플을 채취하고 싶다는데, 테리. 그래도 괜찮을까? 어차피 샘플은 다른 데서라도 입수할 테고 나는 두세 군데 얼른 전화를 걸 데가 있어."

"좋아요." 테리의 눈 밑으로 다크서클이 나타나기 시작했지만 목소리는 차분했다. "자정 전에 여기서 빠져나갈 수 있게, 해야 하는 건 뭐든 해치우자고요."

그렇게 될 거라고 절대적으로 확신하는 말투였다. 랠프와 새뮤얼스는 서로 흘끗 쳐다보았다. 새뮤얼스가 눈썹을 추켜세우자 그 어느 때보다도 앨펄퍼와 닮은꼴이 되었다.

"집사람한테 전화해 줘요. 나 괜찮다고."

그러자 하위는 씩 웃었다.

"거기가 통화 순위 1번이지."

"복도 끝으로 가세요." 랠프가 말했다. "거기가 전파가 제일 잘 잡혀요."

"알아요. 여기 와 봤거든요. 환생한 기분이네요." 하위가 그러고는 테리에게 말했다. "내가 돌아올 때까지 아무 말도 하지 마."

래미지 경관이 면봉을 두 개 꺼내 양쪽 뺨 안쪽을 한 개씩 긁었고 카메라를 향해 들어 보인 다음 각각 조그만 유리병에 담았다. 굴드 경관은 유리병을 비닐봉지에 넣고 카메라를 향해 들어 보이며 증거임을 뜻하는 빨간색 스티커로 봉인했다. 그런 다음 관리의 연속성을 증명하는 서류에 서명했다. 두 경관이 플린트 시티 경찰관의 증거 보관실 역할을 하는 벽장 크기의 방으로 이 샘플을 들고 갈 것이다. 아마도 주 경찰청에서 두 명의 경관이 추가돼 다음 날 샘플을 캡 시티로 전달할 것이다. 따라서 보건 박사도 나중에 얘기하겠지만 증거의 연속성이 손상되지 않을 것이다. 조금 까다로운 척하는 것처럼 들릴 수도 있겠지만 그냥 하는 말이 아니었다. 랠프는 그 연속선상에 어떤 허점도 용납하지 않을 작정이었다. 실수는 없을 것이다. 빠져나갈 방법도 없을 것이다. 이 사건의 경우에는 그랬다.

하위가 본관으로 나가는 문 옆에서 통화를 하는 동안 새뮤얼스 지방검사가 취조실로 다시 들어가려고 했지만, 랠프는 통화 내용을 듣고 싶은 마음에 그를 붙잡아 세웠다. 하위는 테리의 아내와 잠깐 통화하고("잘 해결될 거예요, 마시."라고 하는 소리가 랠프의 귀에 들렸다.) 그다음으로 누군가에게 전화해 테리의 딸들이 어디 있는지 알리고, 바넘 코트 앞에 기자들이 진을 치고 있을 테니 거기에 걸맞게 일을 처리하라며 아까보다 더 짧게 전화를 끝냈다. 그런 다음 취조실로 다시 돌아왔다.

"자, 이 난장판을 정리할 수 있을지 볼까요?"

랠프와 새뮤얼스는 테이블을 사이에 두고 테리의 맞은편에 앉았다. 그 둘 사이의 의자에는 아무도 앉지 않았다. 하위는 의뢰인의 어깨에 손을 얹고 그 옆에 서 있었다.

새뮤얼스가 웃는 얼굴로 말문을 열었다.

"어린 남자아이들을 좋아하시죠, 코치님?"

테리 쪽에서는 일말의 주저함도 없었다.

"아주 좋아하죠. 딸이 둘이나 있으니 어린 여자아이들도 좋아하고요."

"따님들도 분명 운동을 하겠죠. 아빠가 T코치님이니 그럴 수밖에 없지 않겠어요? 하지만 코치님은 여자아이들은 가르치지 않죠? 축구도 소프트볼도 라크로스도. 남자아이들만 고집해요. 여름에는 야구, 가을에는 미식축구, 겨울에는 YMCA 농구. 그건 그냥 관람만 하겠지만. 토요일 오후에 YMCA에 갈 때마다 스카우트하러 가는 거라고 했다면서요? 스피드와 민첩성을 갖춘 아이를 찾는다고. 그리고 이왕 간 김에 아이들이 반바지를 입으면 어떤 모습인지 확인도 하고."

랠프는 하위가 제지하고 나설 거라고 예상했지만, 그는 적어도 당장은 아무 말도 하지 않았다. 그의 얼굴은 완벽한 백지가 되었고, 얘기하는 사람들 사이를 오가는 눈 말고는 아무것도 움직이지 않았다. *포커를 치면 아주 끝내주게 잘 치겠어.* 랠프는 생각했다.

반면에 테리는 미소를 머금기 시작했다.

"윌로 레인워터한테 그 얘길 들었나 보네요? 당연히 그렇겠지만. 그 여자, 걸작 아니에요? 토요일 오후마다 어떤 식으로 고함을 지르는지 들어 봐야 해요. *박스 아웃, 박스 아웃, 부지런히 움직여, 이제 **골밑으로 돌진!** 요즘 어떻게 지낸대요?"

"그야 당신이 더 잘 알잖아요. 화요일 밤에 만났으니까요."

"만난 적 없⋯⋯."

테리가 더 이상 뭐라고 얘기하기 전에 하위가 그의 어깨를 세게 잡는다.

"초보적인 신문은 건너뛰죠? 그냥 테리가 여기 잡혀 온 이유를 알려 주세요. 어디 설명을 차근차근 들어 봅시다."

"화요일에 어디 있었어요?" 새뮤얼스는 이렇게 맞받아쳤다. "아까 하려고 했던 얘기 마저 하시죠."

"나는……."

하지만 하위 골드가 이번에는 전보다 좀 더 세게 다시 테리의 어깨를 잡았다.

"아뇨, 빌, 그런 식으로 밀어붙일 생각은 하지 마요. 어떤 패를 쥐고 있는지 얘기하시죠. 안 그러면 언론사와 당장 접촉해 당신이 플린트 시티의 모범 시민을 프랭크 피터슨 살인범으로 체포해 그의 명성에 먹칠을 하고 아내와 딸들을 공포로 몰아넣고 이유도 밝히지 않는다고 얘기할 테니까."

새뮤얼스가 쳐다보자 랠프는 어깨를 으쓱했다. 지방검사가 이 자리에 없었다면 랠프는 신속한 자백을 바라는 마음에 진작부터 증거를 제시하고 있었을 것이다.

"어서요, 빌. 이 사람, 집에 가서 가족들과 함께 있어야 한단 말입니다."

새뮤얼스는 미소를 지었지만 웃음기가 없는 눈빛이었다. 그냥 이를 드러낸 것에 불과했다.

"가족들은 법정에서 만날 거예요, 하워드. 월요일에 열리는 기소 인부절차 때."

랠프는 예의라는 허울이 점점 얇아지는 걸 느낄 수 있었고, 범죄와 그 범죄를 저지른 자에게 진심으로 분노한 빌에게 대부분의 책임이 있다고 생각했다. 누구라도 비슷한 심정을 느꼈겠지만……랠프의 할아버지가 씁쓸한 표현을 빌자면 성질을 부린다고 해결되는 일은 아무것도 없었다.

"저기, 시작하기 전에 묻고 싶은 게 있는데요." 랠프가 짐짓 쾌활한 목소리로 말했다. "딱 한 가지만요. 괜찮을까요, 변호사님? 어차피 우리가 알아내지 못할 건 없는데."

하위는 새뮤얼스에게서 주의를 돌려준 데 고마워하는 눈치였다. "뭔지 들어 보죠."

"혈액형이 어떻게 돼요, 테리? 당신 혈액형이 뭔지 알아요?"

테리는 하위를 쳐다보았다가 그가 어깨를 으쓱하자 다시 랠프에게로 시선을 돌렸다.

"모를 수가 없죠. 해마다 여섯 번씩 적십자에서 헌혈을 하거든요, 상당히 드문 혈액형이라."

"AB형요?"

테리는 눈을 깜빡였다.

"그걸 어떻게 알았어요?" 그는 이내 정답을 깨달았다. "하지만 그렇게 드문 혈액형도 아니죠. AB-형에 비하면. 그건 인구의 1퍼센트밖에 안 돼요. 적십자에서는 그 혈액형인 사람의 연락처를 단축번호로 입력해 놔요, 진짜예요."

"드문 걸로 얘기하자면 나는 항상 지문이 생각나던데요." 새뮤얼스가 안부를 건네는 투로 말했다. "법정에서 하도 자주 언급이 돼서 그렇겠지만."

"하지만 배심원단의 판결에 영향을 미치는 경우는 거의 없죠."

새뮤얼스는 하위의 말을 못 들은 척했다.

"100퍼센트 똑같은 지문이 없잖아요. 심지어 일란성 쌍둥이도 여기저기 미세하게 다르니 말이죠. 혹시 일란성 쌍둥이가 있는 건 아니죠, 테리?"

"설마 피터슨이 살해된 현장에서 내 지문이 입수됐다는 얘기는 아니죠?"

테리는 진심으로 못 미더워하는 표정을 지었다. 랠프도 인정하는 수밖에 없었다. 그는 일말의 빈틈도 용납하지 않는 배우였다.

"입수된 지문이 하도 많아서 셀 수 없을 정도예요. 당신이 피터슨을 납치할 때 쓴 흰색 밴도 지문투성이고. 밴 뒷자리에서 발견된 아이의 자전거에도 남아 있고. 밴의 공구함에도 남아 있고. 당신이 쇼티스 펍 뒤편에서 갈아탄 스바루도 지문투성이고." 랠프는 말을 멈추었다. "그리고 피터슨의 항문에 꽂은 나뭇가지에도 남아 있어요. 하도 우악스럽게 넣어서 장기 손상 하나만으로도 아이가 목숨을 잃을 수 있었다던데."

"지문 감식 가루나 자외선램프를 동원할 필요도 없었어요." 새뮤얼스가 말했다. "아이의 피가 묻은 채로 찍혔거든요."

이 시점에 이르면 변호사가 있건 없건 대부분의 범인들은, 약 95퍼센트 정도가 무너졌다. 하지만 이번에는 아니었다. 랠프는 남자의 표정에서 충격과 경악이라면 모를까, 죄책감은 읽을 수 없었다.

하위가 정신을 차렸다.

"지문이 있다고요? 좋아요. 하지만 가짜 지문이 남겨지는 경우가 어디 한두 번인가요."

"몇 개라면 그럴 수 있죠." 랠프가 말했다. "하지만 70개를? 80개를? 그것도 피를 묻혀서 무기, 그 자체에다가요?"

"목격자도 줄줄이 있어요." 새뮤얼스가 손가락으로 꼽기 시작했다. "당신이 제럴스 파인 마트 주차장에서 피터슨에게 다가가 말을 거는 걸 본 사람이 있고. 아이의 자전거를 당신이 타고 온 밴 뒷자리에 넣는 걸 본 사람도 있고. 아이가 당신과 함께 밴에 오르는 걸 본 사람도 있고. 살인이 벌어진 숲속에서 피투성이로 나오는 걸 본 사람도 있고. 이런 식으로 끝도 없지만 우리 어머니가 항상 얘기하길 나중을 위해서 몇 개는 아껴 두라더군요."

"목격자는 믿을 만한 존재가 못 되죠. 지문이 불확실하다면 목격자는……."

하위는 고개를 저었다.

랠프가 끼어들었다.

"그건 그래요, 대부분의 경우에는 그렇죠. 하지만 이번은 아니에요. 얼마 전에 면담한 누군가가 그러더군요, 플린트 시티는 그냥 작은 마을이라고. 그 말에 나도 전적으로 동의하는지는 잘 모르겠지만, 웨스트사이드는 상당히 좁은 동네고 여기 이 메이틀랜드 씨는 유명 인사란 말이죠. 테리, 제럴스 마트에서 당신을 보았다는 여자분은 동네 주민이고 피기스 공원의 숲에서 당신이 나오는 걸 보았다는 여자아이는 같은 바넘 가에 살 뿐 아니라, 개를 잃어버렸을 때 당신이 찾아 주었기 때문에 당신을 아주 잘 알아요."

"준 모리스요?" 테리는 절대 못 믿겠다는 표정으로 랠프를 쳐다보았다. "주니요?"

"그 둘 말고도 더 있어요." 새뮤얼스가 말했다. "한두 명이 아니에요."

"월로요?" 테리는 배를 한 대 얻어맞은 것처럼 숨을 헐떡거렸다.

"월로도 그랬다고요?"

"한두 명이 아니라니까요." 새뮤얼스가 같은 말을 반복했다.

"다들 여섯 장의 사진 중에서 당신을 골랐어요." 랠프가 말했다. "전혀 망설임 없이."

"아마도 내 의뢰인이 골든 드래건스 야구모자를 쓰고 큼지막하게 C라고 적힌 셔츠를 입고 있는 사진이겠죠? 신문한 경관이 그 사진을 손끝으로 톡톡 두드렸을 테고요?"

"아니라는 걸 알면서 그러시네." 랠프가 말했다. "설마 모르고 그러는 건 아니죠?"

그러자 테리가 말했다.

"이건 악몽이네요."

새뮤얼스가 동조하는 미소를 지었다.

"그 심정 이해해요. 왜 그랬는지 얘기하면 악몽을 끝낼 수 있어요."

제정신 박힌 사람이 이해할 수 있을 만한 이유가 이 지구상에 과연 존재할까. 랠프는 생각했다.

"그러면 달라질 수 있을지 몰라요." 새뮤얼스는 이제 거의 회유하는 투였다. "하지만 DNA 검사 결과가 나오기 전이라야 해요. DNA 샘플도 대거 입수했는데, 그게 당신 뺨 안쪽에서 채취한 DNA와 일치하면……." 그는 어깨를 으쓱했다.

"얘기해요. 일시적인 정신병이었는지, 해리성 둔주* 상태에서 저지른 짓인지, 성적 충동인지, 다른 뭔지 모르겠지만 얘기해요." 랠

---

* 해리성 기억상실의 한 형태로 자신의 과거나 신분이나 이름을 모두 잊어버리고 배회하는 질환.

프는 자신의 언성이 높아지는 걸 느끼고 억누르려고 했다가 알 게 뭐냐고 생각했다. "*남자답게 얘기하라고요!*"

테리는 테이블 맞은편에 앉은 사람들을 향해 하는 얘기라기보다 혼잣말에 가깝게 중얼거렸다.

"어떻게 이럴 수가 있는지 전혀 모르겠어요. 나는 심지어 화요일에 여기 있지도 않았는데."

"그럼 어디 있었는데요?" 새뮤얼스가 물었다. "마음대로 썰을 풀어 봐요. 내가 재밌는 이야기를 좋아하거든요. 고등학교 때 애거서 크리스티도 거의 다 읽었어요."

테리가 올려다보자 골드는 고개를 끄덕였다. 하지만 랠프는 하위가 이제 불안한 표정을 짓고 있다는 생각이 들었다. 혈액형과 지문이 엄청난 일격이었고, 목격자들의 증언은 그보다 더 엄청난 일격이었다. 아마 그중에서도 잃어버린 개를 선하고 믿음직한 T코치가 찾아 주었던 주니 모리스의 증언이 가장 큰 일격이었을 것이다.

"캡 시티에 있었어요. 화요일 오전 10시에 출발해 수요일 밤 늦게 돌아왔죠. 9시 30분쯤이었는데, 나로서는 늦은 시각이었어요."

"동행은 없었겠죠." 새뮤얼스가 말했다. "혼자 떠나서 생각을 좀 정리하고 싶었겠죠? 큰 경기를 앞두고 마음의 준비도 할 겸."

"나는……."

"당신 차하고 흰색 밴, 둘 중에 뭘 타고 갔어요? 그나저나 그 밴은 어디 숨겨 두었어요? 무슨 수로 뉴욕 번호판이 달린 차를 훔쳤고. 내 나름대로 추측한 가설이 있지만 당신이 맞는다고 할지, 아니라고 할지……."

"내 얘기 끝까지 들을 거예요, 안 들을 거예요?" 놀랍게도 테리는 다시 미소를 짓고 있었다. "듣기 겁이 나는 모양이네요. 겁이 날 만도 해요. 지금 허리까지 똥밭에 빠졌는데 점점 더 깊숙이 빠져들고 있으니 말이죠."

"그래요? 그럼 이 면담이 끝났을 때 취조실을 빠져나가 집으로 갈 수 있는 사람이 나인 건 왜 그럴까요?"

"진정해요." 랠프가 조용히 말했다.

새뮤얼스가 그를 돌아보자 삐친 머리가 까딱거렸다. 랠프의 눈에는 이제 그게 전혀 우습게 느껴지지 않았다.

"나더러 진정하라고 하지 마요, 랠프. 지금 우리 앞에는 나뭇가지로 아이를 성폭행하고 무슨…… 빌어먹을 식인종처럼 목을 물어뜯은 인간이 앉아 있다고요!"

골드는 구석에 설치된 카메라를 똑바로 올려다보며 미래의 판사와 배심원단을 대변했다.

"화난 애처럼 굴지 마세요, 지방검사님. 안 그러면 이 자리에서 당장 면담을 종료하겠습니다."

"동행이 있었어요. 그리고 흰색 밴에 대해서는 아는 게 전혀 없고요. 에버렛 라운드힐, 빌리 퀘이드 그리고 데비 그랜트하고 같이 갔어요. 그러니까 플린트 고등학교 영어과 전원이요. 내 익스피디션은 에어컨이 사망해서 수리를 맡겼기 때문에 에버렛의 차를 타고 갔죠. 영어학과장이고 차가 BMW라 널찍하거든요. 학교에서 10시에 출발했어요."

새뮤얼스가 그 말을 듣고 잠깐 너무 당황해서 빤한 질문을 하지 못하는 눈치를 보이길래 랠프가 대신 물었다.

"여름방학 중간에 영어과 교사 네 명이 캡 시티에는 어쩐 일로
요?"

"할런 코벤 때문에요."

"할런 코벤이 누군데요?"

빌 새뮤얼스가 물었다. 미스터리 소설에 대한 그의 관심은 애거
서 크리스티로 정점을 찍은 모양이었다.

랠프는 그가 누군지 알았다. 랠프 자신은 소설을 별로 즐기지 않
았지만 아내가 좋아했다.

"그 미스터리 작가요?"

"그 미스터리 작가요." 테리가 맞장구쳤다. "'3개주 영어교사회'
라는 단체가 있는데, 거기서 해마다 한여름에 3일 동안 학회를 개
최해요. 모두가 한자리에 모일 수 있는 유일한 시기죠. 모여서 세미
나도 하고 패널 토론도 하고 그래요. 해마다 다른 도시에서 열리는
데, 올해는 캡 시티 차례였어요. 영어 교사들도 남들과 같아서 여름
이라도 한자리에 모이기가 쉽지 않아요. 학기 중에는 할 수 없는 페
인트칠이며 수리도 해야 하고, 가족 휴가도 있고, 거기다 각종 여름
행사가 있으니까요. 내게는 그게 리틀 리그와 시티 리그죠. 그래서
3개주 영어교사회에서는 참석자가 제일 많은 둘째 날에 유명한 연
사를 초빙하려고 해요."

"이번에는 그게 지난 화요일이었나요?" 랠프가 물었다.

"맞아요. 올해 학회는 월요일인 7월 9일부터 수요일인 7월 11일
까지 셰러턴 호텔에서 열렸어요. 나는 5년 동안 학회에 참석한 적

이 없었는데, 에버렛이 말하길 할런 코벤이 기조 강연을 맡은 데다 다른 선생님들도 간다기에, 화요일과 수요일 연습을 개빈 프릭과 베이버 파텔의 아빠에게 부탁했어요. 준결승전이 얼마 안 남은 시점이라 죽도록 고민스러웠지만, 돌아와서 목요일하고 금요일 연습을 내가 챙기면 될 일이고, 코벤의 강연을 놓치고 싶지 않았거든요. 나는 그의 작품을 모두 읽었어요. 플롯을 짜는 능력이 뛰어나고 유머 감각이 있는 작가죠. 게다가 올해 학회 주제가 7학년부터 12학년까지 학생들에게 성인 대중소설을 가르치는 것이었는데, 특히 이 일대에서 몇 년 전부터 뜨거운 쟁점이었어요."

"장황한 설명은 생략합시다." 새뮤얼스가 말했다. "핵심만 얘기하세요."

"그러죠. 다 같이 갔어요. 환영 오찬 식사를 하고, 코벤의 강연을 듣고, 저녁 8시에 열린 패널 토론에 참석하고, 하룻밤을 거기서 보냈어요. 에버렛하고 데비는 싱글룸을 썼지만 나는 빌리 퀘이드하고 더블룸을 같이 썼어요. 빌리가 그러자고 했거든요. 집을 증축하고 있어서 돈을 아껴야 한다며. 그 사람들이 내 말을 뒷받침할 거예요." 테리가 랠프를 쳐다보며 손바닥을 펼쳐서 들어 보였다. "나는 거기 있었다. 그게 핵심이에요."

취조실에 정적이 흘렀다. 이윽고 새뮤얼스가 말했다.

"코벤의 강연이 몇 시였죠?"

"3시요. 화요일 오후 3시."

"참 편리하기도 하지." 새뮤얼스가 신랄한 투로 말했다.

하위 골드가 활짝 웃었다.

"검사님 입장에서는 아니겠지만요."

3시라. 랠프는 생각했다. 알린 스탠호프가 테리가 훔친 흰색 밴 뒷자리에 프랭크 피터슨의 자전거를 싣고 아이를 조수석에 태우고 가는 걸 보았다고 한 게 거의 그 시각이었다. 아니, 거의도 아니었다. 스탠호프 부인은 정각을 알리는 시청의 종소리를 들었다고 했다.

"강연은 셰러턴 호텔 대회의실에서 열렸나요?" 랠프가 물었다.

"네. 연회장 바로 맞은편이었죠."

"3시에 시작한 게 분명하단 말이죠."

"3개주 영어교사회장이 그때 소개를 시작했어요. 아무리 못 해 도 10분 동안 구구절절 늘어놓더라고요."

"흐음, 그리고 코벤은 얼마 동안 강연을 했나요?"

"한 45분 정도 했던 것 같아요. 그런 다음 질문을 받았고요. 4시 30분쯤에 전부 끝났을 거예요."

바람에 날리는 종이처럼 랠프의 머릿속에서 온갖 생각들이 소용 돌이쳤다. 이 정도로 심하게 허를 찔린 게 언제였는지 기억조차 나 지 않았다. 테리의 동선을 미리 체크했어야 했는데, 이제 와서 그런 후회를 해 봐야 엎질러진 물이었다. 그와 새뮤얼스와 주 경찰청의 유넬 사블로는 메이틀랜드에 대해 수소문하고 다니면 아주 위험 한 인물이 경계 태세를 갖출 수도 있다는 데 합의했다. 그리고 증거 의 무게를 감안했을 때 불필요한 조치처럼 느껴졌다. 하지만 지금 은······.

랠프는 새뮤얼스를 흘긋 쳐다보았지만 거기에서도 당장은 희망 이 없었다. 그는 의심스러워하는 한편으로 당혹스러워하는 표정을 짓고 있었다.

"이건 엄청난 실수입니다." 골드가 말했다. "두 분도 분명 아시겠지만."

"실수라니요." 랠프가 말했다. "우리는 이 사람의 지문과 이 사람을 아는 목격자들의 증언을 입수했고 조만간 DNA 검사 결과가 나올 거예요. DNA가 일치하는 걸로 밝혀지면 그걸로 끝이라고요."

"아, 하지만 조만간 나오는 건 그것뿐만이 아니에요. 우리가 이렇게 얘기를 하는 동안 내 수사관이 열심히 캐고 있는 정보가 있는데, 신빙성이 높거든요."

"뭔데요?" 새뮤얼스가 쏘아붙였다.

골드는 미소를 지었다.

"알렉이 뭘 찾아낼지 미리 터뜨리면 재미없잖아요. 내 의뢰인이 나한테 한 얘기가 맞다면 그걸로 당신 배에 구멍이 하나 더 뚫릴 겁니다, 빌. 벌써부터 심하게 물이 새고 있긴 하지만."

문제의 알렉은 전직 주 경찰관으로 현재는 형사 사건 변호사들만을 위한 탐정으로 활약 중인 알렉 펠리였다. 그는 몸값이 비쌌고 실력이 좋았다. 랠프는 예전에 한번 같이 술을 마시며 펠리에게 왜 어둠의 편으로 넘어갔느냐고 물은 적이 있었다. 펠리는 나중에 무죄라고 확신하게 된 사람을 최소 네 명 철창에 가둔 적이 있기 때문에 속죄해야 하는 일이 많다고 했다. "그리고 골프를 치지 못하면 은퇴 생활이 구려지거든."

불가능한 희망사항이거나 피고 측 변호사의 허풍이 아닌 이상 펠리가 이번에는 뭘 추적하는지 넘겨짚으려고 해 봐야 소용없었다. 랠프는 다시 한 번 양심의 가책을 느끼는 표정을 기대하며 테리를 쳐다보았지만, 보이는 거라고는 걱정과 분노와 혼란스러움뿐이었다. 자기가 저지른 적 없는 잘못으로 체포된 사람의 표정이었다.

하지만 모든 증거가 그를 범인으로 지목했고, DNA 결과가 나오면 그에게 사망선고가 내려질 것이었다. 그의 알리바이는 애거서 크리스티의 소설(아니면 할런 코벤의 소설)에서 차용한 교묘한 술책일 것이었다. 랠프는 내일 아침부터 당장 이 속임수를 파헤치는 작업에 착수할 것이다. 먼저 테리의 동료들을 면담하고 코벤의 강연이 시작된 시점과 끝난 시점에 초점을 맞춰서 학회 일정을 거꾸로 되짚을 작정이었다.

그의 밥줄이 걸렸다고 볼 수 있는 그 작업을 시작하기 전부터 테리의 알리바이에서 구멍이 하나 눈에 띄었다. 알린 스탠호프는 3시에 프랭크 피터슨이 테리와 함께 흰색 밴에 타는 걸 보았다고 했다. 준 모리스가 피투성이로 피기스 공원에서 나오는 테리를 보았다고 한 시각은 6시 30분 무렵이었다. 그녀의 어머니가 말하길 딸이 나갔을 때 지역 뉴스 채널에서 일기예보가 나왔다고 했으니 그쯤이었다. 그 사이의 세 시간 30분이면 차를 몰고 캡 시티에서 플린트 시티까지 110킬로미터를 오기에 충분했다.

만에 하나 제럴스 파인 마트에서 스탠호프 부인이 본 사람이 테리 메이틀랜드가 아니었다면? 테리와 비슷하게 생긴 공범이었다면? 골든 드래건스 모자를 쓰고 셔츠를 입는 등 테리와 옷차림이 비슷했을 뿐이라면? 가능성 없는 얘기 같지만 스탠호프 부인의 나이와…… 그녀가 쓰고 있었던 두툼한 안경을 감안한다면…….

"끝났나요, 두 분?" 골드가 물었다. "두 분이 메이틀랜드 씨를 붙잡아 둘 작정이라면 내가 할 일이 많아지거든요. 1순위가 언론 접촉이에요. 내가 좋아하는 방법은 아니지만……."

"거짓말하지 마세요." 새뮤얼스가 퉁명스럽게 말했다.

"하지만 그러면 테리의 집에서 기자들을 끌어낼 수 있을 테니 아이들이 집으로 돌아갈 때 그들에게 쫓기거나 사진을 찍힐 일이 없겠죠. 무엇보다 두 분이 그 가족에게서 아무 생각 없이 앗아간 평화를 조금이나마 돌려줄 수 있을 테고요."

"그런 발언은 방송 카메라를 위해서 아껴 둬요." 새뮤얼스는 테리를 가리키며 일부 판사와 배심원을 겨냥해 연극을 했다. "당신 의뢰인은 어린아이를 고문하고 살해했어요. 가족이 부수적인 피해를 입었다면 이 사람 책임이죠."

"어이가 없네요. 당신은 체포하기 전에 나를 신문조차 하지 않았어요. 질문을 단 한 개도 하지 않았어요."

"강연이 끝난 뒤에는 뭘 했나요, 테리?"

랠프의 질문에 테리는 고개를 저었다. 부정하기 위해서가 아니라 정신을 차리기 위해서인 듯했다.

"그 이후에요? 남들처럼 줄을 섰죠. 하지만 데비 덕분에 한참 뒤에 섰어요. 화장실이 급하다면서 기다려 달라고, 자기랑 다 같이 가자고 했거든요. 그러고서는 한참 있다가 왔어요. 질의응답 시간이 끝나자마자 화장실로 달려간 남자들도 많았지만 항상 여자들이 더 오래 걸리죠. 왜냐하면…… 뭐, 화장실 칸이 몇 개 안 되니까요. 나는 에버렛과 빌리와 함께 잡지 매점으로 가서 그 앞에서 기다렸어요. 그녀가 나왔을 때는 사람들이 이미 로비까지 줄을 섰고요."

"무슨 줄 말입니까?"

"세상하고 담을 쌓고 사세요, 새뮤얼스 씨? 사인 줄이죠. 다들 그의 신작 『내가 그럴 거라고 했잖아』를 들고 왔어요. 학회 참석비에 포함되어 있었거든요. 나도 들고 가서 날짜와 사인을 받고 왔으니까 기꺼이 보여 드릴게요. 내 다른 소지품들하고 이미 집에서 들고 나왔겠지만. 우리가 사인 테이블 앞에 도착한 건 5시 30분이 넘어서였어요."

그렇다면 랠프가 테리의 알리바이에 뚫려 있을지 모른다고 생각했던 구멍이 바늘구멍 정도로 좁아지는 셈이었다. 고속도로 제한속도가 시속 110킬로미터이지만, 교통경찰이 신경 쓰지 않으면 130킬로미터나 심지어 140킬로미터로 달려도 캡 시티에서 플린트 시티까지 한 시간 만에 주파하는 게 이론적으로는 가능했다. 하지만 어느 시간에 테리가 범행을 저지를 수 있었을까? 비슷하게 생긴 공범이 저지른 범행이라면 어떻게 해서 테리의 지문이 나뭇가지를 비롯해 온 사방에 남았을까? 정답은 '공범이 저지른 범행이 아니다.'였다. 그리고 테리가 어째서 생김새와 옷차림이 자기와 비슷한 공범을 동원했을까? 정답은 '공범은 동원하지 않았다.'였다.

"다른 영어 교사들도 처음부터 끝까지 같이 줄을 섰나요?"

새뮤얼스가 물었다.

"네."

"사인도 널찍한 방에서 했고요?"

"네. 연회장이라고 부르는 것 같던데."

"다 같이 사인을 받은 뒤에는 뭘 했나요?"

"나가서 줄을 서는 동안 알게 된 브로큰 애로의 영어 선생님 몇 명과 저녁을 먹었죠."

"어디에서요?" 랠프가 물었다.

"파이어피트라는 곳에서요. 호텔에서 세 블록 가면 나오면 스테이크하우스예요. 6시쯤 거기 도착해서 식전에 술을 두어 잔 마시고 식후에 디저트를 먹었어요. 기분 좋게." 테리는 그리워하는 투로 말했다. "다 합해서 아홉 명쯤 됐던 것 같아요. 다시 호텔까지 다 같이 걸어가서 저녁 패널 토론을 들었죠. 『앵무새 죽이기』나 『제5도살장』과 같은 책을 어떤 식으로 다룰 것인가가 주제였는데, 에버렛하고 데비는 먼저 일어났고 빌리와 나는 끝까지 자리를 지켰어요."

"그게 몇 시였죠?" 랠프가 물었다.

"9시 30분쯤요."

"그런 다음에는요?"

"빌리하고 바에서 맥주 한 잔씩 하고 객실로 올라가서 잤어요."

피터슨이 납치됐을 때 유명한 미스터리 작가의 강연을 듣고 있었군. 랠프는 생각했다. 피터슨이 살해됐을 때는 최소 여덟 명과 저녁을 먹고 있었고, 윌로 레인워터가 택시로 젠틀맨 플리즈에서 더브로 역까지 태워다 주었다고 주장한 시각에는 금서를 주제로 한 패널 토론을 들었고. 그는 우리가 동료들을 찾아가고, 브로큰 애로에서 온 교사들을 추적하고, 셰러턴 호텔 라운지의 바텐더와 대화를 나눌 거라는 걸 알았다. 호텔 보안 영상과 심지어 할런 코벤의 신작에 받은 사인까지 확인하리라는 걸 알았다.

그의 주장을 확인하고 나면 불가피하고 믿기지 않는 결론이 내려질 수밖에 없었다.

새뮤얼스가 턱을 내밀고 테이블 위로 몸을 숙였다.

"화요일 3시부터 8시까지 계속 남들과 함께 있었다고 믿어 주길 바랍니까? 계속 함께 있었다고?"

테리는 고등학교 선생님만 지을 수 있는 눈빛으로 그를 쳐다보았다. *당신이 바보라는 건 우리 둘 다 알지만 당신 동료들 앞에서 폭로하는 난처한 상황을 만들지는 않겠어.*

"그건 당연히 아니죠. 나는 코벤의 강연이 시작되기 전에 혼자 화장실에 다녀왔어요. 식당에서도 한 번 다녀왔고. 내가 방광을 비우는 1분 30초 동안 플린트 시티로 와서 가엾은 프랭크 피터슨을 죽이고 캡 시티로 돌아갔다고 배심원을 한 명이라도 설득할 수 있을까요? 배심원들이 그걸 믿을 것 같아요?"

새뮤얼스는 랠프를 쳐다보았다. 랠프는 어깨를 으쓱했다.

"질문은 이 정도면 된 것 같습니다." 새뮤얼스가 말했다. "메이틀랜드 씨는 구치소로 이송돼서 월요일에 기소인부절차를 밟을 때까지 구금될 겁니다."

테리의 어깨가 내려갔다.

"끝까지 해 보겠다는 거로군요. 정말 그럴 생각이에요."

랠프는 골드의 말에 새뮤얼스가 또다시 폭발할 줄 알았지만 이번에는 지방검사가 뜻밖의 반응을 보였다. 메이틀랜드의 표정만큼이나 지친 듯이 들리는 목소리로 이렇게 말했던 것이다.

"왜 이래요, 하위. 증거가 있는데 나도 어쩔 도리가 없잖아요. 그리고 DNA가 일치하는 걸로 나오면 게임 끝이에요."

그는 다시금 몸을 앞으로 기울여 테리의 공간을 침범했다.

"사형을 면할 수 있는 기회가 아직 남아 있어요, 테리. 가능성이 많지는 않지만 그래도. 그 기회를 잡아요. 헛소리는 접고 자백해요. 상상할 수 없을 만큼 끔찍하게 아들을 잃은 프레드와 알린 피터슨 부부를 위해서라도. 자백하고 나면 마음이 홀가분해질 겁니다."

테리는 새뮤얼스의 예상과 달리 뒤로 물러나지 않았다. 오히려 몸을 앞으로 숙였고, 그러자 테이블 저편의 남자에게 뭔가 감염될까봐 두렵기라도 한 듯 지방검사 쪽에서 뒤로 물러났다.

"자백할 거 아무것도 없습니다, 검사님. 나는 프랭크 피터슨을 죽이지 않았어요. 내 손으로 아이를 해칠 일은 없어요. 헛다리 짚으셨네요."

새뮤얼스는 한숨을 쉬고 일어섰다.

"알았어요, 기회가 있었는데. 지금은…… 신의 가호를 빌게요."

22

플린트 시티 종합병원

병리학 및 혈청학과

수신: 랠프 앤더슨 형사

유넬 사블로 경위

윌리엄 새뮤얼스 지방검사

발신: 병리학과장 F. 애커먼 박사
날짜: 7월 12일

제목: 부검 소견서/개인 및 기밀 정보

요청하신 대로 저의 의견을 피력합니다.

부검(7월 11일, 앨빈 바클랜드 박사의 보조 아래 본인이 시행함.) 보고서에 명기된 계간이 자행되었을 당시 프랭크 피터슨의 생존 여부는 알 수 없지만, 직접적인 사인이 실혈(즉, 과다 출혈)인 것만큼은 분명합니다.

남아 있는 피터슨의 얼굴, 목, 어깨, 가슴, 우측 옆구리, 상반신에서 잇자국이 발견되었습니다. 살인 현장을 촬영한 사진과 상처를 병행 판단하건대 다음과 같은 순서였을 겁니다. 피터슨은 땅바닥에 똑바로 내동댕이쳐져 최소 6회, 많게는 12회 물렸습니다. 광란 행위였죠. 그런 다음 뒤집혀 계간을 당했습니다. 그즈음에 피터슨은 거의 의식이 없었을 겁니다. 범인은 계간하는 동안 또는 그 직후에 사정했습니다.

이 첨부자료에 개인 및 기밀 정보라고 명기한 이유는 이 사건의 어떤 측면이 공개되면 이 지역뿐 아니라 전국의 언론에서 선정적으로 다루어질 게 분명하기 때문입니다. 피터슨의 시신 중 일부분, 가장 구체적으로는 우측 귓불, 우측 유두 그리고 기도와 식도의 일부분이 없습니다. 범인이 목덜미의 상당 부분과 함께 이 시신의 일부분을 전리품으로 가져갔을지 모릅니다. 그것이 그나마 가장 나은 시나리오입니다. 범인이 그걸 먹었다는 것이 다른 시나리

오니까요.

이 사건을 담당하는 분들께서 알아서 하시겠습니다만, 이 사실과 제가 차후에 내린 결론은 유죄 선고에 절대적으로 필요한 경우가 아닌 이상 언론뿐 아니라 재판정에서도 공개하지 않길 강력하게 추천하는 바입니다. 이런 정보를 접했을 때 부모가 어떤 반응을 보일지 당연히 상상할 수 있을 테지만, 어느 누가 이런 정보를 알고 싶어 하겠어요? 제가 주제넘은 참견을 했다면 죄송하지만 이번만큼은 그럴 필요성을 느꼈습니다. 저는 의사이고 이 카운티의 검시관이지만, 아이 엄마이기도 하니까요.

이 아이를 훼손하고 살해한 범인을 반드시 그리고 조속히 검거해 주시길 간청합니다. 그렇지 않으면 동일 범행을 반복할 가능성이 거의 100퍼센트니까요.

펠리시티 애커먼, 의학박사

플린트 시티 종합병원

병리학과장

플린트 카운티 수석 검시관

23

플린트 시티 경찰서의 본관은 넓었지만 테리 메이틀랜드를 기다리는 네 남자로 꽉 찬 느낌이었다. 주 경찰관 두 명과 카운티 구치소에서 나온 교도관 두 명이었는데 하나같이 몸집이 우람했다. 테리는 그에게 벌어진(그리고 계속 벌어지고 있는) 사태로 여전히 망연자실한 상태였지만 조금 재밌게 느껴지는 건 어쩔 수 없었다. 카운티 구치소는 여기서 겨우 네 블록이었다. 그를 데리고 800미터 남짓한 거리를 이동하기 위해 엄청난 덩치들이 동원된 것이었다.

"손 앞으로." 한 교도관이 말했다.

테리는 손을 내밀고 수갑이 그의 손목에 새롭게 채워지는 광경을 지켜보았다. 그는 다섯 살 때 유치원에 등원한 첫날, 어머니가 그의 손을 놓았을 때처럼 갑작스럽게 불안해져서 하위를 찾았다. 하위는 빈 책상의 구석에 앉아서 휴대전화로 통화를 하다가 테리의 표정을 보더니 전화를 끊고 허둥지둥 달려왔다.

"선생님, 재소자의 몸에 손을 대지 마세요."

테리에게 수갑을 채운 교도관이 말했다.

골드는 그의 말을 무시했다. 테리의 어깨를 한 팔로 감싸 안고 중얼거렸다.

"다 잘 해결될 거야."

그런 다음 테리의 뺨에 입을 맞추었다. 의뢰인 못지않게 골드의 입장에서도 놀랄 만한 행동이었다.

테리는 네 명의 남자들에게 둘러싸인 채 카지노 기계처럼 불빛을 반짝이는 주 경찰청 순찰차의 뒤에서 기다리는 카운티 밴까지 정문 계단을 내려가는 동안 그 입맞춤을 곱씹었다. 그리고 말도 곱씹었다. 카메라들이 번쩍이고 방송 조명이 불을 밝히고 탄환처럼 질문이 쏟아지는 동안 특히 그 말을 곱씹었다. *기소되셨나요, 그 범행을 저지르셨나요, 무죄이신가요, 자백하셨나요, 프랭크 피터슨*

의 부모님에게 하실 말씀 없으신가요.

다 잘 해결될 거야. 테리는 골드가 한 그 말에 매달렸다.

하지만 당연히 그렇게 되지 않았다.

7월 14일 ~ 7월 15일

유감

1

알렉 펠리가 익스플로러 중앙 콘솔에 넣고 다니는, 건전지로 작동하는 경광등은 애매모호한 지점에 있었다. 그가 주 경찰청에서 퇴직한 걸 감안하면 전적으로 불법은 아니었지만, 지금은 캡 시티 경찰 예비대의 명망 있는 대원이었으니 불법일 수 있었다. 어찌됐건 이번만큼은 계기판에 얹고 불을 켤 필요가 있어 보였다. 덕분에 캡 시티에서 플린트 시티까지를 기록적인 시간에 주파해 9시 15분에 바넘 코트 17번지의 대문을 두드릴 수 있었다. 이 앞에는 기자들이 없었지만, 조금 더 가면 나오는 메이틀랜드의 집이겠거니 싶은 곳은 눈부시게 환한 텔레비전 방송국 조명이 비추고 있었다. 하위가 즉흥적으로 마련한 기자회견이라는 신선한 먹잇감 쪽으로 모든 똥파리들이 몰려가지는 않은 모양이었다. 그도 그럴 거라고 예상하지는 않았다.

모래색 머리칼에 미간을 찡그리고 입은 거의 안 보일 정도로 굳게 다문, 소화전처럼 짤막하게 생긴 남자가 문을 열었다. 꺼지라고 퍼부을 만반의 준비가 갖추어진 남자였다. 그의 뒤에 서 있는 초록색 눈의 금발 여성은 남편보다 키가 8센티미터 컸고, 화장을 하지 않은 데다 눈이 부었는데도 훨씬 인물이 좋았다. 지금 그녀는 울음을 그쳤지만 집 안 어딘가에서 누군가가 울고 있었다. 아이였다. 메이틀랜드의 딸일 거라고 알렉은 짐작했다.

"매팅리 씨와 부인 되십니까? 저는 알렉 펠리입니다. 하위 골드의 전화 받으셨죠?"

"네." 여자가 말했다. "들어오세요, 펠리 씨."

알렉은 앞으로 걸음을 옮겼다. 그보다 키가 20센티미터 작은 매팅리가 여기에 전혀 굴하지 않고 그의 앞을 가로막았다.

"먼저 신분증을 볼 수 있을까요?"

"그럼요."

알렉은 면허증을 보여 줄 수도 있었지만 그 대신 경찰 예비 대원증을 선택했다. 요즘에는 주로 록밴드 공연, 로데오 대회, 프로레슬링 시합, 1년에 세 번 원형 경기장에서 열리는 몬스터 트럭 잼과 같은 행사장에서 말만 그럴듯한 보안 요원으로 일하고 있다는 얘기는 굳이 할 필요 없었다. 주차 단속하는 여경이 병으로 결근하면 그가 대신 분필 막대를 들고 캡 시티의 상업지구를 돌아다니기도 했다. 주 경찰청 형사 네 명을 거느렸던 전직 반장이 하기에는 변변찮은 일이었지만 알렉은 상관하지 않았다. 그는 햇볕을 맞으며 야외로 돌아다니는 게 좋았다. 게다가 그는 성서를 공부하는 학자이기도 했고 야고보서 4장 6절에는 이렇게 적혀 있었다. "하나님은 교만한 자를 물리치시고 겸손한 자에게 은혜를 주신다 하였느니라."

"고맙습니다." 매팅리 씨는 그렇게 말하며 옆으로 비켜서는 동시에 손을 내밀었다. "톰 매팅리입니다."

알렉은 상대와 악수하며 손아귀 힘이 셀 거라고 예상했다. 그의 짐작은 맞아떨어졌다.

"여기가 워낙 번듯하고 조용한 동네라 원래는 이렇게 의심하지 않는데, 세라와 그레이스를 보호하는 동안에는 신중에 신중을 기해야 한다고 제이미한테도 얘기했어요. 벌써부터 T코치에게 화가 난 사람들이 한두 명이 아니지만 이건 정말이지 시작에 불과해요. 코치가 무슨 짓을 저질렀는지 소문이 나면 훨씬 심각해질 거예요. 애들을 데리러 와 주셔서 다행입니다."

제이미 매팅리는 나무라는 눈빛으로 그를 쳐다보았다.

"아빠가 무슨 짓을 저질렀건, 무슨 짓을 저지른 게 확실하다 하더라도 그게 애들 잘못은 아니잖아." 그러고 나서 이번에는 알렉에게 말했다. "애들이 엄청난 충격을 받았어요, 특히 그레이스가요. 아빠가 수갑을 차고 끌려가는 걸 봤으니 말이에요."

"어휴, 이유가 밝혀지면 어떻게 될지 두고 봐. 밝혀질 거야. 요즘 애들은 알아내지 못하는 게 없거든. 빌어먹을 인터넷, 빌어먹을 페이스북, 빌어먹을 트위터 쩍쩍이 때문에." 매팅리는 고개를 저었다. "제이미 말이 맞아요. 무죄 추정의 원칙, 그게 미국의 원칙이죠. 하지만 그런 식으로 많은 사람들 앞에서 체포해 버리면⋯⋯." 그는 한숨을 쉬었다. "뭐 좀 마시겠어요, 펠리 씨? 제이미가 경기 시작전에 만들어 놓은 아이스티가 있는데."

"감사하지만 아이들을 이제 그만 집으로 데려가는 게 좋을 듯합니다. 아이들 어머니가 기다릴 거예요."

그리고 아이들을 데려다 주는 건 오늘 밤에 해야 하는 첫 번째 일에 불과했다. 하위는 눈부신 텔레비전 방송국 조명 안으로 들어서기 직전에 따발총을 쏘듯 해야 하는 일들을 우다다다 늘어놓았고, 여기저기 전화를(전화로 부탁을) 하며 캡 시티로 다시 돌아가는 것이 그가 두 번째로 해야 하는 일이었다. 미들랜드 가에서 타이어에 분필로 표시하는 것보다는 훨씬 나았고 다시 일다운 일을 할 수 있어서 좋았지만, 이 부분은 난항이 예상됐다.

아이들이 있는 방은 옹이가 진 소나무 벽 위에서 허공으로 솟구치는 박제한 물고기들로 보건대 톰 매팅리의 아지트일 수밖에 없었다. 큼지막한 평면 스크린 안에서는 스펀지밥이 해저 도시 비키니 시티에서 깡충거리고 있었지만 소리가 무음이었다. 알렉이 데려가야 하는 아이들은 골든 드래건스 티셔츠에 야구모자를 쓴 채소파에 웅크리고 앉아 있었다. 검은색과 금색으로 페이스페인팅까지 했지만, 동생은 우느라 거의 다 지워지고 없었다. 아마 아이들 어머니가 몇 시간 전에, 그 전까지만 해도 다정했던 세상이 앞발을 들고 그들의 가정을 물어뜯어 구멍을 내기 전에 해 주었을 것이다.

언니는 낯선 남자가 문 앞에서 어른거리는 걸 보고 흐느껴 우는 동생을 더욱 힘껏 끌어안았다. 알렉은 자식이 없었지만 두 아이가 마음에 들었고 세라 메이틀랜드의 본능적인 반응에 가슴이 아파졌다. 아이가 아이를 보호하는 형국이었다.

그는 방 한가운데로 가서 앞으로 손깍지를 끼고 섰다.

"세라? 나는 하위 골드의 친구야. 그분 알지?"

"네. 우리 아빠 괜찮으세요?"

세라의 목소리는 속삭임에 가까웠고 우느라 쉬어 있었다. 그레이스는 알렉을 아예 쳐다보지도 않고 언니의 어깨 오목한 부분으로 얼굴을 돌렸다.

"응. 아빠가 너희를 집에 데려다 주라고 하셨어."

진짜로 그런 건 아니었지만 지금은 꼬치꼬치 따질 때가 아니었다.

"아빠가 집에 계세요?"

"아니. 하지만 엄마는 계셔."

"우리끼리 걸어가면 돼요." 세라가 희미하게 말했다. "바로 이 동네예요. 제가 그레이시 손을 잡고 가면 돼요."

그레이스 메이틀랜드가 언니의 어깨에 대고 싫다는 뜻에서 고개를 좌우로 저었다.

"해가 진 다음에는 안 되지, 아가." 제이미 매팅리가 말했다.

그리고 오늘 밤은 더욱 안 되고. 알렉은 생각했다. 앞으로 많은 날 밤 동안 그럴 것이었다. 낮도 다를 바 없었다.

"일어나자, 얘들아." 톰이 억지로 명랑한(그래서 다소 섬뜩한) 목소리로 말했다. "내가 배웅해 줄게."

현관 밖으로 나서 불빛 아래에 서자 제이미 매팅리의 얼굴이 전보다 더 창백해 보였다. 세 시간 만에 극성 엄마에서 암환자로 바뀌었다.

"끔찍하네요. 온 세상이 거꾸로 뒤집힌 느낌이에요. 우리 딸이

유감 149

캠프에 간 게 얼마나 다행인지. 세라하고 모린이 단짝 친구라 오늘 저녁 경기를 관람하러 간 거였거든요."

친구 이름이 등장하자 세라 메이틀랜드도 울음을 터뜨렸고, 그러자 동생의 울음소리가 한층 격렬해졌다. 알렉은 매팅리 부부에게 고맙다고 인사하고 아이들을 그의 익스플로러로 데려갔다. 아이들은 동화에 나오는 주인공처럼 고개를 숙이고 손을 꼭 잡고 천천히 걸었다. 그가 조수석의 잡동사니를 모두 치워 놓았기에 둘이 한 자리에 끼여 앉았다. 그레이스는 다시 언니의 어깨 오목한 곳에 얼굴을 묻었다.

알렉은 굳이 안전벨트를 매라고 하지 않았다. 인도와 메이틀랜드 가(家)의 앞마당을 환히 밝힌 빛의 동그라미까지 300미터밖에 되지 않았다. 집 앞에 남은 취재진은 한 팀뿐이었다. 캡 시티의 ABC 방송 계열사에서 나온 네댓 명이 중계차의 위성 안테나가 드리운 그림자 안에 서서 스티로폼 컵에 담긴 커피를 마시고 있었다. 그들은 익스플로러가 메이틀랜드의 집 앞 진입로로 들어서는 걸 보고 허둥지둥 작업에 돌입했다.

알렉은 차창을 내리고 최대한 위협적인 목소리로 말했다.

"촬영 절대 하지 마! 이 아이들 촬영 절대 하지 마!"

그 말을 듣고 그들은 행동을 멈추었지만 잠깐에 그쳤다. 언론계의 똥파리들에게 촬영하지 말라고 하는 건 모기에게 물지 말라고 하는 것과 같았다. 알렉은 지금과 달랐던 시절(신사가 숙녀를 위해 문을 잡아 주었던 호랑이 담배 피우던 시절)을 기억했지만 그 시절은 지나간 지 오래였다. 바넘 코트에 홀로 남겨진 기자, 알렉도 희미하게 얼굴을 기억하는 라틴아메리카 출신의 남자로 나비넥타이를 유난히 좋아했고 주말에 일기예보를 맡은 기자가 벌써부터 마이크를 부여잡고 허리춤에 찬 배터리를 체크하고 있었다.

메이틀랜드의 집 현관문이 열렸다. 세라는 어머니가 거기서 나오려고 하는 걸 보았다.

"잠깐만, 세라야."

알렉은 말하고 뒤편으로 손을 뻗었다. 집에서 출발하기 전에 1층 화장실에서 챙긴 수건을 아이들에게 한 장씩 주었다.

"이걸로 얼굴을 가려, 눈만 빼고." 그는 미소를 지었다. "영화에 나오는 노상강도처럼, 알았지?"

그레이스는 그를 빤히 쳐다볼 따름이었지만 세라는 알아듣고 수건으로 동생의 머리를 덮었다. 세라가 자기 수건을 만지는 동안 알렉이 수건으로 그레이스의 입과 귀를 막아 주었다. 그들은 차에서 내려 턱 밑으로 수건을 잡고 텔레비전 중계차가 비추는 눈부신 조명 사이로 질주했다. 노상강도 같아 보이지 않았다. 모래 폭풍을 만난 베두인족 꼬맹이 같아 보였다. 알렉은 이렇게 슬프고 절박해 보이는 아이들은 처음이었다.

마시 메이틀랜드는 얼굴을 가릴 수건이 없었기에 카메라맨이 그녀에게 초점을 맞추었다.

"메이틀랜드 부인!" 나비넥타이가 그녀를 향해 외쳤다. "부군의 검거에 대해 하실 말씀 있으신가요? 부군과 얘기 나누셨나요?"

알렉은 카메라를 가로막고 서서(카메라맨이 앵글을 다시 잡으려고 하자 잽싸게 따라 움직였다.) 나비넥타이를 가리켰다.

"잔디 절대 밟지 마, *에르마노*(형제). 밟으면 구치소 바로 옆 칸에서 메이틀랜드한테 직접 개떡 같은 질문을 던지게 되는 수가 있어."

나비넥타이는 기분 상한 표정으로 그를 쳐다봤다.

"지금 누구더러 *에르마노*라고 하는 거예요? 나는 여기서 해야 할 일이 있다고요."

"정신이 하나도 없는 여자와 어린 두 아이를 괴롭히는 거? 참 대단한 일을 하고 있군그래."

하지만 알렉의 임무는 끝났다. 메이틀랜드 부인이 딸들을 안으로 데리고 들어갔다. 그들은 안전했다. 상황이 허락하는 한도 안에서 최대한 안전했다. 하지만 그는 두 아이가 앞으로 한참 동안 그 어디에서도 안전한 기분을 누리지 못할 듯한 예감을 느꼈다.

알렉이 자기 차로 걸음을 옮기자 나비넥타이가 카메라맨에게 따라오라는 수신호를 보내며 잰걸음으로 인도를 따라왔다.

"선생님은 누구십니까? 성함이 어떻게 되시죠?"

"푸딩테인. 다시 물어도 똑같이 대답할 거야.* 여긴 기삿거리 없으니까 이 사람들 건드리지 말고 그냥 가시오, 엉? 가족들은 이 사건하고 아무 상관 없잖소."

그도 차라리 러시아어로 얘기하는 편이 나았을지 모른다는 걸 알았다. 벌써부터 동네 주민들이 바넘 코트에서 연속적으로 펼쳐지는 드라마의 다음 장면을 보기 위해 앞마당으로 다시금 나오기 시작했다.

---

* 오래전부터 전해 내려오는 동요 가사다.

알렉은 후진으로 진입로를 빠져나와 서쪽으로 향했다. 카메라 맨이 그의 번호판을 촬영 중일 테니 그가 누구이고 누굴 위해 일을 하는지 조만간 밝혀지리라는 걸 알았다. 별건 아니었지만 11시 뉴스를 보려고 채널을 고정한 시청자들에게는 아이스크림 위에 얹는 체리 역할을 할 수 있을 것이었다. 그는 그 집에서 지금 어떤 풍경이 펼쳐지고 있을지 잠깐 상상해 보았다. 경기용 페이스페인팅을 한 채 망연자실 겁에 질린 딸들과 그들을 달래려고 하는 망연자실 겁에 질린 어머니.

"그가 범인인가?" 하위가 전화해 상황을 속기사처럼 잽싸게 요약했을 때 알렉은 물었다. 일은 일이었으니 상관없었지만 그는 항상 궁금했다. "자네 생각은 어때?"

"모르겠어." 하위는 대답했다. "하지만 세라하고 그레이스를 집으로 데려다 주자마자 자네가 다음으로 해야 할 일이 뭔지는 알아."

고속도로 표지판이 처음으로 보이자 알렉은 캡 시티의 셰러턴 호텔로 전화해 예전에 거래를 한 적 있는 컨시어지를 바꿔 달라고 했다.

뭐, 그와 거래를 한 적 없는 컨시어지는 거의 없다고 보면 맞았다.

2

랠프와 빌 새뮤얼스는 넥타이를 내리고 셔츠 윗단추를 푼 채 랠프의 사무실에 앉아 있었다. 밖을 비추던 텔레비전 중계차 조명이

10분 전에 사라졌다. 랠프의 책상에 놓인 전화기의 버튼 네 개에 모두 빨간불이 들어와 있었지만 제리 몰든이 11시에 출근할 때까지 샌디 맥길이 걸려 온 전화를 처리하고 있었다. 당분간 그녀의 업무는 반복적일지 몰라도 단순했다. *현 시점에서 플린트 시티 경찰서는 드릴 말씀이 전혀 없습니다. 수사가 진행 중이라서요.*

그동안 랠프는 그의 휴대전화로 연락한 사람들을 처리하고 있었다. 이제 그는 전화기를 외투 주머니에 다시 넣었다.

"유넬 사블로는 부인과 함께 처가 식구들을 만나러 북부에 갔답니다. 이미 두 번 연기해서 일주일 동안 상담을 받지 않으려면 이번에는 어쩔 수 없었다고 해요. 상담실 의자가 아주 불편하다면서. 내일 돌아올 예정이고 기소인부절차에는 당연히 참석할 거랍니다."

"그럼 셰러턴 호텔에는 다른 사람을 보내야겠군요. 잭 호스킨스가 휴가를 간 게 너무 아쉽네요."

"아뇨, 그건 아니에요."

랠프가 그렇게 말하자 새뮤얼스는 웃음을 터뜨렸다.

"뭐라고 할 말이 없네. 우리 잭이 이 주를 통틀어 가장 형편없는 형사는 아닐지 몰라도, 거의 그 수준이라는 건 나도 인정해요. 캡 시티의 모든 형사를 알죠? 괜찮은 친구 얻어 걸릴 때까지 전화 돌리세요."

그러자 랠프는 고개를 저었다.

"사블로여야 합니다. 이 사건에 대해서 잘 아는 데다 주 경찰청과 우리의 소통 창구잖아요. 오늘 밤 사태를 고려했을 때 그쪽의 심기를 건드리면 안 되는 시점이에요. 우리가 예상한 대로 풀리지 않았잖아요."

예상한 대로 풀리지 않았다니 금세기 최고는 아닐지 몰라도 올해 최고의 과소평가로는 꼽힐 수 있었다. 랠프는 있을 수 없는 알리바이보다, 놀라워할 뿐 양심의 가책을 전혀 드러내지 않는 테리를 보고 받은 충격이 더 컸다. 그 안의 괴물이 그 아이를 죽이기만 한 게 아니라 그가 저지른 짓에 얽힌 모든 기억까지 지워 버린 걸까? 그런 다음…… 뭘까? 캡 시티에서 교사 학회가 열렸다는, 있지도 않은 세밀한 과거로 그 공백을 채웠을까?

"대체 요원을 가능한 빨리 보내지 않으면 골드가 부리는 사람이……."

"알렉 펠리요."

"네, 그 사람. 우리보다 먼저 호텔 보안 카메라 영상을 입수할 거예요. 영상이 아직 남아 있다면 말이죠."

"남아 있을 거예요. 모든 영상을 30일 동안 보관하니까."

"확실해요?"

"네. 하지만 펠리는 영장이 없죠."

"왜 이래요. 그 사람에게 영장이 필요할 거라고 생각해요?"

사실 아니었다. 알렉 펠리는 지난 20년 동안 주 경찰청에서 근무했다. 그동안 구축한 인맥이 어마어마할 텐데, 하워드 골드 같은 잘나가는 형사 변호사 밑에서 일을 하고 있으니 그 인맥을 계속 유지하고 있을 것이었다.

"공개적으로 검거하자는 당신의 발상이 잘못된 선택이었던 것 같네요."

랠프는 새뮤얼스를 노려보았다.

"검사님도 찬성했던 걸로 아는데요."

"아주 열렬하게 찬성하지는 않았어요. 다들 집에 가고 우리 둘만 남았으니 솔직하게 얘기하자고요. 랠프, 정곡을 찔렀죠?"

"누가 아니랍니까. 지금도 얼얼하네요. 그리고 우리 둘만 남았으니까 분명히 짚고 넘어갈게요, 검사님은 그냥 동의한 정도가 아니었다는 걸. 올가을에 선거가 있는데 드라마틱한 검거로 주목을 받으면 나쁠 것 없었겠죠."

"그런 생각은 절대 한 적 없는데요."

"아, 네. 그런 생각은 절대 한 적 없고 그냥 내가 하자는 대로 따르셨군요. 하지만 구장에서 검거한 게 그냥 내 아들 때문이라고 생각한다면, 범죄 현장을 촬영한 사진을 다시 한 번 보시고 펠리시티 애커먼의 부검 소견서를 되짚어 보세요. 이런 작자들은 절대 한 번으로 그치지 않아요."

새뮤얼스의 뺨이 벌게지기 시작했다.

"내가 그러지 않은 줄 알아요? 이봐요, 랠프, 나로 말할 것 같으면 그자를 빌어먹을 식인종에 비유한 사람이에요, 그것도 공식적으로."

랠프는 손바닥으로 뺨을 쓸었다. 까칠했다.

"누가 무슨 말을 했고 뭘 어쨌는지를 두고 옥신각신한들 무슨 소용 있겠어요. 기억해야 할 게 있다면 보안 카메라 영상을 누가 먼저 입수하든 상관없다는 거예요. 펠리가 먼저 입수한들 챙겨서 들고 갈 수는 없잖아요. 지울 수도 없고."

"그렇죠. 그리고 어차피 결정적인 증거가 될 수도 없고. 메이틀랜드를 닮은 남자가 보일지 몰라도……."

"맞아요. 하지만 몇 번 언뜻 보인 장면을 근거로 그 남자가 메이틀랜드임을 입증하는 건 전혀 차원이 다른 문제가 되겠죠. 특히 우리가 제시하는 목격자 증언과 지문을 상대로 그러자면." 랠프는 일어나서 문을 열었다. "어쩌면 보안 카메라 영상이 제일 중요한 문제가 아닐지 몰라요. 전화를 해야겠어요. 진작 생각했어야 하는 건데."

새뮤얼스는 그를 따라 안내 데스크가 있는 곳으로 나갔다. 샌디 맥길이 전화에 응대하고 있었다. 랠프가 그녀에게 다가가 목을 긋는 시늉을 했다. 그녀는 전화를 끊고 기대에 찬 눈빛으로 그를 쳐다보았다.

"에버렛 라운드힐. 고등학교 영어과장이야. 추적해서 전화 연결해 줘."

"추적은 어려울 것 없어요, 이미 연락처를 알거든요. 벌써 두 번 전화해서 선임 수사관을 바꿔 달라고 했는데, 제가 줄을 서라고 했어요." 샌디가 부재중 연락 메모지를 집어서 랠프를 향해 흔들었다. "내일 참고하시라고 형사님 책상에 갖다 놓으려고 했거든요. 내일이 일요일인 건 알지만 전화한 사람들한테는 출근하실 게 분명하다고 얘기하고 있어요."

빌 새뮤얼스는 옆에 선 남자가 아니라 바닥을 쳐다보며 아주 천천히 말했다.

"라운드힐이 전화를 했었다니. 두 번이나. 예감이 좋지 않네요. 예감이 전혀 좋지 않아요."

3

랠프는 그 토요일 밤 10시 45분에 집에 도착했다. 차고 열림 장치를 누르고 차를 안에 넣은 다음 다시 눌렀다. 문이 덜커덩거리며 순순히 홈을 따라 내려왔다. 멀쩡하게 정상적으로 남아 있는 게 세상에 적어도 하나는 있었다. 버튼A를 누르면 배터리를 넣는 칸B가 비교적 쌩쌩한 건전지로 채워져 있을 경우, 차고 문C가 열리고 닫혔다.

그는 시동을 끄고 어둠 속에 그대로 앉아서 결혼반지로 운전대를 두드리며, 시끌벅적했던 10대 시절에 운율을 맞춰 가며 부른 노래를 떠올렸다. *면도하고 머리 깎고⋯⋯ 오, 예! 사창가에서 부르는⋯⋯ 사중주!*

문이 열리면서 실내복을 입은 지넷이 나왔다. 부엌에서 쏟아진 불빛에 비춰 보니 그가 지난 생일 때 장난으로 선물한 토끼 슬리퍼를 신고 있었다. 진짜 선물은 키웨스트로 단둘이 떠나는 여행이었고 둘이서 즐거운 시간을 보냈지만, 모든 휴가가 나중이 되면 그렇듯 지금은 흐릿한 잔상에 불과했다. 솜사탕의 뒷맛처럼 더는 실체가 없었다. 오히려 남은 건 1달러 전문점에서 사다가 장난으로 선물한, 우스꽝스럽도록 작은 눈과 익살스럽게 펄럭이는 귀가 달린 분홍색 슬리퍼였다. 그걸 신은 아내를 보고 있자니 눈시울이 시큰거렸다. 피기스 공원의 공터로 들어가 배트맨과 슈퍼맨을 영웅처럼 떠받들었을 남자아이의 피투성이 잔재를 목격한 이후로 스무 살은 나이를 먹은 듯한 느낌이었다.

랠프는 차에서 내려 아내를 으스러져라 끌어안고 수염이 까칠하게 난 뺨을 그녀의 보드라운 뺨에 대고 누르며, 처음에는 아무 말도 하지 않고 나오려는 눈물을 참는 데 집중했다.

"여보." 그녀가 말했다. "여보, 그 사람을 체포했잖아. 체포했는데 뭐가 문제야?"

"아무것도 아닐 수 있어. 전부일 수도 있고. 데려다가 신문했어야 하는 건데. 하지만 젠장, 너무 확실했다고!"

"들어가자. 차를 끓일 테니까 그거 마시면서 얘기해."

"차 마시면 잠을 못 잘 텐데."

지넷은 몸을 뒤로 빼고, 쉰 살이 되도록 스물다섯 살 때처럼 사랑스럽고 까만 눈으로 그를 쳐다보았다.

"잘 생각이었어?" 그가 아무 대꾸도 하지 않자 그녀는 덧붙였다. "물 건너간 얘기잖아."

데릭이 미시건 주에서 열리는 캠프에 갔기에 집에는 그들 둘밖에 없었다. 그녀가 부엌 텔레비전으로 11시 뉴스를 보겠느냐고 묻자 그는 고개를 저었다. 플린트 시티의 괴물이 어떤 식으로 막다른 궁지에 몰렸는지 10분 동안 보도하는 프로그램이야말로 절대 피하고 싶었다. 지넷은 차와 함께 먹을 건포도 토스트를 만들었다. 랠프는 식탁에 앉아서 자기 손을 쳐다보며 그녀에게 전부 얘기했다. 에버렛 라운드힐을 제일 마지막까지 아껴 두었다.

"라운드힐은 우리 모두에게 격분했어. 하지만 답신 전화를 한 사람이 나였으니 내가 날아오는 포탄을 전부 뒤집어썼지."

"그러니까 그가 테리의 주장을 뒷받침했다는 거야?"

"한마디도 빠짐없이. 라운드힐이 학교에서 테리와 다른 두 교사, 퀘이드와 그랜트를 차에 태웠어. 약속한 대로 화요일 오전 10시에. 캡 시티의 셰러턴 호텔에 11시 45분쯤에 도착해서 딱 알맞게 학회 참석증을 받고 환영 오찬에 참석했어. 라운드힐 말로는 점심식사를 마치고 한 시간 정도 테리를 보지 못했는데, 퀘이드하고 같이 있었을 거라고 해. 아무튼 3시에 다시 다 같이 뭉쳤는데, 그 시각에 스탠호프 부인은 그가 110킬로미터 남쪽에서 프랭크 피터슨의 자전거와 아이를 지저분한 흰색 밴에 싣는 걸 보았지."

"퀘이드하고 얘기해 봤어?"

"응. 집으로 오는 길에. 라운드힐은 완전 뚜껑이 열려서 검찰총장이 주도하는 전면 수사를 요청하겠다고 협박하는 중이고, 퀘이드는 화를 내지는 않았어도 믿기지 않아 했어. 어안이 벙벙하다며. 환영 점심 식사를 마치고 테리와 함께 '세컨드 에디션'이라는 중고 서점에 가서 책 구경을 하고 코벤의 강연을 들으러 돌아갔다고 하더라고."

"그랜트는? 그는 뭐래?"

"여자야. 데비 그랜트. 아직 통화 못 했어. 남편이 다른 친구들이랑 나갔다고, 그럴 때마다 전화기를 꺼 놓는다더라고. 내일 아침에 다시 연락할 건데, 분명 라운드힐과 퀘이크가 한 얘기를 뒷받침할 거야." 그는 토스트를 작게 한 입 먹고 접시에 다시 내려놓았다. "이건 내 실수야. 목요일 저녁에, 스탠호프와 모리스가 테리의 신원을 확인했을 때 그를 신문했다면 우리 가설에 문제가 있다는 걸 알았을 테고, 그랬더라면 지금처럼 이 사태가 텔레비전과 인터넷에 도배가 되지 않았을 텐데."

"하지만 그때쯤 채취한 지문이 테리 메이틀랜드의 지문하고 일치한다는 걸 파악하지 않았어?"

"응."

"지문이 밴에도 있었고, 밴의 열쇠에도 있었고, 테리가 강가에 버리고 간 차에도 있었고, 사용한 나뭇가지에도 있었고……."

"응."

"그리고 목격자들도 추가로 등장했잖아. 쇼티스 펍 뒤편에서 본 남자와 그 친구. 뿐만 아니라 택시 기사. 그리고 스트립 클럽의 경비. 전부 테리를 아는 사람들이었잖아."

"그렇지. 그리고 체포됐으니 젠틀맨 플리즈에서 목격자가 몇 명 더 나올 거야. 대부분 뭐 하러 거기 갔는지 아내에게 설명할 필요 없는 독신남들이겠지. 그래도 기다렸어야 했는데. 학교에 연락해서 살인 당일의 행보를 체크했어야 했는데. 여름방학이다 보니 그럴 필요성을 못 느꼈단 말이지. '출근 안 하셨는데요.' 그 소리 말고 뭘 들을 수 있었겠어?"

"그리고 여기저기 묻고 다니면 그 사람 귀에 들어갈 수도 있다는 게 걱정스러웠고."

그때는 그게 당연시되었는데 지금은 바보 같은 판단처럼 느껴졌다. 거기서 한 걸음 더 나아가 경솔했던 것처럼 느껴졌다.

"지금까지 일을 하면서 실수를 몇 번 저질렀지만 이 정도는 처음이야. 내가 마치 눈이 멀었던 것 같아."

지넷이 격하게 고개를 저었다.

"당신이 어떻게 할 생각인지 얘기했을 때 내가 뭐라고 했는지 기억해?"

"응."

밀어붙여. 다른 아이들한테서 최대한 빨리 떼어 내.

그녀는 그렇게 얘기했다.

그들은 식탁을 사이에 두고 앉아서 서로를 바라보았다.

"이건 있을 수 없는 일이야." 이윽고 지넷이 말했다.

그는 손가락으로 그녀를 가리켰다.

"그게 바로 이 문제의 핵심이라고 생각해."

그녀는 생각에 잠긴 표정으로 차를 마시다 찻잔 너머로 그를 쳐다보았다.

"인간에게는 누구나 대역이 있다는 속담도 있잖아. 에드거 앨런 포는 그걸 주제로 단편도 쓴 걸로 아는데. 「윌리엄 윌슨」이라고."

"포가 작품 활동을 하던 시절은 지문과 DNA가 나오기 전이잖아. 아직 DNA 결과는 나오지 않았지만 기다리는 중인데, 만약 테리의 DNA로 밝혀지면 범인은 그가 맞고 나는 괜찮을지 몰라. 제삼자의 것으로 밝혀지면 나는 정신병원으로 실려 가겠지. 경찰서에서 잘리고 불법 체포로 고소당한 다음에 말이야."

그녀는 자기 몫의 토스트를 들었다가 다시 내려놓았다.

"당신은 이쪽의 지문을 입수했지. 그리고 조만간 이쪽의 DNA 결과도 입수할 테고. 하지만 랠프…… 저쪽의 지문이나 DNA는 없잖아. 캡 시티에서 열린 학회에 참석한 사람의 지문이나 DNA는 말이야. 만약 테리 메이틀랜드가 그 아이를 죽였고 그의 대역이 그 학회에 참석한 거라면?"

"테리 메이틀랜드에게 지문과 DNA가 일치하는, 서로 모르고 지낸 일란성 쌍둥이가 있다는 거라면 있을 수 없는 얘기야."

"그게 아니야. 캡 시티에 간 사람이 테리라는 법의학적인 증거가 없다는 얘기지. 테리가 여기 있었고, 그랬다는 법의학적인 증거가 있다면, 거기 있었던 사람은 대역일 수밖에 없잖아. 그래야 말이 되니까."

랠프는 어떤 논리인지 이해했다. 지넷이 좋아하는 탐정소설이었다면, 애거서 크리스티나 렉스 스타우트나 할런 코벤의 작품이었다면 지금이 바로 미스 마플 아니면 네로 울프 아니면 마이런 볼리타가 사건의 전말을 폭로하는 마지막 장의 클라이맥스였을 것이다. 하지만 세상에 중력처럼 견고하고 바위처럼 단단한 사실이 하나 있다면, 누구라도 같은 시각에 두 군데의 장소에 존재할 수 없다는 것이었다.

하지만 랠프가 이쪽의 목격자들을 신뢰한다면 메이틀랜드와 함께 캡 시티에 있었다는 목격자들도 똑같이 신뢰해야 했다. 어떻게 그들을 의심할 수 있겠는가? 라운드힐, 퀘이드 그리고 그랜트는 모두 같은 과목을 가르쳤다. 메이틀랜드와 날마다 만났다. 그 세 교사가 아동 성폭행, 살해 사건을 공모했다고 보아야 할까? 아니면 일말의 의심도 한 적 없을 만큼 완벽한 대역과 이틀 동안 같이 있었다고 보아야 할까? 그 자신은 그렇게 믿을 수 있을지 몰라도 빌 새뮤얼스가 배심원을 한 명이라도 설득할 수 있을까? 가뜩이나 하위 골드처럼 노련하고 약은 변호사를 상대해야 하는 마당에?

"올라가서 눕자. 내 수면제 한 알 먹어. 등 마사지 해 줄게. 날이
밝으면 좀 더 괜찮게 느껴질 거야."
"과연 그럴까?"

4

지넷 앤더슨이 남편의 등을 마사지하는 동안 프레드 피터슨과
큰아들(프랭크가 세상을 떠났으니 외아들이었다.)은 접시를 치우고 거실
과 서재를 정리했다. 추모 모임이었지만 길고 성대한 하우스파티
가 끝난 다음과 다를 게 거의 없었다.

올리가 뜻밖의 모습을 보였다. 평소에는 두세 번 얘기해야 커피
테이블 아래에 벗어 놓은 양말을 치우고 자기밖에 모르는 전형적
인 10대였는데, 오늘 밤에는 10시에 끊임없이 이어지던 조문객 행
렬이 마감된 이래 군소리 없이 유능하게 일손을 돕고 있었다. 찾아
오는 친구와 동네 주민들의 숫자가 7시부터 점점 줄어들기 시작하
자 프레드는 8시면 끝나길 바랐다. 프랭크가 천국에 갔을 거라고
사람들이 말할 때마다 고개를 끄덕이는 것도 지긋지긋했다. 하지
만 테런스 메이틀랜드가 프랭크의 살인범으로 체포됐다는 소식이
전해지자 이 망할 것이 다시금 힘을 얻었다. 2차는 엄숙한 분위기
일지언정 거의 파티나 다름없었다. 프레드는 첫째, 믿기지 않는다,
둘째, T코치는 항상 평범해 보였다, 셋째, 그에게는 매컬레스터의
주사기도 아깝다는 얘기를 몇 번이고 들어야 했다.

올리는 거실과 부엌을 왔다 갔다 하며 잔과 접시를 나르고 프레드로서는 예상하지 못했던 능력을 발휘해 그걸 식기세척기에 차곡차곡 넣었다. 식기세척기가 가득 차면 올리가 작동 버튼을 누르고, 접시를 헹궈서 다음번에 넣을 수 있게 개수대에 쌓아 놓았다. 프레드가 서재에 방치된 접시를 치우고 나면 뒷마당으로 담배를 피우러 나간 일부 손님들이 피크닉 테이블에 두고 간 접시가 눈에 들어왔다. 오륙십 명이 집 안을 훑고 지나간 다음에서야 마침내 끝이 났다. 모든 동네 주민과 다른 지역의 조문객, 브릭스턴 신부는 물론이고 성 안토니오 성당의 어중이떠중이들(프레드가 보기에는 신부의 추종자들이었다.)까지 찾아왔다. 문상객과 구경꾼 행렬이 쉬지 않고 이어졌다.

프레드와 올리는 각자의 생각과 각자의 상심 속에서 말없이 뒷정리를 했다. 몇 시간 동안 조의를 듣고 났더니(전혀 모르는 사람들이 건네는 말에도 진심이 담겨 있었다.) 서로 조의를 주고받을 수가 없었다. 어쩌면 이상한 일이었다. 어쩌면 서글픈 일이었다. 어쩌면 이런 걸 두고 문인들은 아이러니라고 표현할지 몰랐다. 프레드는 너무 피곤하고 애통해서 아무 생각도 할 수가 없었다.

그동안 죽은 아이의 어머니는 가장 번듯한 실크 원피스를 입고, 무릎을 모으고, 추운 사람처럼 두툼한 두 팔을 손으로 감싸고 소파에 앉아 있었다. 그날 저녁의 마지막 손님(아니나 다를까, 바로 옆집에 사는 깁슨 부인이 끝까지 버텼다.)이 마침내 떠날 때까지 아무 말도 하지 않았다.

이제는 갈 때도 됐겠지, 얘깃거리를 다 모았으니. 알린 피터슨은 현관문을 잠그고 우람한 몸을 문에 기대며 남편에게 그렇게 말했다.

브릭스턴 신부의 전임자가 혼배미사를 집전했을 때 알린 퀠리는 하얀 드레스를 입은 날씬한 미의 화신이었다. 올리를 낳은 뒤에도 여전히 날씬하고 예뻤지만 그건 17년 전이었다. 프랭크를 낳은 다음부터 살이 찌기 시작해 지금은 비만의 경계선상에 있었지만…… 프레드의 눈에는 여전히 예뻤다. 그는 최근에 건강검진을 받았을 때 코널리 박사에게 들은 충고를 실천에 옮길 생각이 없었다. *프레드 씨는 건물에서 추락하거나 트럭 앞으로 뛰어들지 않는 한 앞으로 50년 더 건강하게 사실 수 있지만, 부인은 2형 당뇨가 있고 20킬로그램은 빼셔야 건강을 유지할 수 있어요. 프레드 씨가 부인을 도와주셔야 해요. 두 분 다 건강하게 살아야 하는 이유가 많잖아요.*

하지만 프랭크가 그냥 죽은 게 아니라 살해되고 나니 그들이 살아야 하는 이유의 대부분이 한심하고 하찮게 느껴졌다. 여전히 소중하고 중요한 건 올리뿐이었고, 프레드는 상심한 와중에도 그들 부부가 앞으로 몇 주, 몇 달 동안 올리를 대할 때 조심해야 한다는 걸 알았다. 올리도 동생의 죽음을 슬퍼하고 있었다. 올리가 프랭클린 빅터 피터슨의 장례라는 이 부족적인 의식에서 마지막 장의 뒷정리를 한몫 담당할 수는 있겠지만, 내일부터는 10대 소년의 모습을 조금씩 되찾아야 했다. 시간이 걸리겠지만 결국에는 성공할 수 있을 것이다.

앞으로 커피 테이블 아래 벗어 놓은 올리의 양말이 보이면 좋아해야겠다. 프레드는 스스로 다짐했다. 그리고 얼른 할 말을 생각해내서 이 끔찍하고 어색한 침묵을 깨야겠어.

하지만 아무 말도 생각나지 않았다. 올리가 진공청소기 호스를 끌고 몽유병 환자처럼 그를 지나 서재로 가자 프레드는 최소한 상황이 이보다 더 나빠질 일은 없겠다는 생각을 했지만, 그게 얼마나 엄청난 착각인지도 모르고서 한 생각이었다.

그는 서재 문 앞으로 다가가 올리가 좀 전처럼 섬뜩하고 예상 밖의 유능한 모습을 뽐내며 회색 카펫을 청소하는 걸 지켜보았다. 올리는 카펫 털을 길고 일정하게 먼저 이쪽으로 민 다음 다시 저쪽으로 밀었다. 냅스, 오레오, 리츠 크래커 부스러기들이 흔적도 없이 사라지자 마침내 프레드는 할 말을 찾았다.

"거실은 내가 하마."

"괜찮아요."

올리의 눈은 빨겠고 퉁퉁 부었다. 두 형제는 일곱 살이라는 나이 차에도 놀라우리만치 가깝게 지냈다. 어쩌면 놀랍다기보다 나이 차 덕분에 형제간의 질투가 최소화된 것일 수도 있었다. 올리가 프랭크의 작은 아버지 비슷한 존재가 되었던 것일 수도 있었다.

"알아. 그래도 똑같이 나눠서 해야지."

"알았어요. '프랭키도 그래 주길 바랐을 거다.' 이런 소리만 하지 마세요. 그러면 청소기 호스로 아빠의 목을 조를 수밖에 없을 테니까."

프레드는 그 말에 미소를 지었다. 지난 화요일에 경찰이 찾아온 이래 처음은 아니었지만 진정한 의미의 미소는 이번이 처음이었을 것이다.

"좋아."

올리는 카펫 청소를 마치고 아버지에게 청소기를 넘겼다. 프레드가 거실로 청소기를 끌고 가서 카펫을 청소하기 시작하자 알린은 자리에서 일어나 뒤도 돌아보지 않은 채 터벅터벅 부엌 쪽으로 걸음을 옮겼다. 프레드와 올리는 서로 흘끗 쳐다보았다. 올리는 어깨를 으쓱했다. 프레드도 어깨를 으쓱하고 다시 청소기를 돌리기 시작했다. 다들 찾아와서 같이 슬퍼해 준 건 고마웠지만, 와, 그들이 떠난 자리는 정말이지 난장판이었다. 아일랜드식 경야였다면 이보다 훨씬 심했을 거라는 사실을 위안으로 삼았지만, 프레드는 올리가 태어난 뒤로 술을 끊었고 그들 가족은 술을 한 방울도 입에 대지 않았다.

부엌에서 가장 뜻밖의 소리가 들렸다. 웃음소리였다.

프레드와 올리는 다시 서로를 쳐다보았다. 올리가 부엌으로 달려가는 동안 처음에는 자연스럽고 편안하게 들렸던 어머니의 웃음소리가 이제는 히스테릭한 고음으로 변했다. 프레드는 진공청소기의 전원 버튼을 발로 눌러서 끄고 아들을 따라갔다.

알린 피터슨은 개수대에 등을 대고 서서 상당히 불룩한 배를 잡고 거의 비명을 지르듯이 웃고 있었다. 열이 나는 것처럼 얼굴이 새빨개졌다. 눈물이 두 볼을 타고 흘러내렸다.

"엄마? 도대체 무슨 일이에요?"

거실과 서재에서 접시는 치웠지만 아직 부엌에 할 일이 산더미처럼 남아 있었다. 개수대 양옆으로 조리대가 하나씩 있었고 한쪽 구석에는 피터슨 가족이 거의 날마다 저녁을 먹던 식탁이 놓여 있었다. 이 모든 곳이 먹다 남은 캐서롤, 터퍼웨어 그릇, 알루미늄 포일로 싼 남은 음식들로 뒤덮여 있었다. 스토브 위에는 먹다 남은 닭고기의 몸통과 갈색으로 굳은 그레이비소스가 가득 담긴 그릇이 있었다.

"남은 음식으로 한 달은 때울 수 있겠어!"

알린이 간신히 말했다. 그녀는 허리를 접고 깔깔대다가 다시 허리를 폈다. 뺨이 자주색으로 변했다. 지금 앞에 서 있는 아들과 땅속에 묻힌 아들, 이렇게 양쪽 모두에게 물려준 빨간 머리가 핀에서 빠져나와 곱슬곱슬한 빛무리처럼 그녀의 충혈된 얼굴을 감싸고 밖으로 뻗쳤다.

"슬픈 소식은 프랭키가 죽었다는 거! 기쁜 소식은 내가 앞으로 장을 볼 필요가 없다는 거, *아주…… 아주…… 오랫동안!*"

그녀는 울부짖기 시작했다. 부엌이 아니라 정신병원에 어울림직한 소리였다. 프레드는 움직이라고, 가서 그녀를 안아 주라고 두 다리에 명령을 내렸지만 처음에는 다리들이 말을 듣지 않으려고 했다. 먼저 움직인 쪽은 올리였지만 그가 옆으로 아직 다가가지 못했을 때 알린이 닭고기를 집어서 던졌다. 올리는 고개를 수그렸다. 닭은 안에 담긴 소를 흩뿌리며 빙글빙글 날아가 철푸덕 하는 끔찍한 소리와 함께 벽에 부딪혔다. 시계 아래 벽지에 동그란 기름 자국이 남았다.

"엄마, 그만해요. 그만해요."

올리가 그녀의 어깨를 잡고 끌어안으려고 했지만, 알린은 그의 손 아래로 빠져나가 계속 깔깔대고 울부짖으며 한쪽 조리대를 향해 돌진했다. 그러고는 브릭스턴 신부의 아침 부대 가운데 한 명이 들고 온, 라자냐가 든 대접시를 두 손으로 집어서 자신의 머리 위로 쏟았다. 차가운 파스타가 그녀의 머리카락 사이와 어깨 위로 떨어졌다. 그녀는 접시를 거실로 던졌다.

"프랭키가 죽고 우리 집에는 빌어먹을 이탈리아식 뷔페가 차려졌네!"

이쯤 되자 프레드가 움직였지만 알린은 그에게서도 빠져나갔다. 열심히 술래잡기 놀이를 하느라 신이 난 어린애처럼 웃었다. 그녀는 마시멜로 딜라이트가 가득 담긴 터퍼웨어 그릇을 집었다. 그걸 위로 들어 올리려다 발 사이로 떨어뜨렸다. 웃음소리가 멈췄다. 그녀는 한 손을 오므려 커다란 왼쪽 가슴을 덮었다. 다른 손은 그 위쪽에 평평하게 얹었다. 아직까지 눈물이 그렁그렁 맺힌 눈을 휘둥그레 뜨고 남편을 쳐다보았다.

저 눈. 프레드는 생각했다. *내가 사랑에 빠진 게 저 눈이었지.*

"엄마? 엄마, 왜 그래요?"

"아무것도 아니야." 알린이 그렇게 말했다가 다시 덧붙였다. "심장이." 그녀는 허리를 숙여서 닭고기와 마시멜로 디저트를 쳐다보았다. "내가 한 짓을 좀 봐."

알린이 쌕쌕거리며 덜거덕덜거덕 길게 숨을 헐떡였다. 프레드가 그녀를 붙잡았지만 너무 무겁다 보니 그의 팔 사이로 미끄러졌다. 프레드는 그녀가 옆으로 쓰러지기 전부터 이미 뺨에서 핏기가 가시는 것을 보았다.

올리가 비명을 지르며 그녀 옆에 털썩 무릎을 꿇었다.

"엄마! 엄마! *엄마!*" 그는 아버지를 올려다보았다. "숨을 안 쉬는 것 같아요!"

프레드는 아들을 옆으로 밀쳤다.

"911에 연락해."

프레드는 올리가 전화하는지 확인하지도 않고 아내의 두툼한 목을 손으로 감싸고 맥을 짚었다. 맥이 짚였지만 어지럽고 엉망진창이었다. 두근-두근, 두근두근두근, 두근-두근-두근, 이런 식이었다. 그는 다리를 벌리고 알린의 위에 올라타 오른손으로 왼쪽 손목을 감싸고 일정한 리듬으로 누르기 시작했다. 이렇게 하면 되는 걸까? 심폐소생술이 맞을까? 알 수 없었지만 그녀가 눈을 뜨자 그의 심장이 가슴 속에서 펄쩍 뛰었다. 됐다, 그녀가 정신을 차렸다.

심장마비가 아니었어. 너무 무리했던 거야. 그래서 기절한 거야. 이런 걸 실신이라고 하지. 하지만 여보, 우리가 당신 다이어트를 시켜야겠어. 당신 생일선물은 그 손목밴드가 될 거야.

"내가 난장판을 만들었네." 알린이 속삭였다. "미안해."

"아무 말도 하지 마."

올리가 부엌 벽에 걸린 전화기에 대고 거의 고함을 지르다시피 속사포를 쏟아내고 있었다. 집 주소를 대며 얼른 와 달라고 했다.

"거실을 다시 치워야 하게 생겼어. 미안해, 프레드. 정말, 정말 미안해."

프레드가 아무 말도 하지 말라고, 좀 괜찮아질 때까지 가만히 누워 있으라고 미처 얘기하지도 못했을 때 알린이 다시금 덜거덕거리며 요란하게 숨을 들이마셨다. 그 숨을 내뱉는 순간 그녀의 눈이 뒤집혔다. 충혈된 흰자위가 불룩 튀어나오면서 그녀가 공포영화에 나오는 데스마스크처럼 돌변했다. 프레드는 나중에 이 얼굴을 기억에서 지우려고 하지만 실패할 것이다.

"아빠? 출동한대요. 엄마 괜찮으세요?"

프레드는 대답하지 않았다. 엉터리 심폐소생술을 하며 정식으로 배우지 못한 걸 후회하느라 정신이 없었다. 왜 시간을 내서 배우지 못했을까? 그는 후회스러운 게 너무 많았다. 시간을 딱 일주일만 되돌릴 수 있다면 불멸의 영혼을 내놓을 수도 있었다.

눌렀다가 놓고. 눌렀다가 놓고.

괜찮을 거야. 그는 그녀에게 말했다. *괜찮아야 해. 미안하다는 게 당신이 이 세상에 남긴 마지막 말이 되면 안 돼. 내가 용납하지 않겠어.*

눌렀다가 놓고. 눌렀다가 놓고.

5

마시 메이틀랜드는 그레이스가 같이 침대에 누워 달라고 했을 때 기꺼이 그러겠다고 했다. 하지만 그녀가 세라에게 같이 눕겠느냐고 묻자 큰딸은 고개를 저었다.

"알았어. 하지만 생각이 바뀌면 언제든 말해."

한 시간이 지나고 두 시간이 지났다. 마시의 인생을 통틀어 가장 끔찍했던 토요일이 가장 끔찍한 일요일로 바뀌었다. 마시는 지금쯤 그녀 옆에서 쌔근쌔근 자고 있어야 하는데(베어스를 처리했으니 다가오는 시티 리그 선수권 대회의 꿈을 꾸고 있었을 것이다.) 그 대신 철창에 간힌 테리를 생각했다. 그도 잠을 설치고 있을까? 당연히 그럴 것이었다.

힘든 날들이 그들을 기다리고 있었지만 하위가 처리해 줄 터였다. 테리는 예전에 한때 그와 유소년 미식축구 팀을 같이 가르쳤던 코치가 남서부를 통틀어 가장 실력이 좋은 변호사라고, 언젠가는 이 주의 대법관 자리에 앉을지 모른다고 얘기한 적이 있었다. 테리의 확실한 알리바이를 생각하면 하위가 패소할 가능성은 없었다. 하지만 여기에서 위안을 얻으며 잠이 들려고 할 때마다, 친구라고 생각했던 랠프 앤더슨이라는 배신자 새끼가 생각나서 눈이 번쩍 떠졌다. 그들은 이 사태가 정리되자마자 플린트 시티 경찰서를 불법 체포와 명예 훼손과 하위 골드가 생각해 낸 기타 등등으로 고소할 테고, 하위가 법으로 무장한 스마트 폭탄을 투하하기 시작하면 랠프 앤더슨의 주변은 쑥대밭이 될 것이다. 그를 개인적으로 고소할 수도 있을까? 그가 가진 모든 걸 박탈할 수 있을까? 마시는 그러고 싶었다. 그와 그의 아내와, 테리가 그렇게 공을 들여서 가르쳤던 아들을 맨발에 누더기 차림으로, 손에는 동냥그릇을 쥐어 주고 길거리로 내쫓고 싶었다. 개화되었다는 이 선진 시대에 그럴 수 있는 가능성은 없을 것 같았지만 그렇게 내쫓겨 플린트 시티의 거지가 된 세 사람의 모습이 선명하게 떠올랐고 그럴 때마다 그녀는 눈을 번쩍 뜨며 분노와 만족감에 몸을 부르르 떨었다.

침대 옆 탁자의 시계가 2시 15분을 가리켰을 때 큰딸이 문 앞에 등장했다. 잠옷으로 입은 특대 사이즈 오키 시티 선더 셔츠 아래로 다리만 선명하게 보였다.

"엄마? 아직 안 주무세요?"

"응."

"엄마랑 그레이시 옆에 누워도 돼요?"

마시는 이불을 젖히고 옆으로 자리를 옮겼다. 세라가 들어왔다. 마시가 끌어안으며 목덜미에 입을 맞추자 세라는 울음을 터뜨렸다.

"쉬잇, 동생 깨겠다."

"못 참겠어요. 수갑이 자꾸 생각나서요. 죄송해요."

"조용히 울어, 그럼. 조용히, 아가."

마시는 세라가 설움을 모두 토할 때까지 안아 주었다. 5분 정도 잠잠해지자 마시는 큰딸이 잠들었나 보다고 생각했다. 이제 양쪽에 한 명씩 딸을 거느리고 누웠으니 그녀도 잠을 잘 수 있을 것 같았다. 하지만 잠시 후에 세라가 몸을 돌려서 그녀를 쳐다보았다. 젖은 눈이 어둠 속에서 반짝였다.

"아빠가 감옥에 가지는 않겠죠, 엄마?"

"그럼. 아무 잘못도 하지 않으셨는걸."

"하지만 죄 없는 사람들도 감옥에 가잖아요. 가끔은 무죄가 밝혀질 때까지 몇 년씩. 그래서 감옥에서 나오지만 늙은 다음이고요."

"너희 아빠는 그러지 않을 거야. 아빠는 경찰에서 아빠를 범인으로 지목한 그 사건이 벌어졌을 때 캡 시티에……."

"아빠가 무슨 죄로 체포됐는지 저도 알아요." 세라는 눈물을 닦았다. "제가 바보는 아니에요."

"엄마도 네가 바보 아니라는 거 알아."

세라는 가만히 있지 못하고 꼼지락거렸다.

"경찰에서 체포한 이유가 있을 거 아니에요."

"경찰에서는 그렇게 생각할지 몰라도 착각이야. 골드 씨가 아빠가 어디 있었는지 설명하면 경찰에서 풀어 줄 거야."

"알았어요." 긴 정적이 흘렀다. "하지만 이 사태가 해결될 때까지 커뮤니티 캠프에 가지 않을래요. 그레이시도 그래야 한다고 생각해요."

"가지 않아도 돼. 그리고 가을이 되면 이 모든 게 그냥 지나간 일이 될 거야."

"지나간 나쁜 일이 될 거예요." 세라는 말하고 코를 훌쩍였다.

"그렇지. 이제 자자."

세라는 잠이 들었다. 두 딸의 체온을 느끼며 마시도 잠이 들었지만, 테리가 두 경찰관에게 끌려가는 동안 사람들은 구경하고 베이버 파텔은 소리를 지르고 개빈 프릭은 믿기지 않는다는 듯이 멀뚱멀뚱 쳐다보는 악몽을 꾸었다.

6

자정이 될 때까지 구치소는 먹이 주는 시간의 동물원과 같았다. 취객들이 노래를 부르고, 울고, 철창 앞에 서서 고래고래 대화를 나누었다. 심지어 주먹다짐을 하는 듯한 소리까지 들렸다. 모든 감방이 1인실인데, 철창을 사이에 두고 서로 주먹을 휘두르는 게 아닌 이상 어떻게 그런 소리가 날 수 있는지 테리로서는 알 수 없는 노롯이었다. 복도 저쪽 끝에서 어떤 남자가 요한복음 3장 16절의 첫 구절을 목이 찢어져라 외치고 또 외쳤다.

"하나님이 세상을 이처럼 사랑하사! 하나님이 세상을 이처럼 사랑하사! 하나님이 이 빌어먹을 세상을 이처럼 사랑하사!"

오줌, 똥, 소독약, 무슨 소스 범벅이었을지 알 수 없는, 저녁으로 배식된 파스타 냄새가 났다.

구치소에서 보내는 첫날이네. 테리는 놀라워했다. *40년의 세월을 산 끝에 감방, 큰집, 학교, 국립 호텔에 착륙했어. 어이없기도 하지.*

그는 분노를, 응당한 분노를 느끼고 싶었고 날이 밝고 세상의 초점이 다시 맞추어지면 그런 감정이 고개를 들 것도 같았지만 일요일 새벽 3시, 고함과 노랫소리가 코 고는 소리, 방귀 소리, 이따금 들리는 신음으로 잦아드는 이 시각에 느껴지는 감정이라고는 수치심뿐이었다. 그가 정말로 무슨 짓을 저지른 것만 같았다. 하지만 그가 경찰에서 주장하는 짓을 저질렀다면 그런 감정은 전혀 느끼지 못할 것이었다. 아이를 상대로 그렇게 외설스러운 짓을 저지를 정도로 역겹고 사악한 인간이었다면, 덫에 갇힌 짐승처럼 빠져나갈 수 있다면 어떤 것이든 마다하지 않겠다는 자세로 절박하게 머리를 굴리고 있을 것이었다. 아니, 정말 그럴까? 그런 남자가 어떤 생각을 하고 어떤 감정을 느낄지 그가 무슨 수로 알 수 있을까? 그건 외계인의 머릿속에는 뭐가 들어 있는지 알아맞히려는 거나 다름없었다.

테리는 하위 골드가 그를 여기서 꺼내 줄 거라고 믿어 의심치 않았다. 단 몇 분 만에 그의 인생이 어떻게 통째로 뒤집힐 수 있는지 파악하려고 애를 쓰는, 어둠의 골짜기가 가장 깊은 이 시각에도 그 사실만큼은 믿어 의심치 않았다. 하지만 모든 똥이 다 지워 없어지지는 않으리라는 점도 알았다. 그는 내일이 아니면 기소인부절차 이후에, 기소인부절차 이후가 아니면 아마도 캡 시티에서 열리는 대배심 심리 이후에 사과와 함께 석방될 것이다. 하지만 다음번에 그가 교실에 들어서면 학생들이 어떤 눈빛을 짓고 있을지 알 수 있었고, 어린이 스포츠 코치로서 그의 이력은 끝났을 수 있었다. 웨스트사이드의 주민들이나 플린트 시티 전체 시민들이 보기에 그는 절대 완벽하게 혐의를 벗을 수 없을 것이다. 영원히 프랭크 피터슨 살인범으로 체포된 사람으로 남을 것이다. 그를 두고 사람들은 영원히 '아니 땐 굴뚝에 연기 나겠느냐.'고 수군댈 것이었다.

그 혼자만의 문제라면 감상할 수 있었다. 아이들이 심판의 판정이 부당하다고 징징거리면 그가 뭐라고 얘기했던가? *홀홀 털고 다시 나가라. 묵묵히 플레이 해.* 하지만 그만 홀홀 털고 묵묵히 플레이 하면 되는 게 아니었다. 마시에게 낙인이 찍힐 것이다. 회사에서, 슈퍼에서 사람들이 수군대고 흘깃거릴 것이다. 친구들이 더 이상 연락하지 않을 것이다. 제이미 매팅리는 예외일지 몰라도 심지어 그녀조차 자신할 수 없었다.

그리고 아이들도 문제였다. 세라와 그레이스는 그 또래 아이들만 할 수 있는 잔인한 입방아에 오르내리고 완벽하게 따돌림을 당할 것이다. 이 사태가 해결될 때까지 마시가 어련히 알아서 두 아이를 끼고 있겠지만, 사냥개 같은 기자들로부터 보호하기 위해서라도 그러겠지만, 가을이 되고 그가 혐의를 벗은 뒤에도 아이들에게

유감 177

는 낙인이 찍힐 것이다. *저기 쟤 보이지? 쟤네 아빠가 어떤 애를 죽이고 엉덩이에 나뭇가지를 쑤셔 넣었다고 체포된 적 있잖아.*

그는 침대에 누웠다. 어둠을 물끄러미 올려다보았다. 구치소의 악취를 맡으며 생각했다. *이사를 해야 할 거야. 털사나 캡 시티나 텍사스로. 어딘가에 취직은 할 수 있을 거야, 야구나 미식축구나 농구 연습하는 아이들 근처에는 얼씬도 하지 못하겠지만. 추천서는 잘 받을 수 있겠지, 추천서를 거부했다가는 차별 소송을 걱정해야 할 테니까.*

그래도 체포된 전적과 체포된 이유는 이 구치소의 악취처럼 그들을 따라다닐 것이다. 특히 아이들한테 그럴 것이다. 페이스북 하나만으로도 그들을 추적해 지목하기에 충분했다. *이 아이들 아버지가 사람을 죽이고도 처벌을 모면했음.*

그는 이런 식의 생각을 그만하고 잠을 좀 자 두어야 했고 다른 사람, 콕 집어서 얘기하자면 랠프 앤더슨이 끔찍한 실수를 저지른 거였으니 수치심도 그만 느껴야 했다. 이런 일은 항상 오밤중에 더 심각하게 느껴지기 마련이라는 사실을 기억해야 했다. 셔츠 등판에 '교정국'이라고 적힌 헐렁한 갈색 죄수복을 입고 감방에 갇힌 현재 상황에서는 공포가 명절 퍼레이드에 나선 대형 풍선처럼 부풀어 오를 수밖에 없었다. 날이 밝으면 좀 더 괜찮게 느껴질 것이었다. 그럴 게 분명했다.

맞다.

그래도 이 수치심은.

테리는 눈을 덮었다.

7

하위 골드는 일요일 아침 6시 30분에 침대에서 빠져나왔다. 그 시각에 할 일이 있었거나 개인적으로 좋아하는 시각이라 그런 건 아니었다. 60대 초반으로 진입한 대다수의 남자들이 그렇듯 개인 연금 액수와 더불어 전립선은 커지고 성욕과 더불어 방광은 쪼그라드는 느낌이었다. 일단 눈을 뜨면 뇌의 기어가 주차에서 주행으로 바뀌었고 다시 잠을 청하는 게 불가능해졌다.

그는 일레인이 기분 좋은 꿈을 꾸고 있길 바라며 맨발로 부엌까지 걸어가 커피를 끓이고, 잠자리에 들기 전에 무음으로 해 놓고 조리대에 올려놓은 휴대전화를 확인했다. 오전 1시 12분에 알렉 펠리가 보낸 문자가 있었다.

하위가 커피를 마시며 레이즌 브랜 시리얼을 먹고 있었을 때 일레인이 가운 허리띠를 묶고 하품을 하며 부엌으로 들어왔다.

"어떻게 됐어?"

"기다려 봐야 알아. 스크램블드에그 먹을래?"

"이이가 나한테 아침을 차려 주겠다고 하네." 그녀는 커피를 따르며 말했다. "밸런타인데이도 아니고 내 생일도 아닌데, 의심스러워해야 하는 건가?"

"시간 때우려고 그래. 알렉한테 문자가 왔는데 통화하려면 7시까지 기다려야 하거든."

"좋은 소식이야, 나쁜 소식이야?"

"모르겠어. 아무튼 달걀 먹을 거야?"

"응. 두 개. 스크램블드에그 말고 프라이로."

"내가 항상 노른자 깨뜨리는 거 알면서."

"앉아서 구경하기로 했으니 비판은 자제할게. 통밀 토스트로 부탁해요."

놀랍게도 노른자가 한 개만 터졌다. 그가 일레인 앞에 접시를 내려놓자 그녀가 말했다.

"테리 메이틀랜드가 그 아이를 죽였다면 세상이 미친 거야."

"이 세상은 미친 거 맞아. 하지만 그는 범인이 아니야. 슈퍼맨 가슴팍에 새겨진 S만큼 강력한 알리바이가 있거든."

"그런데 그 사람을 왜 체포했대?"

"슈퍼맨 가슴팍에 새겨진 S만큼 강력한 증거가 있다고 믿거든."

그녀는 잠깐 생각했다.

"막을 수 없는 힘이 움직일 수 없는 물체를 만난 건가?"

"세상에 그런 경우는 없어, 여보."

하위는 손목시계를 확인했다. 6시 55분이었다. 이 정도면 충분했다. 그는 알렉의 휴대전화로 전화를 걸었다.

그의 수사관은 세 번째 신호에 전화를 받았다.

"일찍 전화를 하셨네, 면도하는 중인데. 5분 뒤에 다시 전화해 주겠나? 그러니까 내가 얘기한 대로 7시에."

"아니. 전화 받는 쪽 얼굴에 묻은 면도 크림 닦아 낼 때까지 기다릴 수는 있어. 그러면 어때?"

"까다로운 대장님이시로군."

알렉은 이렇게 말했지만 그 시각에도 불구하고, 대부분의 남자들이 혼자만의 상념에 잠긴 채 하기 좋아하는 일이 중간에 끊겼음에도 불구하고 기분 좋은 목소리였다. 그래서 하위에게 희망이 생겼다. 그는 이미 무기가 많았지만, 많으면 많을수록 좋았다.

"좋은 소식이야, 나쁜 소식이야?"

"1분만 기다려 주겠나? 이 망할 것이 전화기에 다 묻고 있어."

1분이 아니라 5분에 가까웠지만 아무튼 알렉이 다시 돌아왔다.

"좋은 소식입니다, 대장님. 우리한테는 좋은 소식이고 지방검사한테는 나쁜 소식이죠. 아주 나쁜 소식."

"보안 카메라 영상은 확인했나? 얼마나 있고 카메라는 모두 몇 대야?"

"영상 확인했고 많아." 알렉이 말을 멈추었다가 다시 이었을 때 하위는 그가 웃고 있다는 걸 알 수 있었다. 목소리에서 느껴졌다. "그런데 더 괜찮은 게 있어. 훨씬 괜찮은 게."

8

지넷 앤더슨이 7시 15분에 일어나 보니 남편이 눕는 옆자리가 비어 있었다. 부엌에서 갓 끓인 커피 냄새가 났지만 랠프는 거기에도 없었다. 창밖을 내다보니 그가 줄무늬 잠옷 차림으로 뒷마당의 피크닉 테이블에 앉아서, 지난 아버지의 날에 데릭이 선물한 재미있는 컵에 담긴 커피를 홀짝이고 있었다. 옆면에 파란색으로 큼지막하게 이렇게 적힌 컵이었다. **너는 내가 커피를 다 마실 때까지 침묵**

할 권리가 있다. 그녀도 커피를 한 잔 챙겨 들고 나가서 그의 뺨에 입을 맞추었다. 더운 날이 되겠지만 아직은 이른 시각이라 시원하고 고요하고 상쾌했다.

"생각을 멈출 수가 없구나?"

"이번 사건은 아무도 생각을 멈추지 못할 거야. 당분간은."

"일요일이야. 쉬는 날이라고. 그리고 당신은 쉬어야 해. 당신 안색이 영 마음에 안 드네. 내가 지난주에《뉴욕 타임스》건강 코너에서 읽은 기사에 따르면 당신은 심장 마비의 나라로 진입했대."

"격려가 된다."

그녀는 한숨을 쉬었다.

"가장 먼저 해야 하는 일이 뭐야?"

"데브러 그랜트라는 다른 선생님한테 문의하는 거. 그냥 만전을 기하는 차원이야. 테리랑 같이 캡 시티에 갔었다고 하겠지, 라운드 힐이나 퀘이드는 놓친 그의 뭔가 이상한 낌새를 알아차렸을 가능성은 존재하지만. 여자들이 좀 더 관찰력이 뛰어나잖아."

지넷이 보기에는 미심쩍고 심지어 성차별적인 발언이었지만 지금은 그런 얘기를 할 때가 아니었다. 때문에 간밤에 나누었던 이야기로 화제를 돌렸다.

"테리는 여기 있었어. 그가 범인이야. 당신한테 필요한 건 그쪽의 법의학 증거를 입수하는 거야. DNA는 물 건너간 얘기겠지만 지문은 있지 않을까?"

"그와 퀘이드가 묵었던 방에 가루를 뿌려 볼 수는 있겠지만, 그들은 수요일 오전에 체크아웃했고 호텔 측에서 그 이후에 청소하고 다른 손님을 받았을 거야. 어쩌면 한 번 이상."

"그래도 아예 불가능한 얘기는 아니잖아? 양심적인 객실 청소부도 있지만 대부분 침대 정돈하고 커피 테이블에 남은 잔 자국이나 얼룩만 닦고 땡치는걸. 퀘이드 씨의 지문은 있지만 테리 메이틀랜드의 지문은 없으면 어쩔래?"

랠프는 어린이 형사처럼 열띤 그녀의 표정이 좋아서 거기에 찬물을 끼얹을 일이 없으면 좋겠다는 생각이 들었다.

"그걸로는 아무것도 입증하지 못할 거야. 하위 골드는 배심원단에게 지문이 없다는 이유로 누굴 기소할 수는 없다고 할 테고 그의 말이 맞거든."

지넷은 거기에 대해 곰곰이 생각했다.

"좋아. 그래도 그 방에 남은 지문을 채취해서 최대한 신원 파악을 해야 한다고 봐. 그럴 수 있어?"

"응. 그리고 좋은 생각이야." 적어도 만전을 기하는 또 하나의 방편이었다. "몇 호실이었는지 알아내고 투숙객이 있으면 셰러턴 호텔을 설득해서 옮기도록 할게. 이 사건이 언론에서 어떤 식으로 다루어지고 있는지를 생각하면 그쪽에서도 협조할 거야. 꼭대기에서 바닥까지, 이쪽 끝에서 저쪽 끝까지 전부 가루를 뿌려 볼게. 하지만 내가 정말로 원하는 건 그 학회가 열린 날짜의 보안 카메라 영상인데, 주 경찰청에서 이 사건을 주도하는 사블로 형사가 오늘 늦은 시각에나 복귀할 예정이라서 내가 직접 찾아가 보려고 해. 골드의 수사관보다 몇 시간 뒤처지겠지만 어쩔 수 없지."

지넷이 한 손을 그의 손 위에 얹었다.

"가끔 하던 걸 멈추고 오늘 하루를 감상하겠다고 약속해 줘, 여보. 내일이 되기 전까지 당신에게 주어진 날은 오늘 하루뿐이잖아."

랠프는 지넷을 향해 미소를 짓고 그녀의 손을 꼭 쥐었다가 놓았다.

"그가 피터슨을 납치할 때 쓰고 이 마을에 두고 간 차량들이 계속 생각나."

"이코노라인 밴하고 스바루 말이지."

"응. 스바루는 별로 신경 쓰이지 않아. 공영 주차장에서 훔친 거고 2012년인가부터 그 비슷한 절도 사건이 많았으니까. 원격 시동 장치가 차량 절도범한테는 최고의 친구야. 처리해야 할 일이나 저녁상에는 뭘 내놓을지 생각하면서 어딘가에 차를 세웠는데, 대롱대롱 매달려 있는 자동차 열쇠가 보이지 않는 셈이잖아. 리모컨 키는 두고 내리기 십상이지. 특히 이어폰을 끼고 있거나 전화로 수다를 떨고 있으면 열쇠가 차 안에 있다는 경고음이 잘 들리지 않고. 스바루의 주인 바버라 니어링은 컵 홀더에 리모컨 키를, 계기판에 주차권을 두고 8시에 출근했어. 5시에 퇴근하려고 보니 차가 없어졌고."

"주차 관리원은 어떤 사람이 그 차를 끌고 나갔는지 기억하지 못하고?"

"응, 그리고 그럴 만도 해. 5층으로 이루어진 대형 주차장이라 사람들이 끊임없이 들락날락하거든. 출구에 카메라가 있지만 48시간이 지나면 영상이 지워지고. 하지만 그 밴은……."

"그 밴은 왜?"

"뉴욕 주 스파이턴킬에서 파트타임으로 일하는 칼 젤리슨이라는

184

목수 겸 잡역부의 차거든. 스파이턴킬은 포킵시와 뉴팔츠 사이에 있는 조그만 마을이야. 젤리슨은 열쇠를 챙겼지만 뒤쪽 범퍼 아래 달린 조그만 상자에 예비 열쇠가 들어 있었어. 누군가가 그 상자를 발견하고는 밴을 훔쳐서 달아난 거야. 빌 새뮤얼스의 주장으로는 절도범이 그걸 뉴욕 주 중부에서 캡 시티나…… 더브로나…… 아니면 바로 여기 플린트 시티까지 몰고 와서…… 예비 열쇠를 구멍에 꽂은 채 세워 두었을 거라고 해. 테리가 그걸 보고 다시 훔쳐서 어딘가에 숨겨 두었을 거라고. 마을 밖의 헛간이나 창고에. 2008년에 모든 게 무너진 이후로 버려진 농가가 얼마나 많은지 알잖아. 그는 열쇠를 안에 둔 채 그 밴을 쇼티스 펍 뒤편에 버렸지. 누군가가 세 번째로 그 차를 훔쳐 주길 바란 건데, 터무니없는 희망사항은 아니었어."

"다만 훔쳐간 사람이 없었을 뿐. 그래서 당신이 밴을 압수하고 열쇠를 입수했지. 테리 메이틀랜드의 엄지손가락 지문이 남은 열쇠를."

랠프는 고개를 끄덕였다.

"사실 지문이 엄청나게 많아. 10년 된 밴이고 최소 5년 동안 세차를 하지 않았거든. 젤리슨, 그의 아들, 아내, 밑에서 일하는 직원 두 명의 지문은 배제했지. 고맙게도 뉴욕 주 경찰청이 목요일 오후에 그들의 지문을 보내 주었거든. 다른 주, 대부분의 주에서는 아직 감감무소식이야. 두말하면 잔소리지만 테리 메이틀랜드와 프랭크 피터슨의 지문도 입수했지. 피터슨의 경우에는 지문 네 개가 조수석 안쪽에 남아 있었어. 기름기가 많은 부분인데, 새로 찍은 동전처럼 선명했어. 아마 피기스 공원 주차장에서 테리가 조수석에서 끌어내리려고 했을 때 아이가 저항하면서 생긴 것 같아."

지넷은 움찔했다.

"밴에서 나온 다른 지문들은 신원 조회를 기다리는 중이야. 지난 화요일부터 수소문하고 있거든. 안타를 칠 수도 있고 못 칠 수도 있어. 그중에 스파이턴킬에서 1차적으로 차를 훔친 범인의 지문이 있을 거라고 보거든. 그 나머지는 젤리슨의 친구에서부터 절도범이 도중에 태운 히치하이커에 이르기까지 여러 사람의 지문일 수 있겠지. 하지만 아이의 지문을 제외했을 때 가장 최근에 남은 지문이 메이틀랜드의 것이야. 원래 절도범의 정체는 중요하지 않지만, 그가 밴을 어디에다 버렸는지는 알아내고 싶어." 랠프는 말을 잠깐 멈추었다가 덧붙였다. "앞뒤가 안 맞거든."

"지문을 지우지 않은 게?"

"그뿐만이 아니야. 애초에 밴과 스바루를 훔친 것부터 그래. 그렇게 동네방네 얼굴을 공개하고 다닐 거면 차를 훔쳐서 범행을 저지를 이유가 없잖아."

랠프의 애기를 들으면 들을수록 지넷은 점점 더 경악했다. 아내가 된 도리로 애기를 들으면서 생긴 의문을 제기할 수는 없었다. 그런 의혹이 있었으면서 도대체 왜 그런 식으로 행동했느냐고. 거기다 왜 그렇게 서둘렀느냐고. 물론 일이 지금처럼 골치 아파진 데에는 부추긴 지넷에게도 일말의 책임이 있을 수 있었지만, 그녀가 모든 정보를 알고서도 그랬던 게 아니지 않은가. *치졸한 변명이지만 이렇게밖에는 할 말이 없네.* 그녀는 생각하고…… 다시금 움찔했다.

지넷의 생각을 읽기라도 한 듯(거의 25년 동안 부부로 지냈으니 정말로 그럴 수 있을지 몰랐다.) 랠프가 말했다.

"뭘 사고 나서 후회하는 그런 심정은 아니야. 그렇게 생각하지는 말아 줘. 빌 새뮤얼스하고 둘이서 이미 얘기한 사안이야. 그 사람은 앞뒤가 맞을 필요가 없다고 해. 테리가 그런 식으로 범행을 저지른 이유는 제정신이 아니었기 때문이라고. 그러고 싶은 충동이 계속 커졌기 때문이라고. 내가 보기에는 그러고 싶은 욕구야, 법정에서 그런 식으로 표현할 일은 없겠지만. 이 비슷한 경우들이 있었거든. 빌은 이렇게 얘기해. '아, 맞아요, 그가 사전에 계획을 세우고 퍼즐 조각을 몇 개 맞춰 놓긴 했죠. 하지만 지난 화요일에 체인이 망가진 자전거를 밀면서 오는 프랭크 피터슨을 본 순간, 모든 계획은 안드로메다로 날아가 버렸어요. 뚜껑이 열리면서 지킬 박사가 하이드 씨로 돌변한 거죠.'"

"광기에 휩싸인 가학성애자." 지넷이 중얼거렸다. "테리 메이틀랜드. T코치."

"처음 들었을 때도 설득력 있는 논리였고 지금 들어도 설득력 있는 논리야."

랠프는 공격적이다 싶은 말투로 그렇게 얘기했다.

그럴지도 모르지. 지넷은 그렇게 대꾸할 수도 있었다. *하지만 그 다음은, 여보? 모두 끝나고 욕구를 충족한 다음은? 당신하고 빌은 그 부분에 대해서도 생각해 봤어? 어째서 테리가 계속 지문을 방치하고 여기저기 얼굴을 보이고 다녔는지?*

"밴 운전석 아래에 뭔가가 있었어."

"그래? 뭐가 있었는데?"

"종잇조각. 포장용 메뉴판에서 떨어져 나온 것 같아. 별거 아닐지 몰라도 살펴보고 싶어. 증거로 보관됐을 거야." 랠프는 남은 커피를 잔디 위로 버리고 일어섰다. "그보다 더 급한 게 지난 화요일과 수요일의 셰러턴 호텔 보안 카메라 영상을 확인하는 거지. 그리고 다른 선생님들과 저녁을 먹으러 갔다는 그 음식점의 영상도."

"테리의 얼굴이 또렷하게 찍힌 영상이 있으면 화면 캡처해서 나한테 보내 줘." 랠프가 눈썹을 추켜세우자 지닛은 설명했다. "나도 당신하고 똑같은 기간 동안 테리하고 알고 지낸 사이잖아. 캡 시티에 간 사람이 그가 아니라면 내가 알 수 있을 거야." 그녀는 미소를 지었다. "이러니저러니 해도 여자들이 남자들보다 관찰력이 뛰어나잖아. 당신도 얘기했다시피."

9

세라와 그레이스 메이틀랜드는 아침을 거의 먹지 않았지만, 마시는 그것보다 아이들 곁에 휴대전화와 태블릿PC가 없는 것에 더 신경이 쓰였다. 경찰에서 아이들의 전자기기는 압수하지 않았지만, 세라와 그레이스는 몇 번 흘끗 들여다보고는 그냥 방에 두었다. 뉴스나 SNS에 어떤 게 떴는지 몰라도 계속 들여다보고 싶지 않았기 때문이었다. 마시도 거실 창밖을 흘끗 내다보았을 때 뉴스 중계차 두 대와 플린트 시티 순찰차가 길가에 주차되어 있는 걸 보고 커튼을 닫았다. 오늘 하루가 얼마나 길게 느껴질까? 도대체 어떤 식으로 시간을 보내면 좋을까?

하위 골드가 거기에 대한 해답을 제시했다. 그는 8시 15분에 아주 명랑한 목소리로 전화를 했다.

"오늘 오후에 테리를 만나러 갈 거예요. 같이. 원래는 재소자가 24시간 전에 신청하고 사전 승인을 받아야 면회를 할 수 있지만 내가 손을 써 놓았어요. 다만 접촉 금지는 해결하지 못했네요. 그가 지금 보안 등급이 최고 수준이거든요. 그러니까 유리창을 사이에 두고 대화를 나누어야 한다는 말인데, 영화에서 묘사된 것처럼 그렇게 끔찍하지는 않아요. 두고 보면 알겠지만."

"알았어요." 그녀는 숨이 막혔다. "몇 시요?"

"1시 30분에 데리러 갈게요. 제일 번듯한 양복이랑 짙은 색 넥타이 챙겨 줘요. 기소인부절차 때 입게. 그리고 먹을거리도 가져갈 수 있어요. 견과류, 과일, 과자. 투명 봉지에 넣어요, 알겠죠?"

"알았어요. 아이들은요? 아이들도……."

"아뇨, 아이들은 데려가지 않아요. 구치소는 애들이 갈 데가 못 되니까. 기자들이 꼬치꼬치 따지고 들 경우에 대비해서 같이 있어 줄 만한 사람을 불러요. 그리고 아이들한테 전부 잘 해결될 거라고 얘기하고요."

그녀는 누구한테 부탁하면 좋을지 알 수 없었다. 간밤에 이어 제이미에게 또다시 부담을 지우고 싶지는 않았다. 집 앞을 순찰차로 지키는 경찰에게 얘기하면 기자들이 앞마당으로 들어오지 못하게 막아 주지 않을까? 그렇지 않을까?

"진짜 전부 잘 해결될까요? 진짜로요?"

"그럴 것 같아요. 알렉 펠리가 캡 시티에서 대박을 터뜨렸는데, 그 안에 든 선물이 전부 우리 거예요. 내가 링크 하나 보내 줄게요. 우리 귀염둥이들한테도 공유할지 말지는 당신이 결정할 문제지만, 나라면 공유하겠어요."

5분 뒤에 마시는 세라와 그레이스를 양쪽에 거느리고 소파에 앉았다. 그들은 세라의 태블릿PC를 들여다보았다. 테리의 컴퓨터나 노트북으로 보았더라면 더 좋았겠지만 경찰이 들고 가 버렸다. 알고 보니 태블릿PC로도 충분했다. 이내 세 사람 모두 웃으며 기쁨의 비명을 지르고 서로 하이파이브를 할 수 있었다.

이건 단순히 터널 끝에서 보이는 한 줄기 빛이 아니야. 마시는 생각했다. *완벽한 무지개야.*

10

턱-턱-턱.

처음에 멀 캐시디는 꿈속에서 들리는 소리인 줄 알았다. 새아버지가 그를 손볼 준비를 하는 악몽 속에서 들리는 소리인 줄 알았다. 그 대머리 새끼는 항상 식탁을 처음에는 손마디로, 그다음에는 주먹으로 때리며 주먹찜질에 앞서 사전 질문을 하는 습관이 있었다. *어디 갔었냐? 저녁시간에 항상 늦을 거면 그 시계는 뭐 하러 차고 다녀? 엄마는 왜 절대 돕지 않아? 빌어먹을 숙제도 하지 않을 거면*

그 책들은 뭐 하러 집에 들고 오냐? 어머니는 반박하려고 하면 무시당했다. 중재하려고 하면 옆으로 밀쳐졌다. 점점 더 세게 식탁을 때리던 주먹이 잠시 후에는 그를 치기 시작했다.

턱-턱-턱.

멀은 꿈에서 벗어나려고 눈을 떴고 순간 아이러니를 음미했다. 그를 괴롭히던 개자식과 2400킬로미터, 아무리 못 해도 그 정도 떨어져 있었건만…… 그래도 하룻밤 잠결만큼 가까웠다. 잠결이라고 해 봐야 숙면도 아니었다. 그는 집에서 도망친 이래 숙면을 취한 적이 거의 없었다.

턱-턱-턱.

경찰이 경찰봉을 때리는 소리였다. 끈기 있게. 이제는 봉을 쥐지 않은 쪽 손으로 크랭크를 돌리는 시늉을 냈다. 경찰봉을 돌렸다.

순간 멀은 거기가 어딘지 헷갈렸지만, 앞 유리창 너머로 거의 비다시피 한 기다란 주차장을 지나 맞은편에서 어른거리는 대형 할인점을 보았을 때 딱 하고 아귀가 맞아떨어졌다. 엘패소. 여기는 엘패소였다. 그가 타고 온 뷰익에는 기름이 거의 없었고, 그는 돈이 거의 없었다. 그래서 몇 시간 눈을 붙이려고 월마트 슈퍼센터 주차장에 차를 세웠다. 날이 밝으면 차후에 뭘 하면 좋을지 생각날 것이었다. 그런데 이제는 차후가 없을 것 같았다.

턱-턱-턱.

그는 창문을 내렸다.

"안녕하세요, 경관님. 제가 밤늦게까지 운전을 하다가 눈 좀 붙이려고 여기에 차를 댔어요. 여기서 잠깐 쉬었다 가도 되겠거니 해서요. 제가 착각한 거였다면 죄송합니다."

"그래, 사실 칭찬할 만한 자세지." 경찰이 이렇게 말하며 미소를 짓자 멀은 일말의 희망을 느꼈다. 다정한 미소였다. "그러는 사람들 많아. 다만 열네 살처럼 보이는 사람은 거의 없다는 게 문제일 뿐."

"저 열여덟 살이에요, 나이에 비해 체구가 작아서 그렇지."

하지만 그는 지난 몇 주 동안 쪽잠을 잔 것과 별개로 엄청난 피로감을 느꼈다.

"그래, 네가 열여덟 살이면 나는 톰 행크스다. 사람들이 착각하고 사인까지 요청하는. 면허증이랑 등록증 보자."

그는 죽어 가는 남자가 마지막으로 살짝 발을 씰룩이듯 다시 한 번 미약한 시도를 했다.

"외투에 넣어 놨는데 화장실에 간 새 누가 훔쳐갔어요. 맥도날드에서요."

"그래, 그래, 그랬구나. 어디서 왔니?"

"피닉스요."

멀은 자신 없는 목소리로 대답했다.

"그래, 그런데 이 예쁜이에 오클라호마 번호판이 달려 있는 이유는 뭐지?"

멀은 할 말을 잃고 침묵했다.

"차에서 내려라, 아가. 비바람을 맞으면서 똥을 싸는 누런 강아지 수준으로 위험해 보인다만 그래도 내가 볼 수 있는 곳에 손을 두기 바란다."

멀은 별다른 아쉬움 없이 차에서 내렸다. 훌륭한 여정이었다. 아니, 그 이상이었다. 생각해 보면 기적적인 여정이었다. 4월 말에 집을 떠난 이래 열 몇 번의 위기가 있었지만 지금까지 잘 피했다. 이제 이렇게 잡히고 말았지만 상관없었다. 그의 행선지가 어디가 될까? 아무 데나 될 수 있었다. 어디든 될 수 있었다. 아무튼 대머리 개새끼가 있는 곳은 아니었다.

"이름이 뭐냐?"

"멀 캐시디요. 멀린을 줄여서 멀이에요."

일찌감치 장을 보러 나선 사람들이 그들을 쳐다보다가 24시간 휘황찬란한 월마트로 발길을 재촉했다.

"그 마법사*하고 이름이 같단 말이지, 그래, 알았다. 신분증 있니, 멀?"

멀은 뒷주머니에서 사슴가죽 스티치가 나달나달해진 싸구려 지갑을 꺼냈다. 여덟 살 때 어머니에게 생일선물로 받은 지갑이었다. 그들 둘뿐이었고 세상이 어느 정도 이해가 되던 시절이었다. 지갑에는 5달러짜리 지폐 한 장과 1달러짜리 지폐 두 장이 들어 있었다. 멀은 어머니 사진을 몇 장 넣어 둔 칸에서 그의 사진을 넣어서 코팅한 신분증을 꺼냈다.

"포킵시 교회 청소년부." 경찰관은 곰곰이 생각했다. "뉴욕에서 왔다고?"

"네, 경관님."

말끝에 님이라는 단어를 붙이는 건 일찍부터 새아버지에게 맞아

---

* 켈트 신화에서 아서 왕을 보필하는 마법사로, 「마법사 멀린」이라는 영국 드라마도 있다.

가며 몸에 익힌 습관이었다.

"거기서 왔다고?"

"아뇨, 경관님. 그 근처요. 스파이턴킬이라는 조그만 마을인데요. '물을 뿜는 호수'라는 뜻의 이름이에요. 어머니한테 들은 바로는요."

"그래, 그렇구나, 재밌네. 날마다 새로운 걸 배울 수 있다니까. 도망을 다닌 지 얼마나 됐니, 멀?"

"거의 세 달 정도 된 것 같아요."

"운전은 누구한테 배웠고?"

"데이브 삼촌한테서요. 대부분 들판에서 배웠어요. 저 운전 잘해요. 수동이건 자동이건 상관없이요. 삼촌은 심장마비로 돌아가셨어요."

경찰관이 곰곰이 생각하며 코팅된 신분증을 엄지손톱으로 때리자 턱-턱-턱이 아니라 틱-틱-틱 소리가 났다. 멀은 대체적으로 그가 마음에 들었다. 아직까지는 그랬다.

"운전 잘하는 거 맞네, 그래, 뉴욕에서 이 먼지 뒤집어쓴 쪼글쪼글한 똥구멍 같은 국경 마을까지 오다니. 지금까지 차를 몇 대나 훔쳤니, 멀?"

"세 대요. 아니, 네 대요. 이게 네 번째 차예요. 첫 번째 차만 밴이었어요. 한 동네 사는 아저씨 차였고요."

"네 대라." 경찰관은 앞에 서 있는 지저분한 아이를 뜯어보았다. "남쪽행 사파리 여행 자금은 무슨 수로 조달했니, 멀?"

"에?"

"끼니는 어떤 식으로 해결했어? 잠은 어디서 자고?"

"잠은 대개 차에서 잤어요. 그리고 돈을 훔쳤어요." 그는 고개를 떨어뜨렸다. "대부분 여자들 핸드백에서요. 눈치 채지 못하는 경우도 있었지만 눈치 채더라도…… 제가 달리기가 진짜 빠르거든요."

눈물이 고이기 시작했다. 멀은 이 경찰관이 '남쪽행 사파리 여행'이라고 표현한 기간 동안 대개 밤에 자주 울었지만 그때는 눈물을 흘려 봐야 아무런 위안이 되지 못했다. 이번에는 달랐다. 멀로서는 왜 그런지 이유를 알 수 없었고 상관도 없었다.

"석 달 동안 차 네 대라." 경찰관이 말하며 멀의 교회 청소년부 신분증을 계속 틱-틱-틱 쳤다. "너, 뭘 피해서 도망친 거니?"

"새아빠요. 저를 그 개새끼한테 돌려보내시면 기회가 생기자마자 다시 도망칠 거예요."

"그래, 그래, 어떻게 된 그림인지 알겠다. 그리고 실제로는 몇 살이니, 멀?"

"열두 살이에요. 하지만 다음 달이면 열세 살이 돼요."

"열두 살이라. 식겁해서 뒤로 꼴까닥 넘어가겠네. 따라와라, 멀. 너를 어떻게 하면 좋을지 생각해보자."

해리슨 로의 경찰서에서 사회복지과 직원이 출동하길 기다리는 동안, 경찰은 멀 캐시디의 사진을 찍고 이를 잡고 지문을 채취했다. 지문이 사방으로 전송됐다. 그냥 일반적인 절차였다.

랠프가 순찰차를 타고 캡 시티로 달려가기 전에 데브러 그랜트
와 통화하려고 그보다 훨씬 작은 플린트 시티의 경찰서로 출근해
보니 빌 새뮤얼스가 기다리고 있었다. 그는 아파 보였다. 앨팰퍼를
닮은 삐친 머리조차 힘이 없었다.

"왜 그래요?" 랠프가 물었다. '또 뭐가 문제냐?'는 뜻이었다.

"알렉 펠리가 문자를 보냈어요. 링크와 함께."

그는 서류가방을 열고 아이패드(당연히 큼지막한 아이패드 프로였다.)
를 꺼내 전원을 켰다. 화면을 두어 번 두드리더니 랠프에게 건넸다.
펠리가 보낸 문자는 다음과 같았다. T. 메이틀랜드를 끝까지 기소할 거
예요? 이거부터 한번 보시죠. 그 아래에 링크가 달려 있었다. 랠프는
링크를 눌렀다.

채널81의 홈페이지가 떴다. **캡 시티 공영 채널!** 그 아래로 시의회
회의, 다리 운행 재개, 도서관 소개와 이용법 교육, 캡 시티 동물원
의 새로운 식구라고 된 동영상이 줄줄이 이어졌다. 랠프는 묻는 눈
빛으로 새뮤얼스를 쳐다봤다.

"스크롤 계속 내려 봐요."

스크롤을 계속 내려 보니 **3개주 영어 교사 대상 할런 코벤 강연**이라
고 된 동영상이 있었다. 거기에 대고 야구공을 튀겨도 머리를 다칠
일 없겠다 싶을 정도로 열심히 헤어스프레이를 뿌리고 안경 낀 여
자 위로 **재생** 아이콘이 포개어져 있었다. 그녀는 연단에 서 있었다.
그녀의 뒤로 셰러턴 호텔 로고가 보였다. 랠프는 동영상을 전체 화

면으로 확대했다.

"여러분, 안녕하세요! 강연에 오신 것을 환영합니다! 저는 올해 3개주 영어교사회 회장을 맡은 조지핀 맥더못이에요. 이 자리에서 지성인들의 연례 학회에 참석하신 여러분들을 정식으로 환영할 수 있어서 정말 기쁩니다. 물론 어른용 음료가 몇 가지 있어서 그렇기도 하고요." 이 말에 여기저기서 우물우물 예의상 웃음을 터뜨렸다. "올해는 참석률이 유난히 좋은데요, 저의 매력 덕분이라고 생각하고 싶지만⋯⋯." 다시금 여기저기서 예의상 웃음을 터뜨렸다. "⋯⋯아마 그보다는 오늘의 놀라운 연사 덕분이겠죠⋯⋯."

"메이틀랜드 말이 적어도 하나는 맞았어요. 빌어먹을 인사말이 끝이 없어요. 그 작가가 쓴 책을 일일이 소개하더라고요. 9분 30초로 건너뛰어요. 그쯤에서 마무리를 지으니까."

랠프는 동영상 맨 아래에 달린 막대를 따라 손가락을 움직였다. 이제는 어떤 장면이 그를 기다리는지 알 수 있었다. 보고 싶지 않았지만 그래도 보았다. 호기심을 거부할 수 없었다.

"신사숙녀 여러분, 오늘의 연사 할런 코벤 씨를 따뜻하게 맞이해주시기 바랍니다!"

머리가 벗어진 남자가 옆쪽에서 성큼성큼 걸어오는데, 키가 어찌나 큰지 악수를 하려고 허리를 숙이자 맥더못이 어른 옷을 입은 어린애처럼 보일 정도였다. 채널81에서는 카메라 두 대를 배치할 만큼 이 행사에 관심을 보였다. 이제 화면이 기립 박수로 코벤을 맞이하는 청중석으로 바뀌었다. 앞쪽 테이블에 남자 셋과 여자 하나가 있었다. 랠프는 위장이 초고속 엘리베이터를 타고 내려가는 게 느껴졌다. 그는 영상을 손끝으로 건드려 일시 정지했다.

"망할. 그 사람이네요. 테리 메이틀랜드와 라운드힐, 퀘이드 그리고 그랜트."

"우리가 입수한 증거를 놓고 따져보면 어떻게 그럴 수 있는지 모르겠지만 분명 메이틀랜드를 엄청 닮긴 했어요."

"빌⋯⋯." 랠프는 잠깐 아무 말도 할 수가 없었다. 그야말로 어안이 벙벙했다. "빌, 이 남자는 우리 아들을 가르친 코치예요. 그냥 메이틀랜드를 닮은 게 아니라 메이틀랜드예요."

"코벤은 약 40분 동안 강연을 해요. 카메라가 대개 연단에 선 그를 비추다가 가끔 그가 위트 있는 발언을 할 때⋯⋯ 위트가 있는 사람이더라고요, 그건 인정해요. 아무튼 그때 폭소를 터뜨리거나 열심히 귀를 기울이고 있는 청중석을 잡거든요. 메이틀랜드가 그때마다 거의 나와요. 그게 메이틀랜드가 맞는다면 말이지만. 하지만 결정타는 56분 근처예요. 거기로 가 봐요."

랠프는 만일을 위해 54분으로 갔다. 그즈음에는 코벤이 청중들에게 질문을 받고 있었다.

"저는 작품에서 욕 자체를 위해 욕을 쓴 적은 한 번도 없습니다." 그는 이렇게 얘기하고 있었다. "하지만 어떤 상황에서는 완벽하게 타당하게 보일 때도 있죠. 망치로 자기 엄지손가락을 때린 남자가 '아, 어떡해.' 이러지는 않잖아요." 청중석에서 폭소가 들렸다. "질문을 한두 개 더 받을 수 있겠는데요. 선생님은 궁금한 게 없으신가요?"

화면이 코벤에서 다음번 질문자로 바뀌었다. 큼지막하게 클로즈업된 테리 메이틀랜드였다. 지넷이 얘기한 것처럼 대역이 있을지 모른다는 랠프의 마지막 희망이 수증기처럼 날아갔다.

"코벤 씨는 집필을 시작하려고 자리에 앉는 순간부터 범인이 누군지 아시나요, 아니면 가끔 작가님에게도 뜻밖의 결말일 때가 있나요?"

화면이 미소를 지으며 "아주 훌륭한 질문이네요."라고 하는 코벤으로 바뀌었다.

랠프는 그가 아주 훌륭한 답변을 하기 전에 테리가 일어나서 질문을 하는 장면으로 돌아갔다. 20초 동안 그 장면을 뚫어져라 쳐다보다가 아이패드를 지방검사에게 넘겼다.

"피유. 우리 사건이 이렇게 날아가 버리네요."

"아직 DNA 결과가 남아 있잖아요." 랠프가 말했다. 아니, 이렇게 얘기하는 그의 목소리가 귀에 들렸다. 자기 몸과 분리된 느낌이었다. 심판이 경기를 중단시키기 전에 권투 선수들이 느끼는 기분이 이렇지 않을까 싶었다. "그래도 데브러 그랜트하고 얘기해 봐야겠어요. 그런 다음 캡 시티로 가서 옛날식으로 수사를 할 생각이에요. 누구 말마따나 궁둥짝 붙이고 앉아 있지 말고 문을 두드리고 다니면서 말이죠.* 호텔과 그들이 저녁을 먹으러 갔다는 파이어피트 직원들과 얘기를 해 봐야겠어요." 그런 다음 지넷이 생각나자 이렇게 덧붙였다. "법의학 증거가 있을 가능성이 없는지도 살펴보고 싶고요."

"문제의 그날 이후로 거의 일주일이 지난 대도시의 호텔에서 그

---

* 마이클 코넬리가 쓴 탐정 소설 시리즈의 주인공 해리 보슈의 모토다.

게 얼마나 가능성이 없는 얘긴지 알죠?"

"알아요."

"그리고 그 음식점은 문을 안 열었을 수도 있고요."

새뮤얼스는 인도에서 덩치 큰 아이에게 눌리는 바람에 무릎을 긁힌 아이 같은 말투로 얘기했다. 랠프는 자신이 이 남자를 별로 좋아하지 않는다는 사실을 깨달았다. 그는 점점 더 비겁한 인간에 가까워졌다.

"호텔 근처라면 브런치 영업을 할 수도 있어요."

새뮤얼스는 정지 화면에 뜬 테리 메이틀랜드를 계속 응시하며 고개를 저었다.

"DNA가 일치한다 하더라도…… 그것도 의심스러워지기 시작했는데…… 당신도 이 일을 오래 해서 알겠지만 배심원단이 DNA와 지문을 근거로 유죄 판결을 내리는 경우는 거의 없잖아요. O. J. 심슨의 재판이 아주 훌륭한 사례죠."

"목격자들은……."

"골드가 반대신문에서 결딴을 낼 거예요. 스탠호프? 나이가 많고 반쯤 눈이 멀었죠. '3년 전에 면허증을 반납했다는 게 사실입니까, 스탠호프 부인?' 준 모리스? 길 건너편에서 피투성이 남자를 본 아이. 스카우크로프트는 술을 마셨고 그의 친구도 마찬가지였죠. 클로드 볼턴은 마약 밀매 전과가 있고. 기껏해야 윌로 레인워터인데, 내가 새로운 소식 하나 알려 줄까요? 이 주 사람들은 인디언을 별로 좋아하지 않아요. 별로 믿지도 않고요."

"하지만 발을 빼기에는 너무 깊숙이 들어왔잖아요."

"어쩌다 보니 그게 추잡한 진실이 됐네요."

그들은 잠깐 동안 아무 말 없이 앉아 있었다. 랠프의 방문이 열려 있었고, 남서부의 이 조그만 도시에서 일요일 아침에 대개 그렇듯 경찰서 본관은 거의 비다시피 했다. 랠프는 새뮤얼스에게 그들이 동영상의 충격으로 불편한 진실을 잠시 잊은 것 같다고 얘기할까 고민했다. 어린아이가 살해됐고 그들은 입수한 모든 증거가 지목한 사람을 범인으로 체포했다. 메이틀랜드가 그 시각에 110킬로미터 멀리 떨어진 곳에 있었던 걸로 보인다는 사실은 분명하게 짚고 넘어가야 하는 문제였다. 그러지 않는 한 그들에게 마음의 평화는 있을 수 없었다.

"생각 있으면 저랑 같이 캡 시티에 가시죠."

"못 가요. 전처와 아이들을 데리고 오코마 호수로 놀러가기로 했거든요. 전처가 소풍 준비를 했대요. 드디어 사이가 다시 좋아졌는데 망치고 싶지 않아요."

"그렇군요."

어차피 건성으로 건넨 말이었다. 랠프도 혼자 가고 싶었다. 너무나 간단한 것 같았다가 이제는 총체적 난국의 조짐을 보이는 이 사건을 정리해 보고 싶었다.

그는 자리에서 일어났다. 빌 새뮤얼스도 아이패드를 서류가방에 다시 넣고 그의 옆에서 일어섰다.

"이번 일로 직장에서 잘릴 수도 있겠다 싶어요, 랠프. 그리고 만약 메이틀랜드가 나가면 소송을 제기할 거예요. 당신도 알겠지만."

"소풍 잘 다녀와요. 샌드위치도 잘 챙겨먹고. 이 사건 아직 안 끝났어요."

새뮤얼스가 먼저 밖으로 나가는데, 어깨를 늘어뜨리고 서류가방으로 의기소침하게 무릎을 때리며 걷는 모습에 랠프는 화가 치밀었다.

"빌?"

새뮤얼스가 고개를 돌렸다.

"이 마을의 어린아이가 잔인하게 성폭행을 당했어요. 그 직전 또는 직후에 어쩌면 물어 뜯겨서 유명을 달리했고요. 나는 아직도 그 사실에 적응이 되지 않아요. 아이 부모님은 우리가 직장에서 잘리거나 말거나, 이 도시가 소송을 당하거나 말거나 어느 설치류의 궁둥이만큼이라도 신경 쓸 것 같아요?"

새뮤얼스는 아무 대꾸도 없이 텅 빈 집합실을 지나 이른 아침의 햇살이 비치는 곳으로 나갔다. 소풍을 떠나기에 환상적인 날씨였지만 랠프는 지방검사가 그 시간을 별로 재미있게 보내지 못할 듯한 예감을 느꼈다.

12

프레드와 올리는 토요일 밤이 일요일 새벽으로 바뀌기 직전에, 알린 피터슨을 실은 구급차보다 겨우 3분 늦게 머시 병원 응급실의 대기실에 도착했다. 그 시각에도 넓은 대기실이 타박상을 입은 환자와 피를 흘리는 환자, 취객과 투덜이, 우는 사람과 기침을 하는 사람들로 북적거렸다. 대부분의 응급실이 그렇듯 머시 병원 응급실도 토요일 밤에는 정신이 없었지만 일요일 오전 9시가 되자 사람이 거의 없다시피 했다. 한 남자는 임시변통한 붕대로 피가 나는 손을 누르고 있었다. 한 여자는 열이 나는 아이를 무릎에 앉히고, 둘이서 같이 한쪽 구석 높이 설치된 텔레비전에서 나오는 까불이 엘모를 보았다. 머리가 곱슬곱슬한 10대 여자아이는 고개를 뒤로 젖히고 눈을 감고 깍지 낀 손을 몸통에 얹고 앉아 있었다.

그리고 그들이 있었다. 피터슨 가족의 남은 이들. 프레드는 6시쯤에 눈을 감고 깜빡 졸았지만 올리는 그가 잠이 들면 어머니가 죽을 거라고 확신하며, 그녀가 사라진 엘리베이터만 뚫어져라 바라보며 계속 앉아 있었다. "너희가 나와 함께 한시 동안도 이렇게 깨어 있을 수 없더냐." 예수님은 베드로에게 이렇게 물었는데, 제대로 대답할 수 없는 아주 훌륭한 질문이었다.

9시 10분에 그 엘리베이터 문이 열리면서 그들이 도착한 직후에 잠깐 얘기를 나누었던 의사가 나왔다. 파란 수술복을 입은 그는 춤을 추는 빨간 하트로 꾸며져 땀으로 얼룩진 파란색 수술 모자도 쓰고 있었다. 아주 피곤해 보였고, 그들과 맞닥뜨리자 후퇴하고 싶은 사람처럼 한쪽으로 몸을 돌렸다. 올리는 그 무의식적인 움찔거림만 보아도 결과를 알 수 있었다. 슬픈 소식이 그들을 강타할 때 아버지는 그냥 잠을 자도록 내버려 두고 싶었지만 그러면 안 될 것이었다. 아버지로 말할 것 같으면 올리가 태어나기 전부터 그녀를 알았고 사랑하지 않았던가.

올리가 그의 어깨를 흔들자 프레드는 "허!"라고 외치며 일어나 앉았다.

"왜?"

그는 이내 모자를 벗어 땀으로 떡이 진 갈색 머리를 드러내는 의사를 보았다.

"유감스럽지만 피터슨 부인은 사망하셨습니다. 저희로서는 최선을 다했고 처음에는 성공할 수 있을 거라고 생각했지만 워낙 심하게 손상이 됐어요. 다시 한 번 유감스럽게 됐다는 말씀 전합니다."

프레드는 못 믿겠다는 듯이 잠깐 동안 의사를 빤히 쳐다보다 울음을 터뜨렸다. 곱슬머리 여자아이가 눈을 뜨고 그를 쳐다보았다. 열이 나는 아이는 몸을 움츠렸다.

유감스럽다. 올리는 생각했다. 그게 오늘의 단어야. 지난주까지만 해도 우리는 일가족이었는데, 이제는 아빠와 나밖에 남지 않았어. 유감스럽다는 단어가 딱 맞네. 바로 이거야, 다른 단어는 생각할 필요도 없이.

프레드는 손으로 얼굴을 가리고 흐느꼈다. 올리는 그를 품에 꼭 끌어안았다.

13

마시는 딸들과 함께 깨작거리기만 하며 점심을 먹은 뒤에 안방으로 들어가 테리 쪽 옷장을 뒤졌다. 그는 그녀와 대등한 동반자 관계였지만 옷장에서 차지하는 면적은 4분의 1에 불과했다. 테리는 영어 선생님, 야구와 미식축구 코치, 기금이 필요한 상황에서는(항상 필요했다.) 모금 전문가, 남편 그리고 아버지였다. 그는 이 모든 걸 잘했지만 보수를 받는 건 선생님 노릇뿐이었기에 정장이 많지 않았다. 그의 눈동자 색을 강조하는 파란색 양복이 제일 나았지만 낡은 티가 났고, 남성복을 아는 사람이라면 그걸 브리오니 제품으로 착각할 일은 없었다. 멘스 웨어하우스에서 4년 전에 산 양복이었다. 그녀는 한숨을 쉬며 그 옷을 꺼내고 흰색 셔츠와 짙은 파란색 넥타이를 추가했다. 그걸 양복 가방에 넣었을 때 초인종이 울렸다.

마시가 방금 전에 챙긴 양복보다 훨씬 근사하게 차려입은 하위였다. 그는 아이들을 살짝 안아 주고 마시의 뺨에 입을 맞추었다.

"우리 아빠를 집으로 데리고 오실 거예요?" 그레이스가 물었다.

"오늘은 아니지만 조만간." 그는 양복 가방을 받아들며 말했. "구두는요, 마시?"

"맙소사. 제가 이렇게 어설프다니까요."

까만색 구두가 그럭저럭 신을 만했지만 닦아야 했다. 하지만 지금은 그럴 시간이 없었다. 그녀는 구두를 가방에 넣고 거실로 돌아갔다.

"됐어요, 준비 완료예요."

"좋아요. 씩씩하게 걷고 코요테들한테는 신경 쓰지 마요. 애들아, 엄마 오실 때까지 문 잠가 놓고 모르는 번호로 온 전화는 받지 마. 알겠지?"

"저희는 아무 문제 없을 거예요."

하지만 세라는 아무 문제 없어 보이지 않았다. 두 아이 모두 그랬다. 마시는 10대 초반의 여자아이들이 하룻밤 새 살이 빠질 수도 있는지 궁금해졌다. 그럴 수는 없지 않을까.

"갑시다."

하위는 기분이 좋아서 흥을 주체하지 못했다.

그들은 하위가 양복을, 마시가 구두를 들고 집을 나섰다. 기자들이 또다시 앞마당 바로 앞으로 달려왔다. 메이틀랜드 부인, 부군과 얘기해 보셨나요? 경찰에서는 뭐라고 하던가요? 골드 씨, 테리 메이틀랜드가 혐의에 대해 뭐라고 하던가요? 보석을 신청하실 생각인가요?

"현 단계에서는 드릴 말씀이 없습니다."

하위는 무표정한 얼굴로 이렇게 말하고 눈부신 방송 조명 사이로(마시는 이렇게 화창한 7월에 불필요한 조치 아닌가 하고 생각했다.) 마시를 호위해 그의 에스컬레이드로 데려갔다. 진입로 끝에 다다랐을 때 하위는 창문을 내리고 밖으로 몸을 내밀어 근무 중인 두 경관 가운데 한 명에게 말을 걸었다.

"아이들이 집 안에 있어요. 아무도 아이들을 건드리지 못하게 책임져 주실 거죠?"

그들은 아무 대꾸도 없이 무표정 아니면 적대적인 표정으로 하위를 쳐다보기만 했다. 마시로서는 둘 중 어느 쪽인지 알 수 없었지만 아무래도 후자인 듯했다.

그 동영상을 보고 느낀 희열과 안도감(주여, 채널81을 축복하소서.)이 아직 남아 있었지만 그래도 방송국 중계차와 마이크를 흔드는 기자들이 집 앞을 지키고 있었다. 테리는 아직 갇혀 있었다. 하위의 표현에 따르면 '카운티'에 있다는데, 쓸쓸한 컨트리 노래에 나오는 끔찍한 가사 같았다. 낯선 사람들이 그들의 집을 뒤져 뭐든 마음대로 가져갔다. 하지만 경찰관들의 무표정과 무반응이 그중에서도 최악이라 방송국 조명과 기자들이 외치는 질문들보다 훨씬 더 심란했다. 기계가 그녀의 가족을 삼켰다. 하위는 아무 탈 없이 거기서 빠져나올 수 있을 거라고 했지만 아직은 그렇게 되지 않았다.

아직은.

14

졸린 눈을 한 여경이 마시의 몸을 잽싸게 수색하고, 플라스틱 바구니에 핸드백을 넣고 금속 탐지기를 지나가라고 했다. 그들의 운전면허증도 받아서 투명 비닐봉지에 넣고 수많은 다른 면허증들과 함께 게시판에 압정으로 꽂았다.

"양복하고 구두도 주세요, 부인."

마시는 양복과 구두를 건넸다.

"내일 아침에 그 양복을 입혀서 샤프해 보이게 하려고요."

하위가 이렇게 얘기하며 금속 탐지기를 통과하자 삑 소리가 났다.

"집사한테 얘기해 놓을게요." 탐지기 저편의 경관이 말했다. "이제 주머니에 남아 있는 거 다 꺼내고 다시 한 번 통과해 보세요."

원인은 열쇠고리였던 걸로 밝혀졌다. 하위는 열쇠고리를 여경에게 넘기고 금속 탐지기를 다시 한 번 지나갔다.

"내가 여길 최소 5000번은 왔는데 열쇠를 번번이 깜빡한단 말이죠." 그가 마시에게 말했다. "분명 무의식적인 뭔가가 있는 거예요."

그녀는 긴장된 표정으로 미소를 짓고 아무 대꾸도 하지 않았다. 목이 바짝 말라서 뭐라고 얘길 꺼내면 쉰 소리가 나올 듯했다.

다른 경관이 어느 문을 거쳐 또 다른 문 밖으로 그들을 안내했다. 아이들이 웃는 소리와 어른들이 웅성웅성 대화를 나누는 소리가 마시의 귀에 들렸다. 그들은 바닥에 갈색 공업용 카펫이 깔린 면회실을 지났다. 아이들이 놀고 있었다. 갈색 점프슈트를 입은 재소자들이 아내, 애인, 어머니와 대화를 나누고 있었다. 얼굴 한쪽에 자주색 점이 있고 다른 쪽에는 베인 상처가 아물어 가고 있는 거구의 남자는 어린 딸이 인형의 집 속 가구를 옮기는 걸 거들고 있었다.

이건 전부 꿈이야. 어마어마하게 선명한 꿈. 일어나 보면 테리가 옆에 누워 있을 테니까 그가 살인범으로 체포되는 악몽을 꾸었다고 얘기해야지. 둘이서 같이 웃어야지.

재소자 가운데 한 명이 대놓고 마시를 손가락질했다. 옆에 앉아 있던 여자가 눈을 동그랗게 뜨고 빤히 쳐다보다가 다른 여자에게 귓속말을 했다. 그들을 안내하던 경관은 면회실 저편의 문을 키 카드로 열지 못해 애를 먹는 눈치였는데, 마시는 그가 일부러 뜸을 들이는 게 아닌가 하는 인상을 떨쳐 버릴 수가 없었다. 철컹 하는 소리와 함께 잠금장치가 열리고 그가 앞장서서 문을 통과할 때까지 모두가 그들을 쳐다보는 듯했다. 심지어 아이들까지 그러는 듯했다.

문 너머에서는 부연 유리처럼 보이는 것으로 나뉜 조그만 방들이 복도를 따라 줄줄이 이어졌다. 그중 한 곳에 테리가 앉아 있었다. 갈색 점프슈트가 너무 커서 그 안에서 헤엄치는 것처럼 보이는 테리와 맞닥뜨리자 마시는 울음이 터졌다. 그녀는 부스로 다가가 칸막이 너머로 남편을 쳐다보았다. 이제 보니 유리가 아니라 두툼한 아크릴이었다. 그녀가 손가락을 펴서 한 손을 올리자 그도 거기에 손을 갖다 댔다. 거길 통해 대화를 나눌 수 있게, 구식 수화기처럼 조그만 구멍들이 동그라미 모양으로 뚫려 있었다.

"울지 마, 여보. 계속 그러면 나도 울 거야. 그리고 앉아."

그녀는 벤치에 앉았고 하위도 그녀의 옆에 바짝 붙어서 앉았다.

"애들은 어때?"

"잘 있어. 당신 걱정하는데, 오늘은 좀 덜해. 엄청 기쁜 소식이 있어. 공영 채널에서 코벤 씨 강연을 녹화한 거 알았어?"

테리는 잠깐 동안 그냥 입을 떡 벌리고만 있었다. 그러다 폭소를 터뜨렸다.

"그를 소개한 여자가 거기에 대해서 뭐라고 했던 것 같은데 사설이 하도 길어서 거의 귀를 닫고 있었어. 이런 젠장."

"맞아, 정말 젠장맞을 일이지." 하위가 미소를 지으며 말했다.

테리는 이마가 칸막이에 거의 닿을 때까지 몸을 숙였다. 두 눈을 강렬하게 반짝였다.

"마시…… 하위…… 질의응답 시간에 내가 코벤한테 질문을 했어. 거의 가능성이 없다는 건 나도 알지만 그래도 녹음이 됐을지 몰라. 녹음이 됐다면 음성 인식이나 뭐 그런 걸로 대조할 수 있을 거야!"

마시와 하위는 서로 쳐다보며 폭소를 터뜨렸다. 중경비 구역 면회실에서 흔히 들을 수 없는 소리라 짧은 복도 한쪽 끝을 지키던 교도관이 미간을 찌푸리며 고개를 들었다.

"왜? 내 말이 뭐가 웃겨?"

"테리, 당신이 질문하는 거 동영상으로 찍혔어. 알겠어? 당신이 동영상에 나왔다고."

테리는 그게 무슨 소린지 이해하지 못하는 듯한 눈치를 보였다. 그러다 주먹을 들어 자기 관자놀이 옆에 대고 흔들었다. 선수가 득점하거나 멋진 수비를 보여 주었을 때 그녀도 종종 보았던 승리의 제스처였다. 그녀는 생각하고 말고 할 겨를도 없이 손을 들어서 그를 따라했다.

"진짜야? 100퍼센트 확실해? 너무 좋아서 믿기지가 않아."

"진짜야." 하위가 씩 웃으며 말했다. "사실 코벤에서 웃거나 박수를 치는 청중들로 장면이 바뀔 때마다 대여섯 번 자네가 영상에 등장해. 자네가 질문한 건 케이크 위에 얹은 장식, 바나나스플릿 위에 얹은 휘핑크림이었다고 할까."

"그럼 이 사건은 종결되는 거죠? 내일 석방되나요?"

"너무 앞서나가지는 말자고." 하위의 함박웃음이 다소 음산한 미소로 희미해졌다. "내일은 그냥 기소인부절차일 뿐이고, 그들이 엄청난 자부심을 느끼는 법의학 증거가 산더미 같은데……."

"어떻게 그럴 수가 있어요?" 마시가 불쑥 물었다. "테리는 분명 거기 있었는데 어떻게 그럴 수가 있어요? 동영상이 증명하잖아요!"

하위는 그만하라는 뜻에서 한쪽 손을 들었다.

"분쟁에 대해서는 나중에 걱정하기로 해요. 다만 지금 이 자리에서 얘기할 수 있는 게 있다면 우리 쪽 증거가 그들 쪽 증거를 압도한다는 거예요. 쉽사리 압도한다는 거. 하지만 시동이 걸린 기계가 있단 말이죠."

"기계. 맞아요. 기계라면 우리도 알아요, 그렇지, 테리?"

그는 고개를 끄덕였다.

"카프카의 소설 속으로 들어간 기분이야. 아니면 『1984』. 내가 당신이랑 애들까지 끌고 들어갔어."

"아냐. 자네는 아니야, 저들이 끌고 들어갔지. 이 사태는 잘 해결이 될 겁니다, 여러분. 하위 아저씨가 약속해요. 하위 아저씨는 항상 약속을 잘 지키거든요. 테리, 자네는 내일 9시에 허턴 판사 앞에서 기소인부절차를 밟을 거야. 부인이 들고 와서 지금 재소자용 수납장에 걸려 있는 고급 양복을 근사하고 완벽하게 입고서 말이지. 나는 빌 새뮤얼스를 만나서 보석을 논의할 작정이야. 그가 미팅을 수락하면 오늘 저녁에, 아니면 내일 오전에. 그는 마뜩잖아 하면서 가택 연금을 주장할 테지만 우리는 보석을 얻어 내고 말 거야. 그때쯤이면 언론에서 채널81 동영상을 발견해 검사 측 주장의 문제점이 공론화될 테니까. 집을 담보로 보석금을 마련해야 하겠지만, 전자 발찌를 끊고 도망칠 생각이 아닌 이상 걱정할 필요는 없어."

"아무 데도 가지 않을 거예요." 테리가 엄숙하게 말했다. 뺨이 발그스름했다. "남북 전쟁을 지휘한 그 장군이 뭐라고 했죠? '나는 여름이 다 가더라도 이 전선에서 끝까지 싸울 것이다.'"

"좋아요, 그럼 다음 전투는 뭐예요?" 마시가 물었다.

"대배심원단에게 기소장을 제출하는 건 좋지 못한 판단이라고 지방검사를 설득할 거예요. 내 주장이 먹힐 거예요. 그러면 자네는 자유의 몸이 될 수 있어."

하지만 그렇게 될까? 마시는 궁금해졌다. *우리가 그렇게 될까? 저들이 이이의 지문을 입수했다는데, 이이가 그 아이를 납치하고 피투성이로 피기스 공원에서 나오는 걸 본 목격자들이 있다는데? 진범이 잡히지 않는 한 우리가 자유의 몸이 될 수 있을까?*

"마시." 테리가 그녀를 보며 웃고 있었다. "조급해하지 마. 내가 애들한테 뭐라는지 당신도 알잖아. 한 베이스씩 차근차근."

"내가 물어보고 싶은 게 있는데." 하위가 말했다. "그냥 한번 찔러보는 차원에서."

"물어보세요."

"저들은 온갖 법의학 증거를 입수했다고 주장하고 있어. DNA 결과는 아직 나오지 않았지만……."

"일치한다고 나올 리 없어요. 그건 불가능해요."

"난 지문도 그럴 줄 알았거든."

"누가 덫을 놓은 거예요." 마시가 불쑥 내뱉었다. "피해망상증 환자처럼 들린다는 거 알지만……." 그녀는 어깨를 으쓱했다.

"하지만 왜요? 그게 관건입니다. 그렇게 엄청난 수고를 마다하지 않을 만한 사람 있어요?"

메이틀랜드 부부는 긁힌 자국으로 뒤덮인 아크릴 칸막이를 사이에 두고 곰곰이 생각해 보다가 고개를 저었다.

"나도 없어요. 현실은 로버트 러들럼*의 소설을 모방하는 경우가

---

* 스파이 스릴러물 제이슨 본 시리즈의 원작자.

거의 없거든. 그런데 저들은 서둘러 검거에 나설 만큼 막강한 증거를 손에 쥐고 있었단 말이죠, 지금은 분명 후회하고 있겠지만. 나는 뭐가 걱정인가 하면, 자네를 기계에서 끄집어낸다 하더라도 기계의 그림자는 남을지 모른다는 거야."

"나도 어젯밤 내내 그 생각을 했어요." 테리가 말했다.

"저는 지금도 하는 중이고요." 마시가 말했다.

하위는 손깍지를 끼고 몸을 앞으로 내밀었다.

"그들에게 대적할 만한 물리적 증거가 있으면 도움이 될 텐데. 채널81 동영상도 훌륭하고, 거기에 자네 동료들의 증언이 더해지면 그걸로 충분할지 모르지만 나는 욕심이 많거든. 그걸로는 성에 차지 않아."

"캡 시티에서 가장 손님이 많은 호텔에서 4일이 지난 뒤에 물리적 증거를 찾으려고요?" 마시는 자기가 빌 새뮤얼스가 방금 전에 했던 말을 똑같이 따라하고 있다는 사실을 알지 못한 채 이렇게 반문했다. "별로 가능성이 없는 얘기 같은데요."

테리는 눈썹을 한데 모으고 허공을 물끄러미 바라보았다.

"전혀 가능성이 없진 않아."

"테리?" 하위가 물었다. "무슨 근거로 그런 얘기를?"

테리는 미소를 지으며 그들을 돌아보았다.

"뭔가 있을지 몰라요. 그럴지도 몰라요."

15

파이어피트가 정말로 브런치 영업을 하고 있었기에 랠프는 거기부터 먼저 찾아갔다. 살인 사건이 벌어졌던 날 저녁에 있었던 직원들 중에서 두 명이 근무하고 있었다. 여자 사장과 이제 겨우 맥주를 사서 마실 수 있는 나이가 된 듯하고 머리를 짧게 깎은 웨이터였다. 사장은 전혀 도움이 되지 않았고("그날 저녁에 손님들이 떼로 몰려왔거든요, 형사님."), 웨이터는 여럿이 온 선생님들을 희미하게 기억했지만 랠프가 작년 플린트 시티 고등학교 졸업앨범에 실린 테리의 사진을 보여 주자 긴가민가했다. 맞다고, 이렇게 생긴 남자를 본 기억이 나는 '것도' 같지만, 사진 속의 그 남자라고 장담할 수는 없다고 했다. 심지어 그 남자가 선생님들과 일행이었는지도 잘 모르겠다고 했다.

"뭐, 그냥 바 카운터로 핫윙 플래터를 갖다 준 거였을 수도 있어요."

그렇게 끝이 났다.

처음에는 셰러턴 호텔에서도 별로 운이 없었다. 메이틀랜드와 윌리엄 퀘이드가 화요일 밤에 644호실에 묵은 건 확인할 수 있고, 호텔 매니저가 계산서를 보여 주었지만 퀘이드가 서명한 계산서였다. 그가 자기 마스터카드로 결제했다. 그뿐 아니라 매니저가 밝힌 바에 따르면 메이틀랜드와 퀘이드가 체크아웃한 이후로 644호실에는 매일 투숙객이 있었고 매일 아침마다 청소를 했다고 말했다.

"그리고 저희는 턴다운 서비스를 제공하거든요." 엎친 데 덮친격으로 매니저는 이렇게 덧붙였다. "그러니까 거의 날마다 두 번씩 청소를 한다는 거죠."

그는 "네, 앤더슨 형사님, 얼마든지 보안 카메라 영상을 확인하셔도 됩니다."라고 했고, 랠프는 알렉 펠리가 이미 보고 갔다는 데 아무런 항의도 하지 않았다.(랠프는 캡 시티의 경찰관이 아니었기에 외교술을 발휘하는 것이 관건이었다.) 영상은 총천연색에 화질이 선명했다. 캡 시티 셔러턴 호텔에서는 케케묵은 조니스 고마트 카메라를 쓰지 않았다. 테리를 닮은 남자가 로비와 기념품 가게에서 보였고, 수요일 아침에 호텔 피트니스룸에서 짧게 운동을 하는 것과 호텔 연회실 앞에서 사인을 받으려고 줄을 선 것도 보였다. 로비와 기념품 가게는 불확실했지만, 운동기구를 쓰려고 호수를 밝히고 사인을 받으려고 줄을 서 있는 남자는 적어도 랠프가 생각하기에는 아들의 예전 코치인 게 분명했다. 데릭에게 번트를 가르쳐 별명을 헛스윙 칩에서 푸시 번트로 바꾼 남자였다.

캡 시티의 법의학적 증거가 빠진 조각이자 골든 티켓이라고 얘기하는 아내의 목소리가 랠프의 머릿속에서 들렸다. 그녀는 이렇게 얘기했다. *테리가 여기 있었다면…… 그러니까 플린트 시티에서 살인을 저질렀다면……. 대역이 거기 갔었을 수밖에 없잖아. 그래야 말이 되니까.*

"전부 말이 안 돼."

그는 모니터를 쳐다보며 중얼거렸다. 테리 메이틀랜드처럼 보이는 남자가 학과장 라운드힐과 사인을 받으려고 줄을 서 있다가 뭔지 모를 일로 웃는 모습이 정지 화면으로 띄워져 있었다.

"네?" 그에게 영상을 보여 주던 호텔 경비가 물었다.

"아무것도 아니에요."

"다른 영상 보여 드릴까요?"

"아니에요. 고마워요."

헛수고였다. 채널81의 강연 동영상이 보안 카메라 영상을 무용지물로 만든 거나 다름없었다. 질의응답 시간의 테리였다. 아무도 거기에 의혹을 제기할 수 없었다.

하지만 랠프의 마음속 한구석에는 의구심이 남아 있었다. 카메라가 자기를 비출 거라는 사실을 아는 사람처럼 일어나 질문을 하는 테리의 모습이…… 너무 우라지게 완벽했다. 이 모든 게 계략일 수 있을까? 놀랍지만 본질적으로는 설명이 가능한 속임수일까? 어떻게 그럴 수 있는지 랠프로서는 알 수가 없었지만, 데이비드 카퍼필드가 중국의 만리장성을 무슨 수로 통과했는지 텔레비전으로 보았어도 알 수 없기는 마찬가지였다. 만약 그런 거라면 테리 메이틀랜드는 단순한 살인범이 아니라 공권력을 비웃는 살인범이었다.

"형사님, 참고 삼아 알려 드리는데요. 저희 상사 할리 브라이트가 메모를 남겼어요. 하워드 골드라는 변호사가 형사님이 방금 전에 보신 영상을 저장 요청했다고요."

"상관없어요. 알래스카의 휘슬딕에 사는 세라 페일린*한테 보내도 돼요. 나는 이제 집으로 돌아갈 작정이니까."

그렇다. 좋은 생각이었다. 집에 가서 지넷과 함께 뒷마당에 앉아 맥주 여섯 캔을 나눠 마시는 거다. 그가 네 캔, 그녀가 두 캔. 이 빌

---

* 알래스카의 전직 주지사. 2008년에 공화당의 부통령 후보로 대통령 선거에 출마했다.

어먹을 모순에 대해 생각하느라 미쳐 버리는 사태를 미연에 방지하는 거다.

경비가 보안실 입구까지 그를 배웅했다.

"뉴스에서는 형사님이 그 아이를 살해한 범인을 잡았다고 하던데요."

"뉴스에서는 별의별 소리를 다 하죠. 시간 내주셔서 감사합니다."

"경찰에 도움을 드릴 수 있다면야 언제든 환영이죠."

도움이 안 돼서 문제지. 랠프는 생각했다.

그는 로비 저편에서 회전문을 밀려고 손을 내밀었다가 어떤 생각이 퍼뜩 떠오르자 걸음을 멈추었다. 이왕 여기 온 김에 체크해야 할 곳이 한 군데 더 있었다. 테리에 따르면 코벤의 강연이 끝나자마자 데비 그랜트가 화장실에 가서 한참 동안 있었다고 했다. *나는 에버렛과 빌리와 함께 잡지 매점으로 가서 그 앞에서 기다렸어요. 데비가 거기로 합류했고요.*

알고 보니 잡지 매점이 일종의 보조 기념품 가게였다. 머리가 희끗희끗하고 과하게 화장을 한 여자가 매대를 지키며 싸구려 액세서리들의 위치를 바꾸고 있었다. 랠프는 그녀에게 신분증을 보여주고 지난 화요일 오후에도 여기에서 근무했느냐고 물었다.

"손님. 아프지 않은 이상 날마다 출근하죠. 책이나 잡지는 팔아도 별거 없지만 이 액세서리하고 기념품용 커피 잔은 팔면 커미션을 받거든요."

"이 남자 기억하세요? 지난 화요일에 영어 선생님들 여럿이랑 강연을 들으러 왔는데."

그는 테리의 사진을 보여 주었다.

"그럼요, 기억하죠. 플린트 카운티를 소개한 책에 대해서 물었어요. 그 책에 대해서 누가 물어본 게 얼마 만인지 기억도 안 나네. 내가 주문한 게 아니라 2010년에 여길 인수했을 때부터 있던 책이거든요. 치웠어야 맞는 거였지만 대신 뭘 갖다 놓겠어요? 눈높이보다위에 있거나 아래에 있는 물건들은 그냥 붙박이라는 걸 이런 데를 운영하다 보면 금세 알게 되거든요. 그나마 아래에 있는 녀석들은 싸기나 하지. 맨 꼭대기 선반에 있는 녀석들은 사진도 많고 광택지를 쓴 비싼 책이에요."

"어떤 책을 말씀하시는 건지 궁금한데요……." 그는 여자의 이름표를 확인했다. "레벨 부인."

"저거요." 그녀는 손가락으로 가리켰다. "『사진으로 보는 플린트카운티, 두리 카운티, 캐닝 타운십의 역사』. 제목 한번 거창하죠?"

그가 고개를 돌려보니 기념품용 컵과 접시 옆에 책꽂이가 두 개있었다. 한 책꽂이에는 잡지들이 꽂혀 있었다. 다른 책꽂이에는 페이퍼백과 요즘 출간된 하드커버 소설들이 섞여서 꽂혀 있었다. 두번째 책꽂이의 꼭대기 칸에 지넷이 '커피 테이블 책'이라고 부르는 큼지막한 책들이 대여섯 권 있었다. 누가 훑어보다가 책장에 손자국이 남거나 모서리가 나달나달해지지 않도록 비닐을 씌워 놓았다. 랠프는 그 앞으로 다가가 올려다보았다. 테리는 키가 그보다 족히 8센티미터는 컸으니 올려다보거나 까치발을 하고 책을 꺼낼 필요가 없었을 것이다.

그는 그녀가 얘기한 책을 향해 손을 내밀었다가 생각을 바꾸었다. 그는 레벨 부인을 돌아보았다.

"또 기억나는 게 뭐가 있나요?"

"뭐요, 그 남자에 대해서요? 별것 없어요. 강연이 끝났을 때 기념품 가게가 북적거렸던 건 기억이 나지만, 나는 손님이 별로 없었어요. 왜 그랬는지는 아시죠?"

랠프는 짜증을 내지 않으려고 애를 쓰며 고개를 저었다. 뭔가가 분명히 있었고, 바라건대 그는 그게 뭔지 알 것 같았다.

"차례가 뒤로 밀리면 싫으니까요. 그리고 기다리는 동안 읽을 코벤 씨의 신작을 다들 들고 있었거든요. 하지만 이 세 남자분은 여기로 왔고, 그중 한 명인 뚱뚱한 쪽은 리사 가드너의 신작 하드커버를 샀어요. 나머지 둘은 훑어보기만 했고요. 잠시 후에 어떤 여자분이 고개를 내밀고서는 자기 왔다고 하니까 다 같이 떠났어요. 사인을 받으러 갔겠죠."

"하지만 그중 한 명인 키가 큰 쪽은 플린트 카운티를 소개한 책에 관심을 보였단 말이죠?"

"네. 하지만 내가 보기에는 캐닝 타운십이라는 제목에 호기심이 생긴 것 같았어요. 자기 가족이 거기서 오래전부터 살았다고 하던가요?"

"모르겠는데요. 아는 바 없어요."

"분명 그랬을 거예요. 그는 책을 꺼냈지만 79달러 99센트라는 가격표를 보더니 다시 넣었어요."

쿵. 바로 이거였다.

"그 뒤로 저 책을 구경한 사람 있나요? 꺼내서 만진 사람 말입니다."

"저 책을요? 설마요."

랠프는 책꽂이 앞으로 다가가 까치발을 하고 비닐로 싸인 책을 꺼냈다. 손바닥으로 양옆을 붙들었다. 옛날의 운구 행렬을 촬영한 적갈색 사진이 표지였다. 하나같이 낡은 모자를 쓰고 권총집을 찬 카우보이 여섯 명이 나무 관을 먼지 자욱한 묘지로 옮기고 있었다. 목사(역시 권총집을 차고 있었다.)가 성서를 양손에 들고, 파 놓은 무덤 앞에서 그들을 기다리고 있었다.

레벨 부인의 표정이 상당히 환해졌다.

"그 책 사시게요?"

"네."

"그럼 주세요, 바코드 찍게."

"그건 안 되겠는데요."

그가 책을 들고 비닐 위로 바코드를 붙인 쪽을 내밀자 그녀가 기계를 대고 찍었다.

"세금 더하면 84달러 14센트지만 84달러에 드릴게요."

랠프는 책을 조심스럽게 세워 놓고 신용카드를 건넸다. 영수증을 가슴 주머니에 욱여넣고 다시 한 번 손바닥으로 책을 들어서 성배처럼 내밀었다.

"그가 이걸 만졌단 말이죠." 그는 그녀에게 다짐을 받기 위해서라기보다 어처구니없는 행운을 확인하기 위해 이렇게 말했다. "분명 제가 보여 준 사진 속의 남자가 이걸 만졌단 말이죠."

"꺼내서 표지 사진이 캐닝 타운십에서 찍은 거라고 했어요. 그러다 가격을 보고 다시 꽂았죠. 좀 전에 말씀드렸다시피. 그거 증거예요?"

"모르겠어요." 랠프는 표지를 장식한 그 옛날의 문상객들을 내려다보았다. "하지만 알게 될 겁니다."

16

프랭크 피터슨의 시신은 목요일 오후에 도넬리 브라더스 장례식장으로 인도됐다. 알린 피터슨이 이뿐 아니라 부고, 조화, 금요일 오전의 추도식, 장례식, 하관식, 토요일 저녁의 친구 및 가족 모임까지 모든 걸 준비했다. 그럴 수밖에 없었다. 프레드는 상황이 좋은 때라도 사교 모임에 소질이 없었다.

하지만 이번에는 내가 맡아야 해. 프레드는 올리와 함께 병원에서 집으로 향하며 속으로 중얼거렸다. *그럴 수밖에 없어, 대안이 없으니까. 도넬리 장례식장 직원이 도와주겠지. 전문가니까.* 하지만 연달아 벌어진 두 번째 장례식 비용을 무슨 수로 감당하면 좋을까. 보험으로 커버가 될까? 알 수 없었다. 그런 부분도 알린이 전부 알아서 했다. 그들 부부는 협정을 맺었다. 프레드는 돈을 벌었고 알린은 공과금을 처리했다. 그녀의 책상을 뒤져서 보험증서를 찾아야 할 것이었다. 그럴 생각만 해도 피곤해졌다.

거실에 앉았다. 올리가 텔레비전을 켰다. 축구 중계가 나왔다. 잠깐 동안 중계를 보았지만 둘 다 경기에 관심은 없었다. 그들은 미식축구 팬이었다. 잠시 후에 프레드가 일어나 터벅터벅 현관 앞으로 가서 알린의 오래된 빨간색 주소록을 들고 왔다. D항목으로 넘기자 아니나 다를까, 도넬리 브라더스가 있었지만, 평소에는 깔끔했던 그녀의 글씨체가 흔들렸다. 왜 아니겠는가. 프랭크가 죽기 전에는 장의업체 연락처를 적어 놓을 일이 없었다. 원래대로라면 피터슨 부부는 장례식 걱정을 하기까지 한참이 남았었다. 한참이.

프레드는 빨간 가죽이 빛바래고 낡은 주소록을 쳐다보며, 예전에는 봉투를 보고 요즘 들어서는 인터넷을 보고 여기에 주소를 옮겨 적던 아내의 모습을 떠올렸다. 울음이 터졌다.

"못 해. 못 하겠어. 프랭키가 죽은 지 얼마나 됐다고."

텔레비전에서는 아나운서가 "골인!"이라고 외쳤고 빨간색 셔츠를 입은 선수들이 서로에게 달려들기 시작했다. 올리가 텔레비전을 끄고 손을 내밀었다.

"제가 할게요."

프레드는 충혈된 눈으로 눈물을 흘리며 아들을 쳐다보았다.

올리는 고개를 끄덕였다.

"괜찮아요, 아빠. 진심으로요. 제가 전부 알아서 할게요. 아빠는 올라가서 누우시지그래요?"

프레드는 열일곱 살짜리 아들에게 이런 짐을 지우다니 잘못된 선택일지 모른다는 걸 알았지만 그래도 그렇게 했다. 때가 되면 그에게 주어진 몫을 감당하겠지만 지금은 눈을 좀 붙여야 했다. 정말이지 너무 피곤했다.

17

알렉 펠리는 그 주 일요일 3시 30분까지 가족들에게 붙잡혀 있었다. 5시가 지난 다음에서야 캠 시티 셔러턴 호텔에 도착했지만 아직까지도 태양이 하늘 위에서 이글거리고 있었다. 그는 호텔 앞 회차 지점에 차를 세우고 발렛 주차 요원에게 슬그머니 10달러를 쥐여 주며 차를 가까운 데 세워 달라고 했다. 잡지 매점에서는 로렛 레벨이 또다시 액세서리를 정리하고 있었다. 알렉이 거기 들른 시간은 짧았다. 그는 다시 밖으로 나와서 그의 익스플로러에 기대고 하위 골드에게 전화를 걸었다.

"보안 카메라 영상과 텔레비전 동영상은 내가 선수 쳤는데, 책은 앤더슨한테 선수를 빼앗겼네. 거기다 책을 사 갔어. 그건 이미 끝난 일이라고 봐야겠는데."

"젠장. 그자가 그 책에 대해서 무슨 수로 알아냈지?"

"알고서 한 게 아니라고 봐. 행운과 구닥다리 수사 방식의 조합이지. 잡지 매점 주인 말로는 코벤의 강연이 있었던 날, 어떤 남자가 그걸 꺼냈다가 80달러에 육박하는 가격을 보고 다시 집어넣었다고 해. 그 남자가 메이틀랜드였다는 걸 모르는 눈치인 걸 보니 뉴스를 챙겨보지 않나 봐. 그 얘길 했더니 앤더슨이 책을 사 갔대. 손바닥으로 책의 양옆을 잡고 나갔다네."

"테리와 일치하는 지문이 없다고 문제 제기를 하려는 심사겠지. 그러니까 그 책을 만진 사람은 테리가 아니었다고. 소용없을 거야. 얼마나 많은 사람들이 그 책을 꺼내서 봤겠어."

"잡지 매점 주인은 절대 아니라고 할 거야. 달이 가고 해가 지는 동안 그냥 꽂혀 있기만 했었다고."

"상관없어."

하위는 걱정하지 않는 말투였고, 그래서 알렉이 마음껏 두 사람 몫의 걱정을 했다. 중요한 건 아니었지만 그래도 꺼림칙했다. 미술관에 걸린 그림처럼 근사하게 전개되어 가고 있던 사건에 조그맣게 구멍이 뚫린 셈이었다. 하지만 그도 스스로 상기하다시피 생길 수 있는 구멍이었고 하위가 쉽사리 무마할 것이었다. 배심원들은 없었던 것에 대해서는 별로 신경 쓰지 않았다.

"그냥 알고 계시라고요, 대장님. 제가 그런 거 챙기라고 돈 받고 일하는 거 아니겠습니까."

"좋아, 알고 있도록 할게. 내일 기소인부절차에 참석할 거지?"

"무슨 일이 있어도. 새뮤얼스한테 보석 얘기는 꺼내 봤나?"

"음. 얘기가 금세 끝났어. 온몸의 세포를 동원해서 막겠다더군. 그가 한 말을 고스란히 옮긴 거야."

"맙소사, 그 남자는 포기라는 단어를 모르나?"

"좋은 질문이야."

"그래도 보석 허가를 받을 수 있을까?"

"그럴 가능성이 커. 확실하지는 않지만 거의 그렇다고 봐."

"보석 허가를 받더라도 메이틀랜드한테 동네를 돌아다니지 말라고 해. 요즘은 방범용 무기를 가까이에 두고 지내는 사람들이 많고, 그는 이제 플린트 시티에서 가장 인기 없는 사람이니까."

"가택 연금 조치가 내려질 테고 경찰이 집을 감시할 거야." 하위는 한숨을 쉬었다. "그 책은 안타깝게 됐네."

알렉은 전화를 끊고 차에 올라탔다. 드라마 「왕좌의 게임」이 시작되기 전에 여유롭게 집에 들어가서 팝콘을 만들고 싶었다.

18

랠프 앤더슨과 주 경찰청의 유넬 사블로 형사는 그날 저녁, 그 도시 북쪽에 있는 빌 새뮤얼스의 집에서 플린트 카운티 지방검사를 만났다. 그곳은 초호화 맨션을 지향하지만 목적을 달성하지 못한 널찍한 저택들로 이루어진, 으리으리하달 수 있는 동네였다. 어스름이 서서히 어둠으로 녹아드는 가운데, 뒷마당에서는 새뮤얼스의 두 딸이 잡기 놀이를 하고 있었다. 새뮤얼스의 전처가 남아서 저녁을 차려 주었다. 새뮤얼스는 저녁을 먹는 내내 기분 좋은 얼굴로 전처의 손을 여러 번 토닥였고, 한 번은 손을 잠깐 동안 잡기까지 했는데 전처는 싫어하지 않는 눈치였다. *관계가 끝난 커플치고 상당히 알콩달콩하네.* 랠프는 생각했고, 그 둘을 감안하면 잘된 일이었다. 하지만 저녁식사가 끝나자 전처가 아이들의 소지품을 챙기기 시작했고, 랠프는 새뮤얼스 지방검사의 좋았던 기분도 금세 끝날 것 같은 예감을 느꼈다.

『사진으로 보는 플린트 카운티, 두리 카운티, 캐닝 타운십의 역사』가 커피 테이블 위에 놓여 있었다. 랠프가 부엌 서랍에서 투명 지퍼백을 꺼내 거기다 조심스럽게 넣어 왔다. 비닐 위로 지문 감식 가루를 뿌렸기 때문에 이제는 운구 행렬이 흐릿해 보였다. 앞표지의 책등 근처에서 도드라지게 보이는 지문이 한 개(엄지손가락 지문) 있었다. 새로 주조한 동전에 찍힌 날짜만큼 선명했다.

"뒤표지에는 좀 더 쓸 만한 게 네 개 있어요. 무거운 책을 집을 때 그러잖아요. 엄지손가락을 앞쪽에, 나머지 네 손가락은 무게를 지탱할 수 있도록 살짝 벌려서 뒤쪽에. 마음 같아서는 캡 시티에서 지문을 채취하고 싶었는데 비교할 테리의 지문이 있어야 말이죠. 그래서 지서에서 필요한 준비물을 챙겨다가 집에서 했죠."

새뮤얼스가 눈썹을 추켜세웠다.

"증거로 보관된 그의 지문 카드를 빼냈다고요?"

"아뇨, 복사를 했죠."

"너무 뜸들이지 마세요." 사블로가 말했다.

"안 그럴게요." 랠프가 말했다. "둘이 일치했어요. 이 책에 남은 지문은 테리 메이틀랜드의 것이에요."

새뮤얼스가 저녁을 먹는 내내 전처의 옆에서 지었던 햇살처럼 환한 표정이 사라졌다. 금방이라도 비가 죽죽 내릴 듯한 표정으로 바뀌었다.

"컴퓨터로 확인하지 않는 이상 확실하지 않잖아요."

"빌, 나는 그런 프로그램이 존재하기 전부터 이 일을 해 왔어요." *네가 고등학교 자습실에서 여학생들 치마 속을 훔쳐보려고 했던 시절부터 말이지.* "메이틀랜드의 지문 맞고 컴퓨터로 비교하면 맞는다고 할 거예요. 이걸 봐요."

랠프는 스포츠재킷 안주머니에서 카드를 한 묶음 꺼내 커피 테이블 위에 2열로 펼쳐 놓았다.

"이쪽은 간밤에 조서를 작성할 때 채취한 테리의 지문이에요. 그리고 이쪽은 책을 싼 비닐에서 채취한 테리의 지문이고요. 직접 확인하시죠."

새뮤얼스와 사블로는 허리를 숙이고 왼쪽 줄의 카드와 오른쪽 줄의 카드를 번갈아 쳐다보았다. 사블로가 먼저 뒤로 몸을 기댔다.

"맞네요."

"나는 컴퓨터로 비교하기 전까지는 포기하지 않겠어요."

새뮤얼스가 말했다. 턱을 내밀고서 한 얘기라 부자연스럽게 들렸다. 다른 때 같았으면 웃기게 들렸을 것이다.

랠프는 당장은 아무 대꾸도 하지 않았다. 그는 빌 새뮤얼스의 정체가 궁금해졌고, 그가 맨 처음에 이 남자를 두고 했던 (정말 강하게 반격을 당하면 잽싸게 내빼는 성격이 아닐까 하는) 판단이 틀렸길 바랐다.(원래 긍정적인 성격이었다.) 새뮤얼스의 아내는 그를 아직까지 어느정도 쥐고 있었고, 그것만큼은 분명했다. 어린 딸들은 그를 어마어마하게 사랑했지만 그런 증거로 파악할 수 있는 건 어떤 사람의 일면에 불과했다. 집에서의 모습과 직장에서의 모습은 다를 수 있었다. 문제의 그 남자가 야심만만하고, 거대한 계획을 미연에 봉쇄당할 위기에 갑작스럽게 봉착했다면 특히 그럴 수 있었다. 이런 사실들이 랠프에게는 중요했다. 지든 이기든 그와 새뮤얼스는 이 사건으로 묶인 운명 공동체였기 때문에 상당히 중요했다.

"이건 불가능해요." 새뮤얼스가 삐친 머리를 누르려고 손을 들었지만 오늘은 삐친 머리가 없었다. 오늘 저녁에는 머리가 말을 잘 들었다. "그가 동시에 두 장소에 있을 수는 없는 거잖아요."

"그런데 그래 보인단 말이죠." 사블로가 말했다. "어제까지만 해도 캡 시티에는 법의학적 증거가 없었는데, 지금은 생겼으니."

새뮤얼스의 표정이 순간적으로 밝아졌다.

"그 전에 가서 만진 거 아닐까요? 알리바이를 준비하는 차원에서. 설정의 일환이었던 거죠."

프랭크 피터슨 살인 사건이 욕구를 참지 못한 남자의 충동적인 행동이라고 했던 기존의 주장을 잊어버린 모양이었다.

"그랬을 가능성도 있긴 하죠. 하지만 지문이 아주 많았는데, 이건 얼마 전에 찍힌 거예요. 융선의 세부적인 부분이 아주 선명하거든요. 몇 주나 몇 달 전에 찍힌 거면 그럴 수가 없죠."

사블로가 거의 들리지 않을 정도로 나지막이 말했다.

"12에서 히트를 외쳤는데 그림카드를 받은 셈이네요."

"뭐라고요?" 새뮤얼스가 휙 하니 고개를 돌렸다.

"블랙잭 얘깁니다." 랠프가 말했다. "찾아보지 않는 게 나을 뻔했다는 뜻이에요. 그냥 현상을 유지할걸 그랬다고."

그들은 이 말에 대해 곰곰이 생각해 보았다. 새뮤얼스가 말문을 열었을 때 그의 목소리는 명랑하다고 할 수 있게 들렸다. 그냥 가볍게 잡담을 나누는 사람 같았다.

"내가 제안을 하나 할게요. 그 비닐에 가루를 뿌렸는데 아무것도 안 나왔다고 하면 어때요? 아니면 제대로 식별할 수 없는 흐릿한 자국들뿐이었다고 하면?"

"그런들 상황이 더 좋아지지는 않겠죠." 사블로가 말했다. "하지만 더 나빠지지도 않을 테고요."

새뮤얼스는 고개를 끄덕였다.

"그랬다면, 그랬다고 치면 랠프는 그냥 상당히 비싼 책을 산 남자가 될 거예요. 그걸 버리지는 않고, 발상은 좋았지만 생각대로 잘 되지 않은 작전을 기념하는 뜻에서 책꽂이에 꽂아 두겠죠. 물론 비닐은 벗겨서 던지고요."

사블로는 속마음을 표정으로 전혀 드러내지 않고 새뮤얼스에게서 랠프에게로 시선을 옮겼다.

"이 지문 카드들은요?" 랠프가 물었다. "이것들은 어쩌고요?"

"무슨 카드요? 나는 아무 카드도 보지 못했는데. 봤어요, 유넬?"

"봤는지 안 봤는지 모르겠는데요." 사블로가 말했다.

"지금 증거를 인멸하자고 제안하는 거예요." 랠프가 말했다.

"설마요. 그냥 그러면 어떻겠느냐고 제안하는 거지." 새뮤얼스는 있지도 않은 삐친 머리를 쓸어 넘기려고 다시금 손을 들었다. "하지만 생각해 볼 문제가 있어요, 랠프. 지서에 먼저 들렀다가 지문 비교는 집에서 했다고 했죠. 아내가 집에 있었나요?"

"지넷은 독서 모임에 가고 없었어요."

"흐음, 그런데 말이죠. 그 책은 정식 봉투가 아니라 지퍼백에 들어 있잖아요. 증거로 등록되지도 않았어요."

"아직은 그렇죠."

랠프는 대답했지만, 빌 새뮤얼스의 여러 측면이 아니라 그 자신의 여러 측면에 대해 고민을 하게 됐다.

"당신도 머릿속 한구석에서는 그런 생각을 하고 있지 않을까 싶어서 말을 꺼내 보는 거예요."

그랬던가? 그는 솔직히 대답할 수 없었다. 그리고 만약 그런 생각이 있었다면 왜 그랬을까? 이 사건이 그냥 산으로 간 정도가 아니라 엎어질 위기에 놓여서 그의 경력에 흉측한 오점을 남기게 됐기 때문일까?

"아뇨. 이건 증거로 등록될 테고 발견의 일부분이 될 거예요. 왜냐하면 아이가 죽었으니까요, 빌. 그 사실에 비하면 우리에게 벌어진 일은 새똥이에요."

"맞아요." 사블로가 말했다.

"당신이야 당연히 그렇겠죠." 새뮤얼스는 피곤한 목소리였다. "유넬 사블로 경위야 어느 쪽이 됐건 살아남을 테니까요."

"살아남는 얘기가 나왔으니 말인데요." 랠프가 말했다. "테리 메이틀랜드의 생존은요? 만약 우리가 엉뚱한 사람을 체포했다면요?"

"아니에요. 증거들이 아니라고 하잖아요."

회의는 그런 분위기로 끝났다. 랠프는 지서로 돌아갔다. 거기서 『사진으로 보는 플린트 카운티, 두리 카운티, 캐닝 타운십의 역사』를 등록하고 점점 더 축적되어 가는 파일에 저장했다. 그걸 처분할 수 있어서 기뻤다.

그의 개인 차량을 회수하려고 경찰서 건물을 돌아가는데 휴대전화가 울렸다. 화면에는 아내의 사진이 떴는데 전화를 받았을 때 랠프는 그녀의 목소리를 듣고 놀랐다.

"여보? 울었어?"

"데릭이 전화했어. 캠프에서."

랠프의 심장이 뛰는 속도가 한 박자 빨라졌다.

"별일 없는 거지?"

"별일 없어. 육체적으로는. 그런데 친구들이 이메일로 테리 소식을 알려서 속상해하고 있어. 착오인 게 분명한데, T코치는 절대 그런 짓을 할 사람이 아니라고."

"아. 그게 다야?"

그는 다른 손으로 열쇠를 찾으며 다시 걸음을 옮기기 시작했다.

"아니, 그게 다가 아니야." 그녀가 사납게 말했다. "지금 어디야?"

"지서. 집으로 가려던 참이야."

"구치소로 먼저 가 줄 수 있어? 가서 그 사람이랑 얘기할 수 있어?"

"테리랑? 그가 만나겠다고 하면 가능하긴 할 거야. 하지만 왜?"

"모든 증거는 잠깐 무시해. 양측 증거 모두. 그리고 내가 묻는 말에 진심으로 솔직하게 대답해 줘. 그래 줄 수 있어?"

"응……."

저 멀리에서 웅웅거리며 주간 고속도로를 달리는 세미트레일러 소리가 들렸다. 좀 더 가까이에서는, 그가 수십 년 동안 근무한 벽돌 건물을 따라 자라는 풀밭에서 귀뚜라미들이 우는 평화로운 여름의 소리가 들렸다. 그는 그녀가 뭘 물어보려는 건지 알았다.

"당신은 테리 메이틀랜드가 그 아이를 죽였다고 생각해?"

랠프는 윌로 레인워터의 택시를 타고 더브로까지 갔던 남자가 그녀의 이름을 알고 있었는데도 이름이 아니라 기사님이라고 불렀던 것을 생각했다. 테리 메이틀랜드는 평생을 플린트 시티에서 살았는데도, 흰색 밴을 쇼티스 펍 뒤편에 주차한 남자는 가장 가까운 응급 병원이 어디 있느냐고 물었던 것을 생각했다. 테리가 납치 시점과 살인 시점에 함께 있었다고 맹세하는 교사들을 생각했다. 그런 다음 테리가 할런 코벤의 강연에서 그냥 질문을 한 게 아니라 남들 눈에 잘 보이고 영상으로 기록될 수 있게 자리에서 일어나다니 얼마나 마침 알맞은지를 생각했다. 심지어 책에 남은 지문조차…… 얼마나 완벽했던가?

"랠프? 전화 끊은 거 아니지?"

"모르겠어. 내가 하위처럼 함께 아이들을 가르쳤다면 모를까…… 하지만 나는 테리가 데릭을 가르치는 걸 보기만 했잖아. 그러니까 당신의 질문에 진심으로 솔직하게 대답하자면 잘 모르겠어."

"그럼 가. 그 사람 눈을 똑바로 쳐다보면서 물어봐."

"새뮤얼스가 알면 나를 죽이려 들 텐데."

"나는 빌 새뮤얼스한테는 관심 없지만 우리 아들한테는 관심 많아. 그리고 당신도 그렇다는 걸 알고. 우리 아들을 위해서 그렇게 해 줘, 랠프. 데릭을 위해서."

19

알고 보니 알린 피터슨은 장례 보험을 들어 놓았고, 따라서 걱정할 필요가 없었다. 올리는 그녀의 조그만 책상 맨 아래 서랍을 열었을 때 **주택 담보 대출 계약서**(이제 대출금을 거의 갚았다고 되어 있었다.)와 **가전제품 보증서**라고 적힌 서류 파일 사이에서 관련 파일을 찾았다. 그가 장의업체에 전화하자 어떤 남자(도넬리 형제 중 한 명일 수도 있고 아닐 수도 있었다.)가 전문 장의업자답게 부드러운 목소리로 고맙다고 인사하고 "너희 어머니가 오셨다."고 했다. 우버 같은 걸 타고 제 발로 찾아가기라도 한 듯이. 전문 장의업자는 신문에 실을 부고 양식이 필요하냐고 물었다. 올리는 아니라고 했다. 그는 책상에 부고 양식 두 장을 꺼내 놓고 쳐다보고 있었다. 상심한 와중에도 용의주도했던 그의 어머니가 프랭크의 부고를 쓰다가 실수할 경우에 대비해 복사해 놓은 모양이었다. 따라서 이 부분에 대해서도 걱정할 필요가 없었다. 장의업자는 그가 내일 와서 장례와 매장 절차를 의논할 거냐고 물었다. 올리는 아마 아닐 거라고 대답했다. 그건 아버지가 해야 할 일이라는 생각이 들었다.

어머니의 장례식 비용 문제가 해결되자 올리는 그녀의 책상 위로 고개를 떨어뜨리고 잠깐 눈물을 흘렸다. 아버지가 깨지 않게 조용히 울었다. 눈물이 마르자 부고 양식에 기입을 하되 그의 악필을 감안해 모두 대문자로 적었다. 그 일이 끝나자 부엌으로 가서 그곳에 펼쳐진 난장판을 점검했다. 리놀륨 바닥에 떨어진 파스타, 시계 아래에 누워 있는 닭고기, 조리대에 놓여 있는 수많은 터퍼웨어 그릇과 랩을 씌워 놓은 음식. 온 가족이 거하게 식사를 하고 났을 때 어머니가 종종 했던 말이 생각났다. *돼지들이 휩쓸고 갔나 봐.* 그는 개수대 아래에서 쓰레기봉투를 꺼내 유난히 섬뜩해 보이는 닭고기부터 시작해 모두 버렸다. 그런 다음 바닥을 닦았다. 전부 멀끔하게 (이것도 어머니가 자주 쓴 단어였다.) 치우고 났더니 배가 고팠다. 그러면 안 될 것 같았지만 그래도 실상이 그랬다. 그는 인간이 기본적으로 동물이라는 사실을 깨달았다. 어머니와 동생이 죽었어도 밥을 먹고 똥을 싸야 했다. 몸에서 그걸 요구했다. 냉장고를 열어 보니 꼭 대기에서부터 밑바닥까지, 이쪽 옆에서 저쪽 옆까지 캐서롤과 터퍼웨어와 편육으로 가득했다. 그는 으깬 감자가 눈 내린 벌판처럼 위에 얹혀 있는 셰퍼드 파이*를 선택해 180도로 맞춘 오븐에 넣었다. 조리대에 기대고 서서 파이가 데워지길 기다리며 그의 머릿속으로 잠깐 들어간 손님 같은 기분을 달래는데 아버지가 들어왔다. 프레드는 머리가 엉망이었다. *삐죽삐죽 난리 났네.* 알린 피터슨이 보았더라면 그렇게 얘기했을 것이었다. 면도를 해야 했다. 눈은 통통 부었고 멍했다.

"네 엄마 약을 먹고 너무 오래 잤다."

"신경 쓰지 마세요, 아빠."

"부엌을 다 치웠네. 내가 도왔어야 하는 건데."

"괜찮아요."

"너희 엄마…… 장례식은……."

프레드는 어떤 식으로 말을 이으면 좋을지 모르는 눈치였고 올리는 그의 바지 지퍼가 열려 있는 걸 보았다. 이제 막 시작된 연민이 그를 가득 채웠다. 하지만 다시 울고 싶지는 않았다. 적어도 지금 당장은 눈물이 마른 것 같았다. 걱정할 필요 없는 게 한 가지 더 생겼다. *좋은 쪽으로 생각해야지.* 올리는 생각했다.

"상황이 괜찮아요. 어머니가 장례 보험을 들어 놓으셨더라고요,

---

* 으깬 감자 안에 다진 고기를 넣어 만든 파이.

두 분 다요. 그리고 지금…… 거기 계세요. 거기요. 그러니까, 그 업체요."

그는 장례식장이라는 단어를 말하기가 두려웠다. 그러면 아버지의 울음이 터질지 몰랐다. 그러면 그의 울음이 다시금 터질지 몰랐다.

"아. 이런." 프레드는 의자에 앉아서 손바닥의 두툼한 부분으로 이마를 짚었다. "내가 처리했어야 하는데. 내 일이었는데. 내 책임이었는데. 그렇게 한참 동안 잘 생각은 없었는데."

"내일 가시면 돼요. 관 고르고 기타 등등 하러."

"어디로?"

"도넬리 브라더스요. 프랭크 때하고 같아요."

"너희 엄마가 죽다니." 프레드는 놀라워했다. "그걸 어떤 식으로 생각하면 좋을지 모르겠다."

"그러게요."

올리는 그렇게 대답했지만, 할 수 있는 게 그 생각뿐이었다. 어머니가 마지막까지 어떤 식으로 계속 미안해했는지에 대해. 전혀 그렇지가 않은데, 이 모든 게 그녀의 잘못이라도 되는 듯이 그랬던 것에 대해.

"장례식장 직원 말로는 아빠가 결정해야 할 부분들이 있대요. 하실 수 있겠어요?"

"그럼. 내일이 되면 괜찮아질 거다. 좋은 냄새가 나는구나."

"셰퍼드 파이예요."

"너희 엄마가 만든 거니 아니면 누가 들고 온 거니?"

"모르겠어요."

"뭐, 냄새가 좋네."

그들은 식탁에서 파이를 먹었다. 올리는 그릇을 개수대로 치웠다. 식기세척기가 꽉 찼기 때문이었다. 그들은 거실로 자리를 옮겼다. 이번에는 ESPN에서 필리스 대 메츠 야구 중계가 나왔다. 그들은 그들의 삶에 갑자기 등장한 구멍 속으로 떨어지지 않도록 나름의 방식으로 그 가장자리를 탐험하며 아무 말 없이 경기를 시청했다. 잠시 후에 올리는 뒷문으로 나가서 계단에 앉아 별들을 올려다보았다. 별들이 많았다. 유성과 인공위성과 비행기도 몇 대 보였다. 돌아가신 어머니는 이런 걸 두 번 다시 볼 수 없게 되었다는 것을 생각했다. 그래야 하다니 너무나 부조리한 일이었다. 다시 안으로 들어가 보니 야구 경기는 동점으로 9회에 접어들었고, 아버지는 의자에서 잠이 들었다. 올리는 그의 정수리에 입을 맞추었다. 프레드는 꿈쩍도 하지 않았다.

20

랠프는 구치소로 가는 길에 문자를 받았다. 주 경찰청 컴퓨터 과학수사반의 킨더먼이 보낸 문자였다. 랠프는 당장 차를 세우고 전화했다. 킨더먼은 첫 번째 신호에 전화를 받았다.

"당신들은 일요일 저녁에 쉬지도 않아요?"

"어쩌겠어요, 저희가 꼴통인걸요." 배경음으로 헤비메탈 밴드의 고함이 들렸다. "게다가 저는 기쁜 소식은 묵혀도 되지만 나쁜 소식은 당장 전해야 한다고 생각하거든요. 메이틀랜드의 하드 드라이브에 숨겨 놓은 파일이 없는지 아직 뒤지는 중이에요. 그런 부분에서 아주 영리한 아동 성폭행범들도 있지만, 메이틀랜드의 경우 표면상으로는 깨끗해요. 어린아이가 등장하는 포르노도 없고 그 어떤 포르노도 없어요. 컴퓨터에도 노트북에도 아이패드에도 휴대전화에도. 모범 시민 같아요."

"방문 기록은 어떤데요?"

"많은데 전부 예상할 수 있는 것들이에요. 아마존 같은 쇼핑 사이트, 《허핑턴 포스트》 같은 뉴스 블로그, 대여섯 군데 스포츠 사이트. 메이저 리그 순위를 계속 확인하고 탬퍼베이 레이스 팬인 모양이에요. 그것만 봐도 머리에 문제가 있다는 걸 알 수 있죠. 넷플릭스로 「오자크」를 보고 아이튠스로 「더 아메리칸스」를 봐요. 그건 저도 재미있게 보고 있어요."

"계속 뒤져 줘요."

"제가 월급 받고 하는 일이 그거인걸요."

랠프는 구치소 뒤편의 **공무 차량 전용** 칸에 차를 세우고 사물함에서 근무 중 카드를 꺼내 계기판에 얹었다. 이름표에 따르면 L. 킨이라는 교도관이 그를 기다리고 있다가 면회실로 안내했다.

"이건 이례적인데요, 형사님. 거의 10시가 다 됐어요."

"나도 몇 시인지 알고, 놀러 온 거 아니에요."

"지방검사님도 형사님이 여기 온 거 아시나요?"

"그건 킨 교도관님이 알 바 아니라고 봅니다만."

랠프는 테이블 한쪽에 앉아서 테리가 만나겠다고 할지 기다렸다. 테리의 컴퓨터에 포르노는 없었고 집 안에 숨겨 놓은 포르노도 없었다. 적어도 그들이 찾아본 바로는 그랬다. 하지만 킨더먼도 지적했다시피 소아성애자들은 영리할 수 있었다.

그런데 얼마나 영리했기에 자기 얼굴을 보이고 다녔을까? 지문도 남기고?

그는 새뮤얼스가 뭐라고 할지 알았다. 테리가 광기에 사로잡혔었다고 할 것이다. 전에는(아주 오래전처럼 느껴졌다.) 랠프도 그게 말이 된다고 생각했었다.

킨이 테리를 데리고 들어왔다. 그는 갈색 죄수복을 입고 싸구려 플라스틱 플립플롭을 신고 있었다. 두 손은 앞으로 수갑을 찼다.

"팔찌를 풀어 주시죠, 교도관님."

킨은 고개를 저었다.

"의례입니다."

"내가 책임을 질게요."

킨은 냉랭하게 미소를 지었다.

"아뇨, 형사님, 그건 아니죠. 여긴 내 집이고 이자가 테이블을 뛰어넘어 형사님의 목을 조르면 내 책임입니다. 하지만 고리에 묶지는 않을게요. 그러면 어떨까요?"

테리는 그 말에 '이제 내가 어떤 인간을 상대해야 하는지 알겠어?'라고 묻기라도 하는 듯이 미소를 지었다.

랠프는 한숨을 쉬었다.

"이제 나가셔도 됩니다, 킨 교도관님. 고마워요."

킨은 나갔지만 이중 거울 너머에서 지켜보고 있을 것이었다. 어쩌면 소리까지 들을지도 몰랐다. 새뮤얼스에게 보고가 될 터였다. 피할 방법이 없었다.

랠프는 테리를 쳐다보았다.

"거기 그렇게 서 있지 말고 와서 좀 앉아요."

테리는 의자에 앉아서 테이블 위에 손을 포개고 올려놓았다. 수 갑에 연결된 쇠사슬이 덜거덕거렸다.

"하위 골드가 알았다면 나더러 당신을 만나도 좋다고 하지 않았을 거예요."

그는 그렇게 말하며 계속 미소를 지었다.

"새뮤얼스도 마찬가지예요. 그러니까 우리 서로 비긴 거예요."

"원하는 게 뭡니까?"

"정답이요. 당신이 무죄라면 당신을 봤다는 목격자가 대여섯 명 이나 되는 이유가 뭘까요? 그 아이를 욕보이는 데 쓰인 나뭇가지와, 납치하는 데 쓰인 밴에서 당신 지문이 잔뜩 나온 이유는 뭘까요?"

테리는 고개를 저었다. 미소가 사라졌다.

"나도 영문을 전혀 모르겠어요. 내가 캡 시티에 있었다는 증거를 댈 수 있어서 하느님께, 그의 독생자에게, 모든 성인들에게 감사할 따름이에요. 증거를 대지 못했다면 어떻게 됐겠어요, 랠프? 우리 둘 다 답을 알 거라고 보는데. 나는 여름이 끝나기도 전에 매컬레스터의 사형수 동에 수감됐을 테고 앞으로 2년 뒤에 주사를 맞았겠죠. 그 시기가 앞당겨졌을 수도 있어요. 재판정은 저 꼭대기까지 우익들로 도배되어 있고, 당신 친구 새뮤얼스는 어린애가 만든 모래성을 불도저로 밀어 버리듯 내 항소를 뭉개 버렸을 테니까."

랠프의 입가에 맨 처음 떠오른 대사는 '그자는 내 친구가 아니에요.'였다. 하지만 그가 한 말은 달랐다.

"밴이 특히 흥미롭습니다. 뉴욕 번호판이 달린 거 말이에요."

"그 부분에서는 내가 별 도움이 못 되겠네요. 마지막으로 뉴욕을 간 게 신혼여행 때였고 16년 전의 일이니까요."

이번에는 랠프가 미소를 지을 차례였다.

"그건 몰랐지만 최근에 간 적 없다는 건 알아요. 지난 6개월 동안의 당신의 행적을 역추적했거든요. 4월에 오하이오 주에 간 것 말고는 없더군요."

"맞아요, 데이턴이었죠. 애들 봄방학 때. 아버지를 보고 싶었는데, 아이들도 따라가고 싶어 했어요. 마시도 그렇고."

"아버님이 데이턴에 사십니까?"

"그런 생활도 사는 거라고 표현할 수 있다면요. 긴 얘기고 이 사건하고는 아무 상관없어요. 불길한 흰색 밴은 물론이고 자가용차도 등장하지 않으니까. 사우스웨스트 항공기를 타고 갔거든요. 범인이 프랭크 피터슨을 납치했을 때 쓴 밴에서 내 지문이 얼마나 많이 검출됐든 상관없어요, 나는 훔친 적 없으니까. 심지어 그 밴을 본 적도 없어요. 내 말 안 믿겠지만 진짜예요."

"당신이 뉴욕에서 밴을 훔쳤을 거라고 생각하는 사람은 없어요. 빌 새뮤얼스는 그걸 훔친 사람이 열쇠를 꽂은 채로 이 근처에 버렸을 거라고 해요. 당신이 그걸 다시 훔쳐서 준비가 될 때까지 어딘가에 숨겨 놓았다고요…… 그러니까 그런 짓을 저지를 준비가 될 때까지."

"맨 얼굴로 돌아다니며 일을 저지른 사람치고 용의주도하네요."

"새뮤얼스는 배심원단에게 당신이 살인의 광기에 휩싸였다고 할 거예요. 그러면 그들은 그 말을 믿을 테고요."

"에버렛, 빌리, 데비의 증언을 들어도 그렇게 믿을까요? 하위가 코벤의 강연 동영상을 보여 준 다음에도?"

랠프는 그 부분에 대해 생각하고 싶지 않았다. 아직은 그랬다.

"프랭크 피터슨하고 아는 사이였습니까?"

그러자 테리는 짖듯이 폭소를 터뜨렸다.

"하위가 들었더라면 대답하지 말라고 했을 질문이네요."

"그러니까 대답하지 않겠다?"

"사실 대답할 생각이에요. 웨스트사이드에 사는 아이들 중에 내가 모르는 아이는 거의 없어요. 인사를 할 정도는 됐지만, 안다고 할 수 있을 만큼 알고 지내지는 않았어요, 무슨 뜻인지 알지 모르겠지만. 아직 초등학생이었고 운동을 하지 않았거든요. 하지만 그 빨간 머리는 모르고 지나칠 수 없었죠. 정지 신호 같아서. 그 애 형까지 둘 다. 올리는 리틀 리그에서 가르쳤지만 열세 살이 됐을 때 시티 리그로 옮기지 않더군요. 외야 수비가 나쁘지 않았고 타격도 웬만큼 했는데 흥미를 잃은 거죠. 그런 아이들이 있어요."

"그러니까 프랭크에게 눈독을 들이지 않았다?"

"맞아요, 랠프. 나는 어린애들에게 성적으로 관심이 없어요."

"그 아이가 자전거를 밀면서 제럴스 파인 마트 주차장을 가로지르는 걸 보았을 때 '옳지, 기회가 왔구나.' 했을 가능성이 없을까요?"

테리가 아무 말 없이 경멸이 담긴 눈빛으로 쳐다보자 랠프는 감당하기 버거웠다. 하지만 그는 시선을 떨어뜨리지 않았다. 잠시 후에 테리가 한숨을 쉬며 이중 거울 쪽을 향해 수갑 찬 손을 들고 외쳤다.

"얘기 끝났어요."

"아직 아닙니다. 물어보고 싶은 게 한 가지 더 있는데, 내 눈을 똑바로 쳐다보면서 대답해 줬으면 해요. 당신이 프랭크 피터슨을 죽였나요?"

테리의 시선에는 흔들림이 없었다.

"아니요."

킨 교도관이 테리를 데려갔다. 랠프는 그 자리에 가만히 앉아서, 킨이 돌아와 이 면회실과 자유로운 공간 사이를 막는 세 개의 잠긴 문 너머로 그를 다시 안내해 주길 기다렸다. 이제 랠프는 지넷이 물어봐 달라고 했던 질문의 답을 들었고, 테리가 시선을 똑바로 마주하며 한 대답은 아니요였다.

랠프는 그의 말을 믿고 싶었다.

그런데 믿을 수가 없었다.

기소인부절차

1

"안 돼요." 하위 골드가 말했다. "안 돼요, 안 돼요, 안 돼요."

"그를 보호하기 위한 조치입니다." 랠프가 말했다. "아시겠지만⋯⋯."

"내가 알겠는 건 그 사진이 신문 1면에 실리겠다는 거예요. 내 의뢰인이 양복 위로 방탄조끼를 입고 지방 법원으로 걸어 들어가는 장면이 모든 채널의 톱뉴스를 장식하겠다는 거예요. 그러니까 이미 유죄 판결을 받은 듯이 보일 거라는 말이죠. 수갑만으로도 충분히 심각한데."

장난감들은 알록달록한 플라스틱 상자 속으로 깔끔하게 치우고 의자들은 뒤집어서 테이블 위에 올려놓은 구치소 면회실에 일곱 명의 남자가 있었다. 테리 메이틀랜드는 하위를 옆에 거느리고 서 있었다. 카운티 보안관 딕 둘린, 랠프 앤더슨, 지방검사보 버넌 길스트랩이 이들을 마주 보고 있었다. 새뮤얼스는 이미 법정에서 그들을 기다리고 있었다. 둘린 보안관은 방탄조끼를 내밀고만 있을 뿐 아무 말도 하지 않았다. 방탄조끼 위에는 비난조의 밝은 노란색으로 FCDC라고 적혀 있었다. 플린트 카운티 교정부(Flint County Department of Corrections)의 약자였다. 벨크로가 달린 끈 세 개(두 개는 양쪽 팔, 나머지 한 개는 허리를 동여매는 용도였다.)가 늘어뜨려져 있었다.

두 명의 교도관(간수라고 부르면 그들이 호칭을 바로잡을 것이다.)이 두툼한 팔로 팔짱을 끼고 로비로 나가는 문 옆에 서 있었다. 그중 한 명은 일회용 면도기로 면도를 했을 때 테리를 감시했다. 다른 한 명은 마시가 들고 온 양복과 셔츠 주머니는 물론, 파란색 넥타이 뒤편 솔기까지 꼼꼼하게 확인했다.

지방검사보 길스트랩이 테리를 쳐다보았다.

"우리 친구 생각은 어떤지 모르겠네? 저격당해도 괜찮은가? 나는 상관없는데. 어차피 사형을 당할 텐데, 주 정부에서 상고심을 진행하느라 부담해야 하는 비용도 절약이 될 테고."

"부적절한 발언은 삼가시죠." 하위가 말했다.

빌 새뮤얼스가 다음번 선거에서 패배하면 (두둑한 연금과 함께) 은퇴를 선택할 가능성이 농후한 고참자 길스트랩은 능글맞게 웃기만 했다.

"저기요, 미첼." 테리가 말했다. 면도하는 동안 외날 면도칼로 목을 긋지 않게 테리를 감시했던 간수는 눈썹을 추켜올리기만 할 뿐, 팔짱을 풀지는 않았다. "밖이 얼마나 더운가요?"

"내가 출근했을 때 29도였어요. 라디오에서 듣기로는 정오 무렵이면 38도 가까이 올라간다고 합니다."

"조끼 사양할게요." 테리가 보안관에게 말하고 미소를 짓자 아주 어려 보였다. "땀에 전 셔츠 차림으로 호턴 판사님 앞에 서고 싶지는 않거든요. 리틀 리그에서 그분의 손자를 가르쳤는데."

길스트랩은 이 말에 놀란 표정을 지으며 격자무늬 재킷 안주머니에서 수첩을 꺼내 뭐라고 끼적였다.

"갑시다." 하위가 테리의 팔을 잡았다.

랠프의 휴대전화가 울렸다. 그는 왼쪽 허리춤에서 전화기를 꺼내(오른쪽 허리춤에는 권총집을 찼다.) 화면을 확인했다.

"잠깐만요, 잠깐만요, 받아야 하는 전화예요."

"아, 왜 이래요. 지금 기소인부절차가 아니라 서커스 구경하러 가는 거예요?"

랠프는 하위의 말을 무시하고 과자와 탄산음료 자동판매기가 있는 면회실 저쪽으로 걸어갔다. 그는 **방문객 전용**이라고 적힌 팻말 아래에서 짧게 뭐라고 하고 상대방이 하는 얘기를 들었다. 잠시 후에 전화를 끊고 다른 사람들이 있는 곳으로 돌아왔다.

"됐어요. 갑시다."

미첼 교도관이 하위와 테리의 사이로 들어가 테리의 손목에 수갑을 채우고 물었다.

"너무 빡빡한가요?"

테리는 고개를 저었다.

"그럼 출발합시다."

하위가 양복 재킷을 벗어 수갑을 덮었다. 두 교도관이 테리를 면회실 밖으로 호송하는 동안 길스트랩이 고적대장처럼 으스대며 앞장섰다.

하위는 랠프와 보조를 맞춰서 나란히 걸으며 나지막이 말했다.

"지금 엄청 실수하는 거예요." 랠프가 아무 대꾸도 하지 않자 다시 말했다. "그래요, 좋아요, 입 꾹 다물고 싶으면 마음대로 해요. 하지만 나중에 대배심 전에 한번 만나야 하지 않겠어요? 당신하고 나하고 새뮤얼스, 이렇게 셋이서. 원하면 펠리도 참석시키고. 이 사건의 진상이 오늘은 공개되지 않겠지만 언젠가는 공개될 테고, 그러면 단순히 이 주나 이 지역의 뉴스만 난리가 나는 게 아니에요. CNN, 폭스, MSNBC 그리고 인터넷 블로그. 다들 여기로 출동해서 황당한 사태를 감상할 거예요. O.J. 심슨과 영화 「엑소시스트」의 만남이 될 거라고요."

그럴 것이다. 그리고 랠프는 그렇게 될 수 있도록 하위가 수단과 방법을 가리지 않을 듯한 예감을 느꼈다. 동시에 두 곳에 존재한 듯이 보이는 남자에게 초점을 맞추도록 기자들을 유도할 수 있다면, 성폭행과 살해를 당하고 어쩌면 몸의 일부분을 먹혔을 수도 있는 아이에게 초점을 맞출까 봐 전전긍긍할 필요가 없었다.

"당신이 무슨 생각을 하는지 알지만 나는 적이 아니에요, 랠프. 당신이 테리에게 유죄 판결을 내리는 데에만 혈안이 되어 있다면 얘기가 다르겠지만, 나는 그건 아니라고 보거든요. 새뮤얼스라면 모를까, 당신은 아니잖아요. 이게 어떻게 된 영문인지 알고 싶지 않아요?"

랠프는 아무 대꾸도 하지 않았다.

마시 메이틀랜드가 로비에서 기다리고 있었다. 막달의 임산부 벳시 리긴스와 주 경찰청 소속 유넬 사블로 사이에 껴서 아주 자그마해 보였다. 그녀가 남편을 보고 앞으로 다가가려고 하자 리긴스가 말리려고 했지만, 마시는 그녀를 쉽사리 떨쳐 냈다. 사블로는 꼼짝 않고 서서 지켜보기만 했다. 마시는 남편의 얼굴을 들여다보고 뺨에 입을 맞추었지만 이내 미첼 교도관이 그녀의 어깨를 잡고, 거부당한 방탄조끼를 어떻게 하면 좋을지 모르겠다는 듯이 계속 들고 있는 보안관 쪽으로 부드럽지만 단호하게 밀치며 말했다.

"비키세요, 메이틀랜드 부인. 이러시면 안 됩니다."

"사랑해, 테리." 교도관들이 그를 문 쪽으로 데리고 가는 동안 마시가 외쳤다. "애들도 사랑한다고 전해 달래."

"두 배로 이하동문이야. 애들한테 걱정할 필요 없다고 전해 줘."

이윽고 테리는 뜨거운 아침의 햇살과 일제사격과도 같은 수십 개의 질문이 동시에 쏟아지는 문 밖으로 나섰다. 아직 로비에 있는 랠프에게는 그 한데 뒤섞인 목소리들이 질문이라기보다는 욕설처럼 들렸다.

하위의 집요함만큼은 랠프도 인정하는 수밖에 없었다. 그는 아직도 포기하지 않았다.

"당신은 좋은 경찰이잖아요. 뇌물도 절대 받지 않고, 증거도 절대 묻지 않고, 항상 정도를 걷는."

어젯밤에 하마터면 묻을 뻔했지. 거의 그럴 뻔했지. 만약 그 자리에 사블로가 없었고 나하고 새뮤얼스뿐이었다면…….

하위는 거의 애원하는 표정을 짓고 있었다.

"당신은 이런 사건이 처음이잖아요. 우리 모두 그렇죠. 그리고 이제는 단순히 그 아이만의 문제가 아니에요. 죽은 아이 엄마를 생각하면."

그날 아침에 텔레비전을 켠 적 없었던 랠프는 걸음을 멈추고 하위를 빤히 쳐다보았다.

"뭐라고요?"

하위는 고개를 끄덕였다.

"어제요. 심장마비로. 그러니까 그녀가 두 번째 피해자인 셈이에요. 자, 진상을 알고 싶지 않아요? 이 사건을 제대로 해결하고 싶지 않아요?"

랠프는 더 이상 참을 수가 없었다.

"나는 진상을 알아요. 아니까 정보 하나를 공짜로 알려 줄게요, 하위. 방금 받은 전화, 플린트 시티 종합병원 병리학 및 혈청학과의 보건 박사님 전화였어요. 모든 DNA의 분석이 끝나지 않았고 앞으로 아무리 못 해도 이삼 주는 더 걸리겠지만, 아이의 다리 뒤편에서 재취한 정액 샘플의 분석이 끝났다고 했어요. 우리가 토요일 밤에 당신 의뢰인의 뺨 안쪽에서 채취한 샘플과 일치한다고. 당신 의뢰인이 프랭크 피터슨을 살해하고, 뒤치기를 하고, 살점을 뜯었어요. 그러고 났더니 너무 흥분이 돼서 시신 위에다 싸질렀고요."

그는 잠시 움직일 수도, 말을 할 수도 없게 된 하위 골드를 남겨두고 성큼성큼 빠르게 발걸음을 옮겼다. 그럴 수 있어서 다행이었던 것이, 가장 중요한 모순은 여전했다. DNA는 거짓말을 하지 않았다. 하지만 테리의 동료들 증언도 거짓말이 아니라고 랠프는 장담할 수 있었다. 그뿐 아니라 잡지 매점에서 입수한 책에 남은 지문과 채널81의 동영상도 있었다.

랠프 앤더슨은 두 마음을 가진 자였고, 앞이 이중으로 보이는 현상 때문에 미칠 것 같았다.

2

2015년까지는 플린트 카운티 법원 청사가 플린트 카운티 구치소 바로 옆에 있어서 편리했다. 기소인부절차를 밟으러 가는 수감자들은 소풍을 가는 덩치 큰 어린애들처럼(물론 소풍을 가는 애들은 수갑을 차는 경우가 거의 없지만) 고딕 양식으로 지어진 이쪽 벽돌 건물에서 저쪽 건물로 건너가면 그만이었다. 이제는 반쯤 지어진 시민회관이 옆집이었고, 수감자들은 신축 법원 청사지만 '닭장'이라고 불리는 9층짜리 유리상자로 여섯 블록을 이동해야 했다.

구치소 앞 길가에서는 경광등을 번쩍이는 경찰차 두 대와 짧은 파란색 버스, 반짝이는 하위의 까만색 SUV가 출발하려고 기다리고 있었다. 기사처럼 까만 양복을 입고 그보다 더 까만 선글라스를 끼고 맨 마지막 차 옆 인도에 서 있는 사람은 알렉 펠리였다. 맞은편 길거리에는 경찰 바리케이드 뒤편으로 기자, 카메라맨, 소규모의 구경꾼 무리가 서 있었다. 구경꾼들 몇 명은 팻말을 들고 있었다. 어느 팻말에는 **아동 살인범에게 사형을**이라고 적혀 있었다. 다른 팻말에는 **메이틀랜드, 너는 지옥의 불구덩이에 떨어질 것이다**라고 적혀 있었다. 마시는 계단 꼭대기에서 걸음을 멈추고 경악한 눈빛으로 이 팻말들을 빤히 쳐다보았다.

　카운티 구치소 교도관들은 임무를 완수하고 계단 발치에서 멈추어 섰다. 엄밀히 따졌을 때 오늘 아침의 법적인 절차를 책임져야 하는 둘린 보안관과 길스트랩 지방검사보가 테리를 맨 앞 경찰차로 호송했다. 랠프와 유넬 사블로는 그 뒤편 경찰차로 향했다. 하위는 마시의 손을 잡고 그의 에스컬레이드로 데려갔다.

　"고개 들지 마요. 사진기자들한테 정수리만 보이게."

　"저 팻말들…… 하위, 저 팻말들……."

　"신경 쓰지 말고 계속 걸어요."

　더위 때문에 파란색 버스의 창문들이 열려 있었다. 대부분 주말 동안 싸움을 벌였다가 경범죄로 기소인부절차를 밟으러 가는 수감자들이 안에 타고 있다가 테리를 목격했다. 그들은 철망에 얼굴을 대고 야유를 보냈다.

　"야, 이 호모 새끼야!"

　"자지를 꺾어서 넣었냐?"

　"너는 주사 감이다, 메이틀랜드!"

　"그 아이 고추를 빤 다음 물어뜯었냐?"

　알렉이 에스컬레이드를 돌아가서 조수석 문을 열려고 했지만, 하위는 고개를 저으며 그에게 뒤로 물러나라고 손짓하고 연석 쪽 뒷문을 가리켰다. 마시를 맞은편 길거리에 모인 사람들로부터 최대한 멀리 떨어뜨려 놓고 싶었던 것이다. 마시는 고개를 숙이고 머리카락으로 얼굴을 덮고 있었지만, 하위는 알렉이 열어서 잡고 있는 문 쪽으로 마시를 데려가는 동안 이 소란스러운 와중에도 그녀가 흐느끼는 소리를 들을 수 있었다.

"메이틀랜드 부인!" 목청 좋은 기자가 바리케이드 뒤에서 외쳤다. "부군이 부인에게 범행 계획을 털어놓았나요? 부인은 부군을 말리려고 했나요?"

"고개 들지 말고 대꾸도 하지 마요." 하위가 말했다. 귀담아 듣지 말라고도 할 수 있으면 얼마나 좋을까. "전부 잘 통제하고 있어요. 얼른 차에 타서 출발합시다."

알렉이 마시를 안에 태우며 하위의 귀에 대고 중얼거렸다.

"끝내주지? 이 도시의 경찰 절반이 휴가 중이고, 플린트 시티의 용감무쌍한 보안관은 엘크스회 바비큐 파티에서조차 군중 통제 하나 제대로 하지 못하는 인물이니 말이야."

"운전이나 해. 나는 마시와 함께 뒤에 탈 테니."

알렉이 운전석에 앉고 모든 문이 닫히자 모인 사람들과 버스에서 들리던 고함이 잦아들었다. 에스컬레이드 앞에서 출발한 경찰차와 파란색 버스가 장례 행렬처럼 느릿느릿 움직였다. 알렉도 그 행렬에 합류했다. 하위는 테리가 도착했을 때 닭장차 근처에 있겠다는 일념 아래 더위를 잊고 인도를 따라 질주하는 기자들을 보았다. 방송국 중계차들이 풀을 뜯는 마스토돈* 떼처럼 다닥다닥 붙어서 이미 그 앞에 진을 지고 있을 것이었다.

"사람들이 그이를 미워해요." 마시가 말했다. 그저 다크서클을

---

* 홍적세까지 존재했던 코끼리와 유사한 포유동물.

감추기 위해 얼마 하지도 않은 눈 화장이 흘러내려서 너구리 같은 분위기를 풍겼다. "그이는 이 마을을 위해서 좋은 일밖에 한 게 없는데 전부 그이를 미워해요."

"대배심에서 기소가 기각되면 바뀔 거예요." 하위가 말했다. "기소는 기각될 테고요. 나도 알고 새뮤얼스도 알아요."

"확실해요?"

"확실해요. 마시, 합당하게 의혹을 제기할 수 있는 부분을 하나만이라도 찾으려고 애를 써야 하는 사건도 있거든요. 그런데 이건 의혹투성이예요. 대배심에서 기소가 성립될 리 없어요."

"제 말은 그게 아니에요. 사람들 생각이 바뀌는 거 확실하냐고요."

"당연히 바뀌죠."

그 말에 얼굴을 찡그리는 알렉의 모습이 백미러에 비쳐 보였지만, 가끔은 거짓말이 필요한 때도 있었고 지금이 그런 때였다. 프랭크 피터슨의 진범이 발견되지 않는 한 플린트 시티 주민들은 테리 메이틀랜드가 사법 체제를 속이고 살인죄를 모면했다고 생각할 것이다. 그 연장선상에서 그를 대할 것이다. 하지만 지금 당장 하위가 할 수 있는 건 기소인부절차에 집중하는 것뿐이었다.

3

랠프는 예컨대 저녁 메뉴 결정하기, 지넷과 함께 장 보기, 캠프에 간 데릭과 저녁에 통화하기(아이의 향수병이 가라앉으면서 횟수가 점점 줄고 있었다.)와 같은 일상의 평범한 일거리를 처리할 때는 별문제 없었다. 하지만 지금처럼 테리에게 정신을 집중하면 그의 이성이 모든 게 전과 다름없다고 스스로 안심시키기라도 하려는 듯 일종의 과의식이 발휘되기 시작했다. 위는 위고 아래는 아래고, 에어컨을 너무 세게 튼 이 차를 타고 있는데 코밑으로 땀방울이 맺히는 이유는 단순히 더운 여름이라서 그런 거라고 말이다. 인생은 짧기에 모든 날을 즐겁게 보내야 한다는 건 그도 이해하는 바였지만, 그래도 너무 부담스럽긴 했다. 머릿속의 필터가 사라지면 그와 더불어 큰 그림도 사라졌다. 숲은 없고 나무만 남았다. 최악일 때는 나무도 없었다. 나무껍질만 남았다.

이 짧은 행렬이 플린트 카운티 법원 청사에 도착했을 때 랠프는 보안관 뒤에 바짝 붙어서 그의 순찰차 뒷범퍼에 꽂히는 태양의 열점을 눈에 담았다. 모두 네 군데였다. 카운티 구치소 앞에 있었던 기자들이 이미 도착해, 구치소 앞보다 규모가 두 배로 불어난 군중에 합류했다. 어깨를 서로 맞대고 계단 양옆의 잔디밭을 채웠다. 텔레비전 기자들의 폴로셔츠에 찍힌 다양한 방송국 로고와 겨드랑이에 동그랗게 번진 시커먼 땀자국이 그의 눈에 들어왔다. 캡 시티의 채널7 소속인 금발의 미녀 앵커는 헝클어진 머리와 땀이 흘러 골이 생긴 쇼걸처럼 두꺼운 메이크업을 하고 등장했다.

여기에도 바리케이드가 설치됐지만 밀물과 썰물처럼 서로 밀치는 사람들 때문에 몇 개가 이미 삐딱해졌다. 시 경찰과 보안관실에서 반씩 파견 나온 경찰 열두 명이 계단과 인도로 사람들의 접근을 막기 위해 최선을 다했다. 랠프가 보기에 열두 명으로는 턱도 없이 부족했지만 여름에는 항상 인력난이 벌어졌다.

기자들이 구경꾼들을 가차 없이 뒤로 밀치며 잔디밭 상석을 차지하기 위해 몸싸움을 벌였다. 채널7 소속의 금발 앵커는 이 일대에서 유명한 미소를 반짝이며 맨 앞에 자리를 잡으려고 하다가, 애쓴 보람도 없이 급조된 팻말에 맞았다. 조잡하게 그려진 주사기 아래에 **메이틀랜드는 약을 받아라**라고 적힌 팻말이었다. 그녀의 카메라맨이 팻말 든 남자를 뒤로 미는 과정에서 나이 지긋한 여자를 어깨로 밀쳐 넘어뜨렸다. 다른 여자가 그녀를 붙잡고 카메라맨의 옆머리를 핸드백으로 세게 때렸다. 랠프는 그 핸드백이 인조 악어가죽이고 빨간색이라는 사실을 눈에 담았다.(이제는 그러지 않을 도리가 없었다.)

"콘도르들이 무슨 수로 이렇게 순식간에 도착했을까요?" 사블로는 놀라워했다. "와, 누가 조명을 켜면 바퀴벌레보다 더 빠른 속도로 달리는 것 같아요."

랠프는 고개를 젓고, 점점 커지는 낭패감을 달래며 군중을 하나의 덩어리로 보려고 했지만 지금과 같은 과다 각성 상태에서는 불가능했다. 둘린 보안관이 차에서 내려(샘 브라운 허리띠 위로 갈색 제복 한쪽이 삐져나왔고 그 사이로 분홍색 군살이 고개를 내밀었다.) 테리가 내릴 수 있게 뒷문을 열자 누군가가 외치기 시작했다.

"주사, 주사!"

사람들이 미식축구 경기장의 관중처럼 따라서 연호했다.

"주사! 주사! 주사!"

테리는 깔끔하게 빗은 머리에서 삐져나온 몇 가닥을 왼쪽 눈썹

위로 늘어뜨린 채 그들을 쳐다보았다.(랠프는 그걸 한 가닥씩 셀 수도 있을 듯한 심정이었다.) 괴로워하며 당혹스러워하는 표정을 지었다. *아는 사람들이잖아.* 랠프는 생각했다. *학교에서 이들의 자식들을 가르쳤고, 밖에서는 운동을 가르쳤고, 시즌이 끝나면 이들을 집으로 초대해 바비큐 파티를 열었는데. 그들이 전부 죽으라고 응원하고 있어.*

바리케이드 하나가 길거리에 부딪쳐 가로대가 떨어졌다. 사람들이 인도로 쏟아졌다. 몇 명은 마이크와 수첩을 든 기자였고, 그 나머지는 당장이라도 테리 메이틀랜드를 가장 가까운 가로등 기둥에 목매달아 죽일 듯이 보이는 동네 주민들이었다. 군중 통제를 맡은 경관 두 명이 달려와 전혀 조심스럽지 않게 그들을 떠밀었다. 다른 경찰이 다른 바리케이드를 들고 와서 막자 이번에는 사람들이 다른 지점을 뚫고 나왔다. 랠프는 사진을 찍고 동영상을 촬영하는 20여 대의 휴대전화를 보았다.

"갑시다." 그는 사블로에게 말했다. "사람들이 계단을 막기 전에 그를 안으로 데려가야겠어요."

그들은 차에서 내려 얼른 법원 앞 계단으로 걸어갔고, 그러는 동안 사블로는 둘린과 길스트랩에게 앞으로 오라고 손짓했다. 이제 법원 청사 출입문 안쪽에 서서 할 말을 잃은 표정을 짓고 있는 빌 새뮤얼스가 랠프의 눈에 들어왔다. 왜 그런 표정을 짓고 있을까? 어떻게 새뮤얼스는 이런 사태를 예상하지 못했을까? 어떻게 둘린 보안관은 이런 사태를 예상하지 못했을까? 랠프 자신도 비난을 면할 수 없었다. 왜 그는 대부분의 법원 직원들이 이용하는 뒷문으로 테리를 데려가자고 주장하지 않았을까?

"여러분, 뒤로 물러나세요!" 랠프는 외쳤다. "법적 절차입니다. 법적 절차를 이행할 수 있게 협조해 주시기 바랍니다!"

길스트랩과 보안관이 각자 테리의 팔을 한쪽씩 잡고 그를 계단 쪽으로 호송하기 시작했다. 랠프는 길스트랩의 흉물스러운 격자무늬 재킷을 (다시 한 번) 눈에 담으며, 아내가 골라 준 옷인지 궁금해했다. 만약 그렇다면 그녀는 남편을 은근히 싫어하는 게 분명했다. 이제는 짧은 버스를 타고 온 수감자들(점점 심해지는 더위 속에 땀으로 샤워를 해 가며 스타 수감자의 기소인부절차가 끝날 때까지 거기서 기다려야 했다.)까지 청각적인 난전에 가세하여 몇몇은 주사, 자수를 연호하고 나머지는 개처럼 짖거나 코요테처럼 울부짖으며, 열린 창문을 덮은 철망을 주먹으로 눌렀다.

랠프는 에스컬레이드 쪽으로 몸을 돌리고, 테리가 안으로 사라지고 사람들이 진정할 때까지 하위와 알렉 펠리가 마시를 그 자리에 붙잡고 있어 주길 바라며 멈추라는 뜻에서 손바닥을 들어 보였다. 하지만 소용없었다. 연석 쪽 뒷문이 열렸고, 마시가 카운티 구치소 로비에서 벳시 리긴스를 쉽사리 피했듯 한쪽 어깨를 내려 자기를 잡으려는 하위 골드의 손을 피해 가며 차에서 내렸다. 그녀가 남편을 뒤쫓아 달려오자 낮은 구두와 면도를 하다가 한쪽 종아리에 난 상처가 랠프의 눈에 들어왔다. *손이 떨려서 그랬겠지.* 그는 생각했다. 마시가 테리의 이름을 부르자 카메라들이 그녀 쪽으로 방향을 돌렸다. 모두 다섯 대였고 렌즈가 반질반질한 눈동자 같았다. 누군가가 그녀를 향해 책을 던졌다. 랠프는 제목을 읽지 못했지만 그 초록색 표지를 알아봤다. 하퍼 리가 쓴 『파수꾼』이었다. 아내가 독서 모임을 앞두고 읽은 책이었다. 책 표지가 벗겨져 한쪽 날개가 펄럭였다. 책이 마시의 어깨에 맞고 튕겨져 나왔다. 그녀는 알아차리지 못하는 눈치였다.

"마시!" 랠프는 그녀의 이름을 외치며 계단 옆에서 나섰다. "마시, 이쪽으로 와요!"

그녀는 좌우를 두리번거렸다. 그를 찾는 것일 수도 있고 아닐 수도 있었다. 꿈을 꾸는 사람 같았다. 테리가 걸음을 멈추고 아내의 이름이 들린 쪽으로 고개를 돌렸다. 둘린 보안관이 계속 계단 쪽으로 끌고 가려고 하자 그는 저항했다.

하위가 랠프보다 먼저 마시 옆에 도착했다. 그가 마시의 팔을 잡았을 때 정비공 작업복을 입은 건장한 남자가 바리케이드를 넘어 그녀에게 돌진했다.

"네가 남편 죄를 은폐했지, 이 나쁜 년아? 맞지?"

하위는 예순 살이었지만 여전히 몸이 좋았다. 그리고 소심하지 않았다. 랠프가 지켜보는 가운데 그가 무릎을 구부리고 어깨로 건장한 남자의 오른쪽 몸통을 쳐서 옆으로 밀쳤다.

"도와 드릴게요." 랠프가 말했다.

"마시는 내가 보호할 수 있어요." 하위의 얼굴이 점점 성기어져 가는 머리칼이 난 부분까지 벌게졌다. 그는 한 팔로 마시의 허리를 감쌌다. "당신 도움은 필요 없어요. 테리를 안으로 데려가기나 해요. 얼른! 맙소사, 무슨 생각으로 이런 거예요? 서커스도 아니고!"

랠프는 '이건 내가 아니라 보안관이 벌인 서커스예요.'라고 얘기하고 싶었지만 그가 일조한 부분도 있었다. 그리고 새뮤얼스는 또 어떤가? 그는 이런 사태를 예견하지 않았을까? 심지어 대대적으로 보도될 수 있도록 이런 사태가 벌어지길 바라지 않았을까?

랠프가 마침 시선을 돌렸을 때 카우보이 셔츠를 입은 남자가 군중 통제를 맡은 경찰관을 피해 인도를 질주하더니 테리의 얼굴에 침을 뱉었다. 그는 남자가 도망치기 전에 발을 걸어서 길거리에 대자로 넘어뜨렸다. 그는 남자의 청바지에 달린 태그를 읽었다. **리바이스 부츠컷**. 오른쪽 뒷주머니에 스콜* 캔 모양으로 동그랗게 빛바랜 자국이 남은 것이 보였다. 그는 군중 통제를 맡은 한 경찰관을 손가락으로 가리켰다.

"저 남자 수갑 채워서 순찰차에 태워."

"저희 차……차는 전부 뒤……뒤에 있는데요."

카운티 소속의 경찰관은 랠프의 아들보다 기껏해야 몇 살 많은 듯해 보였다.

"그럼 버스에 태우든지!"

"그럼 이 사람들을 맡을……."

랠프는 놀라운 광경을 구경하느라 그 뒷부분을 듣지 못했다. 둘린과 길스트랩이 구경꾼들을 쳐다보는 동안 테리가 카우보이 셔츠를 입은 남자를 부축해서 일으켜 세우고 있었던 것이다. 그가 카우보이 셔츠에게 건넨 말은 랠프의 귀가 온 우주에 맞추어져 있었음에도 듣지 못하고 놓쳤다. 카우보이 셔츠는 고개를 끄덕이고, 한쪽

---

* 씹는 담배 브랜드.

어깨를 웅크려 뺨에 긁힌 상처를 누르며 저쪽으로 걸음을 옮겼다. 나중에 랠프는 이 짧은 순간을 좀 더 큰 틀에서 회상하게 될 것이다. 잠이 오지 않는 긴 밤에 곰곰이 생각할 것이다. 침이 뺨을 타고 흐르는 가운데 수갑을 찬 손으로 남자를 부축한 테리. 우라질 성서에나 나올 법한 얘기 아닌가.

구경꾼들이 군중이 되었고, 이제 그 군중이 폭도와의 경계선상에서 아슬아슬하게 왔다 갔다 했다. 그중 일부는 경찰의 저지를 뚫고, 스무 단 정도 되는 법원 청사 정문 앞 화강암 계단까지 진출했다. 집행관 두 명(조금 뚱뚱한 남자와 비쩍 마른 여자)이 나와서 그들을 쫓아내려고 했다. 몇 명은 비켰지만 다른 사람들이 그 자리를 메웠다.

그런데 아뿔싸, 이제 길스트랩과 둘린이 옥신각신했다. 길스트랩은 테리를 다시 차로 데려가서 공권력이 회복될 때까지 기다리자고 했다. 둘린은 그를 당장 안으로 데려가자고 했고 랠프는 보안관의 판단이 옳다는 걸 알았다.

"가요." 그는 그들에게 말했다. "유넬하고 내가 여길 맡을게요."

"총들 꺼내요." 길스트랩이 숨을 헐떡였다. "그러면 저들이 비킬 거예요."

그건 둘린과 랠프도 알다시피 의례에 어긋날 뿐 아니라 미친 짓이었다. 보안관과 지방검사보가 다시 테리의 팔을 한쪽씩 잡고 앞으로 움직이기 시작했다. 적어도 계단 발치 주변의 인도에는 아무도 없었다. 시멘트에 박혀 반짝이는 운모 조각들이 랠프의 눈에 들어왔다. 안에 들어가면 이게 잔상으로 남겠군. 조그만 별자리처럼 내 눈앞에서 사라지지 않을 거야.

신이 난 수감자들이 바깥의 군중들과 함께 주사, 주사를 연호하며
이쪽 끝에서 저쪽 끝으로 몸을 던지자 파란색 버스가 좌우로 흔들
리기 시작했다. 아주 깨끗했던 누군가의 카마로 위로 두 젊은 남자
가 올라가 한 명은 보닛에서, 다른 한 명은 지붕에서 춤을 추자 도
난 경보가 울렸다. 랠프는 군중을 촬영하는 카메라를 보며, 이 장면
이 6시 뉴스에 방송되면 그의 마을 주민들이 다른 마을 주민들에게
어떤 식으로 보일지 정확하게 간파했다. 그들은 하이에나였다. 하
나같이 환하게 도드라져 보였고 하나같이 괴기했다. 그는 채널7의
금발 앵커가 주사기가 그려진 팻말에 맞아서 다시 무릎을 꿇으며
넘어졌다가, 다시 일어나 머리를 만지고 손끝에 묻은 핏자국을 본
순간 그 예쁜 얼굴을 일그러뜨리며 믿기지 않는다는 듯이 냉소를
짓는 것을 보았다. 손에 문신이 새겨져 있고, 머리에 노란색 반다나
를 둘렀고, 여러 번의 수술로도 치료하지 못한 오래된 화상 흉터로
이목구비가 거의 덮인 남자를 보았다. *기름에 불이 붙은 거야. 술에
취해서 폭찹을 해 먹으려다 저렇게 됐을지 몰라.* 캡 시티 로데오라
도 되는 듯이 카우보이모자를 흔드는 남자를 보았다. 하위가 마시
를 데리고 거센 맞바람을 헤치는 사람처럼 둘이 같이 고개를 숙이
고 계단 쪽으로 걸어가는 모습을 보았고, 그녀에게 손가락 욕을 하
려고 몸을 앞으로 숙이는 여자를 보았다. 캔버스 천으로 만든 신문
가방을 어깨에 메고 이 더운 날씨에도 니트 비니를 푹 눌러쓴 남
자를 보았다. 조금 뚱뚱한 법원 집행관이 뒤에서 떠밀려 심하게 구
를 뻔했지만 어깨가 넓은 흑인 여자가 허리띠를 잡아 준 덕분에 위
기를 모면하는 것을 보았다. 여자 친구를 목말 태운 10대 남자아이

를 보았다. 여자아이는 한쪽 브래지어 끈을 팔꿈치까지 늘어뜨리고 주먹을 흔들며 웃고 있었다. 끈이 밝은 노란색이었다. 그는 프랭크 피터슨의 웃는 얼굴이 그려진 티셔츠를 입고 있는 언청이 남자아이를 보았다. **피해자를 기억하라.** 티셔츠에는 그렇게 적혀 있었다. 그는 흔들리는 팻말들을 보았다. 빨간 공단 같은 안감 사이로 하얀 이를 드러내며 고함을 지르는 입들을 보았다. 누군가가 자전거 경적을 누르는 소리를 들었다. *후가-후가-후가.* 그는 사람들을 저지하느라 두 팔을 벌리고 서 있는 사블로를 돌아보며 주 경찰청 형사의 표정을 읽었다. *완전 개판이로구먼.*

둘린과 길스트랩이 테리를 사이에 두고 마침내 계단 맨 아래 칸에 도착했다. 하위와 마시가 그들과 합류했다. 하위가 지방검사보에게 뭐라고 외치고 보안관에게 다시 뭐라고 외쳤다. 랠프는 군중들의 연호 때문에 무슨 말이었는지 듣지 못했지만, 그 말을 듣고 그들이 다시 움직였다. 마시가 남편을 향해 손을 내밀었다. 둘린이 그녀를 뒤로 밀었다. 이제 누군가가 "죽어라, 메이틀랜드, 죽어!"라고 외치기 시작하자 군중들이 따라서 외쳤고, 테리와 호위대는 가파른 계단을 오르기 시작했다.

랠프의 시선이 캔버스 천으로 만든 신문 가방을 멘 남자에게로 다시 향했다. 가방이 밖에서 비를 맞기라도 한 듯 옆면에 빨간색으로 적힌 《플린트 시티 콜》을 **구독하세요**가 희미해졌다. 기온이 벌써 30도에 육박하는 여름날 아침에 니트 비니를 쓴 남자. 가방 안으로 손을 넣는 남자. 랠프는 문득 프랭크 피터슨이 테리와 함께 흰색 밴에 타는 걸 보았다고 증언한 스탠호프 부인과 나누었던 대화가 생각났다. 프랭크 피터슨이 확실한가요? 그가 물었다. 아, 그럼요. 그녀는 말했다. 프랭크였어요. 피터슨 집안에는 아들이 둘인데, 둘 다 빨간 머리예요. 비니 아래로 삐져나온 저건 빨간 머리 아닌가?

예전에 우리 집에 신문 배달을 했었죠. 스탠호프 부인은 그렇게 말했다.

비니를 쓴 남자의 손이 가방에서 나왔을 때 그 손에 쥐어진 건 신문이 아니었다.

랠프는 글록 권총을 꺼내며 숨을 있는 대로 들이마셨다.

"총이다! *총이다!*"

올리 주변의 사람들이 비명을 지르며 황급히 흩어졌다. 테리의 한쪽 팔을 잡고 있던 길스트랩 지방검사보는 총신이 긴 구식 콜트를 보자마자 손을 놓고 두꺼비처럼 쭈그리고 앉아서 뒷걸음질을 쳤다. 보안관도 테리를 잡고 있던 손을 놓았지만 무기를 꺼내기 위해서였다. 하지만 안전 스트랩이 풀리지 않아서 총이 꺼내지지 않았다.

랠프는 시야가 가려졌다. 머리를 맞아서 아직까지 정신없는 채널7의 금발 앵커가 올리 피터슨의 거의 바로 앞에 서 있었다. 피가 그녀의 왼쪽 뺨을 타고 흘러내렸다.

"앉아요, 아가씨, 앉아요!"

사블로가 외쳤다. 그는 오른손으로 글록을 잡고 왼손으로 총신을 받친 자세로 한쪽 무릎을 꿇고 앉아 있었다.

테리가 아내의 팔뚝을 잡아(수갑에 달린 체인의 길이가 딱 그 정도 됐다.) 자신에게서 멀리 밀쳤을 때, 올리가 금발 앵커의 어깨 너머로 총을 발사했다. 앵커는 비명을 지르고, 먹먹해졌을 게 분명한 쪽 귀를 손으로 막았다. 총알이 테리의 옆머리를 긁고 지나가자 그의 머리카락이 위로 날렸고, 마시가 심혈을 기울여서 다린 양복 어깨 위로 피가 폭포수처럼 쏟아졌다.

"내 동생만으로도 부족해서 우리 어머니까지 죽였어!"

올리가 고함을 지르며 다시 총을 발사해 이번에는 길 건너편의 카마로를 맞혔다. 그 위에서 춤을 추던 젊은 남자들이 소리를 지르며 뛰어내렸다.

사블로가 계단 위로 달려 올라가 금발 앵커를 잡고 끌어내려서 그녀의 위로 올라타 외쳤다.

"랠프, 랠프, 쏴요!"

이제 랠프의 시야가 확보됐지만 그가 총을 발사한 순간, 도망치던 구경꾼이 그와 부딪혔다. 총알은 올리 대신 견착식 텔레비전 카메라를 맞혀 산산조각을 냈다. 카메라맨이 카메라를 떨어뜨리고 두 손으로 얼굴을 가리고서 비틀비틀 뒷걸음질 쳤다. 그의 손가락 사이로 피가 쏟아졌다.

"개새끼!" 올리가 외쳤다. "살인범!"

그가 세 번째로 총을 발사했다. 테리가 끙 하는 소리를 내며 인도로 한 걸음 물러났다. 심각하게 고민해 보아야 하는 사안이 떠오른 듯 수갑 찬 손을 뺨에 갖다 댔다. 마시가 허둥지둥 다가가 그의 허리를 팔로 감싸 안았다. 둘린은 끈에 걸린 자동 권총을 계속 잡아당겼다. 길스트랩은 흉물스러운 격자무늬 스포츠재킷 뒷자락을 펄럭이며 길거리를 내달렸다. 랠프는 조심스럽게 조준하고 다시 방아쇠를 당겼다. 이번에는 그에게로 와서 부딪히는 사람이 없었고, 아이의 이마가 망치로 얻어맞은 듯 안으로 꺼졌다. 9밀리미터짜리 총알이 뇌를 폭파하자 두 눈이 만화처럼 휘둥그레지며 불룩 튀어나왔다. 올리의 무릎이 꺾였다. 그가 신문 배달 가방 위로 쓰러지자 손가락에서 미끄러져 나온 리볼버가 덜거덕거리며 계단을 두세 단 굴러 내려가다가 멈추었다.

이제 저 계단을 올라갈 수 있겠네. 랠프는 사수 자세로 선 채 생각했다. *아무 문제 없이 깨끗하게 치워졌어.* 하지만 마시가 지르는 고함을 들어 보면("도와주세요! 오, 하느님, 우리 남편 좀 도와주세요!") 그 계단을 올라갈 필요가 없다는 걸 알 수 있었다. 오늘은 물론이고 어쩌면 영원히.

4

올리 피터슨이 날린 첫 번째 총알은 테리 메이틀랜드의 옆통수를 스치고 지나가서, 피가 나긴 해도 흉터와 이야깃거리를 함께 남기는 표면적인 부상에 그쳤다. 하지만 세 번째 총알은 가슴 왼쪽으로 양복 재킷을 뚫었고, 상처에서 피가 번지자 그 아래 셔츠가 자주색으로 물들었다.

방탄조끼를 입었다면 막아 줬을 텐데. 랠프는 생각했다.

테리는 인도에 쓰러졌다. 눈을 뜨고 있었다. 입술을 달싹였다. 하위가 그의 옆에 쭈그리고 앉으려고 했다. 랠프가 한쪽 팔을 세게 휘둘러 변호사를 밀쳤다. 하위는 뒤로 나동그라졌다. 마시는 남편을 붙잡고 횡설수설했다.

"그렇게 심하지 않아, 테리, 괜찮아, 정신 차리고 있어."

랠프는 손바닥의 두툼한 부분을 말랑말랑하고 탱탱한 마시의 가슴에 대고 그녀도 밀쳤다. 테리 메이틀랜드는 아직 의식이 있었지만 남은 시간이 별로 없었다.

그림자 하나가 랠프를 덮쳤다. 빌어먹을 텔레비전 방송국에서 나온 빌어먹을 카메라맨이었다. 유넬 사블로가 그의 허리를 잡고 돌렸다. 카메라맨의 발이 휘청거리다 서로 꼬였고 그는 망가지지 않게 카메라를 위로 든 채 넘어졌다.

"테리." 랠프의 이마에서 테리의 얼굴 위로 떨어진 땀방울이 머리의 상처에서 난 피와 섞이는 게 보였다. "테리, 당신 지금 죽게 생겼어요. 알겠어요? 그 애가 당신을 맞혔어요, 그것도 제대로. *당신 지금 죽게 생겼어요.*"

"*아니에요!*" 마시가 비명을 질렀다. "*아니야, 그럴 수 없어! 아이들한테는 아빠가 있어야 해요! 그럴 수는 없어요!*"

마시가 그에게 다가가려고 하자 이번에는 알렉 펠리가 창백하고 엄숙한 얼굴로 그녀를 붙잡았다. 하위는 무릎을 꿇고 일어나 앉았지만 다시는 끼어들려고 하지 않았다.

"어디를…… 맞혔죠?"

"가슴을 맞혔어요, 테리. 심장 아니면 그 바로 위요. 임종 진술을 해야 해요, 알았죠? 당신이 프랭크 피터슨을 죽였다고 얘기해야 해요. 양심의 가책을 덜 수 있는 마지막 기회예요."

테리가 미소를 짓자 가느다란 핏줄기가 양쪽 입가에서 흘러나왔다.

"하지만 나는 죽이지 않았어요." 그의 목소리는 나지막했고 속삭임에 가까웠지만 완벽하게 들렸다. "나는 죽이지 않았어요. 그러니까 말해 봐요, 랠프…… 당신은 무슨 수로 양심의 가책을 덜 거예요?"

테리는 눈을 감았다가 힘겹게 다시 떴다. 잠깐 그 눈에서 뭔가가 반짝였다. 그러다 사라졌다. 랠프는 테리의 입 앞으로 손가락을 갖다 댔다. 아무것도 느껴지지 않았다.

그는 마시 메이틀랜드를 돌아보았다. 머리가 1000킬로그램은 되는 느낌이었기에 힘이 들었다.

"유감스럽게 됐습니다. 부군이 사망하셨어요."

"방탄조끼를 입고 있었더라면……."

둘린 보안관이 침울하게 말하고는 고개를 저었다.

새롭게 탄생된 미망인은 믿기지 않는다는 눈빛으로 둘린을 쳐다보았지만, 그녀가 알렉 펠리의 왼손에 찢어진 블라우스 조각만 남겨 두고 달려든 상대는 랠프 앤더슨이었다.

"당신 때문이야! 당신이 그이를 공개적으로 체포하지 않았다면 이 사람들이 여기 없었을 거 아냐! 당신이 그이를 쏴서 죽인 거나 다름없어!"

랠프는 마시의 손가락이 그의 왼쪽 얼굴을 할퀴도록 내버려 두었다가 그녀의 손목을 잡았다. 그녀의 손에 그의 피를 묻히게 했다. 어쩌면 자업자득이었고…… 어쩌면 '어쩌면'이 아닐지 몰랐다.

"마시. 총을 쏜 사람은 프랭크 피터슨의 형이었고, 우리가 어디서 테리를 체포했건 그 애는 이 자리에 있었을 거예요."

알렉 펠리와 하위 골드가 남편의 시신을 밟지 않도록 조심해 가
며 마시를 부축해서 일으켜 세웠다. 하위가 말했다.

"그게 맞는 말일지 모르지만, 앤더슨 형사님, 염병할 인간들이
테리의 주변에서 득시글거리지는 않았을 거 아닙니까. 그가 다친
엄지손가락처럼 도드라져 보였을 거 아니에요."

알렉은 냉랭하게 경멸하는 표정으로 랠프를 쳐다보기만 했다.
랠프는 유넬을 돌아보았지만 유넬은 시선을 피하고 허리를 숙여서
흐느끼는 채널7의 금발 앵커를 일으켜 세웠다.

"뭐, 최소한 임종 진술을 받았잖아요." 마시는 손바닥을 랠프 쪽
으로 내밀었다. 남편의 피로 시뻘겋다. "안 그래요?"

랠프가 아무 대답도 하지 않자 마시는 고개를 돌렸다가 빌 새뮤
얼스를 보았다. 그는 마침내 법원 청사에서 계단 꼭대기로 나와 집
행관들 사이에 서 있었다.

"그이는 죽이지 않았다고 했어!" 마시는 그를 향해 악을 썼다.
"자기는 무죄라고 했어! 우리가 전부 들었어, 이 개자식아! 내 남편
은 죽어 가면서 **자기는 무죄라고 했다고!**"

새뮤얼스는 아무 대답도 하지 않고 몸을 돌려서 다시 안으로 들
어갔다.

사이렌 소리. 카마로의 도난 경보 소리. 총성이 멎자 사람들이 다
시 돌아와 왁자지껄하게 떠드는 소리. 시신을 보고 싶어 하는 사람
들. 그걸 찍어서 페이스북에 올리고 싶어 하는 사람들. 기자단과 카
메라 앞에서 수갑이 보이지 않도록 테리의 손을 덮었던 하위의 양

복 재킷이 이제 먼지를 뒤집어쓰고 점점이 핏방울을 묻힌 채 길거리에 나뒹굴었다. 랠프가 그 재킷을 집어서 테리의 얼굴을 덮자 그의 아내가 소름 끼치는 상심의 울부짖음을 토했다. 랠프는 법원 청사 앞 계단으로 가서 주저앉고 무릎 사이로 고개를 떨어뜨렸다.

발자국과 캔털루프 멜론

1

랠프가 지넷에게 플린트 카운티의 지방검사를 둘러싼 가장 암울한 의혹(의분을 느낀 군중이 법원 청사 앞으로 모여 주길 바랐을지 모른다는 것)에 대해서 함구했기 때문에 그녀는 빌 새뮤얼스가 수요일 저녁에 집으로 찾아왔을 때 문을 열어 주었지만 그를 환대할 생각이 없음을 분명하게 밝혔다.

"그이는 뒷마당에 있어요." 지넷은 그렇게 말하고, 알렉스 트레벡*이 그날 저녁 「제퍼디」 출연자들의 역량을 시험 중인 거실로 되돌아갔다. "어디로 가면 되는지 아시죠?"

오늘 저녁에는 청바지와 회색 무지 티셔츠를 입고 운동화를 신은 새뮤얼스는 현관문 앞에 서서 잠깐 고민하다가 그녀를 따라갔

---

* 미국 퀴즈쇼 「제퍼디」의 진행자.

다. 텔레비전 앞에 안락의자가 두 개 놓여 있는데, 좀 더 크고 손때를 많이 탄 쪽이 비어 있었다. 그는 두 의자 사이 테이블에 놓인 리모컨을 집어서 소리를 죽였다. 지넷은 계속 텔레비전을 응시했다. 현재는 참가자들이 문학 작품 속의 악당들이라는 카테고리를 헤쳐 나가고 있었다. 화면에 뜬 설명은 '그녀는 앨리스의 목을 요구했습니다.'였다.

"저건 쉬운 문제네요. 붉은 여왕. 랠프는 어떻게 지내고 있어요, 지넷?"

"어떻게 지내고 있을 것 같아요?"

"일이 그렇게 된 건 안타깝게 생각해요."

"우리 아들이 아버지가 정직 처분을 받은 걸 알게 됐어요." 그녀는 계속 텔레비전에 시선을 고정한 채 말했다. "인터넷에 떠서. 그 아이는 당연히 아주 속상해하고 있지만 좋아하던 코치가 법원 청사 앞에서 총에 맞아 죽은 것도 속상해해요. 집에 오고 싶다길래 생각이 바뀔 수도 있으니까 며칠 기다려 보자고 했어요. 사실은 아버지가 아직 아이를 볼 마음의 준비가 되지 않았는데, 솔직하게 얘기하고 싶지 않았거든요."

"그는 정직 처분을 받은 게 아니에요. 휴직한 거지. 유급 휴직. 총기 사건이 벌어지면 의무적으로 취하는 조치예요."

"그건 검사님 생각이고요." 이제 화면에 뜬 설명은 '이 간호사는 비열했습니다.'였다. "그이 말로는 최대 6개월까지 쉴 수 있을지 모른다고 하더군요, 의무적으로 실시하는 정신 감정을 받겠다고 하면."

"받지 않겠다고 할 이유가 없잖아요?"

"일을 그만둘 생각이거든요."

새뮤얼스는 정수리로 손을 가져가지만 오늘 저녁에는 삐친 머리가, 적어도 아직까지는 말을 잘 듣고 있었기에 다시 손을 내렸다.

"그렇다면 우리 둘이 같이 사업을 시작해도 되겠네요. 이 마을에는 괜찮은 세차장이 필요한데."

그제야 지넷이 새뮤얼스를 쳐다보았다.

"지금 무슨 소리하시는 거예요?"

"다음 선거에 출마하지 않기로 결심했거든요."

지넷은 새뮤얼스를 보며 가늘고 날카롭게 웃었다. 친어머니가 들었어도 딸이 내는 소리인 줄 몰랐을 것이다.

"먼저 선수를 치시겠다? 유권자들 손에 잘리기 전에?"

"그렇게 생각하셔도 상관없고요."

"그렇게 생각할게요. 뒷문으로 나가 보세요, 조만간 사임할 검사님. 가서 마음대로 동업을 제안해 보세요. 뭐가 날아오면 피할 준비하시고요."

2

랠프는 맥주를 손에 들고 스티로폼 보랭박스를 옆에 두고 접이식 의자에 앉아 있었다. 방충망 달린 부엌문이 쾅 하고 닫히는 소리가 나자 흘끗 고개를 돌렸다가 새뮤얼스를 보고는 뒷마당 울타리 너머의 팽나무 쪽으로 다시 시선을 돌렸다.

"저기 동고비가 있네요." 랠프가 손으로 가리키며 말했다. "본 지 500만 년은 된 것 같은데."

다른 의자가 없었기에 새뮤얼스는 기다란 피크닉 테이블의 벤치에 앉았다. 예전에도 좀 더 훈훈한 분위기 속에 몇 번 여기로 나와서 앉은 적이 있었다. 그는 나무를 바라보았다.

"안 보이는데요."

"저기 가잖아요." 조그만 새가 날아오르자 랠프가 말했다.

"참새 아니에요?"

"안과 검진 좀 받아 보세요."

랠프는 보랭박스에서 샤이너 맥주를 꺼내 새뮤얼스에게 건넸다.

"지넷이 그러는데 은퇴할까 생각 중이라면서요."

랠프는 어깨를 으쓱했다.

"정신 감정 때문에 걱정이 돼서 그런 거라면 아주 높은 점수로 통과할 거예요. 해야 하는 일을 했을 뿐이니까."

"그것 때문이 아니에요. 심지어 카메라맨 때문도 아니고. 그 사람 알죠? 내가 맨 처음 발사한 총알이 그 사람 카메라에 꽂혀서 카메라가 산산조각 났잖아요. 그중 한 조각이 그의 눈에 들어갔고."

새뮤얼스는 아는 얘기였지만 잠자코 맥주만 마셨다. 샤이너를 싫어하지만 그래도 참고 마셨다.

"아마 실명할 거예요. 오클라호마시티의 딘 맥기 연구소 소속 의사들이 살리려고 하고 있지만 맞아요, 아마 실명할 거예요. 눈을 한쪽밖에 못 쓰는 카메라맨이 계속 일을 할 수 있을까요? 아마도일까요, 어쩌면일까요 아니면 설마일까요?"

"랠프, 당신이 방아쇠를 당기려는 순간 누가 와서 부딪혔잖아요. 그리고 그가 얼굴 바로 앞에 카메라를 들고 있지 않았다면 지금쯤 죽은 목숨이었을 거예요. 그건 긍정적인 측면이라고요."

"맞아요. 그리고 긍정적인 측면들은 엿이나 먹으라 그래요. 그 사람 아내한테 사과 전화를 했어요. 이러더군요. '플린트 시티 경찰을 상대로 1000만 달러짜리 소송을 제기할 거고, 거기서 승소하면 당신을 상대로 소송을 제기할 거예요.' 그러고는 끊어 버렸어요."

"절대 승소하지 못해요. 피터슨은 총을 들고 있었고 당신은 임무 수행 중이었는걸요."

"그 카메라맨도 임무 수행 중이었죠."

"그거랑 이거는 다르죠. 그는 선택의 여지가 있었잖아요."

"아니요, 빌." 랠프가 의자에 앉은 채로 몸을 휙 돌렸다. "그에게 있었던 건 해야 할 일이었죠. 그리고 아까 그건 동고비였어요, 젠장."

"랠프, 이번에는 내 말 들어요. 메이틀랜드는 프랭크 피터슨을 죽였어요. 그 아이의 형이 메이틀랜드를 죽였고요. 대부분의 사람들은 그걸 변방의 정의 구현이라고 생각하는데, 왜 아니겠어요? 이 주가 얼마 전까지만 해도 변방이었잖아요."

"테리는 자기가 죽이지 않았다고 했어요. 임종 진술에서."

새뮤얼스는 벤치에서 일어나 왔다 갔다 걷기 시작했다.

"아내가 바로 옆에 무릎 꿇고 앉아서 목 놓아 우는데 그럼 달리 뭐라고 하겠어요? '아, 맞아요, 내가 그 아이를 뒤치기 하고 물어뜯고, 순서가 바뀌었을 수도 있지만 아무튼 그런 다음 그 아이 위로 쌌어요.' 이러겠어요?"

"테리의 마지막 증언을 뒷받침하는 증거가 한두 개가 아니었잖아요."

새뮤얼스가 랠프에게로 성큼성큼 다시 걸어가 선 채로 그를 내려다보았다.

"정액 샘플에서 빌어먹을 그의 DNA가 검출됐고 모든 걸 압도하는 게 DNA예요. 테리가 그 아이를 죽였어요. 무슨 수로 나머지를 조작했는지 모르겠지만 그가 범인이에요."

"지금 나를 설득하러 온 거예요 아니면 당신 자신을 설득하러 온 거예요?"

"설득은 필요 없어요. 흰색 이코노라인 밴을 애초에 훔친 범인이 누군지 밝혀졌다고 알려 주러 왔을 뿐."

"이 시점에서 그게 뭐가 중요한가요?"

랠프는 그렇게 반문했지만, 새뮤얼스는 그의 눈이 마침내 호기심으로 반짝이는 걸 포착했다.

"덕분에 이 지저분한 사건에 서광이 비치느냐면 그건 아니에요. 하지만 엄청 흥미진진해요. 들을 거예요, 말 거예요?"

"들어 보죠, 뭐."

"열두 살짜리 남자아이가 훔쳤어요."

"열두 살? 지금 장난해요?"

"아뇨. 게다가 몇 달 동안 길 위에서 지냈대요. 엘패소까지 가서 훔친 뷰익을 월마트 주차장에 세워 놓고 그 안에서 자다가 경찰한테 잡혔어요. 전부 네 대를 훔쳤는데, 그 밴이 첫 번째였어요. 그걸 몰고 오하이오 주까지 가서 거기다 버리고 다른 차로 갈아탔어요.

우리가 짐작했던 대로 열쇠를 그냥 꽂아 놓고서."

새뮤얼스는 조금 으스대며 이 말을 했고 랠프는 그에게 그럴 권리가 있을지 모른다는 생각을 했다. 그들이 세운 가설 중 하나라도 맞아떨어졌으니 기분이 좋았다.

"하지만 그게 어쩌다 여기까지 굴러왔는지는 여전히 모르잖아요, 아닌가요?"

랠프가 물었다. 하지만 뭔가 마음에 걸리는 부분이 있었다. 그런 사소한 부분이 있었다.

"맞아요. 불분명했던 부분이 밝혀진 것에 불과하죠. 나는 당신이 알고 싶어 할 거라고 생각했어요."

"이제 알게 됐네요."

새뮤얼스는 맥주를 한 모금 마시고 피크닉 테이블 위에 캔을 내려놓았다.

"나는 재선에 출마하지 않아요."

"출마하지 않는다고요?"

"네. 그 재수 없는 게으름뱅이 리치먼드한테 넘길 거예요. 그가 담당 사건의 80퍼센트를 기소 거부하면 사람들이 어떤 반응을 보일지 어디 두고 보겠어요. 당신 부인에게 얘기했는데 열화와 같이 응원하지는 않더군요."

"내가 아내한테 이게 전부 당신 잘못이라고 얘기한 줄 안다면 착각이에요. 나는 당신을 한 번도 원망한 적 없어요. 뭐 하러 그러겠어요? 그 빌어먹을 경기장에서 체포하자고 한 사람이 나였다고, 금요일에 똥파리 같은 내부 심사위원들을 만난 자리에서도 분명히 밝힐 거예요."

"나도 알아요."

"하지만 예전에도 얘기했다시피 당신이 날 말리지는 않았잖아요."

"우리 둘 다 그가 범인이라고 믿었잖아요. 나는 그가 임종 진술을 했건 하지 않았건 지금도 범인이라고 믿어요. 알리바이를 체크하지 않았던 이유는 이 우라질 마을에서 모르는 사람이 없으니 만에 하나라도 소문을 들으면……."

"그리고 알리바이를 체크할 필요성도 없다고 생각했죠. 나 원참, 어쩌면 그렇게 엄청난 착각을……."

"알았어요, 그래요, 무슨 말을 하고 싶은지 알겠다고요, 염병. 그뿐 아니라 우리는 그가 특히 어린 남자아이들에게 극도로 위험한 존재라고 생각했는데 지난 일요일 저녁에 그런 아이들에게 둘러싸인 상황이었잖아요."

"법원으로 출두했을 때 뒤편으로 데려갔었어야 하는데. 내가 그러자고 고집을 부렸어야 하는데."

새뮤얼스가 고개를 하도 세차게 젓는 바람에 삐친 머리의 고삐가 풀려서 자기를 좀 봐 달라며 벌떡 일어섰다.

"자책하지 마요. 구치소에서 법원으로 이송하는 건 보안관의 소관이잖아요. 시의 소관이 아니라."

"내가 그러자고 했으면 둘린이 들었을 거예요." 랠프는 빈 캔을 보랭박스로 떨어뜨리고 새뮤얼스를 똑바로 쳐다보았다. "당신이 그러자고 했어도 들었을 테고요. 당신도 알 거라고 봅니다만."

"이미 지나간 일이에요. 물 건너간 얘기라고요. 또 어떤 표현이 있는지 모르겠지만 아무튼. 끝났어요. 이 사건은 엄밀히 따지면 미제로 남겠지만……."

"정식 용어는 OBI죠, 해결되지 않았지만 수사도 이루어지지 않는다(open but inactive)는 뜻에서. 마시 메이틀랜드가 업무 태만으로 남편이 죽었다며 경찰서를 상대로 민사 소송을 걸더라도 그 상태로 남을 거예요. 그리고 그녀는 그 소송에서 승소할 테고요."

"소송을 걸겠대요?"

"모르겠어요. 아직 용기가 없어서 연락을 하지 못했어요. 하위한테 물어보면 그녀의 생각을 알 수 있겠죠."

"하위하고 얘기해 봐야겠네. 거친 바다에 기름을 뿌리는 심정으로."

"오늘 저녁에는 명언의 샘물이시네요, 검사님."

새뮤얼스는 맥주를 집었다가 얼굴을 살짝 찡그리며 다시 내려놓았다. 지넷 앤더슨이 부엌 창가에서 그들을 내다보고 있었다. 알 수 없는 표정으로 그 자리에 가만히 서 있었다.

"우리 어머니는 예전에 《페이트 *Fate*》를 정기 구독하셨어요."

"나도 운명을 믿어요." 랠프는 우울한 목소리로 말했다. "하지만 테리가 그렇게 되고 나니까 잘 모르겠어요. 피터슨 집안의 첫째가 느닷없이 등장했잖아요. 정말 느닷없이."

새뮤얼스는 살짝 미소를 지었다.

"운명 예정설이 아니라 유령, 크롭서클*, UFO, 기타 등등의 이야기로 가득했던 다이제스트 크기의 조그만 잡지를 말한 거예요. 어

---

* 곡물 밭에 나타나는 원인 불명의 원형 무늬. 외계인이 만든 거라고 주장하는 사람들이 있다.

렸을 때 어머니가 거기 실린 이야기를 몇 개 읽어 주시곤 했거든요. 그중에서 내가 유난히 넋을 놓고 들은 얘기가 있었어요. 제목은 '모래 위의 발자국'. 모하비 사막으로 신혼여행을 떠난 신혼부부 얘기였어요. 그러니까 캠핑을 간 거죠. 하룻밤은 미루나무 숲에 조그만 텐트를 치고 잠을 잤는데 신부가 다음 날 아침에 일어나 보니 신랑이 없는 거예요. 숲을 빠져나와서 사막이 시작되는 곳에 나가 보니 그의 발자국이 있었어요. 신부는 신랑의 이름을 불렀지만 대답이 없었죠."

랠프가 공포영화 사운드를 냈다. 우우우우—우우우우.

"신부는 발자국을 따라 첫 번째 모래 언덕을, 그런 다음 두 번째 모래 언덕을 넘었어요. 발자국은 갈수록 점점 더 생생해졌어요. 신부는 발자국을 따라 세 번째 모래 언덕을 넘었고……."

"그런 다음 네 번째, 다섯 번째 언덕을 넘었죠!" 랠프가 경외감이 담긴 목소리로 외쳤다. "그리고 지금까지 계속 걷고 있어요! 빌, 재미있는 캠프파이어 이야기를 중간에 자르기 싫지만 이제 파이 한 조각 먹고 샤워하고 자야겠어요."

"아니에요, 들어 봐요. 신부는 세 번째 모래 언덕까지밖에 못 갔어요. 신랑의 발자국이 내리막길 중간까지 이어지다가 끊겼거든요. 온 사방에 모래만 보일 뿐, 뚝 끊겨 버렸어요. 신부는 신랑을 두 번 다시 만나지 못했대요."

"그 얘기를 믿어요?"

"아뇨. 분명 헛소리죠. 하지만 중요한 건 믿느냐 안 믿느냐가 아니에요. 여기에 숨겨진 비유지." 새뮤얼스는 삐친 머리를 달래서 눕히려고 했다. 삐친 머리는 거부했다. "우리는 테리의 발자국을 따라갔죠, 그게 우리의 일이니까. 임무라고 해도 좋아요, 그 단어가 더 마음에 들면. 아무튼 월요일 아침에 딱 끊길 때까지 그 발자국을 따라갔어요. 거기에 미스터리가 있을까요? 있어요. 앞으로 영영 해답을 찾을 길 없는 질문이 남을까요? 새롭고 놀라운 정보가 우리 무릎 위로 뚝 떨어지지 않는 이상 그럴 거예요. 가끔 그런 사태가 벌어질 때가 있어요. 사람들이 지미 호파*의 행방을 계속 궁금해하는 이유도 그 때문이에요. 메리 셀레스트 호** 선원들이 어떻게 됐는지 계속 알아내려고 하는 이유도 그 때문이고요. 오스왈드가 JFK를 암살했을 때 단독 범행이었는지를 두고 옥신각신하는 이유도요. 가끔은 이렇게 발자국이 그냥 끊길 때도 있고 그러면 우리는 그런 채로 살아야 해요."

"한 가지 큰 차이점이 있다면, 좀 전의 그 발자국 이야기에 등장하는 신부는 신랑이 어딘가에 살아 있을지 모른다고 믿을 수 있다는 거겠죠. 젊은 신부가 아니라 나이 많은 할머니가 될 때까지 계속 그렇게 믿을 수 있다는 거. 하지만 마시는 남편의 발자국을 따라가보니 남편이 죽은 채로 인도에 쓰러져 있었어요. 오늘 자 신문에 실린 부고에 따르면 내일 땅에 묻는다고 하더군요. 마시와 딸들뿐이겠죠. 콘도르 같은 기자들 쉰 명이 울타리 밖에서 고래고래 질문을 던지며 사진을 찍을 뿐."

---

* 미국의 노동운동가. 1975년에 실종됐다.

** 1872년에 뉴욕을 출항하고 한 달 뒤에 사람이 아무도 없는 상태로 표류하다 발견된 유령 선박.

새뮤얼스는 한숨을 쉬었다.

"됐어요. 갈게요. 아이 얘기는 전했고, 다른 얘기는 듣고 싶지 않은 눈치인 게 분명하니. 그나저나 그 애 이름은 멀린 캐시디예요."

"아니, 가지 마요. 잠깐 그대로 앉아 있어요. 이야기를 하나 들었으니 나도 하나 할게요. 하지만 심령 잡지에 실린 건 아니에요. 개인적인 경험담이에요. 전부 사실인."

새뮤얼스는 다시 벤치에 앉았다.

"내가 어렸을 때. 열 살인가 열한 살, 그러니까 프랭크 피터슨 정도의 나이였을 때 우리 어머니는 캔털루프 멜론이 나오는 계절이면 장터에서 사 오시곤 했어요. 내가 그 당시에 그 멜론이라면 사족을 못 썼거든요. 달콤하고 진한 그 맛에 수박은 명함도 못 내밀죠. 그래서 어느 날 어머니가 망에 넣은 멜론을 세 개인가 네 개 사 오셨길래 한 조각 먹어도 되느냐고 물었어요. '그럼.' 어머니가 말했어요. '씨 긁어서 개수대에 버리는 것만 잊지 마.' 어머니는 그 얘길할 필요도 없었어요. 그때쯤에는 내가 이미 멜론을 가르고 난 다음이었거든요. 지금까지 이해 안 되는 부분 없죠?"

"넵. 그러다 손을 벤 거죠, 그죠?"

"아뇨, 하지만 어머니는 그런 줄 알았어요. 왜냐하면 내가 옆집에서도 들릴 만큼 꽥 하고 비명을 질렀거든요. 어머니가 달려오셨고, 나는 반으로 쪼개진 채 조리대에 놓여 있는 멜론을 가리켰어요. 구더기와 파리가 안에서 우글거렸거든요. 그 벌레들이 서로 타고 넘으며 꿈틀대고 있었어요. 어머니가 살충제를 들고 와서 조리대에 놓인 멜론 위로 뿌리셨어요. 그럼 다음 행주로 싸서 뒷마당에 있는 음식물 쓰레기통에 버리셨죠. 그날 이후로 나는 썰려 있는 캔털루프 멜론을 먹기는커녕 쳐다보지도 못해요. 그게 나에게는 비유하자면 테리 메이틀랜드예요, 빌. 멜론은 겉보기에 멀쩡했어요. 물컹하지도 않았고. 껍데기도 흠집 하나 없었어요. 벌레들이 안으로 들어갈 방법이 없었는데 들어간 거예요."

"염병할 멜론. 염병할 비유. 집에 갈래요. 사직하기 전에 고민 좀 해 봐요, 알았죠? 당신 부인 말로는 내가 유권자들 손에 잘리기 전에 발을 빼려는 거라고 하고 어쩌면 그 말이 맞을지 모르지만, 당신은 유권자들을 신경 쓸 필요가 없잖아요. 이 도시의 내무부를 자처하는 퇴직 경찰 세 명과, 자기 병원은 고사 직전이라 지방 정부의 예산에 빌붙으려는 정신과 의사만 상대하면 되지. 그리고 한 가지 더. 당신이 사직하면 우리가 일을 망친 거 아니냐는 세간의 의혹에 더욱 힘이 실릴 거예요."

랠프는 그를 빤히 쳐다보다가 폭소를 터뜨렸다. 배 속 저 깊은 곳에서 요란하게 터져 나온 너털웃음이었다.

"망친 거 맞잖아요! 몰랐어요, 빌? 우리가 망쳤어요. 아주 제대로. 겉보기에 괜찮아 보이는 캔털루프 멜론을 샀는데 온 마을 사람들 앞에서 갈라 보니 안에서 구더기들이 득시글거렸죠. 안으로 들어갈 방법이 없었는데 들어가 있었어요."

새뮤얼스는 터벅터벅 부엌문을 향해 걸음을 옮겼다. 그가 방충망이 달린 문을 열고 몸을 홱 돌리자 삐친 머리가 앞뒤로 경쾌하게 흔들거렸다. 그는 팽나무를 가리켰다.

"아까 그건 참새였어요, 망할!"

3

　자정 직전에(그 무렵 피터슨 집안의 마지막 생존자는 위키피디아를 참고해 교수형 올가미 만드는 법을 배우고 있었다.) 마시 메이틀랜드는 큰딸의 방에서 들리는 비명을 듣고 잠에서 깼다. 처음에는 그레이스만이었는데(엄마들은 안다.), 잠시 후에 세라까지 합류해 끔찍한 2부 화음을 연출했다. 딸들이 마시와 테리의 방에서 처음으로 독립한 날이었지만 그 둘은 같이 잤다. 마시가 보기에는 앞으로 당분간 계속 그럴 듯했다. 그건 괜찮았다.

　하지만 비명 소리는 괜찮지 않았다.

　마시는 세라의 방으로 달려간 기억도 나지 않았다. 침대에서 뛰쳐나간 기억은 나지만 그 다음은 열린 세라의 방문 안쪽에 서서, 창문 너머로 쏟아져 들어오는 7월의 보름달 빛을 맞으며 침대에 똑바로 앉아 서로 부둥켜안고 있는 딸들을 쳐다보던 기억뿐이었다.

　"뭐야?"

　마시는 물으며 침입자를 찾느라 두리번거렸다. 처음에는 그 남자가(남자일 수밖에 없었다.) 한쪽 구석에 웅크리고 있는 줄 알았는데, 알고 보니 벗어 놓은 점퍼와 티셔츠와 운동화였다.

　"애 때문이에요!" 세라가 외쳤다. "그레이스요! 어떤 남자가 있다잖아요! 엄마, 무서워서 죽는 줄 알았어요!"

　마시는 침대에 걸터앉아 세라의 품에 안겨 있던 작은 딸을 그녀의 품에 안았다. 그런 채로 계속 좌우를 두리번거렸다. 벽장 안에 있을까? 주름문이 닫혀 있는 걸 보면 가능성이 있었다. 그녀가 오는 소리를 듣고 그 안으로 들어갔을 수 있었다. 아니면 침대 밑에 숨었나? 어린 시절의 공포가 파도처럼 밀려오는 가운데, 손 하나가 그녀의 발목을 움켜쥐는 순간을 기다렸다. 다른 손에는 칼이 쥐어져 있을 것이었다.

"그레이스? 그레이시? 누굴 봤는데? 그 남자가 어디 있었어?"

그레이스는 흐느끼느라 아무 대답도 하지 못하고 창문 쪽을 손으로 가리켰다.

마시는 당장이라도 꺾일 듯이 후들거리는 무릎을 달래며 창가로 다가갔다. 경찰들이 이 집을 계속 주시하고 있을까? 하위 말로는 그들이 당분간 규칙적으로 순찰을 돌겠지만 24시간 지키지는 않을 거라고 했고 게다가 세라의 방은, 그 집의 모든 방은 창문이 뒷마당 아니면 그들과 건더슨 가족의 집 사이에 난 옆 마당을 향해 나 있었다. 그런데 건더슨 가족이 휴가를 가서 그 집이 비어 있었다.

창문은 잠겨 있었다. 풀잎 하나하나가 달빛을 받고 그림자를 드리우는 듯해 보이긴 했지만 마당에는 아무도 없었다.

그녀는 다시 침대로 돌아가서 앉고, 땀에 젖어 뒤엉킨 그레이스의 머리칼을 쓰다듬었다.

"세라? 너도 뭐 본 거 있니?"

"음……." 세라는 생각에 잠겼다. 아이는 자기 어깨에 기대고 우는 그레이스를 계속 끌어안고 있었다. "아뇨. 언뜻 뭐가 보인 줄 알았는데 얘가 '남자야, 남자야.' 하면서 비명을 질러서였어요. 아무도 없었어요." 그러고는 그레이스에게 말했다. "저 밖에 아무도 없었어, 그레이스. 진짜야."

"나쁜 꿈을 꿨나 보다, 우리 딸."

앞으로 *나쁜 꿈을 수도 없이 꾸겠지*. 마시는 그런 생각이 들었다.

"분명히 있었어요." 그레이스가 속삭였다.

"그럼 둥둥 떠다니는 남자였나 보다." 방금까지 잠을 자다가 무서워서 깬 아이치고 세라는 상당히 논리적이었다. "이 방은 2층이잖아."

"상관없어. 내가 분명히 봤단 말이야. 머리는 짧고 까만색이었고 위로 솟았어. 얼굴은 점토처럼 울퉁불퉁했고. 눈 대신 빨대를 달고 있었어."

"악몽이야." 세라가 결론을 내리듯 사무적으로 말했다.

"너희 둘 다 일어나." 마시는 애써 딸의 사무적인 말투를 흉내 냈다. "아침까지 엄마랑 같이 자자."

두 아이는 순순히 따라나섰고, 5분 뒤에 그녀는 양쪽에 아이를 한 명씩 눕히고 자리를 잡았다. 그레이스는 다시 잠이 들었다.

"엄마?" 세라가 속삭였다.

"응?"

"아빠 장례식 무서워요."

"엄마도 그래."

"가고 싶지 않아요. 그레이스도 그렇다고 하고요."

"우리 셋 다 마찬가지야, 아가. 그래도 우리는 갈 거야. 용감하게. 아빠가 그러길 바랄 테니까."

"아빠가 너무 보고 싶어서 다른 생각은 아무것도 할 수가 없어요."

마시는 가만히 펄떡거리는 세라의 관자놀이에 입을 맞추었다.

"이제 그만 자, 우리 딸."

세라도 마침내 잠이 들었다. 마시는 두 딸 사이에 누워서 천장을 올려다보며, 현실로 착각할 만큼 생생한 꿈속에서 창문을 바라본 그레이스를 생각했다.

눈 대신 빨대를 달고 있었어.

4

지넷 앤더슨은 오전 3시 직후(그 무렵 프레드 피터슨은 왼손에 휴대용 발판을 들고 오른쪽 어깨에는 밧줄을 걸치고 거실에서 뒷마당으로 터벅터벅 발걸음을 옮기고 있었다.)에 요의를 느끼고 잠에서 깼다. 침대 저편에 아무도 없었다. 그녀가 볼일을 보고 1층으로 내려가 보니 랠프가 그의 아빠 곰 안락의자에 앉아서 꺼진 텔레비전 화면을 물끄러미 쳐다보고 있었다. 아내의 눈으로 관찰해 보니 프랭크 피터슨의 시신이 발견된 이래 살이 빠졌다.

지넷은 남편의 어깨에 조심스럽게 손을 얹었다.

그는 돌아보지 않았다.

"빌 새뮤얼스가 한 말 중에 신경이 쓰이는 게 있어서."

"무슨 말?"

"그게 문제야, 모르겠다는 게. 어떤 단어가 생각이 날 듯 말 듯할 때처럼."

"밴을 훔친 아이하고 연관 있는 거야?"

랠프는 둘이 침대에 누워서 불을 끄기 전에 새뮤얼스와 어떤 대화를 나누었는지 그녀에게 얘기해 주었다. 중요한 사안이라서 그랬다기보다 열두 살짜리가 차를 훔쳐 타 가며 뉴욕 중부에서 엘패소까지 여행했다는 사실이 놀라웠기 때문이었다. 잡지《페이트》식으로 놀라운 일은 아니었지만 그래도 상당히 황당했다. *새아버지가 정말 싫었나 보네.* 지넷은 이렇게 얘기하고 불을 껐다.

"그 아이하고 연관 있는 거 맞아." 이제 랠프가 말했다. "그 밴에 종잇조각이 있었거든. 뭔지 체크해 보려고 했는데 정신없다 보니 깜빡했어. 당신한테 이 얘기는 한 적 없는 것 같은데."

지넷은 웃으며 파자마 아래에 숨겨진 몸집처럼 봄보다 부피가 적어진 듯이 느껴지는 그의 머리칼을 헝클어뜨렸다.

"사실 했어. 종잇조각. 포장용 메뉴판에서 떨어져 나온 것 같다고."

"증거로 보관됐을 거야."

"그 얘기도 했어."

"내일 지서에 가서 들여다볼까 봐. 그러면 빌한테 들은 무슨 말이 문제인지 알 수 있을지 몰라."

"좋은 생각이네. 이제 곱씹는 것 말고 다른 일을 할 때도 됐어. 있잖아, 나, 포의 그 작품 다시 읽었거든. 주인공이 학창시절에 자기가 그 반의 짱이었다고 하잖아. 그런데 같은 이름을 쓰는 아이가 등장하지."

랠프는 그녀의 손을 잡고 멍하니 입을 맞추었다.

"거기까지는 충분히 설득력 있어. 윌리엄 윌슨이 조 스미스만큼 흔한 이름은 아닐지 몰라도 즈비그뉴 브레진스키는 아니니까."

"맞아. 하지만 주인공은 생일도 서로 같다는 사실을 발견하고 그 둘은 비슷한 옷을 입고 다니지. 가장 섬뜩한 건 뭔가 하면 둘이 서로 닮았다는 거야. 그래서 사람들이 헷갈린다는 거. 어디서 들어 본 얘기 같지 않아?"

"응."

"아무튼 1번 윌리엄 윌슨은 나중에도 계속 2번 윌리엄 윌슨과 마주치는데, 마주칠 때마다 항상 1번 입장에서 안 좋게 끝이 나. 그는 결국 범죄자의 길로 접어들어서 2번을 원망하고. 내 얘기 잘 듣고 있어?"

"새벽 3시 15분인 것치고는 제법 잘 듣고 있다고 생각해."

"아무튼 막판에 1번 윌리엄 윌슨이 2번 윌리엄 윌슨을 칼로 찌르는데, 거울을 보니까 자기를 찌른 거야."

"애초부터 2번 윌리엄 윌슨은 없었으니까 그랬겠지?"

"하지만 있었어. 2번을 본 사람이 한두 명이 아니었어. 하지만 결국 1번 윌리엄 윌슨은 환각에 시달리다가 자살을 하지. 대역의 존재를 견딜 수 없어서 그랬던 거 아닐까?"

코웃음 칠 거라고 내다보았던 그녀의 예상과 달리 그는 고개를 끄덕였다.

"그래, 말이 되네. 사실 심리학적인 관점에서 아주 훌륭해. 가뜩이나…… 언제지? 19세기 중반인가?"

"응, 그 무렵이야. 대학교에서 미국 고딕 소설이라는 수업을 들었는데, 거기서 그 작품을 비롯해 포의 단편을 많이 읽었어. 교수님이 그랬지. 사람들은 포를 초자연적인 현상을 다룬 환상 소설 작가로 오해하는데, 사실은 이상 심리를 다룬 사실적인 소설을 썼다고."

"하지만 지문과 DNA가 등장하기 전이잖아." 랠프는 웃으며 말했다. "자러 들어가자. 이제는 잘 수 있을 것 같아."

하지만 지넷이 그를 붙잡았다.

"여보, 내가 뭐 하나만 물어보고 싶은데. 시간도 늦었고 우리 둘뿐이고 하니까. 당신이 내 말을 듣고 웃더라도 들을 사람이 없겠지만 웃지는 말아 줘. 그러면 내가 슬퍼질 테니까."

"웃지 않을게."

"웃을지 몰라."

"안 그럴게."

"당신은 발자국이 중간에서 끊긴 빌리의 얘기하고 무슨 수로 캔털루프 멜론 안에 들어갔는지 모를 당신의 구더기 얘기를 나한테 들려주었지만 둘 다 비유법을 썼잖아. 우리 대학교 때 교수님 설명에 따르면 포의 단편이 비유법으로 분열된 자아를 얘기하듯이 말이야. 하지만 비유를 벗겨 내면 뭐가 남겠어?"

"글쎄."

"설명할 수 없는 현상이 남지. 그러니까 내가 묻고 싶은 건 단순해. '두 명의 테리'라는 수수께끼의 유일한 해답이 초자연적인 현상이라면?"

랠프는 웃지 않았다. 웃고 싶은 충동이 느껴지지 않았다. 그러기에는 너무 늦은 시각이었다. 또는 너무 이른 시각이었다.

"나는 초자연적인 현상을 믿지 않아. 유령도 천사도 예수 그리스도가 신이라는 것도. 물론 교회에 가기는 하지만 가끔 내면의 소리를 들을 수 있는 평화로운 곳이라 그런 거야. 게다가 가야 하는 곳이기도 하고. 당신도 그래서 교회에 가는 건 줄 알았는데. 아니면 데릭 때문이든지.”

“나는 신의 존재를 믿고 싶어. 인간이 그냥 사라진다고 믿고 싶지는 않거든. 물론 그래야 등식이 성립하긴 하지. 어둠에서 왔으니 어둠으로 돌아가야 논리적으로 맞긴 해. 하지만 나는 별을 믿고 우주가 무한하다고 믿어. 그곳에 거대한 무언가가 있다고. 이곳에는 모래 한 줌마다 더 많은 우주가 있다고 믿어. 무한은 양방통행 길이니까. 내 머릿속에는 내가 자각하는 생각 뒤로 수십 개의 다른 생각들이 줄지어 있다고 믿어. 내 의식과 무의식을 믿어, 그게 뭔지는 모르겠지만. 그리고 셜록 홈즈의 입을 빌어서 이렇게 얘기했던 아서 코난 도일을 믿어. ‘불가능한 것들을 모두 제거했을 때 남은 것은 아무리 개연성이 낮더라도 그것이 진실일 수밖에 없다.’”

“그 사람, 요정이 있다고 믿지 않았어?”

그녀는 한숨을 쉬었다.

“2층에 가서 한 판 하자. 그러면 우리 둘 다 잠을 잘 수 있을지 몰라.”

랠프는 순순히 응했지만, 사랑을 나누는 동안에도(모든 생각이 삭제되는 절정의 순간은 예외였지만) 코난 도일의 명언을 계속 곱씹었다. 기발했다. 논리적이었다. 하지만 그걸 ‘자연적인 걸 모두 제거했을 때 남은 건 초자연적인 것일 수밖에 없다.’로 바꿀 수 있을까? 아니었다. 그는 형사뿐 아니라 한 인간의 입장에서도 자연계 법칙에 위배되는 설명은 믿을 수 없었다. 만화책에 등장하는 유령이 아니라 현실 속 인물이 프랭크 피터슨을 살해했다. 그렇다면 아무리 개연성이 낮다 한들 남은 게 뭘까? 딱 하나였다. 지금은 고인이 된 테리 메이틀랜드가 프랭크 피터슨의 살인범이었다는 것.

5

그 수요일 밤에는 7월의 달이 거대한 열대 과일처럼 터질 듯한 주황색이었다. 프레드 피터슨이 그의 집 뒷마당에서, 일요일 오후에 미식축구 경기를 볼 때마다 발을 얹었던 발판을 딛고 선 목요일 새벽에는 높다란 하늘을 가르는 서늘한 은색 동전으로 쪼그라들었다.

그는 목에 올가미를 두르고, 위키피디아의 해당 항목에서 명시한 대로(그림 설명까지 완벽하게 갖추어져 있었다.) 매듭을 턱 모서리에 닿을 때까지 조였다. 다른 쪽 끝은 랠프 앤더슨의 집 울타리 너머에 있는 나무와 수종이 같은 팽나무 가지에 묶었다. 하지만 이 나무는 미국 폭격기가 히로시마에 폭탄을 투하하던 시절(수증기로 변해 사라지지 않을 만한 거리에서 그걸 목격한 일본인들에게는 분명 초자연적인 사건이었다.)에 싹을 틔운 나무라 플린트 시티 식물군의 노년층을 대표한다고 볼 수 있었다.

발판이 아래에서 불안하게 흔들렸다. 그는 귀뚜라미 소리를 들었고 땀으로 젖은 뺨에 와 닿는 밤바람을 느꼈다. 더운 하루를 보낸 뒤 기약 없는 내일을 앞두고 맞는 바람이 시원하고 기분 좋게 느껴졌다. 그가 플린트 시티에 사는 피터슨 집안의 맥을 끊고 등식을 완성하기로 결심한 데에는 프랭크, 알린 그리고 올리가 아직은 그리 멀리 가지 않았길 바라는 마음이 있었기 때문이었다. 아직은 그들을 따라잡을 수 있을지 몰랐다. 하지만 그보다 더 큰 이유가 있다면, 내일 아침에 열리는 합동 장례식에 참석할 자신이 없기 때문이었다. 도넬리 브라더스라는 똑같은 장례식장에서 내일 오후에 그들의 죽음에 원인을 제공한 남자의 장례가 치러질 예정이었다. 생각만으로도 감당할 수 없는 일이었다.

그는 마지막으로 주위를 둘러보며 진심으로 이걸 실행에 옮기고 싶은지 자문했다. 정답은 '그렇다'였기에 그는 발판을 차서 멀리 보내며, 머릿속 깊은 곳에서 목이 뚝 하고 부러지는 소리가 들리고 빛의 터널이 눈앞에 등장하길 기대했다. 그 터널의 끝에 그의 가족이 서서, 죄 없는 아이가 성폭행도 살해도 당하지 않는 곳에서 더 나은 제2의 인생을 살자며 그에게 손짓하고 있을 것이었다.

뚝 하는 소리는 들리지 않았다. 위키피디아에서 몸무게가 93킬로그램 나가는 남자의 목을 부러뜨리려면 어떤 식으로 뛰어내려야 하는지 설명해 놓은 부분을 못 보고 지나쳤거나 무시한 거였다. 그는 죽는 게 아니라 목이 졸리기 시작했다. 기도가 막히면서 눈이 불룩 튀어나오자 좀 전까지 꾸벅꾸벅 졸고 있었던 생존 본능이 요란하게 경보를 울리고 눈부시게 보안등을 번쩍이며 되살아났다. 단 3초만에 몸이 뇌를 무시했고, 죽고 싶은 바람이 살고 싶은 짐승 같은 의지로 돌변했다.

프레드는 두 손을 올려서 더듬더듬 밧줄을 찾았다. 밧줄을 잡고 있는 힘껏 당겼다. 밧줄이 느슨해지면서 숨을 한 번 쉴 수 있었다.

올가미가 여전히 단단하게 조여져 있었고 매듭이 부어오른 분비선처럼 옆 목을 눌렀다. 그는 한 손으로 버티며 밧줄을 매단 나뭇가지를 더듬더듬 찾았다. 손끝이 가지 아랫부분을 쓸고 지나가자 껍질 부스러기가 머리 위로 몇 개 떨어졌지만 그게 다였다.

그는 몸 상태가 좋지 못한 중년 남자였다. 사랑해 마지않는 댈러스 카우보이 미식축구 경기 중간에 맥주를 한 캔 더 꺼내러 냉장고에 다녀오는 게 운동의 거의 전부였고, 고등학교 때도 체육시간에 턱걸이 다섯 개가 최선이었다. 그는 밧줄을 잡은 한쪽 손이 미끄러지는 게 느껴지자 양손으로 잡고 고리가 느슨해진 틈을 타서 다시 숨을 반절 마셨지만, 그 이상 몸을 끌어올리지는 못했다. 잔디밭 20센티미터 위에서 두 발이 앞뒤로 대롱거렸다. 한쪽, 또 한쪽 슬리퍼가 차례대로 벗겨졌다. 도와 달라고 고함을 지르려고 해도 나오는 건 쌕쌕거리는 쇳소리뿐이었고…… 이 시각에 깨어서 그의 구조 요청을 들을 사람이 누가 있을까 싶었다. 바로 옆집에 사는 나이 많은 참견대장 깁슨 부인? 그녀는 묵주를 손에 쥐고 브릭스턴 신부 꿈을 꾸며 쌔근쌔근 자고 있을 것이었다.

손이 미끄러졌다. 나뭇가지가 삐걱거렸다. 그의 숨이 멎었다. 그는 머릿속에 갇힌 피가 펄떡거리며 뇌를 터뜨릴 준비를 하는 것을 느낄 수 있었다. 귀에 거슬리는 거친 소리가 들리자 그는 생각했다. *이런 식으로 죽을 작정은 아니었는데.*

그는 호수에 빠진 사람이 수면을 향해 손을 내밀듯 밧줄을 향해 두 팔을 허우적거렸다. 큼지막한 까만색 포자들이 눈앞에 등장했다. 포자가 터지면서 화려한 까만색 독버섯으로 바뀌었다. 하지만 그는 독버섯들로 눈앞이 뒤덮이기 전에 달빛을 받으며 테라스에 서 있는 남자를 보았다. 두 번 다시 스테이크를 구울 일 없는 바비큐 그릴 위에 욕심쟁이처럼 한 손을 얹고 있었다. 아니면 남자가 아닐 수도 있었다. 앞을 보지 못하는 조각가가 주먹으로 쳐서 만든 작품처럼 이목구비가 엉성했다. 그리고 눈 대신 빨대를 달고 있었다.

6

어쩌다 보니 알린 피터슨이 심장마비를 일으키기 전에 머리 위로 뒤집어쓴 라자냐를 만든 당사자인 준 깁슨은 깨어 있었다. 브릭스턴 신부 생각을 하고 있지도 않았다. 몹시 고통스러워하고 있었다. 마지막으로 좌골신경통을 앓은 지 3년이 지났고 이제 영영 나았나 보다고 맹랑한 꿈을 꾸던 찰나였건만, 이 고약한 불청객이 또다시 들이닥쳐 똬리를 틀었다. 장례를 치르고 바로 옆 피터슨네 집에서 열린 다과회에 참석하고 왔을 때 왼쪽 다리 뒤편이 뻣뻣해지며 신호를 보내자 그녀는 증상을 알았기에 마뜩잖아 하는 리치랜드 선생에게 애원해 처방전을 받았다. 약은 아주 조금밖에 도움이 되지 않았다. 통증이 뒷목에서부터 그녀의 왼쪽을 타고 내려가 발목에 다다르면 가시가 달린 족쇄로 꽉 물었다. 좌골신경통의 가장 잔인한 측면이 있다면 적어도 그녀의 경우, 누워 있으면 통증이 완화되는 게 아니라 더 심해진다는 것이었다. 때문에 가운에 잠옷 차림으로 여기 이 거실에 앉아서 텔레비전에 나오는 섹시한 복근 광고를 보았다가 아들에게 어머니의 날에 선물 받은 아이폰으로 솔리테르 카드 게임을 하고 있었다.

그녀는 허리가 안 좋았고 눈이 침침했지만 인포머셜 광고 소리를 죽여 놓았고 청력에 아무 문제가 없었다. 때문에 옆집에서 난 총소리를 분명히 듣고 몸의 왼쪽을 이 끝에서 저 끝까지 관통하는 통증을 미처 생각도 못 한 채 벌떡 일어났다.

맙소사, 프레드 피터슨이 자살하려고 총을 쐈나 봐.

그녀는 지팡이를 거머쥐고 노파처럼 그 위로 허리를 숙인 채 뒷문으로 절뚝절뚝 걸어갔다. 현관으로 나가 보니 자기 집 잔디밭에 쭈그리고 쓰러진 피터슨이 무정한 은색 달빛에 비쳐 보였다. 총이 아니었다. 그의 목에 올가미가 걸려 있었고 부러진 나뭇가지에 묶인 밧줄이 뱀처럼 구불구불 짤막하게 이어졌다.

깁슨 부인은 지팡이를 팽개치고(지팡이를 짚어 봐야 속도만 느려질 뿐이었다.) 뒷문 계단을 게걸음으로 내려가 옆집 뒷마당으로 27미터를 휘청거리며 달려갔다. 좌골신경이 노발대발하는 바람에 통증이 앙상한 엉덩이에서부터 왼쪽 발볼까지를 갈기갈기 찢어 놓는데도 그런 줄 몰랐다.

그녀는 피터슨 씨 옆에 무릎을 꿇고 앉아서 자줏빛으로 부풀어 오른 얼굴과 튀어나온 혓바닥과 두툼한 목살 속으로 반쯤 묻힌 밧줄을 들여다보았다. 밧줄 밑으로 손가락을 넣어 있는 힘껏 당기자 통증이 또다시 폭발했다. 이번의 통증은 그녀도 느꼈다. 고음으로 길게 포효하듯 비명을 질렀다. 길 건너편에서 불들이 켜졌지만 깁슨 부인은 보지 못했다. 하느님과 예수님과 성모마리아와 온갖 성인들이 보우하사 마침내 밧줄이 느슨해졌다. 그녀는 피터슨 씨가 숨을 헐떡이길 기다렸다.

하지만 그는 숨을 헐떡이지 않았다.

깁슨 부인의 첫 번째 직업은 플린트 시티 퍼스트 내셔널 은행의 창구 직원이었다. 예순둘이라는 법으로 정해진 나이에 거기서 퇴직한 이후에는 가정 요양 보호사 자격증 수업을 받고 일흔네 살까지 퇴직연금에 그 월급을 보탰다. 그때 받은 수업 내용 중에 심폐소생술이 있었다. 그녀는 이제 피터슨 씨의 상당히 우람한 체구 옆에 무릎을 꿇고 앉아서 그의 머리를 뒤로 젖히고 코를 손으로 세게 잡은 다음 입을 벌리고 자기 입을 갖다 댔다.

깁슨 부인이 열 번째로 인공호흡을 하고 확실하게 현기증을 느꼈을 때, 길 건너편에 사는 재거 씨가 건너와 그녀의 앙상한 어깨를 톡톡 두드렸다.

"그 사람 죽었어요?"

"내가 포기하지 않는 한 아니에요." 깁슨 부인은 말했다. 실내복 주머니를 움켜쥐자 직사각형의 휴대전화가 느껴졌다. 그녀는 전화기를 꺼내 무턱대고 뒤로 던졌다. "911에 연락해요. 그리고 내가 기절하면 당신이 이어서 해야 해요."

하지만 깁슨 부인은 기절하지 않았다. 그녀가 열다섯 번째 인공호흡을 이제 막 준비할 때 프레드 피터슨이 침을 흘리며 혼자서 크게 한 번 숨을 쉬었다. 잠시 후에 또 한 번 쉬었다. 깁슨 부인은 기다렸다가 그가 눈을 뜨자 한쪽 눈꺼풀을 뒤집었다. 흰색이 아니라 터진 혈관 때문에 벌게진 공막 말고는 아무것도 보이지 않았다.

프레드 피터슨은 세 번째로 숨을 쉬었다가 다시 그쳤다. 깁슨 부인은 그녀의 능력이 허락하는 한도 안에서 최대한 열심히 심폐소생술을 했다. 도움이 될지 알 수 없었지만 해가 되지는 않을 듯했다. 허리와 다리의 통증이 누그러진 게 느껴졌다. 좌골신경통이 충격으로 사라질 수도 있을까? 그럴 리 없었다. 어처구니없는 발상이었다. 아드레날린 때문이었고 아드레날린이 소진되면 전보다 더 엄청난 통증이 느껴질 것이었다.

이른 새벽의 어둠을 뚫고 사이렌 소리가 점점 다가왔다.

깁슨 부인은 눈앞이 흐릿해지며 졸도할 것 같을 때마다 쉬어 가며 다시 프레드 피터슨의 목구멍 속으로 억지로 숨을 불어넣었다.(2004년에 남편이 죽은 이래, 남자와 이렇게 밀접하게 접촉한 적은 처음이었다.) 재거 씨는 자기가 하겠다고 나서지 않았고 그녀도 그에게 맡기지 않았다. 구급차가 도착할 때까지 그녀와 피터슨 사이의 사투였다.

그녀가 잠깐 멈추면 피터슨 씨가 침을 흘려 가며 크게 숨을 쉴 때도 있었다. 그러지 않을 때도 있었다. 그녀는 피터슨 씨가 목을 매달아 죽으려고 했던 삐죽삐죽한 나뭇가지를 가로질러 점멸하며 양쪽 집 사이의 마당 위로 휙휙 지나가는 빨간색 구급차 불빛을 거의 알아차리지 못했다. 응급구조사 한 명이 일으켜 세우자 그녀는 거의 아무런 통증 없이 일어날 수 있었다. 놀라웠다. 금세 끝날 기적일지 몰라도 그녀는 감사하게 받아들이기로 했다.

"이제 저희가 인계받겠습니다." 응급구조사가 말했다. "정말 잘해 주셨네요."

"진짜예요." 재거 씨가 말했다. "당신이 그를 살렸어요, 준! 이 가 없은 인간의 목숨을 구했어요!"

깁슨 부인은 턱에 묻은 뜨끈한(그녀와 피터슨의 것이 섞인) 침을 닦으며 말했다.

"어쩌면 맞는 말일지 몰라요. 그리고 어쩌면 구하지 않는 편이 나았을 수도 있고요."

7

목요일 오전 8시에 랠프는 뒷마당에서 잔디를 깎고 있었다. 하루 종일 할 일이 없었으니 시간을 때울 만한 게 잔디 깎기밖에 없었지만…… 머리는 자기 혼자 다람쥐 쳇바퀴를 계속 돌리고 있었다. 훼손된 프랭크 피터슨의 시신, 목격자들, 녹화 영상, DNA 결과, 법원 앞에 모인 사람들. 대개 이런 식이었다. 왠지 모르겠지만 계속 붙박이는 이미지는 흘러내린 브래지어 끈이었다. 남자친구의 목마를 탄 여자아이가 주먹을 흔들 때마다 위아래로 대롱거렸던 밝은 노란색 리본.

휴대전화에서 울리는 덜거덕거리는 실로폰 소리를 하마터면 듣지 못할 뻔했다. 그는 잔디 깎는 기계를 끄고, 운동화를 신고 맨 발목에 잔디를 뒤집어쓴 채 그 자리에 서서 전화를 받았다.

"앤더슨입니다."

"반장님, 트로이 래미지예요."

테리를 체포한 두 경관 가운데 한 명이었다. 그게 오래전 일처럼 느껴졌다. 사람들 표현을 빌자면 다른 생에 있었던 일 같았다.

"어쩐 일이야, 트로이?"

"벳시 리긴스하고 병원에 왔어요."

랠프는 미소를 지었다. 요즘 들어 거의 지은 적이 없는 표정이라 어색하게 느껴졌다.

"진통이 시작된 모양이로군."

"아뇨, 아직 아니에요. 반장님은 휴직 중이고 잭 호스킨스는 오코마 호수에서 아직도 고기를 잡는 중이라 서장님이 벳시더러 다녀오라고 했어요. 저를 동행 삼아서요."

"무슨 일인데?"

"몇 시간 전에 응급구조사들이 프레드 피터슨을 싣고 왔어요. 뒷마당에서 목매달아 죽으려고 했는데 밧줄을 묶은 나뭇가지가 부러졌대요. 옆집에 사는 깁슨 부인이 인공호흡으로 살렸어요. 부인이 그의 상태를 확인하러 왔고 서장님은 부인에게 진술서를 받으려고 하는데, 물론 그게 원칙이겠지만 제가 보기에는 끝난 일이에요. 이 딱한 남자가 자살을 선택할 만한 이유가 얼마나 많았는지 모르는 사람이 어디 있겠어요."

"상태는 어때?"

"의사들 말로는 뇌 기능이 거의 마비됐대요. 의식을 회복할 가능성이 1퍼센트래요. 벳시가 반장님한테 알리는 게 좋겠다고 해서요."

랠프는 순간 아침에 먹을 시리얼이 올라올 것 같다는 생각이 들자 잔디 깎는 기계 위로 뿜지 않게 고개를 오른쪽으로 돌렸다.

"반장님? 듣고 계세요?"

랠프는 시큼한 우유 덩어리와 라이스 첵스 시리얼을 다시 삼켰다.

"듣고 있어. 벳시는 어디 있나?"

"깁슨 부인과 함께 피터슨의 병실에요. 집중치료실은 휴대전화 사용 금지 구역이라 리긴스 형사가 반장님한테 연락하라고 저를 내보냈어요. 병원 측에서는 방을 따로 내주겠다고 했지만 깁슨 부인이 피터슨과 함께 리긴스 형사의 질문에 대답하고 싶다고 해서요. 피터슨이 자기 말을 들을 수 있다고 생각하는 모양이에요. 인상 좋은 할머니인데 걸음걸이를 보니 허리 때문에 죽도록 고생하는 눈치예요. 그런데 왜 여기까지 찾아왔을까요? 이게 무슨 드라마 「굿 닥터」도 아니고 기적 같은 치유도 없을 텐데 말이죠."

랠프는 이유를 짐작할 수 있었다. 이 깁슨 부인은 알린 피터슨과 레시피를 주고받고, 올리와 프랭크가 자라는 과정을 지켜보았을 것이다. 어쩌다 한 번 폭설이 내렸을 때 프레드 피터슨이 그녀의 집 앞 진입로에 쌓인 눈을 치워 주었을 수도 있었다. 그녀는 슬픔과 관심을 담아서, 어쩌면 피터슨을 그냥 보내지 않고 기계들이 숨을 대신 쉬어 주는 병실에 무기한 머무는 형벌을 내렸다는 데 죄책감을 느끼며 찾아갔을 것이다.

끔찍했던 지난 여드레가 파도처럼 랠프를 덮쳤다. 범인은 아이를 데려가는 데 만족하지 않고 피터슨 집안의 온 가족을 데려갔다. 이른바 싹쓸이였다.

'범인'이 아니지, 익명을 쓸 필요 없잖아. 테리. 범인은 테리였어. 레이더망에 다른 후보는 없어.

"반장님께 알려 드려야 할 것 같아서요." 래미지가 했던 말을 반복했다. "그리고 긍정적으로 생각하자고요. 어쩌면 여기 와 있는 동안 벳시의 진통이 시작될 수도 있잖아요. 그럼 벳시의 남편이 수고를 덜 수 있어요."

"벳시한테 집에 가라고 해."

"알겠습니다. 그리고…… 반장님? 법원에서 일이 그렇게 된 건 유감이에요. 개떡 같은 쇼가 되어버린 거 말이에요."

"그 말 한마디면 간단하게 요약이 되는군. 전화해 줘서 고마워."

랠프는 다시 잔디 깎기에 돌입해 낡고 요란한 론보이 뒤에서 천천히 걸었고(홈디포에 가서 새 걸 장만해야 했다. 시간도 펑펑 남는 마당에 더 이상 미룰 핑곗거리도 없었다.), 마지막 구간을 거의 끝내 가고 있었을 때 그의 휴대전화가 또다시 실로폰 부기우기를 연주했다. 그는 벳시이겠거니 생각했다. 하지만 플린트 시티 종합병원에서 걸려 온 전화이긴 해도 그녀는 아니었다.

"DNA 결과가 아직도 다 나오지 않았어요." 에드워드 보건 박사가 말했다. "하지만 아이를 계간하는 데 썼던 나뭇가지에서 검출한 DNA 결과는 나왔어요. 혈흔, 범인의 손에서 떨어져 나온 피부 조각…… 그러니까 나뭇가지를 잡고 아이의……."

"압니다. 뜸들이지 말고 말씀해 주세요."

"뜸들이고 말고 할 것도 없어요, 형사님. 나뭇가지에서 검출한 DNA는 메이틀랜드의 뺨 안쪽에서 채취한 DNA와 일치해요."

"알겠습니다, 보건 박사님, 감사합니다. 겔러 서장님과 주 경찰청의 사블로 경위님한테도 그렇게 전해 주세요. 저는 지금 휴직 중이라 아마 여름 내내 자리를 비울 거예요."

"어이가 없네요."

"규정이에요. 잭 호스킨스는 휴가 중이고 벳시 리긴스는 당장이라도 첫 아이를 낳게 생겨서 서장님이 유넬의 파트너로 누굴 선임할지 모르겠지만 찾아낼 거예요. 그리고 생각해 보면 메이틀랜드가 죽었으니 수사할 것도 없어요. 그냥 빈 칸만 채우면 되죠."

"빈 칸들이 중요해요. 메이틀랜드의 아내가 민사소송을 제기할지 모르니까요. 변호사가 이 DNA 결과를 접하면 그녀를 설득할 수 있겠죠. 민사소송이라니 내 관점에서는 언어도단이지만. 남편이 그 아이를 그보다 더 잔인할 수 없는 방식으로 살해했는데 남편의 그런…… 그런 성향에 대해서 몰랐다면…… 관심이 없었던 거예요. 가학성애자는 항상 전조를 보이거든요. 항상. 형사님은 휴직 조치가 아니라 훈장을 받았어야 하는데."

"그렇게 말씀해 주셔서 감사합니다."

"내 생각을 얘기하는 거예요. 검사 결과를 기다리는 샘플들이 아직 있어요. 많이. 그 결과도 입수되는 대로 알려 드릴까요?"

"네."

겔러 서장이 호스킨스를 일찍 복귀시킬 수도 있었지만, 그는 정신이 멀쩡할 때도 공간 낭비였고 요즘은 정신이 멀쩡할 때도 거의 없었다.

랠프는 통화를 마치고 잔디를 마저 깎았다. 그런 다음 론보이를 끌고 가서 차고에 넣었다. 기계 케이스를 닦으며, 사람을 죽여서 와인 저장실에 묻고 벽돌로 막은 범인이 등장하는 포의 소설을 읽어 볼까 고민했다. 그 작품을 읽지는 않았지만 영화로 보았다.

제발 이러지 마, 몬트레소르! 생매장당하는 남자가 비명을 지르자 매장하던 남자가 맞장구쳤다. *그래, 제발 그러지 마.*

이번 사건의 경우에는 생매장당하는 사람이 테리 메이틀랜드였다. 벽돌이 DNA였고 그는 이미 죽었다는 점만 다를 뿐이었다. 상반되는 증거가 있었고 그래서 심란했지만 플린트 시티에서 채취된 DNA는 있는 반면 캡 시티에서 채취된 DNA는 없었다. 물론 잡지 매점에서 파는 책에 찍힌 지문이 있기는 했지만 지문은 심을 수 있었다. 탐정 드라마에 나오는 것처럼 쉬운 일은 아니었지만 그래도 얼마든지 가능했다.

증인들은 어쩌고, 랠프? 그와 오래전부터 알고 지냈던 세 선생님들 말이야.

그들은 신경 쓰지 마. DNA만 생각해. 확실한 증거잖아. 가장 확실한 증거.

영화에서 몬트레소르는 모르고 피해자와 함께 묻은 검은 고양이 때문에 범행이 들통 났다. 고양이 울음소리가 손님들을 와인 저장실로 불렀다. 랠프가 생각하기에는 그 고양이도 또 다른 비유였다. 범인의 양심의 목소리. 하지만 가끔 시가는 그냥 담배고 고양이는 그냥 고양이일 때도 있었다. 죽음을 앞둔 순간 테리의 눈빛이나 임종 진술을 계속 떠올릴 이유가 없었다. 새뮤얼스도 얘기했다시피 그가 눈을 감았을 때 아내가 옆에 무릎을 꿇고 앉아서 그의 손을 잡고 있지 않았던가.

랠프는 작업대에 앉았다. 별로 넓지도 않은 뒷마당 잔디를 깎았을 뿐인데, 그것치고 너무 피곤했다. 총격 직전 마지막 몇 분 동안의 장면들이 그의 머릿속에서 떠날 줄 몰랐다. 자동차 도난 경보. 머리에서 피가 나는 걸 보고(살짝 찢어진 것에 불과했겠지만 시청률에는 일조했다.) 썩소를 지었던 금발의 앵커. 양손에 문신을 새긴 화상 입은 남자. 언청이 소년. 햇빛이 비추자 인도에 박힌 채 복잡한 별자리처럼 반짝였던 운모 조각들. 위아래로 들썩이던 여자아이의 노란색 브래지어 끈. 그 장면이 가장 선명했다. 그게 그를 어딘가로 인도하려는 것처럼 느껴졌지만, 가끔 브래지어 끈은 그냥 브래지어 끈일 때도 있었다.

"그리고 동시에 두 군데에 있을 수는 없는 남자." 그는 중얼거렸다.

"랠프? 혼잣말 하고 있는 거야?"

그는 움찔하며 고개를 들었다. 지넷이 문 앞에 서 있었다.

"혼잣말이겠지. 달리 아무도 없으니까."

"내가 있잖아. 괜찮아?"

"아니."

랠프는 그렇게 말하고 지넷에게 프레드 피터슨의 소식을 전했다. 그녀는 티가 날 정도로 휘청했다.

"맙소사. 그럼 그 가족은 끝장이네. 그 사람이 회복되지 않는 이상."

"회복되더라도 끝장났다고 봐야겠지." 랠프는 작업대에서 일어났다. "이따 지서에 가서 종잇조각을 살펴봐야겠어. 메뉴건 뭐건 간에."

"먼저 샤워부터 해. 기름이랑 풀 냄새 나."

그는 미소를 짓고 그녀를 향해 경례했다.

"네, 대장님."

그녀는 까치발을 하고 그의 뺨에 입을 맞추었다.

"랠프? 당신은 극복할 거야. 그럴 거야. 내 말 믿어."

8

랠프는 휴직을 한 적이 없었기에 거기에 대해서 모르는 부분이 너무 많았다. 그중 하나가 경찰서에 가도 되는지 여부였다. 그는 그 사실을 감안해 늦은 오후가 될 때까지 기다렸다. 경찰서의 리듬이 그 무렵에 가장 느려지기 때문이었다. 본관에 들어가 보니 아직 사복을 입고 시 의회에서 계속 교체해 주겠다고 말만 하는 구닥다리 PC 앞에서 보고서를 작성하는 스테퍼니 굴드와 신고 접수 데스크에 앉아서 《피플》을 읽고 있는 샌디 맥길뿐이었다. 서장실에도 사람이 없었다.

"어, 반장님." 스테퍼니가 고개를 들고서 말했다. "어쩐 일이세요? 유급 휴가 중이시라고 들었는데."

"심심해서."

"제가 해결해 드릴 수 있는데."

그녀는 말하며 컴퓨터 옆에 쌓인 서류 더미를 토닥였다.

"그건 다음번에."

"일이 그렇게 된 거 안타깝게 생각해요. 저희 모두요."

"고마워."

그는 신고 접수 데스크로 가서 샌디에게 증거 보관실 열쇠를 달라고 했다. 그녀는 잡지에서 거의 고개를 돌리지도 않은 채 주저 없이 열쇠를 건넸다. 증거 보관실 출입문 옆에는 클립보드와 볼펜이 고리에 매달려 있었다. 랠프는 그냥 건너뛸까 고민하다가 이름과 날짜와 '15:30'이라고 시간을 적었다. 사실상 선택의 여지가 없었던 것이 굴드와 맥길, 두 사람 모두 그가 찾아왔다는 사실과 찾아온 이유를 알았다. 뭘 보려고 왔느냐고 누가 물으면 그는 솔직하게 대답할 것이었다. 그는 정직을 당한 게 아니라 휴직 상태였다.

크기가 벽장과 다를 게 없는 그 방은 후덥지근했다. 머리 위에서 형광등이 깜빡거렸다. 골동품 PC들과 마찬가지로 바꿔야 했다. 플린트 시티는 연방정부의 보조 아래 경찰서에 필요한 무기를 넘치도록 철저하게 챙겼다. 그러니 기반 시설이야 금이 가기 시작한들 대수일까.

랠프가 맨 처음 입사했을 때 프랭크 피터슨 살인사건이 벌어졌다면 메이틀랜드 관련 증거가 네 상자 내지 여섯 상자씩 됐겠지만, 컴퓨터 시대가 압축에는 효과 만점이라 이제는 겨우 두 상자에 불과했고 그에 더해 밴 뒷자리에 있던 공구함뿐이었다. 공구함에는 스패너, 망치, 드라이버와 같은 일반적인 공구들이 들어 있었다. 공구나 공구함에는 테리의 지문이 없었다. 랠프가 해석하기로는 도난 시점에 공구함이 밴에 실려 있었고, 밴을 훔친 이후에 안에 뭐가 들어 있는지 테리가 들여다보지 않았다는 뜻이었다.

한 증거 상자에는 메이틀랜드 집이라고 적혀 있었다. 두 번째 상자에는 밴/스바루라고 적혀 있었다. 랠프가 보려는 건 이 상자였다. 그는 테이프를 갈랐다. 테리도 죽은 마당에 그러면 안 될 이유가 없었다.

랠프는 잠깐 뒤적인 끝에 그가 기억하는 종잇조각이 담긴 증거용 비닐봉투를 찾았다. 파란색이었고 직사각형에 가까웠다. 꼭대기에 까만색 볼드체로 **토미와 텁**(Tommy and Tup)이라고 적혀 있었다. **텁** 다음은 없었다. 위쪽 모서리에 김이 모락모락 나는 파이가 조그맣게 그려져 있었다. 랠프는 그 파이를 구체적으로 기억하지는 못했지만, 포장용 메뉴판에서 떨어져 나온 거라고 생각했던 이유가 그 때문이었다. 오늘 새벽에 둘이 대화를 나눴을 때 지넷이 뭐라고 했더라? *내가 자각하는 생각 뒤로 수십 개의 다른 생각들이 줄지어 있다고 믿어.* 그게 사실이라면 랠프는 그 노란색 브래지어 끈 뒤에 숨어 있는 생각이 뭔지 알아내는 데 상당한 금액의 돈을 지불할 용의가 있었다. 그 뒤에 뭔가가 있다고 장담할 수 있기 때문이었다.

또 하나 장담할 수 있는 게 있다면, 이 종잇조각이 밴의 밑바닥에 떨어져 있게 된 경로였다. 누군가가 밴이 주차되어 있던 일대의 모든 차량 앞 유리창에 메뉴판을 꽂아 놓은 것이었다. 뉴욕에서 그 차를 훔친 아이가 됐건, 아이가 버린 뒤에 다시 훔친 사람이 됐건, 운전자가 와이퍼를 들지 않고 그냥 뜯어 내는 바람에 삼각형의 모서리가 남았다. 운전자는 몰랐다가 출발한 다음에 알아차렸을 것이다. 그는 손을 내밀고 종잇조각을 잡아당겨 바람에 날리는 대신 바닥에 버렸다. 도둑질이라면 모를까, 쓰레기를 함부로 버릴 성격은 아니었기 때문에. 아니면 바로 뒤에서 경찰차가 따라와서 아무리 사소한 거라도 시선을 끌 만한 짓을 저지르고 싶지 않았기 때문에. 아니면 창밖으로 버리려고 했지만 제멋대로 부는 바람에 날려 다시 안으로 들어왔을 수도 있었다. 랠프는 담배 불똥 때문에 벌어진 교통사고를 여러 차례 수사한 적이 있었는데, 그중 한 번은 상당히 끔찍했었다.

랠프는 뒷주머니에서 수첩을 꺼내(휴직 상태이건 뭐건 간에 수첩을 들고 다니는 건 제2의 천성이었다.) 빈 페이지에 **토미와 텁**이라고 적었다. **밴/스바루** 상자를 원래 있었던 선반에 다시 넣고 증거 보관실을 나서(퇴실 시간을 잊지 않고 기록했다.) 문을 다시 잠갔다. 샌디에게 열쇠를 다시 돌려주며 수첩을 펼쳐 보였다. 샌디는 제니퍼 애니스턴의 근황 기사를 읽다 말고 홀끗 수첩을 쳐다보았다.

"이게 뭔지 알겠나?"

"아뇨."

그녀는 다시 잡지 쪽으로 고개를 돌렸다. 랠프는 아직까지 출력된 자료를 데이터베이스에 입력하며 번번이 엉뚱한 자판을 두드릴 때마다 나지막이 욕을 하고 있는 굴드 경관 쪽으로 갔다. 그녀는 그의 수첩을 홀끗 쳐다보았다.

"텁(tup)은 옛날 영국에서 떡친다는 뜻의 속어로 쓰였던 걸로 알아요. '어젯밤에 여자친구랑 떡을 쳤지.' 이런 식으로요. 다른 뜻은 모르겠는데. 중요한 사안인가요?"

"모르겠어. 아닐 수도 있고."

"구글에서 검색해 보세요."

랠프는 구닥다리 컴퓨터가 부팅이 되길 기다리는 동안 그와 혼인관계에 있는 데이터베이스에 접속해 보기로 했다. 신호가 한 번 떨어지자마자 전화를 받은 지넷은 랠프의 질문을 듣더니 곧바로 대답했다.

"토미와 터펜스(Tommy and Tuppence)일 수도 있겠다. 애거서 크리스티가 에르퀼 푸아로나 미스 마플 말고 다른 작품에서 선보인 탐정 커플이야. 만약 그거라면 영국 출신 커플이 운영하는 영국 음식 전문점일 수 있겠네. 예를 들면 버블 앤드 스퀴크* 같은 걸 파는."

"버블 앤드 뭐?"

"신경 쓰지 마."

"어쩌면 아무것도 아닐지 몰라."

그는 했던 말을 반복했다. 하지만 중요한 것일 수도 있었다. 어느 쪽이 됐건 추적해서 확인해 보아야 했다. 셜록 홈즈에게는 미안한 얘기지만 개똥을 추적하는 것이 탐정 업무의 거의 전부라고 보면 맞았다.

"하지만 나는 궁금해. 집에 오거든 얘기해 줘. 아, 그리고 우리 오렌지 주스 다 마셨어."

"가는 길에 제럴스에 들를게." 그는 말하고 전화를 끊었다.

그는 구글에 토미와 터펜스를 입력하고 음식점이라고 덧붙였다. 경찰서의 컴퓨터는 오래됐지만 와이파이는 새로 깔았고 빨랐다. 몇 초 만에 그가 찾던 정보가 떴다. 오하이오 주 데이턴의 노스우즈 블러바드에 '토미와 터펜스 펍 그리고 카페'가 있었다.

데이턴이라. 뭔가 있었는데. 이 안타까운 사건 중간에 한번 언급된 적 있지 않았던가? 언제였더라? 그는 의자에 기대고 앉아서 눈

---

* Bubble and squeak, 고기와 양배추를 살짝 볶은 영국 전통 요리. 조리 과정에서 거품이 일고 끼익 소리가 나는 데서 이름이 유래했다고 한다.

을 감았다. 그 노란색 브래지어 끈과의 연결 고리는 좀처럼 떠오르지 않았지만 이번 건은 생각이 났다. 테리 메이틀랜드와 마지막으로 대화다운 대화를 나누었을 때 언급된 도시였다. 밴 이야기가 나왔을 때 테리는 신혼여행 이후로 뉴욕에 간 적이 없다고 했다. 최근에 여행한 곳이 오하이오뿐이었다고 했다. 사실상 데이턴이었다.

애들 봄방학 때. 아버지를 보고 싶었거든요. 그리고 랠프가 아버님이 거기 사느냐고 묻자 테리는 이렇게 대답했다. 그런 생활도 사는 거라고 표현할 수 있다면요.

랠프는 사블로에게 전화했다.

"여보세요, 유넬. 나예요."

"아, 랠프, 은퇴해 보니까 어때요?"

"좋아요. 우리 집 마당을 보여줘야 하는 건데. 그 한심한 기자의 매력적인 육체를 잘 보호했다고 표창장을 받게 됐다면서요?"

"그렇다네요. 멕시코에서 온 이 가난한 농부의 아들이 아직까지는 운이 좋아요."

"아버님이 애머릴로에서 가장 큰 자동차 영업소를 한다고 그러지 않았어요?"

"그렇게 얘기했을 수도 있어요. 하지만 진실과 전설 중에서 하나를 골라야 한다면 전설을 게재하라고 하잖아요. 「리버티 밸런스를 쏜 사나이」에서 감독 존 포드가 남긴 명언이에요. 어쩐 일로 전화했어요?"

"새뮤얼스한테 맨 처음에 밴을 훔친 아이 얘기 들었어요?"

"네. 엄청나던데. 아이 이름이 멀린인 거 알아요? 텍사스 남부까지 오다니 애가 마법사 맞나 봐요."

"혹시 엘패소에 연락책 있어요? 거기서 도주가 끝났다는데, 새뮤얼스한테 들은 바로는 오하이오 주에서 밴을 버렸다고 하거든요. 혹시 데이턴의 노스우즈 블러바드에 있는 '토미와 터펜스'라는 술집 겸 카페 근처에 버렸는지 궁금해서요."

"아마 알아볼 수 있을 거예요."

"새뮤얼스한테 듣자하니 마법사 멀린이 한참 동안 길거리 생활을 했다고 하던데. 밴을 버린 시점이 언제였는지도 알아봐 줄 수 있겠어요? 혹시 4월이었는지."

"그것도 알아볼게요. 그런데 왜요?"

"테리 메이틀랜드가 4월에 데이턴에 갔거든요. 아버지를 만나러."

"정말요?" 유넬은 이제 완전히 관심이 동한 말투였다. "혼자?"

"가족들하고요." 랠프는 시인했다. "그리고 갈 때, 올 때 모두 비행기를 탔어요."

"그럼 말짱 꽝이잖아요."

"그럴지도요. 하지만 내 의식의 표면을 계속 간질이고 있단 말이죠."

"왜 그런지 나중에 설명해 주셔야 해요, 형사님. 왜냐하면 저는 그냥 멕시코에서 온 가난한 농부의 아들이거든요."

랠프는 한숨을 쉬었다.

"한번 알아볼게요."

"고마워요, 유넬."

막 전화를 끊었을 때 겔러 서장이 운동용 가방을 들고 방금 전에 씻은 얼굴로 들어왔다. 랠프가 손을 흔들자 그는 우거지상으로 응대했다.

"자네, 여기 있으면 안 되잖나."

아, 이로써 그 궁금증은 해결이 됐다.

"집에 가. 가서 잔디를 깎든지 해."

"잔디는 이미 깎았어요." 랠프는 자리에서 일어나며 말했다. "지하실 청소가 그 다음 차례죠."

"그래, 그걸 시작하는 게 좋겠네." 겔러는 자기 방 앞에서 걸음을 멈추었다. "그리고 랠프…… 나는 이 모든 사태를 안타깝게 생각하네. 진심으로."

다들 계속 그 소리네. 랠프는 그렇게 생각하며 오후의 열기 속으로 나섰다.

9

유넬이 그날 저녁 9시 15분에 지넷이 샤워하는 동안 전화했다. 랠프는 전부 받아 적었다. 많지는 않았지만 흥미를 느끼기에 충분했다. 그는 한 시간 뒤에 잠자리에 누워 테리가 법원 청사 계단 발치에서 총에 맞은 이래 처음으로 잠다운 잠을 잤다. 그는 10대 여자아이가 남자친구의 어깨에 앉아서 하늘을 향해 주먹을 내지르는 꿈을 꾸고 금요일 4시에 눈을 떴다. 침대에서 아직 깼다기보다 잠든 것에 가까운 상태로 벌떡 일어나 겁에 질린 아내가 옆에서 그의 어깨를 붙잡을 때까지 부지불식간에 고함을 질렀다.

"뭐야? 랠프, 뭐야?"

"끈이 아니야! 끈 색깔이지!"

"그게 무슨 소리야?" 그녀는 그를 흔들었다. "꿈 꿨어, 여보? 나쁜 꿈 꿨어?"

내 머릿속에는 내가 자각하는 생각 뒤로 수십 개의 다른 생각들이 줄지어 있다고 믿어. 그녀는 그렇게 얘기했었다. 그리고 그게 여느 꿈처럼 벌써부터 소멸되어 가는 이번 꿈의 내용이었다. 그 생각들 중 하나였다.

"알아냈는데. 꿈속에서는 알아냈는데."

"뭘 말이야, 여보? 테리에 대해서?"

"그 여자아이에 대해서. 그 아이의 브래지어 끈이 밝은 노란색이었거든. 그런데 다른 뭔가가 또 있었어. 꿈속에서는 그게 뭔지 알았는데 지금은⋯⋯." 그는 침대 밖으로 발을 내리고, 잠옷으로 입은 헐렁한 사각팬티 아래로 드러난 무릎을 두 손으로 움켜쥐었다. "사라져 버렸어."

"다시 생각날 거야. 누워. 당신 때문에 내가 얼마나 무서웠는지 알아?"

"미안."

랠프는 다시 누웠다.

"다시 잘 수 있겠어?"

"모르겠어."

"사블로 경위가 전화해서 뭐래?"

"내가 얘기 안 했나?"

얘기하지 않았다는 걸 알면서 하는 말이었다.

"응. 그리고 나는 캐묻고 싶지 않았어. 당신이 곰곰이 생각하는 표정을 짓고 있어서."

"아침에 얘기해 줄게."

"당신 때문에 잠이 확 깼으니까 지금 얘기하는 편이 낫겠는데."

"별것 없어. 유넬이 그 아이를 체포한 경관을 통해서 아이의 행방을 추적했거든. 그 경관이 아이가 마음에 들어서 관심을 가지고 계속 소재를 파악하고 있대. 우리의 캐시디 씨는 일단은 거기 엘패소에서 위탁 가정 생활을 하고 있어. 차량 절도 건으로 소년법원에서 열리는 심리에 참석해야 하지만 어디서 심리가 열릴지 아직 아무도 몰라. 뉴욕의 더치스 카운티일 가능성이 가장 높지만 그쪽에서는 아이를 체포할 생각이 별로 없고, 아이는 거기로 돌아갈 생각이 별로 없어. 그래서 현재 법적으로 어중간한 상태인데, 유넬이 말하길 아이는 거기에 딱히 불만이 없대. 아이 말로는 아버지가 엄청 자주 손찌검을 했다고 해. 엄마는 모르는 체했고. 상당히 전형적인 학대의 악순환이지."

"딱해라, 그러니 도망칠 만도 했네. 그 애는 앞으로 어떻게 돼?"

"아, 결국에는 돌려보내질 거야. 정의의 바퀴가 느리기는 해도 아주 제대로 돌아가거든. 집행유예를 받거나 위탁 가정에서 형기를 채울 수 있는 방법을 마련할 거야. 그의 고향 경찰서에 집안의 상황이 통보되겠지만 결국에는 모든 게 원점으로 돌아갈 거야. 아이를 때리는 인간들은 가끔 일시 정지 버튼을 누를지 몰라도 멈춤 버튼을 누르는 경우는 거의 없거든."

그는 뒤통수 밑으로 손을 넣고 이전까지 폭력의 징후를 보인 적이 없었던, 심판을 들이받은 적조차 없었던 테리를 생각했다.

"아이는 데이턴에 갔었어. 그리고 그 무렵 밴에 대해서 불안해지기 시작했고. 공짜였고, 직원이 없었고, 몇 블록 멀리서 맥도날드 간판이 보였기 때문에 공영 주차장에 차를 댔지. 토미와 터펜스 카페를 지난 기억은 없지만, 등에 토미 어쩌고라고 적힌 티셔츠를 입은 젊은 남자를 본 기억은 난대. 파란색 종이 묶음을 들고 길가에 주차된 차량의 앞 유리창 와이퍼 밑에 꽂고 있었다고. 그 남자가 멀린한테 2달러를 줄 테니까 주차장에 있는 차량의 와이퍼 밑에 메뉴를 꽂아 주지 않겠느냐고 물었어. 아이는 됐다고 하고 점심을 먹으러 맥도날드로 갔어. 다 먹고 나와 보니 전단지 남자는 보이지 않았고 주차장에 세워진 모든 자동차와 트럭마다 메뉴가 꽂혀 있었지. 이유는 알 길이 없지만 아이는 겁이 많아서 그걸 안 좋은 징조로 해석했어. 차를 바꿀 때가 됐다는 결론을 내렸지."

"겁이 많지 않았다면 훨씬 일찌감치 잡혔을 수도 있는데."

"맞아. 아무튼 아이는 주차장을 돌아다니면서 문이 잠기지 않은 차가 있는지 살폈어. 아이가 유넬한테 얘기한 바에 따르면 그런 차가 너무 많아서 놀랐다고 했다더군."

"당신이라면 놀라지 않았을 텐데."

랠프는 미소를 지었다.

"사람들이 워낙 조심성이 없으니까. 다섯 번째인가 여섯 번째 차가 문을 잠그지 않았고 선바이저 뒤에 스페어 열쇠가 끼워져 있었어. 아이의 입장에서는 완벽한 조건이었지. 평범한 까만색 도요타

였거든, 날마다 도로에서 수천 대씩 볼 수 있는. 하지만 우리의 주인공 멀린은 그걸 타고 출발하기 전에 밴 열쇠를 구멍에 꽂아 놓았어. 누가 훔쳐가길 바랐기 때문이라는데, 아이가 한 말을 그대로 인용할게. '그러면 짭새의 추적을 따돌릴 수 있을지 모르니까요.' 누가 들으면 깜빡이를 꼬박꼬박 켜고 다닌 가출 소년이 아니라 6개주에 수배령이 내린 살인범인 줄 알겠어."

"애가 그런 말을 했다고?" 그녀는 재미있어했다.

"그렇다니까. 그나저나 뭘 가지러 밴에 다시 다녀와야 했대. 실제보다 키가 커 보이게 하느라 찌그러진 종이상자를 몇 개 깔고 앉았거든."

"이 아이 어쩐지 마음에 든다. 데릭 같으면 그런 생각은 절대 못 했을 텐데."

우리가 지금까지 그럴 만한 이유를 제공한 적이 없었지. 랠프는 생각했다.

"아이가 밴의 앞 유리창에 메뉴판을 그냥 꽂아 두었는지 기억해?"

"유넬이 물어보았더니 당연히 그냥 뒀다고, 뭐 하러 치웠겠느냐고 했대."

"그렇다면 그걸 뜯은 사람이, 그 쪼가리를 차 안에 둔 사람이 데이턴의 주차장에서 그 차를 훔친 범인이겠네."

"거의 그렇다고 봐야겠지. 이제 내가 곰곰이 생각하는 표정을 짓게 된 이유를 설명할게. 아이 말로는 그때가 4월이었던 것 같대. 날짜 파악이 그렇게 중요한 일은 아니었을 테니 가감해서 듣긴 해야겠지만 아이가 유넬한테 말하기로는 봄이었다고, 나뭇잎이 많이 돌았지만 아직 본격적으로 덥지는 않았다고 했대. 그러니까 아이의 기억이 맞았을 수도 있어. 그리고 4월이면 테리가 아버지를 만나러 데이턴에 갔던 때란 말이지."

"하지만 그는 가족과 함께 갔고 비행기로 왕복했잖아."

"나도 알아. 우연의 일치라고 할 수도 있고. 그런데 그 밴이 여기 이 플린트 시티로 흘러들어 왔고, 하나의 포드 이코노라인 밴을 둘러싸고 우연의 일치가 두 개 겹친 거라고 믿기는 힘들단 말이지. 유넬은 테리에게 공범이 있었을지 모른다는 의견을 제시했어."

"그와 똑같이 생긴 공범?" 지넷은 한쪽 눈썹을 추켜세웠다. "아마도 이름이 윌리엄 윌슨일 쌍둥이?"

"나도 알아, 말도 안 되는 발상이라는 거. 하지만 얼마나 희한한지 당신도 알겠지? 테리가 데이턴에 있었을 때 밴도 데이턴에 있었고. 테리가 플린트 시티의 집으로 돌아오니까 밴도 플린트 시티에 등장하고. 그런 걸 지칭하는 단어가 있는데, 뭔지 기억이 나질 않네."

"아마도 당신이 찾는 단어는 '합일점'일 거야."

"마시하고 얘기를 나눠 보고 싶어. 온 가족이 어떤 식으로 데이턴에 다녀왔는지 물어보고 싶어. 기억나는 대로 전부 얘기해 달라고. 하지만 나하고 말을 섞고 싶지 않아 하겠지. 내 쪽에서 그녀에게 강요할 방법도 전혀 없고."

"노력은 해 볼 거야?"

"아, 물론이지. 노력은 해 볼 거야."

"이제 잘 수 있겠어?"

"아마도. 사랑해."

"나도 사랑해."

그가 막 잠이 들려던 찰나, 그녀가 충격 요법 차원에서 그의 귀에 대고 단호하고 냉혹하달 수 있는 말투로 물었다.

"브래지어 끈이 아니면 뭐였어?"

순간 랠프의 눈앞에 '안 돼'라는 단어가 선명하게 보였다. 하지만 글씨가 노란색이 아니라 푸르스름한 초록색이었다. 뭔가가 있었다. 하지만 그가 잡으려고 하자 사라져 버렸다.

"안 돼."

"아직은 그렇지." 지넷이 대답했다. "하지만 당신은 뭔지 알아낼 거야. 나는 당신을 알아."

그들은 잠이 들었다. 랠프가 눈을 떠 보니 8시였고 온갖 새들이 지저귀고 있었다.

10

그 금요일 오전 10시에 세라와 그레이스는 「힘든 하루를 보낸 밤 *A Hard Day's Night*」 앨범에 다다랐고, 마시는 정말이지 미쳐 버릴지 모르겠다는 생각이 들었다.

아이들이 테리의 차고 작업실에서 그의 전축(이베이에서 거의 거저 산 거나 다름없다고 마시를 안심시킨 물건이었다.)과 심혈을 기울여 수집한 비틀스 앨범을 발견한 게 화근이었다. 그 전축과 앨범들을 그레이스의 방으로 들고 와서 「비틀스를 소개합니다!*Meet the Beatles!*」 앨범부터 틀기 시작했다.

"전부 들어 볼 거예요." 세라가 어머니에게 말했다. "아빠를 추억하는 뜻에서. 엄마만 괜찮다면요."

마시는 좋다고 했다. 아이들의 창백하고 엄숙한 얼굴과 충혈된 눈을 보고 달리 어떤 대답을 할 수 있었을까. 다만 그 노래들이 그녀를 얼마나 힘들게 할지 몰랐다는 게 문제였다. 아이들도 당연히 그 노래들을 전부 알았다. 테리가 차고에 있을 때면 항상 전축 바늘이 돌아갔고 미국을 습격한 여러 영국 그룹의 노래가 작업실을 채웠다. 그는 조금 늦게 태어나는 바람에 그들의 노래를 직접 듣지 못했지만 그래도 사랑해 마지않았다. 서처스, 좀비스, 데이브 클락 파이브, 킹크스, T. 렉스 그리고 당연히 비틀스. 대개 그들의 곡이었다.

아이들도 아버지를 따라서 이들 그룹과 이들의 노래를 좋아했지만, 그들은 전혀 모르는 감정의 영역이 있었다. 아이들은 테리 아버지의 차 뒷자리에서 테리의 입술이 그녀의 목을 더듬고, 손은 그녀의 스웨터 안으로 들어가 있었을 때 「너의 이름을 부를게*I Call Your Name*」를 들은 적이 없었다. 또 지금 2층에서 흘러 내려오는 「사랑을 살 순 없어*Can't Buy Me Love*」만 해도 처음으로 함께 살게 된 아파트에서 손을 잡고, 떨이로 20달러에 산 닳아 빠진 「힘든 하루를 보낸 밤」 공연 비디오테이프를 통해 미친 듯이 날뛰는 그 네 명의 멤버를 흑백화면으로 본 것이었지만 그런 경험이 아이들에겐 없었다. 마시는 그때 옆에 앉아 있는 남자와 결혼하리라는 걸 알았다. 그는 아직 몰랐을 테지만. 두 사람이 그 오래된 테이프를 봤을 때 존 레넌은 이미 죽었던가? 그녀의 남편처럼 길에서 총에 맞고 죽었던가?

알 수 없었고 기억도 나지 않았다. 마시가 아는 것이라고는 그녀와 세라와 그레이스가 품위를 손상하는 일 없이 장례식을 무사히 치렀다는 사실뿐이었다. 장례식을 치르고 한도 끝도 없는 싱글맘(아아, 이 얼마나 끔찍한 단어인가.)의 인생이 그녀를 기다리는 가운데 발랄한 음악이 울려 퍼지자 슬퍼서 미쳐 버릴 것만 같았다. 화음을 넣어서 부르는 보컬 파트와 조지 해리슨의 기발한 리프가 모조리 새로운 상처였다. 그녀는 아이스커피를 앞에 두고 식탁에 앉아 있다가 두 번 일어났다. 계단 발치까지 가서 '그만! 이제 그만 꺼 줘!'라고 외치려고 두 번 숨을 들이마셨다. 그리고 두 번 부엌으로 다시 돌아왔다. 아이들도 상실의 아픔을 달래는 중이었다.

이번에 일어났을 때 그녀는 조리 기구를 보관하는 서랍 앞으로 가서 끝까지 열었다. 아무것도 없을 줄 알았는데 윈스턴 담배가 한 갑 있었다. 세 대가 남아 있었다. 아니, 맨 뒤에 숨어 있는 것까지 네 대였다. 그녀는 작은딸의 다섯 번째 생일에 케이크 반죽을 섞다 기침 발작을 일으킨 뒤로 담배를 끊겠다고 그 자리에서 맹세했다. 그럼에도 이 마지막 남은 암의 사병들을 버리지 않았고, 앞을 내다볼 줄 아는 그녀의 비밀스러운 마음속 한구석은 언젠가 다시 필요해지는 날이 오리라는 사실을 아는 듯이 서랍 뒤편에 던져 놓았다.

5년 묵은 거잖아. 죽도록 퀴퀴할 거야. 기침하다가 기절할지 몰라.
좋다. 그럴 수 있다면 더 좋았다.

그녀는 한 대를 꺼냈다. 벌써부터 침이 고였다. *담배는 절대 끊는 게 아니야, 잠깐 쉬는 거지.* 그녀는 계단 앞으로 가서 고개를 모로 꼬았다. 「그리고 나는 그녀를 사랑해*And I Love Her*」가 끝나고 「이유를 말해 줘*Tell Me Why*」(만고불변의 질문이랄까.)가 시작됐다. 그레이스의 침대에 앉아서 아무 말도 하지 않고 듣고만 있는 아이들의 모습이 그려졌다. 손을 잡고 있을지도 몰랐다. 그렇게 아빠의 성체를 모시고 있을지도 몰랐다. 캡 시티의 턴 백 더 핸즈 오브 타임 레코드점에서 산 것도 있고 인터넷에서 산 것도 있는 아빠의 앨범들. 한때 딸들을 안았던 손으로 잡았던 그 앨범들.

그녀는 거실을 가로질러 정말 추운 겨울 저녁에만 켜는 조그맣고 배가 불룩한 난로 앞으로 다가갔고, 그 옆 선반에 있는 다이아몬드 성냥갑을 향해 멍하니 손을 내밀었다. 멍하니 내민 이유는 선반에 아직은 차마 볼 수 없는 사진들이 줄줄이 놓여 있기 때문이었다. 한 달이 지나면 볼 수 있을까. 1년이 지나면 볼 수 있을까. 얼마가 지나면 이 가장 쓰라린 상심의 첫 단계가 지나갈까? 인터넷으로 검색하면 상당히 정확한 답을 알 수 있겠지만 찾아보기가 두려웠다.

그나마 장례식이 끝난 뒤에 기자들이 새로 터진 정치 스캔들을 취재하느라 캡 시티로 달려갔기 때문에 뒤 현관으로 갈 필요가 없었다. 뒤 현관에서 피우면 창밖을 내다본 아이들에게 나쁜 습관을 다시 시작한 걸 들킬 위험이 있었다. 차고에서 피우면 LP판을 새로 챙기러 온 아이들이 냄새를 맡을 수 있었다.

그녀는 앞문을 열었다가 노크를 하려고 주먹을 든 랠프 앤더슨과 맞닥뜨렸다.

11

그를 쳐다보는 그녀의 경악한 눈빛(그가 무슨 괴물 아니면 드라마에 나오는 좀비라도 되는 듯한 눈빛이었다.)이 랠프에게는 가슴을 강타한 주먹과도 같았다. 그는 산발한 그녀의 머리와 가운(너무 큰 걸 보면 테리의 가운일 수 있었다.) 옷깃에 묻은 뭔지 모를 얼룩과 손가락 사이에 끼워진 살짝 구부러진 담배를 볼 겨를이 있었다. 그리고 또 다른 것도 있었다. 항상 변함없던 미모가 벌써부터 시들어 가고 있었다. 그도 직접 확인하지 않았다면 있을 수 없는 일이라고 생각했겠지만 사실이었다.

"마시……."

"아뇨. 여긴 당신이 있을 곳이 아니에요. 나가 주세요."

그녀는 배를 한 대 얻어맞기라도 한 듯 숨을 헐떡이며 나지막이 속삭였다.

"할 얘기가 있어서 왔어요. 제발 내 말 좀 들어 봐요."

"당신이 내 남편을 죽였죠. 그것 말고 할 얘기가 뭐가 있나요?"

그녀는 문을 닫으려고 했다. 랠프가 손으로 문을 잡았다.

"내가 테리를 죽이지는 않았지만 맞아요, 일조하기는 했죠. 원하면 공범이라고 불러도 좋아요. 그런 식으로 체포하지 말았어야 하는데. 여러 가지 측면에서 잘못된 판단이었어요. 내 나름대로 이유가 있었지만 훌륭한 이유는 아니었고요. 나는……."

"문에서 손 떼요. 안 그러면 경찰을 부를 거예요."

"마시……."

"*그런 식으로 부르지 마요. 그런 짓을 저질러 놓고 나를 그렇게
부를 권리가 있다고 생각해요?* 내가 지금 목이 찢어져라 소리를 지
르지 않는 이유는 딱 하나, 애들이 2층에서 죽은 아버지의 음반을
듣고 있기 때문이에요."

"제발." 그는 '이러지 마요.'라고 하려다가 그 정도로는 부족하다
는 결론을 내렸다. "이렇게 빌게요. 제발 얘기 좀 해요."

그녀는 담배를 들고, 섬뜩하고 무미건조한 웃음을 터뜨렸다.

"빈대들이 떠나서 집 앞에서 담배를 피울 수 있겠다 했더니 빈
대 중에서도 으뜸인 왕 빈대가 찾아왔네. 내 남편을 죽게 만든 빈대
씨, 마지막으로 경고할게요. *우리 집…… 문에서…… 그 염병할 손
떼요!*"

"테리가 죽이지 않았다면요?"

그녀의 눈이 휘둥그레졌고 문을 잡고 있던 손이 잠깐 동안이나
마 느슨해졌다.

"아니라면……? 맙소사, 그이가 자기는 죽이지 않았다고 얘기했
잖아요! 거기 쓰러져서 죽어 가면서 그랬잖아요! 또 뭘 원해요, 대
천사 가브리엘이 인편으로 전보라도 보내야 해요?"

"그가 죽이지 않았다면 범인이 여전히 활개를 치고 다닌다는 얘
기예요. 그리고 그 범인에게 당신뿐 아니라 피터슨 가족을 파괴한
책임이 있어요."

그녀는 잠깐 곰곰이 따져보다가 말했다.

"올리버 피터슨이 죽은 이유는 당신이랑 그 새뮤얼스라는 개자
식이 서커스를 벌였기 때문이에요. 그리고 당신이 그 애를 죽이지

않았나요, 앤더슨 형사님? 머리를 쏴서. 당신이 같은 편을 죽였어요. 그것도 어린애를."

그녀는 그의 면전에 대고 문을 쾅 닫았다. 랠프는 노크를 하려고 손을 다시 들었다가 생각을 바꾸고 몸을 돌렸다.

12

마시는 몸을 부들부들 떨며 문 안쪽에 서 있었다. 무릎이 후들거리는 게 느껴졌고 부츠나 진흙이 묻은 신발을 벗을 때 앉는 문 옆 벤치까지 간신히 걸어갈 수 있었다. 2층에서는 암살당한 비틀스 멤버가 집에 가면 하고 싶은 일들을 노래하고 있었다. 마시는 어쩌다 그게 거기 있는지 모르겠다는 표정으로 손가락 사이에 끼워진 담배를 쳐다보다가 두 동강 내고, 입고 있던 가운(진짜 테리의 가운이었다.) 주머니에 넣었다. *적어도 저 사람 덕분에 쓰레기에 다시 손을 대는 사태는 막았네. 고맙다고 편지라도 써야 할까 봐.*

그녀의 가족에게 쇠지렛대를 휘둘러 모든 걸 박살내 놓고 뻔뻔하게 집으로 찾아오다니. 저 잔인한 철면피 수준의 뻔뻔함이라니. 하지만…….

그가 죽이지 않았다면 범인이 여전히 활개를 치고 다닌다는 얘기예요.

인터넷에 접속해 상심의 첫 단계가 언제 끝나는지 찾아볼 기운조차 없는 그녀가 무슨 수로 그 사실에 대처할 수 있을까? 그리고 그녀가 무슨 조치를 취해야 하는 이유도 없었다. 어떻게 그게 그녀의 책임일 수 있겠는가. 경찰은 엉뚱한 사람을 잡아 놓고 테리의 알리바이가 바위처럼 단단한데도 고집을 꺾지 않았다. 배짱이 있다면 제대로 된 범인을 잡아 보라지. 그녀는 제정신으로 오늘 하루를 버티고, 상상이 잘 되지 않는 미래에 대해 고민해야 했다. 주민 절반이 그녀의 남편을 암살한 범인이 하느님의 일을 대신했다고 믿는 이곳에서 계속 살아야 할까? 엉뚱한 운동화를 신기만 해도 놀림과 따돌림을 당할 수 있는, 중학교와 고등학교라는 사람 잡는 집단으로 두 딸을 내보내야 할까?

앤더슨을 내쫓은 건 잘한 일이었어. 그 인간을 이 집에 들일 수는 없어. 그래, 그 인간 말투가 진솔하게 느껴지긴 했지만, 적어도 내가 생각하기에는 그랬지만, 그런 짓을 저지른 인간을 어떻게 이 집에 들일 수 있겠어?

그가 죽이지 않았다면 범인이……

"입 다물어." 그녀는 자기 자신에게 속삭였다. "입 다물어. 제발 입 다물어."

……여전히 활개를 치고 다닌다는 얘기예요.

그리고 그 범인이 똑같은 짓을 저지른다면?

13

플린트 시티의 상류층은 대부분 하워드 골드가 부잣집 아니면 적어도 유복한 집안에서 태어났다고 생각했다. 그는 닥치는 대로 연명하며 지낸 어린 시절을 전혀 부끄럽게 여기지 않았지만 나서서 사람들의 착각을 바로잡지는 않았다. 어쩌다 보니 그의 아버지는 에어스트림 트레일러하우스에 아내와 두 아들, 하워드와 에드워드를 태우고 남서부 전역을 누비고 다닌 떠돌이 농부였고, 어떨 때는 카우보이였고, 또 가끔은 로데오 선수였다. 하워드는 자기 힘으로 대학을 졸업하고 동생 에디도 대학 공부를 할 수 있도록 도왔다. 은퇴한 부모님을 챙기고도(앤드루 골드는 모아 놓은 돈이 땡전 한 푼 없었다.) 남은 돈이 많았다.

그는 로터리와 롤링 힐스 컨트리클럽 회원이었다. 플린트 시티에 두 군데 있는 최고급 음식점에서 주요 고객들에게 저녁을 샀고, 에스텔 바거 공원의 여러 경기장을 비롯해 10여 개의 다양한 자선 사업을 후원했다. 좋은 와인을 최고급으로 주문할 수 있었고, 가장 거물급 고객들에게 크리스마스 때마다 정성 들여 마련한 해리 앤드 데이비드의 프리미엄 푸드 선물상자를 보낼 수 있었다. 그럼에도 금요일 정오를 가리키는 지금 이때처럼 혼자 사무실에 있을 때는 라디오로 클린트 블랙의 노래를 듣고, 학교를 다니지 않을 때는 어머니의 옆에서 공부를 하며 오클라호마 주에서 네바다 주로 왔다 갔다 돌아다니던 시절처럼 먹는 걸 좋아했다. 쓸개가 결국에는 혼자서 먹는 기름진 음식에 제동을 걸겠지만, 주님의 축복을 받은 유전자 덕분에 60대 초반이 되도록 아무 군소리조차 듣지 못했다. 전화벨이 울렸을 때 그는 마요네즈를 듬뿍 바른 달걀프라이 샌드위치와, 평소 좋아하는 방식대로 시커멓고 바삭하게 튀겨서 케첩을 덕지덕지 묻힌 프렌치프라이를 먹고 있었다. 책상 모서리에서는 꼭대기에 얹은 아이스크림이 녹아 가는 사과 파이 한 조각이 대기 중이었다.

"하워드 골드입니다."

"저 마시예요, 하위. 랠프 앤더슨이 오늘 아침에 여기 왔었어요."

하위는 미간을 찌푸렸다.

"그 집에 찾아갔었다고요? 그럴 일이 없는데. 지금 휴직 중이거든요. 복직할 생각이 있다 하더라도 당분간 현장에서 뛰지 못할 거예요. 내가 겔러 서장한테 연락해서 귀띔할까요?"

"아뇨. 제가 면전에 대고 문을 닫았어요."

"잘했어요!"

"그런데 찜찜해요. 그 사람이 한 얘기가 머릿속에서 떠날 줄 몰라요. 하워드, 솔직하게 얘기해 줘요. 테리가 그 아이를 죽였다고 생각해요?"

"맙소사, 아뇨. 얘기했잖아요. 그랬다는 증거가 있다는 거야 우리 둘 다 알지만 반증도 많아요. 테리는 석방됐을 거예요. 아니, 반증을 신경 쓸 필요도 없이 테리는 그런 식으로 연극을 할 수 있는 성격이 아니었어요. 게다가 임종 진술도 있고요."

"사람들은 제 앞에서 시인하기 싫어서 그랬다고 할 거예요. 이미 그렇게들 얘기하고 있고요."

글쎄요. 당신이 옆에 있는 걸 테리가 과연 알았을까 싶은데.

"나는 테리가 진실을 얘기했다고 생각해요."

"저도 그렇게 생각하는데, 만약 그렇다면 범인이 아직 잡히지 않왔다는 뜻이잖아요. 아이를 한 명 죽였으니 조만간 또 한 명을 죽이러 나설 거예요."

"앤더슨이 그런 생각을 심어 준 거로군요." 하위는 남은 샌드위치를 치웠다. 식욕이 사라졌다. "놀랍지는 않아요, 죄책감 자극하기는 경찰의 케케묵은 수법이니까. 하지만 당신을 상대로 그런 수법을 쓰다니 벌을 좀 받아야겠는데요. 최소한 심한 질책은 각오해야겠어요. 남편을 묻은 지 얼마 되지도 않은 사람한테, 망할."

"하지만 그 말이 맞잖아요."

그럴지도 모르지. 하지만 그렇다면 궁금해지는데. 왜 그가 당신한테 그 얘기를 꺼냈는지가.

"그리고 또 한 가지가 있어요. 진범이 잡히지 않으면 저랑 애들은 이곳을 떠나야 해요. 저 혼자라면 주변의 수군거림과 입방아를 감당할 수 있을지 모르지만 애들한테까지 그걸 요구하는 건 못 할 짓이잖아요. 갈 만한 데가 미시간에 사는 동생네뿐인데, 그건 데브라하고 샘한테 못 할 짓이에요. 아이가 둘인 데다 집이 작거든요. 그러니까 새롭게 다시 시작해야 한다는 얘기인데, 너무 피곤해서 엄두가 나지 않아요. 저는…… 하위, 저는 산산조각 난 기분이에요."

"이해해요. 내가 어떻게 해 주면 좋겠어요?"

"앤더슨한테 연락해 줘요. 오늘 저녁에 이 집에서 만날 테니까 궁금한 게 있으면 물어보라고. 하지만 당신도 같이 있어 줬으면 좋겠어요. 그리고 당신이 도움을 받는 그 수사관도. 만약 그 분이 시간이 되고 생각이 있다면 말이에요. 그래 줄 수 있어요?"

"당연하죠, 당신이 원하는 대로 할게요. 그리고 알렉도 올 거예요. 하지만…… 경고하는 건 아니지만 방심하지 말았으면 좋겠어요. 랠프는 분명 일이 그렇게 된 데 마음이 무척 안 좋았을 테고 사과를 했겠지만…….”

“그 사람은 간절히 빈다고 했어요.”

놀라운 일이었지만 그답지 않은 행동은 아니었다.

“랠프가 나쁜 사람은 아니에요. 착한 사람인데 끔찍한 실수를 저지른 거지. 하지만 마시, 그는 테리가 피터슨의 아들을 죽였다는 걸 입증하는 데 여전히 지대한 관심이 있을 거예요. 그러면 직장으로 복귀할 수 있으니까. 어느 쪽으로든 명확하게 입증이 되지 않아도 마찬가지고요. 하지만 진범이 등장하는 순간, 랠프는 플린트 시티 경찰관으로서 끝났다고 보면 돼요. 캡 시티에서 절반으로 깎인 월급을 받으며 경비로 일해야 할 거예요. 해결해야 할지 모르는 소송은 별개의 문제고.”

“저도 알아요. 하지만…….”

“내 말 아직 안 끝났어요. 랠프가 물어보려는 건 테리에 관한 질문일 수밖에 없어요. 단순히 암중모색하는 수준일 수도 있지만, 다른 방식으로 테리를 살인과 엮을 수 있는 꼬투리를 잡았다고 생각하는 것일 수도 있고. 그런데도 내가 면담을 주선했으면 좋겠어요?”

잠깐 정적이 흐른 뒤에 마시가 말했다.

“제이미 매팅리는 바넘 코트에서 저하고 제일 친하게 지낸 친구였어요. 테리가 야구장에서 체포됐을 때 아이들을 자기 집으로 데려가 주었고요. 그런데 이제는 제가 전화해도 받지 않고 페이스북에서 친구를 끊었어요. 제일 친하게 지냈던 친구가 공식적으로 절교를 선언했다고요."

"돌아올 거예요."

"진범이 잡히면 그렇겠죠. 손이 발이 되도록 싹싹 빌겠죠. 남편의 압력에 굴복했을 거예요. 그랬을 거예요, 분명히. 전 제이미를 용서할 수도 있고 용서하지 않을 수도 있어요. 하지만 상황이 호전된 다음에나 내릴 수 있는 결정이에요. 상황이 호전될지 안 될지도 모르겠지만. 그러니까 제 말은, 면담을 주선해 달라는 거예요. 옆에서 저를 보호해 주면 되잖아요. 펠리 씨랑 같이. 앤더슨이 배짱 좋게 우리 집 현관문에 얼굴을 들이민 이유를 알고 싶어요."

14

그날 오후 4시에 낡은 닷지 픽업트럭이 뒤로 길게 먼지를 일으키며, 플린트 시티에서 남쪽으로 25킬로미터 멀리 있는 시골길을 덜컹덜컹 달렸다. 내버려져서 날개가 부러진 바람개비와, 창문에 구멍이 뚫렸고 아무도 살지 않는 랜치하우스와, 이 일대에서는 '카우보이 묘지'라고 불리는 오래전부터 방치된 공동묘지와, 옆면에 희미해져 가는 글씨로 **트럼프가 미국을 다시 위대한 나라로 이끕니다―트럼프**라고 적힌 바위를 지났다. 트럭 화물칸에서 아연으로 된 우유통들이 굴러다니며 옆면에 부딪혔다. 운전석에는 두기 엘프먼이라는 열일곱 살짜리 소년이 앉아 있었다. 그는 운전하며 계속 휴대전화를 체크했다. 79번 고속도로에 다다랐을 때 안테나가 두 칸 뜨자 그 정도면 충분하지 않을까 싶었다. 그는 교차로에 트럭을 세우고 내려서 뒤를 돌아보았다. 아무것도 없었다. 당연히 아무것도 없을 수밖에 없었다. 그럼에도 그는 안도의 한숨을 내쉬었다. 그는 아버지에게 전화했다. 클라크 엘프먼은 두 번째 신호에 전화를 받았다.

"헛간에서 우유통 들고 나왔니?"

"네. 스물네 개 들고 나왔어요. 하지만 씻어야겠어요. 쉰 우유 냄새가 남아 있어요."

"마구(馬具)는 어찌 됐어?"

"전부 없어졌어요, 아빠."

"흠, 이번 주 최고의 희소식이라고 볼 수는 없겠다만 예상했던 바니까. 무슨 일로 전화한 거냐, 아들? 그리고 지금 어디야? 꼭 달의 저편에 있는 것처럼 들리는데."

"79번 고속도로요. 근데요, 아빠, 누가 거기서 살고 있더라고요."

"뭐라고? 떠돌이나 히피들 말이야?"

"그건 아니에요. 맥주 캔이나 포장지나 술병 같은 쓰레기도 없고 누가 똥을 눈 흔적도 없어요. 가장 가까운 덤불까지 400미터를 걸어간 게 아닌 이상. 모닥불을 피웠던 흔적도 없고요."

"하늘에 감사할 일이네. 요즘 좀 건조했니. 뭘 발견했길래? 훔쳐 갈 만한 것도 없고 오래된 건물들 자체가 다 쓰러져 가는 상태라 아무 쓸모도 없을 텐데."

두기는 계속 뒤를 흘끗거렸다. 도로에 아무도 없는 것 같았지만 먼지가 얼른 가라앉았으면 좋겠다는 생각이 들었다.

"새것 같아 보이는 청바지랑 새것같이 보이는 자키 속옷, 바닥에 젤이 든 비싼 운동화, 이것도 새것 같아 보였어요. 그런데 전부 얼룩이 묻었고, 그것들이 놓여 있던 건초에도 얼룩이 남아 있었어요."

"핏자국?"

"아뇨, 피는 아니에요. 뭔지 몰라도 그 때문에 건초가 시커메졌어요."

"기름? 엔진 오일? 뭐 그런 거?"

"아뇨, 그것 자체가 까만색이 아니라 그게 묻은 건초가 까매졌어요. 뭔지는 모르겠고요."

하지만 그는 청바지와 속옷에 묻은 뻣뻣한 얼룩이 뭐 같아 보이는지는 알았다. 그는 열네 살 때부터 하루에 세 번, 어떨 때는 네 번씩 수음을 해서 헌 수건에 대고 싼 다음 부모님이 안 계실 때 뒷마당 수돗가로 들고 가서 빨았다. 하지만 가끔 깜빡하면 수건의 그 부분이 상당히 딱딱해졌다.

그런데 그 얼룩이 많이, 정말이지 많이 있었고 세상에 어느 누가 완전 새것 같은 아디파워스 운동화에다 국물을 싸 놓을까? 월마트에서 사도 최소 140달러짜리인데 말이다. 다른 때 같았으면 슬쩍할까 고민했을 수도 있지만, 그런 게 묻은 데다 그가 알아차린 또 다른 사실이 있었기 때문에 싫었다.

"뭐, 그럼 그냥 내버려 두고 집에 와라. 우유통은 챙겼잖아."

"아니에요, 아빠. 경찰에 신고해야 해요. 청바지에 허리띠가 끼워져 있었는데, 버클이 반짝이는 은색 말 머리 모양이었어요."

"그게 뭐가 중요한지 모르겠다만 너한테는 중요한 모양이네?"

"뉴스에서 테리 메이틀랜드가 더브로 기차역에서 목격됐을 때 그런 버클이 달린 허리띠를 차고 있었다고 했어요. 그 아이를 죽인 다음에 목격됐을 때 말이에요."

"그래?"

"네, 아빠."

"이런 젠장. 내가 다시 전화할 때까지 그 교차로에서 기다려라. 하지만 경찰이 출동하겠다고 할 것 같은데. 나도 가마."

"비들스 가게에 있겠다고 전해 주세요."

"비들스면…… 두기, 플린트 쪽으로 8킬로미터 더 가야 나오는 곳이잖아!"

"알아요. 하지만 여기 있기 싫어요."

이제 먼지가 가라앉아서 보이는 게 아무것도 없었지만 두기는 여전히 께름칙했다. 아버지와 통화를 시작한 이후로 이 간선도로를 지나가는 차가 한 대도 없었는데, 사람들이 있는 곳으로 자리를 옮기고 싶었다.

"왜 그래, 아들?"

"헛간에서 우유통은 이미 챙겼고, 아빠가 거기 있을지 모른다고 한 마구를 찾다가 옷을 발견했을 때부터 기분이 이상했어요. 누가 저를 지켜보고 있는 듯한 느낌이 들었어요."

"그냥 으스스해진 거겠지. 그 아이를 죽인 남자는 저세상 사람이 됐잖아."

"알아요. 그래도 경찰한테 비들스에서 기다리겠다고 얘기해 주세요. 헛간으로 안내는 하겠지만 여기 혼자 있기 싫어요."

그는 아버지가 왈가왈부하기 전에 전화를 끊었다.

15

그날 저녁 8시에 메이틀랜드의 집에서 마시를 만나기로 약속이 잡혔다. 하위 골드는 전화로 승인이 떨어졌다고 알리면서 알렉 펠리도 그 자리에 참석할 거라고 했다. 랠프는 만약 유넬 사블로도 시간이 된다고 하면 데리고 가도 되느냐고 물었다.

"절대 안 돼요." 하위는 대답했다. "사블로 경위나 다른 사람을 데려오면, 사랑스러운 마나님일지라도 그길로 쫓나는 줄 알아요."

랠프는 알았다고 했다. 달리 도리가 없었다. 그는 지하실에서 주로 상자들을 이쪽에서 저쪽으로 옮겼다가 다시 제자리로 되돌려 놓으며 잠깐 시간을 때웠다. 그런 다음 깨작거리며 저녁을 먹었다. 아직 두 시간이 남았을 때 그는 식탁에서 일어섰다.

"병원에 가서 프레드 피터슨을 면회할게."

"왜?"

"그냥 그래야 할 것 같아서."

"원하면 같이 가 줄게."

랠프는 고개를 저었다.

"거기서 곧장 바넘 코트로 갈 거야."

"너무 무리하는 거 아니야? 우리 할머니가 보셨다면 그러다 꽁무니 닳겠다고 했겠다."

"난 괜찮아."

그녀는 누굴 바보로 아느냐는 뜻이 담긴 미소를 짓고 일어나더니 까치발을 하고 그에게 입을 맞추었다.

"전화해. 무슨 일이 생기든 전화해."

그는 미소를 지었다.

"싫어. 와서 직접 얘기해 줄게."

16

랠프는 병원 로비로 들어가던 길에, 자리를 비우고 있었던 그의 경찰서 소속 형사를 맞닥뜨렸다. 잭 호스킨스는 체구가 왜소하고 새치가 무성하며 눈 밑이 처진 딸기코였다. 여전히 낚시용 복장(카키색 셔츠와 카키색 바지, 양쪽 모두 주머니가 즐비했다.)을 입고 있었지만 허리띠에 배지를 달았다.

"여긴 어쩐 일이에요, 잭? 휴가 중인 줄 알았는데."

"3일 일찍 소환됐어. 돌아온 지 한 시간도 안 돼. 그물, 고무장화, 낚싯대, 낚시 도구 상자가 아직 트럭에 실려 있어. 서장님이 상근하는 형사가 최소 한 명은 있었으면 좋겠다고 해서. 벳시 리긴스는 아이를 낳느라 여기 5층에 입원해 있잖아. 오늘 오후 늦게 진통이 시작됐대. 남편하고 얘기해 봤는데, 아직 한참 남았다고 하더군. 잘 알지도 못하면서. 그리고 자네는⋯⋯." 그는 극적인 효과를 위해 잠깐 멈추었다. "난처하기가 이를 데 없는 상황이고."

잭 호스킨스는 흡족한 표정을 감추려는 시도조차 하지 않았다. 1년 전에 잭이 연봉 인상 자격을 갖추었을 때 랠프와 벳시 리긴스에게 의례적인 평가서를 작성하라는 요청이 전달됐다. 형사들 중에서

서열이 맨 꼴찌였던 벳시는 적당한 말만 골라서 썼다. 랠프는 빈칸에 단 두 마디를 적어서 겔러 서장에게 제출했다. *의견 없음.* 이로 인해 호스킨스가 연봉 인상 심사에서 탈락한 것은 아니었지만 그것도 의견은 의견이었다. 호스킨스는 평가서를 볼 수 없었고 아마 보지 못했을 테지만, 랠프가 뭐라고 적었는지는 당연히 그의 귀에 들어갔다.

"프레드 피터슨 살펴봤어요?"

"응." 잭은 아랫입술을 내밀고, 이마를 덮고 있던 몇 가닥 안 되는 머리칼을 불어서 날렸다. "방에 모니터가 많은데, 그래프 선들이 전부 바닥에 깔려 있더군. 아무래도 의식을 회복하지 못할 것 같아."

"뭐, 아무튼 복귀를 환영합니다."

"개소리 집어치우세요. 아직 3일이 남았고 농어들은 헤엄쳐 다니는데, 나는 생선 내장 냄새가 코를 찌르는 셔츠도 갈아입지 못하게 생겼어. 서장님이랑 둘린 보안관, 두 사람 모두한테 연락을 받았거든. 캐닝 타운십이라는 그 하등 쓸모없는 먼지 구덩이로 출발해야 해. 사블로라는 자네 친구가 이미 가 있는 걸로 아는데. 아마 10시나 11시는 되어야 집에 들어갈 수 있을 거야."

랠프는 '내 탓하지 마세요.'라고 말할 수도 있었지만 시간만 축내는 이 쓸모없는 인간이 달리 누굴 원망하겠는가. 지난 11월에 임신한 벳시를 원망할까?

"캐닝에는 무슨 일로요?"

"청바지, 속옷, 운동화. 어떤 애가 아버지 심부름으로 우유통을 찾아다니다 무슨 창고인가 헛간에서 발견했대. 말 머리 버클이 달린 허리띠도. 물론 이동식 과학수사연구소가 이미 출동했고 나는 황소 젖꼭지 정도로 소용이 있겠지만 서장님이……."

"버클에 지문이 있을 거예요." 랠프가 말허리를 잘랐다. "밴이나 스바루, 아니면 양쪽 모두의 타이어 자국이 있을 수도 있고."

"포클레인 앞에서 삽질하는구먼. 나는 자네가 제복을 입고 다니던 시절부터 형사 배지를 차고 다녔던 사람이야."

랠프의 귀에는 그 안에 숨은 뜻이 들렸다. 그리고 자네가 사우스게이트의 쇼핑몰 경비로 일할 때도 나는 그 배지를 달고 있을 거야.

잭은 떠났다. 랠프는 그가 사라져 줘서 고마웠다. 자신은 출동하지 못한 게 아쉬울 따름이었다. 이 시점에서 등장한 새로운 증거는 귀할 수 있었다. 그나마 일말의 위안이 있다면 사블로가 이미 가 있다니 과학수사반을 지휘할 수 있겠다는 것이었다. 그들은 잭이 등장해 사고를 치기 전에(랠프가 지금까지 목격한 것만 최소 두 번이었다.) 대부분의 작업을 마칠 것이다.

먼저 산부인과 대기실로 올라갔지만 아무도 없는 걸 보니 겁먹은 초보 빌리 리긴스가 예상했던 것보다 분만이 빨리 진행되고 있는 모양이었다. 랠프는 간호사 한 명을 붙잡고 벳시에게 안부 전해 달라고 부탁했다.

"기회가 되면 전할게요." 간호사가 말했다. "하지만 지금은 환자분이 바빠서요. 꼬맹이 신사분이 얼른 나오지 못해 안달이거든요."

랠프는 성폭행을 당했고 유혈이 낭자했던 프랭크 피터슨의 시신을 잠깐 떠올리며 이런 생각을 했다. 그 꼬맹이 신사분이 이 세상이 어떤 곳인지 안다면 나오지 않으려고 기를 쓸 텐데.

그는 엘리베이터를 타고 집중치료실로 두 개 층을 내려갔다. 피터슨 집안의 남은 한 사람은 304호실에 있었다. 목에 두툼하게 붕대를 감고 경추보호대를 두르고 있었다. 인공호흡기가 안에 달린 아코디언 모양의 장치를 위아래로 펄럭이며 바람 소리를 냈다. 침대를 에워싼 모니터 화면으로 보이는 그래프들이 잭 호스킨스가 얘기했던 것처럼 바닥을 치고 있었다. 꽃은 없었지만(집중치료실에는 반입이 안 될 것 같았다.) 포일 풍선 한 쌍이 침대 발치에 묶여 천장 근처에 둥둥 떠 있었다. 명랑한 격려 문구가 적혀 있었지만 랠프는 들여다보고 싶지 않았다. 그는 프레드를 대신해 숨을 쉬고 있는 기계의 바람 소리에 귀를 기울였다. 나지막이 연결된 선들을 보며 '아무래도 의식을 회복하지 못할 것 같아.'라고 잭이 했던 말을 떠올렸다.

침대 옆에 앉는데, 요즘은 환경연구라고 불리는 과목이 당시에는 그냥 지구과학이라고 불렸던 고등학교 시절의 기억이 하나 생각났다. 그들은 오염에 대해 배우고 있었다. 그리어 선생님이 폴랜드 스프링 생수 한 병을 잔에 따랐다. 한 아이(깜찍한 짧은 치마를 입고 다니던 미스티 트렌턴)를 교실 앞으로 불러서 물을 한 모금 마셔 보라고 했다. 그녀는 물을 마셨다. 그러자 그리어 선생님은 점안기를 꺼내 카터스 잉크병에 담갔다. 잉크 한 방울을 잔에 떨어뜨렸다. 아이들이 넋을 잃고 지켜보는 가운데 잉크 한 방울이 남색의 촉수를 길게 늘어뜨리며 바닥으로 가라앉았다. 그리어 선생님이 잔을 가볍게 좌우로 흔들자 물이 금세 옅은 파란색으로 물들었다. *이제 이걸 마셔 보겠니?* 그리어 선생님이 미스티에게 물었다. 미스티가 하도 격렬하게 고개를 젓는 바람에 한쪽 머리핀이 떨어지자 랠프를 비롯해 모두가 웃음을 터뜨렸다. 그는 지금은 웃고 있지 않았다.

2주 전까지만 해도 피터슨 가족은 완벽하게 아무 문제 없었다. 그런데 오염된 잉크 한 방울이 떨어졌다. 프랭크 피터슨의 자전거 체인이 그 잉크였다고, 그게 망가지지 않았다면 그는 아무 탈 없이 집으로 돌아갈 수 있었을 거라고 할 수도 있겠지만, 테리 메이틀랜드가 식료품점 주차장에서 기다리고 있지 않았더라도 그는 자전거를 끌고서 아무 탈 없이 집으로 돌아갈 수 있었다. 자전거 체인이 아니라 테리가 잉크 방울이었다. 피터슨 가족 전체를 맨 처음 오염시키고 파괴한 사람이 테리였다. 테리 아니면 테리의 얼굴을 한 다른 누구였다.

비유를 벗겨 내면 뭐가 남겠어? 지넷은 그렇게 물었다. *설명할 수 없는 현상이 남지. 초자연적인 현상이.*

하지만 그건 불가능해. 초자연적인 현상은 책이나 영화라면 모를까, 현실 세계에서는 존재하지 않아.

그렇다, 잭 호스킨스 같은 무능한 술꾼의 월급이 인상되는 현실 세계에서는 존재하지 않았다. 랠프가 거의 50년 동안 경험한 모든 일들이 그럴 수 없다고 했다. 그런 현상의 존재 가능성을 부인했다. 하지만 여기 이렇게 앉아서 프레드를(아니면 그의 잔재를) 쳐다보고 있노라니, 아이의 죽음이 한두 명이 아니라 가족 전체를 낚아채 간 과정에서 사악한 기운이 느껴진다고 인정하는 수밖에 없었다. 그 여파가 피터슨 가족에서 그치지도 않았다. 누구도 의심할 수 없다시피 마시와 딸들도 평생 상처를 안고 살아갈 테고, 어쩌면 영구 장애를 겪을 수도 있었다.

랠프는 극악무도한 사건이 벌어질 때마다 그 비슷한 부수적 피해가 발생했다고 자신을 설득할 수 있었다. 그도 누구이 목격하지 않았던가. 맞다. 그랬다. 그럼에도 이번 사건은 왠지 모르게 너무나 사적이게 느껴졌다. 이들을 겨냥한 공격이었던 것처럼 느껴졌다. 그리고 랠프는 어떤가? 그도 부수적인 피해자였다. 그리고 지넷은 어떤가? 심지어 데릭마저 캠프에서 집으로 돌아오면 예컨대 아버지의 직업처럼 당연하게 여겼던 수많은 것들이 위험해진 현실과 맞닥뜨려야 했다.

호흡기가 쌕쌕거렸다. 프레드 피터슨의 가슴이 올라갔다가 내려왔다. 그는 가끔 낄낄거리는 소리와 섬뜩하게 닮은 굵은 소리를 냈다. 혼수상태에 빠져야 이해할 수 있는 우주적 농담이라도 들은 걸까.

랠프는 더 이상 견딜 수가 없었다. 그는 병실을 나섰고 엘리베이터에 다다랐을 무렵에는 거의 달리고 있었다.

17

일단 밖으로 나오자 그늘의 벤치에 앉아 지서에 전화를 걸었다. 샌디 맥길이 전화를 받았고 랠프가 캐닝 타운십에서 무슨 소식 들은 거 있느냐고 묻자 정적이 흘렀다. 마침내 말문을 열었을 때 그녀는 당황한 목소리였다.

"그 부분에 대해서 반장님하고 얘기하면 안 돼요. 겔러 서장님이 특별 지시를 내렸어요. 죄송해요."

"괜찮아." 랠프는 벤치에서 일어서며 말했다. 그의 그림자가 목을 매단 사람처럼 길게 늘어졌고, 두말하면 잔소리지만 다시금 프레드 피터슨이 생각났다. "명령은 명령이니까."

"이해해 주셔서 감사합니다. 잭 호스킨스 형사님이 복귀해서 거기로 출동했어요."

"별말씀을."

그는 전화를 끊고 단기 주차장을 향해 걸음을 옮기며 상관없다고 속으로 중얼거렸다. 유넬이 수사 상황을 계속 알려 줄 것이었다.

아마도.

그는 차문을 열고 올라타 에어컨을 틀었다. 7시 15분이었다. 집으로 가기에는 너무 늦었고 메이틀랜드의 집으로 가기에는 너무 일렀다. 자기만의 생각에 몰두한 10대처럼 길거리를 배회하는 수밖에 없었다. 그러면서 생각하는 수밖에 없었다. 테리가 윌로 레인 워터를 '기사님'이라고 불렀던 것에 대해. 평생 동안 플린트 시티에서 살았음에도 가장 가까운 응급 병원이 어디 있느냐고 물었던 것에 대해. 공교롭게도 빌리 퀘이드와 한 방을 썼던 것에 대해. 그보다 더 공교롭게도 자리에서 일어나 코벤 씨에게 질문을 했던 것에 대해. 잔 속으로 떨어져 물을 옅은 파란색으로 물들인 잉크 한 방울과 뚝 끊긴 발자국, 겉보기에는 멀쩡했던 캔털루프 멜론 안에서 꿈틀거렸던 구더기들에 대해. 어떤 사람이 초자연적인 현상일 가능성에 대해 고민하기 시작하면 더는 자신의 정신 상태를 완벽하게 믿을 수 없는 것에 대해, 자신의 정신 상태를 의식하는 건 좋은 현상이 아닐지 모르는 것에 대해. 그건 심장박동을 의식하는 것과 같았다. 그 지경에 이르면 이미 문제가 생긴 것일 수 있었다.

그는 라디오를 켜고 시끄러운 음악을 찾았다. 마침내 애니멀스가 "붐 붐"을 우렁차게 외치는 채널을 발견했다. 그는 바넘 코트에 있는 메이틀랜드의 집으로 출발할 시간이 되길 기다리며 길거리를 배회했다. 마침내 때가 되었다.

18

노크를 하자 알렉 펠리가 문을 열어 주었고 거실을 지나 부엌으로 그를 안내했다. 2층에서 다시 애니멀스의 노래가 들렸다. 이번에는 그 밴드의 최고 히트작이었다. *가엾은 남자들이 거기서 숱하게 인생을 망치고 있지. 에릭 버든이 울부짖었다. 아, 나도 그중 한 명이라는 걸 알아.*[*]

합일점. 그는 생각했다. 지넷이 알려 준 단어였다.

마시와 하위 골드가 식탁에 앉아 있었다. 커피를 마시던 중이었다. 알렉이 앉았던 자리에도 잔이 있었지만 랠프에게는 아무도 커피를 마시겠느냐고 묻지 않았다. *내가 적진에 발을 들인 셈이니까.* 그는 그렇게 생각하고 자리에 앉았다.

"만나 주셔서 감사합니다."

---

[*] 애니멀스의 「해 뜨는 집*The House of the Rising Sun*」의 가사. 에릭 버든은 이 밴드의 리더이자 보컬이다.

마시는 아무 대꾸도 하지 않고 떨리는 손으로 잔을 들기만 했다.

"내 의뢰인으로서는 고통스러운 순간이에요. 그러니까 짧게 끝냅시다. 마시에게 하고 싶은 얘기가 있다고 하셨다는데……."

"해야 하는 얘기가 있다고 했어요." 마시가 하위의 말허리를 잘랐다. "대화를 나누어야 한다고."

"그렇군요. 마시에게 해야 하는 얘기가 뭡니까, 앤더슨 형사님? 사과라면 얼마든지 해도 좋지만 우리가 법적인 조치를 포기할 생각은 없음을 이해해 주시기 바랍니다."

일이 그렇게 됐음에도 랠프는 아직 사과할 생각이 없었다. 이 세 사람은 프랭크 피터슨의 엉덩이에 꽂힌 피 묻은 나뭇가지를 본 적 없었지만 그는 보았다.

"새로운 정보가 입수됐어요. 중요한 건 아닐지 몰라도 시사하는 바가 있어요, 뭘 시사하는 건지는 정확히 모르겠지만. 내 아내는 그걸 '합일점'이라고 표현하더군요."

"좀 더 구체적으로 얘기해 주시겠습니까?" 하위가 물었다.

"알고 보니 피터슨의 아들을 납치하는 데 쓰인 밴을 원래 훔친 범인이 프랭크 피터슨보다 기껏해야 몇 살 많은 소년이었어요. 이름은 멀린 캐시디고요. 폭력을 휘두르는 새아버지한테서 도망친 길이었죠. 뉴욕을 출발해 결국에는 텍사스 남부에서 체포가 됐는데, 그렇게 이동하는 와중에 차를 여러 대 훔쳤어요. 그 밴은 4월에 오하이오 주 데이턴에서 버렸고요. 마시, 아니 메이틀랜드 부인, 부인의 가족이 4월에 데이턴에 갔었죠."

마시는 커피를 한 모금 더 마시려고 잔을 입으로 가져가다가 쿵

하고 내려놓았다.

"아뇨. 그걸 테리한테 뒤집어씌우지는 못해요. 우리는 비행기로 왕복했고, 테리가 아버지를 만나러 갔을 때 말고는 내내 같이 있었어요. 더 이상 할 얘기 없으니까 이제 나가 주세요."

"진정해요. 우리는 테리가 요주의 인물이 된 직후부터 그게 가족여행이었고 비행기로 다녀왔다는 걸 알았어요. 다만…… 너무 이상하지 않아요? 그 밴이 부인의 가족이 있는 곳에 있었고 나중에 여기 등장했다는 게. 테리는 그걸 훔치기는커녕 본 적도 없다고 했거든요. 나도 그 말을 믿고 싶어요. 그 망할 게 그의 지문으로 뒤덮여 있었지만 그래도 그 말을 믿고 싶어요. 그리고 거의 믿을 수 있고요."

"그럴 리가요." 하위가 말했다. "우리를 속이려 들지 마요."

"테리가 캡 시티에 있었다는 물리적인 증거를 입수했다고 하면 나를 믿고 좀 더 신뢰할 수 있겠어요? 호텔 잡지 매점에서 파는 책에 테리의 지문이 묻어 있었다고 하면? 피터슨의 아들이 납치되었을 때와 거의 비슷한 시점에 그가 거기에 지문을 묻히는 걸 봤다는 사람이 있다고 하면?"

"지금 장난해요?"

알렉 펠리가 물었다. 그는 거의 충격을 받은 목소리였다.

"아뇨."

사건 자체가 테리와 더불어 사실상 폐기된 거나 다름없어도 랠프가 마시와 그녀의 변호사에게 『사진으로 보는 플린트 카운티, 두리 카운티, 캐닝 타운십의 역사』 얘기를 했다는 걸 알면 빌 새뮤얼스가 노발대발하겠지만, 그래도 그는 이 자리에서 해답을 찾기로 결심한 참이었다.

알렉이 휘파람을 불었다.

"맙소사."

"그러니까 테리가 거기 갔었다는 걸 아는군요!" 마시가 외쳤다. 두 뺨이 붉은 반점들로 이글거렸다. "알 수밖에 없겠죠!"

하지만 랠프는 그 부분에 대해 왈가왈부하고 싶지 않았다. 이미 너무 많은 시간을 허비했다.

"마지막으로 대화를 나눴을 때 테리는 데이턴에 갔었다는 얘기를 했어요. 아버지를 만나고 싶었다고 했는데, 만나고 싶었다고 하면서 얼굴을 좀 이상하게 찡그렸고요. 아버지가 거기 사시냐고 물었더니 '그런 생활도 사는 거라고 표현할 수 있다면요.'라고 하더군요. 왜 그랬던 겁니까?"

"왜 그랬던 거냐면 피터 메이틀랜드가 후기 알츠하이머 환자이기 때문이에요. 그래서 하이스먼 기억 병동에 있어요. 킨드러드 종합병원 부설이죠."

"그렇군요. 테리로서는 만나러 가기가 힘들었겠어요."

"아주 힘들었죠."

마시는 맞장구쳤다. 그녀는 이제 좀 풀어지기 시작했다. 랠프는 자신의 솜씨가 여전하다는 데 희열을 느꼈지만 용의자와 취조실에 있는 것과는 달랐다. 그녀가 숨겨진 지뢰를 밟은 낌새가 느껴지면 당장 얘기를 중단시키려고 하위와 알렉 펠리가 만반의 태세를 갖추고 있었다.

"하지만 아버님이 더 이상 테리를 알아보지 못하기 때문만은 아니었어요. 그 둘은 한참 전부터 관계다운 관계를 맺은 적이 없거든요."

"왜요?"

"그게 사건과 무슨 관계가 있습니까, 형사님?" 하위가 물었다.

"잘 모릅니다. 관계가 없을 수도 있죠. 하지만 법정에 출두한 것도 아니고 한데 부인의 대답을 들어 보면 안 될까요, 변호사님?"

하위는 마시를 쳐다보며 어깨를 으쓱했다. *알아서 해요.*

"테리는 피터와 멜린다 메이틀랜드의 외동아들이었어요. 형사님도 알다시피 그이는 여기 플린트 시티에서 어린 시절을 보냈고, 오하이오 주립 대학교에 다닌 4년을 제외하면 평생 여기서 살았죠."

"두 분이 거기서 만났나요?"

"맞아요. 아무튼 아버님은 이 일대에서 생산되는 원유량이 아직 상당했던 시절에 치어리 정유회사에서 근무했어요. 그러다 비서와 눈이 맞아서 어머님과 이혼했죠. 서로 원한이 쌓였고 테리는 어머니 편을 들었어요. 테리는…… 어렸을 때부터 의리에 목숨 거는 성격이었거든요. 테리가 보기에 아버님은 사기꾼이었어요, 물론 맞는 말이기는 했지만. 아버님이 해명을 하면 할수록 상황은 나빠지기만 했어요. 간단히 요약하자면 아버님은 돌로레스란 비서와 결혼하고 나서 본사로 전근을 요청했죠."

"본사가 데이턴에 있었나요?"

"맞아요. 아버님은 공동 양육권을 신청하지 않았어요. 테리의 선택을 존중한 거죠. 하지만 어머님이 가끔 가서 만나라고 테리의 등을 떠밀었어요. 아들은 아버지를 알아야 한다면서. 테리는 만나러 다녀오곤 했지만 오로지 어머님의 뜻을 받들기 위해서였어요. 자기 아버지를 비열하게 도망친 인간으로 간주하는 시각에는 변함이 없었죠."

하위가 말했다.

"내가 아는 테리라면 그럴 만해요."

"어머님은 2006년에 세상을 떠났어요. 심장마비로. 아버님의 두 번째 아내는 2년 뒤에 폐암으로 세상을 떠났고요. 테리는 어머니를 기리는 뜻에서 1년에 한두 번씩 계속 데이턴을 찾았고 아버지와 상당히 깍듯한 관계를 유지했어요. 아마 같은 이유에서 그랬을 거예요. 내가 기억하기로는 2011년부터 아버님은 깜빡깜빡하기 시작했어요. 침대 아래가 아니라 샤워 부스에 신발을 넣고 자동차 열쇠를 냉장고에 넣고 그런 식으로. 살아 있는 가까운 피붙이라고는 테리밖에 없기 때문에, 테리밖에 없었기 때문에 그이가 하이스먼 기억 병동에 입원시켰죠. 그게 2014년의 일이었어요."

"그런 데는 비쌀 텐데." 알렉이 말했다. "비용을 누가 부담하고 있나요?"

"보험으로요. 아버님이 보험을 아주 잘 들어 놨거든요. 돌로레스가 고집했어요. 아버님이 평생 골초였기 때문에 돌아가시면 자기가 떼돈을 물려받으려고 그랬나 봐요. 하지만 그녀가 먼저 갔죠. 아마 원인은 간접 흡연이었을 거예요."

"피터 메이틀랜드가 죽은 것처럼 얘기하시네요." 랠프가 말했다. "그런가요?"

"아뇨, 아직 살아 계세요." 마시는 그렇게 말하고는 의도적으로 남편이 한 말을 따라했다. "그런 생활도 사는 거라고 표현할 수 있다면요. 심지어 담배도 끊었어요. 하이스먼 기억 병동에서는 금연이거든요."

"마지막으로 데이턴에 갔을 때 얼마나 있었나요?"

"5일 있었어요. 테리는 거기 있는 동안 세 번 아버님을 만나러 갔고요."

"부인과 따님들은 한 번도 따라가지 않았나요?"

"네. 테리가 원하지 않았고 저도 마찬가지였어요. 아버님이 세라와 그레이스에게 할아버지 노릇을 할 수 있는 것도 아니었고, 그레이스는 상황을 이해하지 못했을 거예요."

"테리가 부친을 만나러 간 동안 부인은 뭘 하셨나요?"

마시는 미소를 지었다.

"누가 들으면 테리가 자기 아버지하고 엄청나게 많은 시간을 보낸 줄 알겠어요. 그이가 만나러 간 시간은 짧았어요. 기껏해야 한 시간 아니면 두 시간. 대개는 우리 넷이 같이 있었어요. 테리가 하이스먼 병동에 가면 우리는 호텔에서 시간을 때웠어요. 아이들은 실내 수영장에서 수영을 했고요. 하루는 우리 셋이 미술관에 갔고, 또 어느 날 오후에는 내가 디즈니 마티네 공연에 애들을 데려갔어요. 호텔 근처에 복합영화관이 있었거든요. 다른 영화도 두 편인가세 편 더 봤지만 그때는 온 가족이 다 같이 갔어요. 공군 박물관도 넷이서 갔고 분쇼프트라는 과학 박물관도 그랬고요. 애들이 엄청 좋아했어요. 평범한 가족 여행이었어요, 앤더슨 형사님. 테리만 아들로서의 의무를 다하느라 몇 시간씩 자리를 비웠을 뿐이죠."

밴을 훔치느라 그랬을 수도 있고. 랠프는 생각했다.

가능한 얘기였다. 멀린 캐시디와 메이틀랜드 가족이 같은 시기에 데이턴에 있었을 수도 있었다. 하지만 설득력이 없었고, 그랬다한들 테리가 무슨 수로 그 밴을 플린트 시티까지 몰고 왔느냐의 문제가 남았다. 굳이 번거롭게 그럴 이유도 없었다. 플린트 시티의 도심에도 훔칠 수 있는 차량이 많았다. 바버라 니어링의 스바루가 좋은 예였다.

"외식도 몇 번 했겠죠?"

그 질문에 하위가 몸을 앞으로 내밀었지만 당장은 아무 말도 하지 않았다.

"세라하고 그레이스가 워낙 좋아해서 룸서비스를 많이 이용했지만 그럼요, 외식도 했죠. 호텔 식당에서 먹는 것도 외식으로 간주된다면요."

"'토미와 터펜스'라는 데서 식사하신 적 있습니까?"

"아뇨. 그런 식당에 간 적 있다면 기억했을 텐데. 한 번은 아이홉에서 저녁을 먹었고, 아마 두 번은 크래커 배럴에서 먹었을 거예요. 왜요?"

"별다른 이유는 없습니다."

하위가 랠프를 보며 누굴 바보로 아느냐는 뜻의 미소를 지었지만 그래도 다시 의자에 기대고 앉았다. 알렉은 팔짱을 끼고 계속 무표정한 얼굴로 앉아 있었다.

"이제 됐나요?" 마시가 물었다. "이런 질문 지긋지긋해서요. 형사님도 지긋지긋하고요."

"데이턴에 있는 동안 뭔가 특이한 일이 벌어진 적 없나요? 아무거라도요. 따님이 잠깐 길을 잃었든지, 테리가 예전 친구를 만났다고 했든지, 부인이 예전 친구를 만났든지 아니면 무슨 소포가……."

"비행접시요?" 하위가 물었다. "트렌치코트를 입고 암호를 들고 온 사나이는 어때요? 아니면 주차장에서 로켓 무용단*이 춤을 추었다든지."

"도움이 되질 않는데요, 변호사님. 믿거나 말거나 나는 지금 문제를 해결하려고 여기 온 거예요."

"아무것도 없었어요." 마시는 일어나서 커피 잔을 모으기 시작했다. "테리는 아버지를 만났고, 우리는 근사한 휴가를 보냈고, 비행기를 타고 집으로 돌아왔어요. 토미 어쩌고에는 가지 않았고 밴도 훔치지 않았어요. 이제 그만……."

"아빠가 다쳤잖아요."

그들은 일제히 문 쪽으로 고개를 돌렸다. 세라 메이틀랜드가 창백하고 파리한 얼굴로 거기에 서 있었다. 청바지와 텍사스 레인저스 티셔츠를 입고 있는 모습이 너무 야위어 보였다.

"세라, 여긴 뭐 하러 내려왔어?" 마시는 잔들을 조리대에 놓고 딸에게 다가갔다. "얘기 다 끝날 때까지 동생이랑 2층에 있으라고 했잖아."

"그레이스는 벌써 잠들었어요. 어젯밤에 눈 대신 빨대가 달린 남

---

* 뉴욕 라디오시티 뮤직홀의 전속 무용단.

자가 나오는 그 바보 같은 악몽을 몇 번 더 꾸는 바람에 잠을 설쳤
거든요. 오늘 밤에는 그 꿈을 꾸지 않았으면 좋겠는데. 깨거든 베나
드릴 한 입 먹이세요."

"깨지 않고 푹 잘 거야. 이제 올라가."

하지만 세라는 꼼짝하지 않았다. 어머니처럼 혐오와 불신이 담
긴 눈빛이 아니라 호기심을 가지고 집중하는 눈빛으로 그를 쳐다
보는 바람에 랠프는 불편해졌다. 그도 아이의 눈을 똑바로 쳐다보
았지만 그러기가 쉽지 않았다.

"엄마가 그러는데 아저씨 때문에 우리 아빠가 돌아가셨다면서
요. 진짜예요?"

"아니." 그 뒤로 드디어 사과가 이어졌는데, 놀랍게도 전혀 어렵
지가 않았다. "하지만 나도 일조했고 거기에 대해서 정말 미안하게
생각한다. 내가 평생 짊어지고 가야 할 실수를 저질렀어."

"잘됐네요. 어쩌면 당연한 일일지 몰라요." 그러고는 이번에는
어머니에게 말했다. "이제 2층으로 올라갈게요. 하지만 그레이스
가 한밤중에 비명을 지르기 시작하면 개 방에 가서 잘게요."

"세라야, 가기 전에 아버지의 상처에 대해서 얘기해 줄 수 있을
까?" 랠프가 물었다.

"아빠가 할아버지를 만나러 갔을 때 생긴 일이에요. 다치자마자
간호사가 베타딘 같은 걸 바르고 밴드를 붙여 줬어요. 별문제 없었
어요. 아빠도 아프지 않다고 했고요."

"올라가렴." 마시가 말했다.

"알았어요." 그들은 아이가 맨발로 터벅터벅 계단을 향해 걸어가

는 걸 지켜보았다. 계단에 다다르자 세라는 고개를 돌렸다. "그 토미와 터펜스 식당은 우리 호텔 바로 맞은편에 있었어요. 렌터카 타고 미술관 가면서 간판을 봤어요."

19

"다친 것에 대해서 얘기해 보세요." 랠프가 말했다.

마시는 두 손을 허리춤에 얹었다.

"왜요? 대단한 일인 것처럼 크게 부풀리려고요? 왜냐하면 대단한 일이 아니었거든요."

"단서가 그것밖에 없으니까 묻는 거예요." 알렉이 말했다. "하지만 나도 궁금하긴 하네요."

"너무 피곤하면⋯⋯." 하위가 말문을 열었다.

"아니에요, 괜찮아요. 대단한 건 아니었고 그냥 긁힌 거였어요. 그이가 두 번째로 아버지를 만나러 간 날이었나?" 그녀는 미간을 찌푸리며 고개를 숙였다. "아니다, 마지막날이었네요. 다음 날 오전에 우리가 집으로 돌아왔으니까. 테리가 아버지의 병실을 나서다가 어떤 잡역부하고 부딪혔어요. 그이 말로는 둘 다 딴 데를 보다가 그랬대요. 그냥 부딪히고 서로 사과하면 될 일이었는데, 청소부가 바로 전에 바닥을 닦는 바람에 아직 물기가 남아 있었거든요. 잡역부가 미끄러지면서 테리의 팔을 잡았지만 그래도 넘어지고 말았어요. 테리가 그를 일으켜 세우고 괜찮으냐고 물으니 남자는 괜찮다고 했어요. 테리는 복도를 중간쯤 갔을 때 손목에서 피가 난다는 걸 알아차렸어요. 잡역부가 넘어지지 않으려고 테리를 붙잡았을 때 손톱에 긁혔나 봐요. 아까 세라가 얘기했던 것처럼 간호사가 소독하고 밴드를 붙여 줬어요. 그게 다예요. 이로써 사건이 해결됐나요?"

"아뇨."

하지만 노란색 브래지어 끈과는 달랐다. 이번에는 어떤 연관성 (지넷의 표현을 빌자면 합일점)이 있는지 파악할 수 있을 듯하지만 유넬 사블로의 도움이 필요할 것이었다. 랠프는 자리에서 일어섰다.

"시간 내줘서 고마웠어요, 마시."

그녀는 차가운 미소를 지었다.

"메이틀랜드 부인이라고 해야죠."

"알았어요. 그리고 하워드, 중간에서 다리 놓아 줘서 고마웠어요."

그는 변호사에게 손을 내밀었다. 잠깐 동안 그 손은 허공에 그대로 머물렀지만 결국에는 하위가 악수에 응했다.

"내가 배웅할게요." 알렉이 말했다.

"혼자서 길을 찾아갈 수 있을 것 같은데요."

"당연히 그렇겠지만 마중하러 나갔던 내가 배웅하면 대칭이 딱 맞잖아요."

그들은 거실을 가로질러서 짧은 복도를 지났다. 알렉이 문을 열었다. 랠프는 밖으로 나섰다가 알렉이 따라 나오는 걸 보고 놀랐다.

"다친 상처가 뭐 어쨌다는 겁니까?"

랠프는 그를 쳐다보았다.

"뭐가요?"

"알면서 왜 시치미 떼요. 표정이 달라졌는데."

"위산이 살짝 과다 분비돼서 그랬어요. 원래 잘 그러는데 오늘 이 자리가 힘들었거든요. 그 아이가 나를 쳐다보던 눈빛만큼 힘들지는 않았지만. 미끄럼틀 위의 벌레로 전락한 기분이었어요."

알렉이 뒤에서 문을 닫았다. 랠프가 계단 두 개 아래에 있었지만 키가 있기 때문에 두 남자의 시선이 거의 평행으로 만났다.

"할 얘기가 있어요."

"하세요."

랠프는 마음의 준비를 했다.

"그런 식으로 체포한 건 엿 같았어요. 그것도 아주 심하게. 당신도 지금쯤은 알 테지만."

"오늘 밤에 훈계는 이 정도면 충분하다고 보는데요."

랠프는 몸을 돌리려고 했다.

"내 얘기 아직 안 끝났어요."

몸을 다시 돌린 랠프는 고개를 숙이고 발을 살짝 벌렸다. 전사의 자세였다.

"나는 애가 없어요. 마리가 낳질 못했어요. 하지만 당신 아들 나이의 아들이 있고 그 아이에게 중요한 인물이, 그 아이가 우러러보던 인물이 변태 살인마였다는 확실한 증거가 있으면 당신처럼, 아니 그보다 더 심하게 했을 거예요. 그러니까 당신이 왜 이성을 잃었는지 이해한다는 얘기예요."

"그렇군요. 그런들 사태가 개선되지는 않겠지만 고마워요."

"만약 뭣 때문에 다친 상처에 대해 물었는지 얘기하고 싶은 마음이 생기거든 연락 줘요. 어쩌면 우리는 모두 한 편일지 몰라요."

"갈게요, 알렉."

"잘 가요, 형사님. 운전 조심해요."

20

그가 지넷에게 어떤 식으로 면담이 끝났는지 설명하고 있었을 때 전화벨이 울렸다. 유넬이었다.

"내일 얘기 좀 할 수 있을까요, 랠프? 아이가 그 헛간에서 찾은, 메이틀랜드가 기차역에서 입고 있었던 옷이 좀 이상해요. 사실 이상한 게 한두 가지가 아니에요."

"지금 얘기해요."

"아뇨. 지금은 퇴근하는 길이라서요. 피곤해요. 그리고 생각도 좀 해 봐야겠고."

"알았어요, 그럼 내일. 어디서 만날래요?"

"조용하고 사람들 없는 곳에서 보죠. 당신을 만나는 걸 들키면 안 되거든요. 당신은 휴직 중이고 나는 사건에서 손을 뗀 상태라. 사실 사건이 종료되기도 했죠. 메이틀랜드가 죽었으니."

"그 옷은 어떻게 처리하기로 했어요?"

"캡 시티에서 법의학 검사를 받기로 했어요. 그런 다음 플린트 카운티 보안관실로 넘기기로."

"지금 장난해요? 메이틀랜드의 다른 증거들과 같이 보관해야죠.

게다가 딕 둘린은 설명서가 없으면 자기 코도 못 푸는 인간인데."

"그게 맞는 말일지 몰라도 캐닝 타운십이 시(市)가 아니고 카운
티라 보안관의 관할이에요. 겔러 서장이 형사를 한 명 파견했다는
데 그냥 예의상 보낸 거예요."

"호스킨스요."

"맞아요, 이름이 그거였어요. 아직 오지는 않았는데, 그가 도착할
때쯤이면 모두 퇴근하고 없을 거예요. 오다가 길을 잃었나."

*그보다는 중간에 다른 데로 새서 몇 잔 걸치고 있을 가능성이 더
크지.* 랠프는 생각했다.

"그 옷들은 결국 보안관실 증거 상자로 옮겨져서 22세기가 시작
되도록 거기 보관될 거예요. 아무도 관심을 보이지 않을 테고요. 메
이틀랜드가 범인이고 메이틀랜드는 죽었으니 이제 잊어버리자고,
이런 분위기로."

"나는 아직 그럴 생각이 없어요." 그렇게 말한 랠프는 소파에 앉
아 있던 지넷이 주먹을 쥐고 양쪽 엄지손가락을 추켜올리자 미소
를 지었다. "경위님은 그럴 생각이에요?"

"그럴 생각이면 이렇게 전화를 했겠어요? 내일 어디서 만날까
요?"

"더브로 기차역 근처에 조그만 커피숍이 있어요. '오말리스 아이
리시 스푼'이라는 덴데 찾아올 수 있겠어요?"

"당연하죠."

"10시?"

"좋아요. 할 일이 생기면 전화해서 약속 변경할게요."

"목격자 진술은 전부 받았죠?"

"노트북에 있어요."

"그거 들고 와요. 내 소지품은 전부 지서에 있는데, 출근을 하면 안 된다고 하네요. 할 얘기가 많아요."

"나도 마찬가지예요. 아직 결론이 내려지지 않았지만, 랠프, 우리가 발견하는 사실들이 과연 마음에 들까 싶어요. 이거 정말 깊은 숲 같네요."

사실. 랠프는 전화를 끊으며 생각했다. *이건 캔털루프 멜론이야. 그리고 이 우라질 멜론은 구더기들로 가득하지.*

21

잭 호스킨스는 엘프먼의 동네로 가는 길에 젠틀맨 플리즈에 들러 보드카 토닉을 주문했다. 휴가 도중에 불려 나왔으니 그래도 되지 않을까 싶었다. 첫 잔은 벌컥벌컥 비웠고 다시 한 잔을 주문해 이번에는 홀짝홀짝 마셨다. 무대를 누비는 스트리퍼 두 명이 아직 옷을 전부 입고 있었지만(젠틀맨에서는 이게 브래지어와 팬티를 입고 있었다는 뜻이다.) 서로 나른하게 애무하는 걸 보고 잭은 살짝 발기했다.

그가 계산하려고 지갑을 꺼내자 바텐더가 손사래를 쳤다.

"서비스입니다."

"고맙네."

잭은 팁을 바 카운터에 놓고 조금 괜찮아진 기분을 느끼며 밖으로 나섰다. 출발하며 사물함에서 박하사탕을 꺼내 두 개를 한꺼번에 씹어 먹었다. 사람들은 보드카를 마시면 냄새가 안 난다고 하지만 헛소리였다.

시골길은 노란색 경찰 테이프로 막혀 있었다. 시가 아니라 카운티 경찰이었다. 호스킨스는 차에서 내려 테이프가 묶인 말뚝을 뽑고 차로 지나간 다음 말뚝을 다시 꽂았다. *졸라 열 받네.* 그는 생각했고, 헛간 하나와 창고 세 개로 이루어진 다 쓰러져 가는 건물에 다다랐을 때 아무도 없는 걸 발견하고는 더욱 열 받았다. 그는 이 좌절감을 공유하기 위해 지서로 연락하려고 했다. 샌디 맥길이라는 내숭떠는 쌍년이라도 상관없었다. 하지만 들리는 거라고는 지직거리는 전파 방해음뿐이었다. 이 뭣 같은 남부에서 휴대전화가 터질 리 없었다.

그는 길쭉한 손전등을 들고 차에서 내렸다. 주된 목적은 다리를 풀기 위해서였다. 여기서 할 일은 없었다. 바보들이나 하는 헛걸음이었고 그가 바로 그 바보였다. 거센 바람이 불고 있었다. 산불이 시작되면 찰떡궁합을 자랑할 뜨거운 입김이었다. 오래된 펌프 주변으로 미루나무가 옹기종기 모여 있었다. 이파리들이 바스락거리며 춤을 추었고, 그림자들이 달빛을 받고 땅바닥 위를 질주했다.

옷들이 발견된 헛간 입구에도 노란색 테이프가 둘러져 있었다. 밀봉돼서 지금쯤 캡 시티로 옮겨지고 있겠지만 메이틀랜드가 아이를 죽인 뒤 어느 시점에 여기 왔다니 생각만으로도 섬뜩했다.

어떻게 보면 내가 그의 행적을 되짚고 있는 거야. 그가 피 묻은 옷을 갈아입은 나루터를 지나서 젠틀맨 플리즈로 갔잖아. 그 스트립

바에서 더브로로 갔다가 다시 뱅 돌아서…… 여기로 온 게 분명해.

열려 있는 헛간 문이 떡 벌린 입 같았다. 호스킨스는 어딘지 모를 이런 오지에서 혼자 그쪽으로 접근하고 싶은 생각은 없었다. 메이틀랜드는 죽었고 유령 같은 건 없었지만 그래도 그 근처에는 얼씬하고 싶지 않았다. 때문에 한 발짝씩 천천히 억지로 움직여 전등으로 안을 비추었다.

누군가가 헛간 저쪽 끝에 서 있었다.

잭은 나지막이 비명을 지르며 허리에 찬 무기를 향해 손을 뻗었지만 아무것도 없었다. 글록은 그가 트럭에 넣고 다니는 가드올 금고 안에 들어 있었다. 그는 손전등을 떨어뜨렸다. 허리를 숙여서 전등을 줍자 술기운이 확 올라오는데, 취기가 도는 수준이라기보다 머리가 핑 돌고 몸이 휘청거리는 정도였다.

그는 전등으로 다시 헛간을 비추고 웃음을 터뜨렸다. 사람이 아니라 거의 두 동강 난 멍에였다.

이제 그만 가야겠다. 젠틀맨에 들러서 한 잔 더 하고 집에 가서 곧장 침…….

뒤에 누군가가 있었다. 이번에는 착각이 아니었다. 길고 홀쭉한 그림자가 보였다. 그리고 저건…… 숨소리인가?

눈 깜빡할 새 저자가 나를 덮칠 거야. 얼른 땅바닥으로 엎드려서 몸을 굴려야 해.

그런데 그럴 수가 없었다. 온몸이 얼어붙었다. 왜 현장에 아무도 없다는 걸 알았을 때 차를 돌리지 않았을까? 왜 총을 금고에서 꺼내지 않았을까? 애초에 왜 트럭에서 내렸을까? 잭은 캐닝 타운십의 흙길 끝에서 자신이 죽게 생겼다는 사실을 문득 깨달았다.

바로 그때 무언가가 그를 건드렸다. 뜨끈뜨끈한 물주머니처럼 뜨거운 손이 잭의 뒷덜미를 어루만졌다. 그는 비명을 지르려고 했지만 지르지 못했다. 가슴이 금고 안에 든 글록처럼 잠겨 버렸다. 이제 손이 하나 더 합쳐져 그의 목을 조르기 시작할 것이었다.

그런데 손이 물러났다. 하지만 손가락은 아니었다. 손끝만 살짝 앞뒤로 움직이며 그의 살갗을 스치고 지나가 뜨끈한 흔적을 남겼다.

잭은 꼼짝하지 못한 채 얼마나 오랫동안 그 자리에 서 있었는지 알 수 없었다. 20초였을 수도 있었다. 2분이었을 수도 있었다. 바람이 불어와 그의 머리칼을 헝클어뜨리고 그 손가락처럼 목을 어루만졌다. 미루나무 그림자들이 달아나는 물고기처럼 흙과 잡초 위를 떼 지어 지나갔다. 그 사람, 혹은 그것은 길고 홀쭉한 그림자를 드리우며 잭의 뒤에 서 있었다. 거기서 그를 쓰다듬고 어루만졌다.

잠시 후에 손끝과 그림자가 한꺼번에 사라졌다.

잭은 휙 하니 몸을 돌렸고, 바람에 날린 재킷 자락이 뒤에서 펄럭이는 소리를 내자 이번에는 길고 우렁차게 비명을 질렀다. 그는 빤히 쳐다보았지만······

아무것도 없었다.

버려진 건물 몇 채와 4000제곱미터쯤 되는 흙바닥뿐이었다.

그 자리에는 아무도 없었다. 아까부터 그랬다. 헛간도 마찬가지였다. 부러진 멍에뿐이었다. 땀으로 젖은 그의 뒷덜미를 쓰다듬은 손가락은 없었다. 바람이었다. 그는 어깨 너머를 한 번, 두 번, 세 번 흘끗거리며 성큼성큼 트럭으로 돌아갔다. 안으로 올라탔고, 바람에 실린 그림자가 백미러 위로 지나가자 움찔하며 시동을 걸었다. 시속 80킬로미터의 속력으로 시골길을 질주해 오래된 묘지와 버려진 랜치하우스를 지나서, 이번에는 노란색 테이프 앞에서 멈추지 않고 그대로 뚫고 통과했다. 타이어에서 끼이익 하는 소리를 내 가며 79번 고속도로로 진입해 플린트 시티로 향했다. 시 경계선을 지났을 무렵에는 버려진 헛간에서 아무 일도 없었다고 그 자신을 설득할 수 있었다. 뒷덜미가 욱신거리는 것도 별일 아니었다.

전혀 별일 아니었다.

노랑

1

토요일 오전 10시의 오말리스 아이리시 스푼은 손님이 없는 거나 다름없었다. 두 영감님이 체스판을 사이에 두고 커피 잔과 함께 앞쪽에 앉아 있었다. 딱 한 명뿐인 웨이트리스는 인포머셜이 방영 중인 카운터 위편의 조그만 텔레비전을 뚫어져라 들여다보고 있었다. 현재 판매 중인 제품은 골프 클럽인 듯했다.

유넬 사블로는 빛바랜 청바지와 근사한 근육(랠프는 2007년 이후로 근사한 근육을 장착한 적이 없었다.)이 드러나 보일 정도로 타이트한 티셔츠를 입고 뒤편 테이블에 앉아 있었다. 그도 텔레비전을 쳐다보고 있다가 랠프를 보고 손짓했다.

그가 자리에 앉자 유넬이 말했다.

"웨이트리스가 저 골프 클럽에 왜 저렇게 관심을 보이지는 모르겠어요."

"여자들은 골프를 치지 않는다 이거예요? 요즘이 어떤 세상인데 그런 성차별적인 발언을."

"여자들도 골프 친다는 거야 알죠. 하지만 저 클럽은 의미 없거든요. 저걸로 쳤는데 14번 홀에서 짧으면 홀컵에다 오줌을 싸도 좋대요. 심지어 오줌 쌀 때 가릴 수 있게 조그만 앞치마까지 같이 주겠대요. 여자들한테는 그런 광고가 안 먹히잖아요."

웨이트리스가 주문을 받으러 왔다. 랠프는 웃음이 터지지 않게 웨이트리스가 아니라 메뉴판을 보며 스크램블드에그와 호밀 토스트를 주문했다. 오늘 아침에 터지려는 웃음보를 참아야 할 줄은 몰랐는데, 그래도 피식 웃음이 났다. 앞치마를 상상하느라 그랬다.

웨이트리스는 독심술의 대가일 필요가 없었다.

"맞아요, 우스운 구석이 있긴 하죠. 전립선이 자몽만 한 골프광 남편이랑 사는데, 생일에 뭘 선물하면 좋을지 모르겠는 여자라면 모를까."

랠프와 유넬의 시선이 만났고 이로써 빵 터졌다. 그들이 배를 잡고 껄껄대며 웃자 체스를 두던 영감님들이 못마땅해하는 표정으로 돌아보았다.

"뭐 주문하실 거예요?" 웨이트리스가 유넬에게 물었다. "아니면 그냥 커피만 마시면서 컴포트 나인 아이언 보고 웃을 거예요?"

유넬은 우에보스 란체로스*를 주문했다. 웨이트리스가 가자 그가 말했다.

---

* 프라이하거나 삶은 계란을 토르티야에 얹고 토마토소스를 넣어서 먹는 멕시코 요리.

"희한한 일들이 많은 참 희한한 세상이에요. 그렇지 않아요?"

"우리가 이 자리에서 만난 이유를 생각하면 그렇다고 할밖에요. 캐닝 타운십에서는 뭐가 그렇게 희한했어요?"

"한두 개가 아니에요."

유넬은 잭 호스킨스가 (경멸하는 뜻에서) '남자용 핸드백'이라고 부르는 가죽 숄더백을 들고 왔다. 거기서 이리저리 실려 다니느라 케이스가 너덜너덜해진 아이패드미니를 꺼냈다. 랠프도 느꼈다시피 요즘 들어 이런 장치를 들고 다니는 경찰들이 점점 많아졌다. 2020년, 아무리 늦어도 2025년이면 전통적으로 쓰이던 경찰용 수첩을 완전히 대체할 수 있었다. 세상이 변해 가고 있었다. 따라서 움직이든지 뒤처지든지, 둘 중 하나였다. 그는 대체로 컴포트 나인 아이언보다는 그런 장치를 생일선물로 더 선호하는 편이었다.

유넬이 버튼을 두어 개 두드려 메모를 띄웠다.

"더글러스 엘프먼이라는 아이가 어제 오후 늦게 버려진 옷가지를 발견했어요. 뉴스에서 들은 말 머리 벨트 버클을 알아보고 연락하자 아빠가 당장 주 경찰청에 신고했죠. 저는 5시 45분쯤에 경찰차를 타고 현장에 도착했어요. 바지는 아무 데서나 볼 수 있는 청바지였는데 버클은 한눈에 알아보겠더라고요. 직접 확인해 보세요."

그가 화면을 다시 두드리자 버클을 클로즈업한 사진이 화면 가득 떴다. 랠프가 보기에도 테리가 더브로 보겔 교통회관의 보안 카메라에 찍혔을 때 차고 있던 그 벨트 버클이었다.

랠프는 유넬에게 하는 말인 동시에 혼잣말처럼 중얼거렸다.

"좋아, 체인에 연결 고리가 하나 더 생겼네. 밴을 쇼티스 펍 뒤편에 세우고. 스바루로 갈아타서 그 차는 아이언 브리지 근처에 버리고, 새 옷으로 갈아입은 다음……."

"501 청바지, 자키 속옷, 하얀 운동용 양말 그리고 상당히 비싼 운동화로요. 거기에 근사한 버클이 달린 허리띠."

"흐음. 핏자국 없는 깨끗한 옷으로 갈아입은 다음 젠틀맨 플리즈에서 택시를 타고 더브로로 갔죠. 그런데 역까지 가서 기차는 타지 않았어요. 왜 그랬을까요?"

"추적에 혼선을 일으키려고 처음부터 그냥 되돌아올 작정이었을 수 있어요. 아니면…… 황당한 생각이 떠올랐는데. 들어 보실래요?"

"좋죠."

"메이틀랜드는 도망칠 작정이었어요. 그 댈러스-포트워스행 열차를 타고 계속 갈 생각이었어요. 멕시코로 아니면 캘리포니아로. 사람들이 자기 얼굴을 봤다는 걸 아는데 피터슨이라는 아이를 죽인 다음 플린트 시티에 남을 이유가 없잖아요. 다만……."

"다만 뭐요?"

"다만 그 결정적인 경기를 앞두고 차마 떠날 수가 없었어요. 아이들에게 또 한 번의 승리를 선물하고 싶었거든요. 결승전에 진출할 수 있게."

"진짜 황당한 생각이네."

"애초에 그 아이를 죽인 것보다 더요?"

유넬이 정곡을 찔렀지만 음식이 나온 덕분에 랠프는 대답을 모면할 수 있었다. 웨이트리스가 가자마자 랠프가 물었다.

"버클에 지문이 있었어요?"

유넬은 미니를 두드려 말 머리 버클을 클로즈업으로 촬영한 다른 사진을 보여 주었다. 하얀 지문 감식 가루로 덮여서 반짝이던 은색 버클이 흐릿해졌다. 예전에 춤을 배울 때 썼던 스텝 그림처럼 겹쳐진 지문이 보였다.

"과학수사반 컴퓨터에 메이틀랜드의 지문이 저장돼 있어요. 프로그램을 돌리니까 당장 일치한다는 결과가 나왔고요. 그런데 맨 첫 번째로 이상한 부분이 이거예요, 랠프. 버클에 찍힌 지문의 선과 소용돌이무늬가 희미하고 군데군데 끊겼거든요. 그래도 법정에 증거로 제출할 수 있을 정도는 되지만 그걸 감식한 수사관이 수천 번의 경험이 있는 수사관인데, 그 사람이 말하길 노인의 지문 같다는 거예요. 여든 살이나 심지어 아흔 살은 된 노인. 내가 얼른 나가고 싶어서 옷을 후닥닥 갈아입으면 그럴 수도 있느냐고 물었거든요. 그 전문가가 그럴 수도 있다고 대답하긴 했지만 수긍하지는 않는 눈치였어요."

"흠." 랠프는 말하고 스크램블드에그를 공략했다. 두 가지 용도로 쓰이는 골프 클럽을 보고 갑작스럽게 터진 폭소처럼 입맛이 돌아온 것도 반가운 뜻밖의 변화였다. "이상하긴 하지만 부수적인 부분이잖아요."

그는 과연 언제까지 이 사건에서 계속 등장하는 이례적인 사실들을 부수적인 부분으로 간주할 수 있을까?

"다른 지문도 있어요. FBI 전국 데이터베이스로 전송할 수 없을 만큼 뭉개지긴 했지만 수사관이 밴에 찍힌 주인 없는 지문과 버클에 찍힌 이 다른 지문을 비교했거든요…… 한번 보세요."

유넬은 아이패드를 랠프에게 넘겼다. 두 그룹의 지문이 있는데, 한쪽에는 신원 불명 밴, 다른 쪽에는 신원 불명 벨트라고 되어 있었다. 둘이 서로 비슷했지만 딱 거기까지였다. 하위 골드처럼 불도그 같은 변호사를 상대로 법정에서 증거로 제시할 수 있을 정도는 아니었다. 하지만 여기는 법정이 아니었고, 랠프가 보기에는 동일인이 남긴 지문이었다. 그래야 간밤에 마시 메이틀랜드에게 들은 정보하고도 맞아떨어졌다. 절대 완벽하게 일치하지는 않았지만 상사나…… 선거에 혈안이 된 지방검사에게 일일이 업무 지시를 받을 필요가 없는 휴직 중인 형사가 보기에는 흡사했다.

유넬이 우에보스 란체로스를 먹는 동안 랠프는 마시와 만난 얘기를 하되 하나만 나중을 위해 남겨두었다.

"중요한 건 밴이에요." 그는 말문을 맺었다. "과학수사반에서 그걸 원래 훔친 아이의 지문을 몇 개 찾을 수 있을지 모르겠지만……."

"이미 찾았어요. 엘패소 경찰로부터 멀린 캐시디의 지문을 입수했어요. 컴퓨터 대조 결과 밴에 찍힌 주인 없는 지문 몇 개와 일치하는 걸로 밝혀졌고요. 캐시디가 쓸 만한 게 있나 싶어 열어 보았는지 대부분 공구상자에 남아 있었어요. 또렷해요, 이거하고는 다르게."

그는 밴과 허리띠 버클이라고 된 신원 불명의 흐릿한 지문을 다시 화면에 띄웠다.

랠프는 접시를 옆으로 치우고 몸을 앞으로 기울였다.

"얼마나 딱 들어맞는지 알겠죠? 우리도 알다시피 데이턴에서 밴을 훔친 사람은 테리가 아니에요. 그 가족은 비행기를 타고 다녀왔으니까. 하지만 밴에 남은 흐릿한 지문과 허리띠의 지문이 실제로 동일하다면…….”

“결국 그에게 공범이 있었다고 생각하시는군요. 밴을 데이턴에서 플린트 시티로 옮긴 사람이.”

“그럴 수밖에 없잖아요. 달리 설명할 방법이 없으니.”

“얼굴은 똑같이 생겼고요?”

“다시 원점이네.” 랠프는 말하고 한숨을 쉬었다.

“그리고 허리띠에 그의 지문도 있고 신원 불명의 지문도 있었어요.” 유넬은 말을 이었다. “그러니까 메이틀랜드와 대역이 같은 허리띠를, 어쩌면 아예 옷 전체를 같이 입었다는 얘기예요. 뭐, 사이즈가 같지 않겠어요? 태어나자마자 헤어진 쌍둥이 형제니까. 문제가 있다면 기록상 테리 메이틀랜드는 외아들이었다는 거지만.”

“또 알아낸 거 뭐 없어요? 아무거라도.”

“있어요. 정말 희한한 개떡이 등장했어요.” 그는 의자를 옮겨서 랠프와 나란히 앉았다. 이제는 매직으로 1이라고 쓴 투명한 증거 봉투 옆에 지저분하게 뭉뚱그려져 있는 청바지, 양말, 속옷, 운동화를 클로즈업해서 찍은 사진이 아이패드에 띄워져 있었다. “얼룩 보이죠?”

“보여요. 정체가 뭐예요?”

“모르겠어요. 과학수사관도 모르겠다지만 그중 한 명이 정액 같아 보인다고 했고 나도 그렇지 않나 생각해요. 사진상으로는 잘 보이지 않지만…….”

“*정액?* 지금 장난해요?”

웨이트리스가 다시 왔다. 랠프는 아이패드 화면을 뒤집었다.

"커피 리필해 드릴까요?"

둘 다 리필을 받았다. 그녀가 떠나자 랠프는 다시 옷을 찍은 사진 쪽으로 시선을 돌려서 손가락을 벌려 이미지를 확대했다.

"유넬, 청바지 사타구니 부분과 양쪽 다리, 바짓단에 묻어 있는데……"

"그리고 속옷과 양말에도요. 운동화는 말할 것도 없고요. 안팎으로 묻어서 도자기에 바른 유약처럼 제대로 굳었어요. 뭔지 모르겠지만 9번 아이언의 움푹 들어간 곳을 채우고도 남을 정도예요."

랠프는 웃지 않았다.

"정액일 리 없어요. 심지어 포르노 배우 존 홈즈의 전성기 시절이라 해도……"

"나도 알아요. 그리고 정액은 이러지 않죠."

유넬이 화면을 넘겼다. 다음은 헛간 바닥을 넓게 찍은 사진이었다. 이번에는 2라고 적힌 증거 색인표가 얼기설기 쌓인 건초 더미 옆에 놓여 있었다. 적어도 랠프가 보기에는 건초였다. 사진의 왼편 저쪽 끝에 3번 색인표가 가만히 무너져 가는 건초 위에 놓여 있었다. 오래전부터 그 자리에 있었던 것처럼 보이는데, 대부분 까만색이었다. 찐득찐득한 부식성 물질이 거길 타고 바닥으로 흐르기라도 한 듯 건초 옆면도 까만색이었다.

"같은 얼룩이에요? 확실해요?"

"90퍼센트 정도요. 그리고 고미다락에도 또 있어요. 이게 정액이라면 기네스북에 등재될 만한 야간 분출이에요."

"그럴 리 없어요." 랠프는 나지막이 중얼거렸다. "다른 걸 거예요. 다른 건 몰라도 정액이 묻었다고 건초가 까매지지는 않잖아요. 말이 안 돼요."

"내가 보기에도 그렇지만, 나야 뭐, 가난한 멕시코 농부의 아들이니까요."

"과학수사반에서 분석하겠죠."

유넬은 고개를 끄덕였다.

"지금 하고 있어요."

"결과 나오면 알려 줘요."

"그럴게요. 어떤 뜻에서 시간이 지날수록 점점 희한해진다고 했는지 알겠죠?"

"지넷은 설명할 수 없는 현상이라고 했어요." 랠프는 헛기침을 했다. "사실 초자연적이라는 단어를 썼죠."

"제 아내 가브리엘라도 똑같은 말을 했는데. 여자들의 습성일까요? 아니면 멕시코 출신의 습성이든지."

랠프는 눈썹을 추켜세웠다.

"*시, 세뇨르.*(네, 선생님.)" 유넬은 웃음을 터뜨렸다. "제 아내가 어머니가 일찍 돌아가시는 바람에 *아부엘라*(할머니) 밑에서 컸거든요. 그분이 아내의 머릿속에 온갖 전설을 심어 놨어요. 이번 사건에 대해 얘기했더니 아내가 멕시코 귀신에 얽힌 얘기를 들려주더라고요. 일설에 따르면 결핵으로 죽어 가던 환자였는데 사막에 사는 현자, 그러니까 *에르미타뇨*(은둔자)가 어린아이의 피를 마시고 아이들의 기름을 가슴과 두부에 바르면 낫는다고 했대요. 그래서 귀신은

들은 대로 했고 영생을 얻었대요. 못된 아이들만 잡아간답니다. 들고 다니는 커다랗고 까만 자루에 넣어서. 아내가 그러는데 어렸을 때, 일곱 살쯤 됐을 때 성홍열에 걸린 남동생을 치료하러 집을 찾아온 의사를 보고 자기가 발작처럼 비명을 지른 적이 있대요."

"의사가 까만 가방을 들고 왔군요."

유넬이 고개를 끄덕였다.

"이 귀신 이름이 뭐였더라? 생각이 날 듯 말 듯 나질 않네요. 이럴 때 괴롭지 않아요?"

"그러니까 이번 사건이 그거라고 생각해요? 귀신의 소행?"

"아뇨. 내가 가난한 멕시코 농부의 아들일 수도 있고 애머릴로 자동차 영업 사원의 아들일 수도 있지만 *아톤타도*(바보)는 아니에요. 반장님이나 저와 다를 바 없는 인간이 프랭크 피터슨을 죽였고 그 인간은 테리 메이틀랜드였을 가능성이 커요. 어떻게 된 영문인지 파악하면 모든 퍼즐 조각이 맞아떨어질 테고, 나도 다시 밤새 단잠을 잘 수 있을 텐데. 이 사건 때문에 아주 그냥 골머리가 아프거든요." 유넬은 손목시계를 확인했다. "이제 그만 가야겠어요. 아내를 캡 시티에서 열리는 공예품 박람회에 태워다 주기로 했거든요. 더 궁금한 거 있으세요? 적어도 하나는 있어야 하는데. 희한한 일이 한 가지 더 반장님의 목전에 있거든요."

"헛간에 바퀴 자국은 있었어요?"

"제가 그걸 염두에 두고 한 얘기는 아니었지만 있었어요. 하지만 쓸모는 없었어요. 자국도 보이고 기름도 살짝 떨어져 있었지만 대조할 수 있을 만큼 선명한 스키드 마크는 없었거든요. 내가 보기에는 메이틀랜드가 아이를 납치할 때 이용한 밴 자국이 아닌가 싶어요. 스바루보다 간격이 넓었거든요."

"오케이. 그 마법의 장치에 목격자 증언 전부 저장돼 있죠? 가기 전에 내가 클로드 볼턴한테 받은 진술서를 좀 볼 수 있을까요? 젠틀맨 플리즈의 경비 말이에요. 그 친구가 경비라는 단어에 문제를 제기했던 걸로 기억하지만."

유넬은 파일 하나를 불러왔다가 고개를 젓고 다른 파일을 불러서 아이패드를 랠프에게 건넸다.

"스크롤 내려서 보세요."

랠프는 스크롤을 내려 찾던 부분을 화면 한가운데로 띄웠다.

"여기 있네. 볼턴이 이랬거든요. '또 하나 기억나는 게 있는데, 별건 아니지만 그 사람이 정말 그 아이를 죽인 범인이라면 좀 섬뜩해요.' 볼턴은 그 남자 때문에 다쳤다고 했어요. 내가 무슨 뜻이냐고 물었더니 자기 친구 조카들을 잘 가르쳐 줘서 고맙다며 메이틀랜드에게 악수를 청했대요. 그때 메이틀랜드의 새끼손톱에 손등을 긁혀서 살짝 까졌답니다. 볼턴 말로는 자기 약쟁이 시절이 생각난다고, 데블스 디시플스에 가면 코카인을 뜨는 데 쓰려고 새끼손톱을 길게 기르는 남자들이 있었다는 거예요. 패션 선언이었는지 몰라도."

"그게 중요한 문제인 이유는요?"

유넬은 살짝 호들갑스럽게 손목시계를 다시 한 번 확인했다.

"어쩌면 중요한 문제가 아닐 수도 있어요. 어쩌면……."

하지만 그는 다시 부수적인 부분이라고 하지는 않을 작정이었다.

그 단어를 쓸 때마다 점점 마음에 들지 않았다.

"어쩌면 별일 아니겠지만 아내가 '합일점'이라고 하는 현상이거든요. 테리도 데이턴의 치매 병동에 아버지를 만나러 갔을 때 그 비슷한 상처가 생겼어요."

랠프는 잡역부가 미끄러져서 테리를 잡는 바람에 그 와중에 상처가 생겼다고 간단하게 설명했다.

유넬은 곰곰이 생각하다가 어깨를 으쓱했다.

"순전히 우연의 일치인 것 같은데요. 이제 정말 가야겠어요, 가브리엘라의 분노를 유발하고 싶지 않으면. 그런데 반장님이 그냥 지나친 부분이 있어요, 타이어 자국 말고요. 심지어 반장님의 친구 볼턴도 그걸 언급했는데. 스크롤을 올려 보면 찾을 수 있을 거예요."

하지만 랠프는 그럴 필요가 없었다. 그의 목전에 있었다.

"바지, 속옷, 양말 그리고 운동화…… 하지만 셔츠는 없다."

"맞아요. 그가 좋아하는 셔츠였거나, 헛간을 나서기 전에 갈아입을 셔츠가 없었던 거죠."

2

랠프는 플린트 시티까지 절반쯤 갔을 때 브래지어 끈에 대해 신경이 쓰였던 이유를 드디어 깨달았다.

그는 부지가 8000제곱미터인 바이런스 주류 할인 판매점에 차를 세우고 단축 다이얼을 눌렀다. 유넬의 음성사서함으로 넘어갔다. 랠프는 메시지를 남기지 않고 전화를 끊었다. 유넬은 이미 초과 근무를 했다. 주말을 즐길 자격이 있었다. 그리고 이제 잠깐 생각해보니 이 합일점은 아내 말고는 어느 누구하고도 공유하고 싶지 않았다.

테리가 총격을 당하기 직전에, 과다각성 상태였을 때 그가 본 노란색이 브래지어 끈 말고 또 있었다. 섬뜩한 큰 그림을 구성하는 뭔가가 노란색이었는데, 몇 초 뒤에 올리 피터슨이 신문 가방에서 구식 리볼버를 꺼내는 바람에 거기에 덮여 그의 머릿속에서 브래지어 끈으로 대체돼 버렸다. 그러니 기억이 나지 않을 만도 했다.

얼굴에 끔찍한 화상을 입었고 두 손에 문신을 새긴 남자가 남은 흉터를 가리려는 의도였는지 머리에 노란색 반다나를 하고 있었다. 하지만 그게 반다나였을까? 다른 것일 수도 있었을까? 예를 들면 사라진 셔츠? 테리가 기차역에서 입고 있었던 것?

기억이 나려고 하고 있어. 랠프는 생각했고 어쩌면 진짜일지 몰랐지만…… 그의 무의식(생각 뒤의 생각들)은 처음부터 계속 소리를 지르고 있었다.

그는 눈을 감고 테리의 생애 마지막 몇 초 동안 펼쳐진 광경을 고스란히 소환해 보았다. 자기 손에 묻은 피를 보고 썩소를 날리던 금발의 앵커. 주사기 아래에 **메이틀랜드는 약을 받아라**라고 적힌 팻말. 입술이 기형이었던 남자아이. 마시에게 손가락 욕을 날리려고 몸을 기울이던 여자. 그리고 조물주가 거대한 지우개로 이목구비를 지우고 화염으로 손보다 훨씬 끔찍한 문신을 새기는 바람에, 얼굴에 덩어리와 벌겋게 벗겨진 피부, 코 대신 구멍만 남은 화상 환자.

그리고 이렇듯 그 순간을 되새김질해 보니 남자가 머리에 쓰고 있던 것은 반다나가 아니라, 장식처럼 어깨까지 늘어뜨린 그보다 큰 무언가였다.

그렇다, 그게 셔츠였을 수도 있지만…… 그렇다 하더라도 그 셔츠였을까? 보안 카메라 영상에서 테리가 입고 있었던? 그걸 알아볼 방법이 있을까?

알아볼 방법이 있을 것 같았지만 그러자면 그보다 훨씬 컴퓨터에 대해 잘 아는 지넷에게 도움을 요청해야 했다. 뿐만 아니라 이제는 하워드 골드와 알렉 펠리를 적으로 간주하지 말아야 할 수도 있었다. *어쩌면 우리는 모두 한 편일지 몰라요.* 간밤에 메이틀랜드의 집 앞에서 펠리는 이렇게 말했고 그게 맞는 말일 수 있었다. 어쩌면.

랠프는 기어를 옮기고 집으로 출발했다. 가는 내내 제한속도를 지키지 않았다.

3

랠프와 지넷은 그녀의 노트북을 앞에 두고 식탁에 앉았다. 캡 시티에는 각자의 네트워크를 갖춘 주요 방송사가 네 군데 있었고, 여기에 지역 뉴스와 의회 회의와 다양한 지역 행사(예를 들면 테리가 깜짝 스타로 부상한 할런 코벤 강연)를 보도하는 공영 창구 역할을 하는 채널81이 추가됐다. 테리의 기소인부절차가 있었던 날 다섯 방송사가 모두 출동해 총격 장면을 촬영했고 군중을 어느 정도 영상에 담았다. 두말하면 잔소리지만 총성이 들리자 모든 카메라가 얼굴 옆면으로 피를 흘리며 아내를 사선 밖으로 밀치고 잠시 후에 결정타를 맞고 쓰러지는 테리를 촬영했다. CBS 영상은 테리가 쓰러지기 전에 먹통이 되었는데, 랠프의 총알이 날아가 렌즈를 박살내고 카메라맨의 한쪽 눈을 실명시켰기 때문이었다.

모든 영상을 두 번씩 보았을 때 지넷이 입술을 꾹 다물고 그를 돌아보았다. 그녀는 아무 말도 하지 않았다. 말을 할 필요가 없었다.

"채널81 영상 다시 한 번 돌려 봐. 충격이 시작되니까 카메라가 이리저리 흔들렸지만 그래도 그 전까지 촬영한 군중 샷이 제일 괜찮았어."

"랠프." 그녀가 그의 팔을 만졌다. "괜찮겠……."

"괜찮아, 괜찮아." 하지만 거짓말이었다. 세상이 점점 기울어 조만간 낭떠러지로 떨어질 것 같은 느낌이었다. "다시 한 번 돌려줘. 그리고 소리는 죽이고. 기자의 중계 방송 때문에 정신이 사납네."

그녀는 그가 부탁한 대로 했고 같이 영상을 보았다. 흔들리는 팻말. 물 밖으로 나온 물고기처럼 입을 뻐끔거리며 소리 없이 외치는 사람들. 중간에 카메라가 빠르게 상하, 좌우로 이동했다. 어떤 남자가 테리의 얼굴에 침을 뱉는 광경은 건너뛰고 랠프가 발을 걸어 문제의 남자를 넘어뜨리는 광경만 찍혀서, 언뜻 보면 그가 아무 이유 없이 남자를 공격한 듯했다. 테리가 침을 뱉은 남자를 부축해 일으켰고(랠프는 '우라질 성서에나 나올 법한 얘기.'라고 생각했던 기억이 났다.) 카메라는 다시 군중 쪽으로 이동했다. 한 명은 통통하고 또 한 명은 비쩍 마른 집행관 두 명이 계단으로 접근하려는 사람들을 막으려고 애를 썼다. 채널7의 금발 앵커가 믿기지 않는다는 표정으로 피 묻은 손가락을 쳐다보며 일어섰다. 신문 가방을 든 올리 피터슨이 니트 비니 아래로 빨간 머리 몇 가닥을 보이며 등장했지만, 그가 이 쇼의 스타로 등극하려면 아직 몇 초가 남았다. 언청이 남자아이가 보였고, 채널81의 카메라맨은 잠깐 멈춰서 아이가 입은 티셔츠에 그려진 프랭크 피터슨의 얼굴을 충분히 비췄다가 좀 더 이동해서…….

"멈춰." 그가 말했다. "정지, 여기서 정지."

지넷이 화면을 정지시켰고 그들은 영상을 들여다보았다. 카메라맨이 모든 걸 조금씩 담겠다는 일념으로 바쁘게 움직이느라 살짝 흐릿했다.

랠프는 화면을 손끝으로 두드렸다.

"카우보이모자를 흔드는 이 남자 보여?"

"응."

"화상 입은 남자가 이 남자 바로 옆에 서 있었어."

"그렇구나."

지넷은 묘하게 불안한 목소리로 그렇게 대답했다. 랠프가 한 번도 들어 본 적 없는 목소리였다.

"진짜야. 똑똑히 봤어. LSD나 메스칼린이나 뭐 그런 약을 한 것처럼 모든 게 눈에 들어왔다고. 다른 영상들도 다시 한 번 돌려 봐. 이게 군중을 가장 잘 잡긴 했지만 폭스 제휴사도 괜찮았고……."

"아냐." 그녀는 전원을 끄고 노트북을 닫았다. "당신이 봤다는 남자는 어떤 영상에도 없어, 랠프. 당신도 나만큼 잘 알잖아."

"내가 제정신이 아니라고 생각해? 그래? 내가…… 그 뭐냐……."

"신경쇠약증?" 그녀는 다시 그의 팔에 손을 얹었고 이번에는 살짝 잡았다. "당연히 그건 아니지. 당신이 봤다면 본 거야. 그 남자가 셔츠를 햇볕 차단용 스카프나 두건이나 뭐 그런 것처럼 머리에 썼다면 아마 그랬을 테고. 당신이 힘든 시기를 보내고 있지만, 어쩌면 평생을 통틀어 가장 힘든 시기일지 모르지만, 나는 당신의 관찰력을 믿어. 다만…… 당신도 지금쯤은 느꼈을 거라고 보는데……."

그녀는 말끝을 흐렸다. 그는 기다렸다. 이윽고 그녀가 작정하고 얘길 꺼냈다.

"이 사건은 아주 이상한 구석이 있고, 당신이 파고들면 들수록 점점 이상해지고 있어. 그래서 겁이 나. 유넬이 했다는 얘기도 겁이 나. 기본적으로 뱀파이어 스토리잖아, 아니야? 고등학생 때『드라큘라』를 읽었는데 뱀파이어는 거울에 비치지 않는다고 했던 기억이나. 거울에 비치지 않는 존재라면 뉴스 화면에도 보이지 않을 거야."

"말도 안 돼. 세상에 유령이나 마녀나 뱀파……."

지넷이 손바닥으로 식탁을 치자 권총 발사음이 나는 바람에 그는 펄쩍 뛰었다. 그녀의 두 눈이 분노로 이글거렸다.

"정신 차려, 랠프! 정신 차리고 사태를 제대로 파악해! 테리 메이틀랜드가 동시에 두 공간에 등장했어! 그걸 설명할 방법을 찾지 않고 그냥 그런가 보다 하고 넘기면……."

"그냥 그런가 보다 하고 넘기려는 게 아니야, 여보. 그러면 내가 평생 믿어 왔던 모든 게 무너지는걸. 그런 걸 그냥 받아들이려고 했다가는 정말 미쳐 버릴 거야."

"말도 안 되는 소리. 당신이 그 정도로 나약한 사람은 아니야. 하지만 그 점에 대해 생각해 보라는 뜻에서 한 얘기가 아니야. 테리는 죽었어. 이제 그만 접어도 돼."

"그랬는데 프랭크 피터슨을 죽인 범인이 테리가 아니었다면? 그러면 마시는 어떻게 되겠어? 딸들은 어떻게 되겠어?"

지넷은 일어나 개수대 위편의 창문 앞으로 다가가 뒷마당을 내다보았다. 주먹을 쥐고 있었다.

"데릭이 다시 연락했어. 아무리 생각해도 집에 오고 싶대."

"그래서 뭐라고 했어?"

"다음 달 중순에 캠프가 끝날 때까지 견디라고 했어. 나도 걔가 집에 왔으면 좋겠지만 어르고 달랬어. 왜 그랬는지 알아?" 그녀는 고개를 돌렸다. "당신이 이 사건을 파헤치고 다니는 동안에는 데릭이 이 근처에 없었으면 좋겠으니까. 오늘 밤에 해가 지면 내가 무서워질 테니까. 정말로 초자연적인 존재면 어떻게 해, 랠프? 그게 당신이 뒤를 밟고 있다는 걸 알아차리면?"

랠프는 아내를 품에 안았다. 그녀가 떨고 있다는 걸 느낄 수 있었다. 그는 생각했다. 어느 정도는 진짜라고 믿는 거야.

"유넬이 그런 얘기를 하긴 했지만 범인은 평범한 인간이라고 생각해. 나도 마찬가지고."

그녀는 그의 가슴에 얼굴을 묻은 채로 말했다.

"그럼 얼굴에 화상을 입은 남자가 아무 영상에도 없는 이유가 뭐야?"

"그러게."

"나도 마시가 걱정돼, 당연하지." 그녀는 고개를 들었다. 울고 있었다. "그리고 그 집 딸들도 걱정이 되고. 그 점에서는 테리도 마찬가지고…… 피터슨 가족도 마찬가지지만…… 당신이랑 데릭이 더 걱정돼. 나한테는 두 사람밖에 없잖아. 이제 그만 접고 지나가면 안 돼? 다시 복직하고 정신과 의사 만나고 다음 장으로 넘어가면 안 돼?"

"그러게."

말은 그렇게 했지만 사실 그는 알았다. 이렇게 이상한 반응을 보이는 지넷에게 얘기할 수 없을 따름이었다. 그는 다음 장으로 그냥 넘어갈 수 없었다.

아직은 그랬다.

4

그날 저녁에 그는 뒷마당의 피크닉 테이블에 앉아서 티파릴로 시가를 피우며 하늘을 올려다보았다. 별은 보이지 않았지만 구름으로 가려진 달의 움직임이 느껴졌다. 진실이 종종 그렇지 않을까 하는 생각이 들었다. 구름으로 덮인 게슴츠레한 빛의 동그라미. 그 빛이 구름을 뚫고 나올 때도 있었고, 구름이 짙어지면 완전히 사라질 때도 있었다.

한 가지 사실만큼은 분명했다. 밤이 지면 유넬 사블로의 이야기에 등장하는 비쩍 마른 결핵 환자가 더 그럴듯하게 느껴졌다. 믿기는 건 아니었다. 랠프는 산타클로스를 믿지 않듯 그런 존재를 믿지 않았지만 어떤 인물인지 상상이 되기는 했다. 미국의 사춘기 소녀들에게 공포, 그 자체인 슬렌더맨*과 비슷하되 좀 더 음울했다. 키가 크고 까만 양복을 입고 엄숙한 분위기를 풍기며 얼굴은 가로등처럼 생겼고 무릎을 접은 어린애를 담을 수 있을 만큼 큼지막한 자루를 들고 다닐 것이었다. 유넬에 따르면 멕시코의 귀신은 아이들의 피를 마시고 아이들의 기름을 몸에 바르며 생명을 연장했다는데…… 피터슨의 아들에게 벌어진 일이 100퍼센트 똑같지는 않아도 그 비슷했다. 범인이 메이틀랜드일지 뭉개진 지문을 남긴 신원 미상의 인물일지 모르겠지만, 자기 스스로 흡혈귀이거나 다른 초자연적인 존재라고 생각했던 걸까? 제프리 다머**도 수많은 노숙자를 살해하며 좀비를 만든다고 생각하지 않았던가.

그렇다 한들 화상을 입은 남자가 뉴스 영상에 보이지 않는 이유를 설명할 수는 없잖아.

지넷이 그를 불렀다.

"들어와, 랠프. 비가 올 것 같아. 그 냄새 나는 걸 꼭 피워야겠거든 부엌에서 피워."

그 때문에 안으로 들어오라는 게 아니잖아. 유넬이 얘기한 그 망태 인간이 마당 불빛이 비치지 않는 곳에 숨어 있을지 모른다는 생각이 자꾸 드는 걸 어쩔 수 없기 때문이지.

어이없는 발상이었지만 그도 불안해하는 그녀를 이해했다. 그도 불안한 마음이 있었다. 지넷이 뭐라고 했던가. 당신이 파고들면 들

---

* 미국 도시전설에 등장하는 괴생명체로 2009년 인터넷 괴담에서 유래했다.
** 미국의 연쇄 살인범. 1978년부터 1991년까지 17명을 살해하고 그 후에 시간, 사체 절단하고 그 인육을 먹기도 했다.

수록 점점 이상해지고 있어.

랠프는 안으로 들어가 개수대 수도에 대고 티파릴로 시가를 끄고 충전기에 꽂아 둔 휴대전화를 집었다. 하위가 전화를 받자 랠프는 말했다.

"내일 펠리 씨랑 같이 우리 집으로 올 수 있어요? 할 얘기가 많은데 믿기지 않는 얘기들도 있어요. 같이 점심 먹읍시다. 루디스에서 샌드위치 살게요."

하위는 당장 좋다고 했다. 랠프가 전화를 끊고 보니 지넷이 팔짱을 끼고 문 앞에 서서 그를 쳐다보고 있었다.

"접지 못하겠어?"

"응, 여보. 못 그러겠어. 미안."

그녀는 한숨을 쉬었다.

"조심할 거지?"

"엄청 조심조심 발을 디딜게."

"그러는 게 좋을 거야. 안 그러면 내가 조심이고 나발이고 없이 밟아 버릴 테니까. 그리고 루디스에 가서 샌드위치 사 먹을 필요 없어. 내가 만들어 줄게."

5

일요일에는 비가 왔기에 다 같이 앤더슨의 집에서 잘 쓰이지 않는 식당의 식탁에 모여 앉았다. 참석자는 랠프, 지넷, 하위 그리고 알렉이었다. 유넬 사블로는 캡 시티의 집에서 하위 골드의 노트북에 띄운 스카이프를 통해 합류했다.

랠프가 먼저 그들 모두 알고 있는 사실을 정리한 다음 유넬이 하위와 알렉에게 엘프먼의 헛간에서 어떤 게 발견됐는지 밝혔다. 그의 얘기가 끝나자 하위가 말했다.

"뭐 하나 말이 되는 게 없네요. 아니, 이보다 더 말이 안 될 수가 없을 정도예요."

"이 남자가 버려진 헛간의 고미다락에서 잤다는 건가요?" 알렉이 유넬에게 물었다. "거기 숨어 있었다? 그렇게 생각하는 거예요?"

"일단은 그렇게 추정하고 있어요." 유넬이 말했다.

"그렇다면 테리였을 리 없어요." 하위가 말했다. "테리는 토요일에 하루 종일 여기 있었거든요. 그날 오전에는 아이들을 데리고 시민회관 수영장에 갔고, 오후에는 에스텔 바거 공원에서 구장을 정리했어요. 그게 홈팀 코치의 임무라. 양쪽 모두 목격자가 수없이 많았고요."

"그리고 토요일부터 일요일까지는." 알렉이 끼어들었다. "카운티 구치소에 갇혀 있었죠. 랠프, 당신도 알다시피."

"테리가 어딜 가든 거의 항상 온갖 부류의 목격자들이 있었죠." 랠프도 동의했다. "그게 계속 가장 근본적인 문제였는데, 지금 당장은 잠깐 잊어 버립시다. 두 분에게 보여 드리고 싶은 게 하나 있는데, 유넬은 이미 봤어요. 오늘 아침에 영상을 확인했어요. 하지만 영상을 확인하기 전에 내가 그에게 던진 질문을 이제 두 분에게도 할게요. 혹시 법원 앞에서 얼굴이 심하게 일그러진 남자를 본 기억이 있나요? 머리에 뭘 쓰고 있었는데, 그게 뭐였는지는 얘기하지 않을게요. 혹시 보셨나요?"

하위는 보지 못했다고 했다. 의뢰인과 의뢰인의 아내에게 모든 신경이 쏠려 있었다고 했다. 하지만 알렉 펠리는 다르게 대답했다.

"네, 봤어요. 불에 덴 것처럼 보이던데. 그리고 머리에 쓰고 있던 건⋯⋯."

그는 말을 멈추고 눈을 휘둥그레 떴다.

"뭐였는데요?" 유넬이 캡 시티의 자기 집 거실에서 말했다. "얘기해 보세요. 얘기하고 나면 속이 시원해질 거예요."

알렉은 머리가 아픈 사람처럼 관자놀이를 문질렀다.

"그 당시에는 반다나 아니면 스카프인 줄 알았거든요. 머리칼까지 불에 탔는데 흉터 때문에 다시 자라지 않아서 타지 않게 그걸로 민머리를 덮었나 했죠. 그런데 셔츠였을 수도 있겠어요. 헛간에 없었던 거. 그거라고 생각하는 거 아니에요? 기차역에서 찍힌 보안 카메라 영상 안에서 테리가 입고 있었던 거."

"딩동댕." 유넬이 말했다.

하위는 랠프를 보며 미간을 찌푸렸다.

"계속 테리를 범인으로 몰고 가려는 거예요?"

지넷이 처음으로 말문을 열었다.

"진실을 밝히려는 거예요⋯⋯ 그게 과연 좋은 생각인지 모르겠지만요."

"이걸 봐요, 알렉. 그리고 화상 입은 남자가 보이면 가리켜 줘요."

랠프는 채널81과 폭스의 영상을 차례대로 보여 주었고, 알렉이 요청하자(이제는 코끝이 거의 화면에 닿을 만큼 지넷의 노트북 위로 허리를 숙이고 있었다.) 채널81 영상을 다시 한 번 보여 주었다. 마침내 그가 뒤로 물러나 앉았다.

"안 보이네요. 그럴 수가 없는데."

그러자 유넬이 말했다.

"카우보이모자를 흔들던 남자 옆에 서 있었는데, 맞죠?"

"그랬던 것 같아요." 알렉이 말했다. "그의 옆에서 팻말에 머리를 맞은 금발 기자 위로 우뚝 서 있었는데. 기자랑 팻말을 흔드는 사람은 보이는데…… 그 남자는 보이지 않아요. 어떻게 그럴 수가 있죠?"

아무도 대답을 하지 않았다.

하위가 말했다.

"잠깐 지문 건으로 돌아가 봅시다. 밴에 찍힌 지문이 몇 세트예요, 유넬?"

"과학수사반원 말로는 여섯 세트요."

하위는 앓는 소리를 냈다.

"걱정 마세요. 최소 네 세트는 털었으니까. 원래 주인인 뉴욕의 농부, 가끔 밴을 몰았던 농부의 큰아들, 맨 처음 훔친 아이 그리고 테리 메이틀랜드. 이로써 농부의 친구나 안에서 놀던 다른 자식들 것일 수 있겠는데, 누구의 것인지 밝혀지지 않은 선명한 지문 한 세트하고, 뭉개진 한 세트만 남았죠."

"그 뭉개진 한 세트가 벨트 버클에도 남은 지문이죠?"

"아마도요. 하지만 확실하지는 않아요. 선과 소용돌이무늬가 조금 보이긴 하지만 법정에 증거로 제출할 수 있을 만한 수준은 아니거든요."

"흐음, 알겠어요. 그럼 세 분에게 물을게요. 얼굴은 물론이고 손에까지 그 정도로 심하게 화상을 입은 사람이 그런 지문을 남길 수 있을까요? 인식할 수 없을 만큼 뭉개진 지문을?"

"네."

유넬과 알렉이 동시에 대답했다. 두 사람의 목소리가 겹쳐진 이유는 딱 하나, 노트북의 전송 랙 때문이었다.

"문제는 뭔가 하면." 랠프가 말했다. "법원 앞에 서 있던 화상 입은 남자 손에 문신이 새겨져 있었다는 거예요. 화상으로 지문이 없어졌다면 문신도 없어지지 않았겠어요?"

하위는 고개를 저었다.

"그렇지는 않아요. 내 몸에 불이 붙었다면 손으로 끄려고 할지 모르지만 손등을 쓰지는 않잖아요." 그는 시범 삼아 상당히 널찍한 자기 가슴을 손으로 때리기 시작했다. "이렇게 손바닥으로 치지."

잠깐 정적이 흘렀다. 잠시 후에 알렉 펠리가 들릴락 말락 하게 말했다.

"화상 입은 남자는 분명 그 자리에 있었어요. 성서를 쌓아 놓고 거기에 대고 맹세할 수도 있어요."

이어서 랠프가 말했다.

"주 경찰청 과학수사반에서 그 헛간의 건초를 시커메지게 만든 물질의 정체를 밝혀내겠지만 그동안 우리가 할 수 있는 일이 없을까요? 여러분의 의견을 듣고 싶은데요."

"데이턴으로 역추적하는 거요." 알렉이 말했다. "메이틀랜드가 거기 있었고 밴도 거기 있었잖아요. 거기서 일부나마 해답을 찾을 수 있을지 몰라요. 지금 하는 일이 너무 많아서 내가 직접 날아갈 수는 없지만 괜찮은 사람을 알아요. 연락해서 시간 되는지 알아볼 게요."

그날 회의는 거기에서 끝났다.

6

열 살인 그레이스 메이틀랜드는 아버지가 살해당한 이후로 잠을 설쳤고, 그나마 잠이 들더라도 악몽에 시달렸다. 그 주 일요일 오후가 되자 피로가 가벼운 장막처럼 그녀를 덮쳤다. 엄마와 언니가 부엌에서 케이크를 만드는 동안 그레이스는 2층으로 올라가 침대에 누웠다. 비가 왔지만 그래도 날이 어두컴컴하지는 않아서 좋았다. 이제는 어둠이 무서웠다. 1층에서 엄마와 언니가 얘기하는 소리가 들렸다. 그것도 좋았다. 그레이스는 눈을 감았고 눈을 다시 떴을 때는 일이 초밖에 안 된 느낌이었지만, 이제는 비가 거세게 퍼부었고 하늘이 잿빛으로 바뀐 걸 보면 몇 시간은 지난 모양이었다. 방 안이 어둑어둑했다.

어떤 남자가 침대에 앉아서 그녀를 쳐다보고 있었다. 청바지에 초록색 티셔츠를 입고 있었다. 손에 새겨진 문신이 양쪽 팔을 타고 이어졌다. 뱀도 있고 십자가, 칼, 해골도 있었다. 이제 얼굴은 솜씨 없는 아이가 점토로 빚은 것처럼 생기지 않았지만 그래도 알아볼 수 있었다. 언니의 방 창문 밖에서 본 남자였다. 적어도 이제는 눈 대신 빨대를 달고 있지 않았다. 아빠의 눈을 하고 있었다. 그 눈은 어디에서든 알아볼 수 있었다. 그레이스는 현실인지 꿈인지 헷갈렸다. 꿈이라면 악몽보다는 괜찮은 꿈이었다. 아주 조금은.

"아빠?"

"그래."

남자가 입은 초록색 티셔츠가 아빠가 입었던 골든 드래건스 경기용 셔츠로 바뀌자 아이는 꿈이라는 걸 알아차렸다. 경기용 셔츠는 헐렁한 흰색 작업복 비슷한 것으로 바뀌었다가 다시 초록색 티셔츠로 바뀌었다.

"사랑한다, 그레이시."

"그건 아빠 말투가 아닌데. 아빠인 척하는 거죠?"

남자가 허리를 숙였다. 그레이스는 아빠의 눈을 쳐다보며 뒤로 몸을 움츠렸다. 사랑한다고 했던 목소리보다는 나았지만 그래도 아빠가 아니었다.

"가 줬으면 좋겠어요."

"그렇겠지. 지옥으로 떨어진 사람들은 얼음물을 마시고 싶어 하듯이. 슬프니, 그레이스? 아빠 보고 싶니?"

"네!" 그레이스는 울음을 터뜨렸다. "가 줬으면 좋겠어요! 진짜 아빠 눈이 아니야, 아빠인 척하는 거잖아!"

"나한테서 동정을 바라지는 마. 슬프다니 다행이네. 앞으로 한참 동안 슬퍼하면서 울었으면 좋겠다. 갓난애처럼 응애-응애-응애 울어."

"제발 가요!"

"우리 아기, 우유 줄까? 우리 아기, 기저귀에 쉬 싸서 축축하니? 우리 아기, 응애-응애-응애 우니?"

"그만해요!"

남자는 뒤로 물러나 앉았다.

"내 부탁 하나만 들어주면 갈게. 내 부탁 들어줄래, 그레이스?"

"뭔데요?"

그가 뭔지 얘기했을 때 세라가 그녀를 흔들어 깨우며 내려와서 케이크 먹으라고 한 걸 보면 꿈이었고 악몽이었으니 아무것도 할 필요가 없었지만 그가 시킨 대로 하면 다시는 그런 꿈을 꾸지 않을지도 몰랐다.

그레이스는 입맛이 하나도 없었지만 케이크를 좀 먹었고, 엄마와 언니가 소파에서 한심한 영화를 보기 시작하자 로맨스 영화는 싫다고, 2층에서 앵그리 버드를 하겠다고 말했다. 하지만 그 게임을 하지는 않았다. 부모님 방으로 들어가(이제는 그냥 엄마 방이었으니 너무 슬픈 일이었다.) 화장대에 있던 엄마의 휴대전화를 집었다. 주소록에 경찰관 연락처는 없었지만 골드 씨 연락처는 있었다. 그레이스는 떨리지 않게 두 손으로 전화기를 쥐고 그에게 전화를 걸었다. 받아 주길 기도했고 그녀의 기도는 이루어졌다.

"마시? 무슨 일이에요?"

"아뇨, 저 그레이스예요. 제가 엄마 전화 쓰고 있어요."

"그래, 안녕, 그레이스. 목소리 들으니까 좋구나. 어쩐 일로 전화했니?"

"그 형사님한테 전화할 방법이 없어서요. 우리 아빠를 잡아간 사람 말이에요."

"무슨 일로⋯⋯."

"그분한테 전할 메시지가 있어요. 어떤 남자가 전해 달랬어요. 그냥 꿈이라는 거 알지만, 그래도요. 제가 아저씨한테 말씀드릴 테니까 그분한테 전해 주세요."

"무슨 남자 말이냐, 그레이스? 누가 전해 달라고 했다는 거야?"

"맨 처음 그 남자를 봤을 때는 눈 대신 빨대를 달고 있었어요. 앤더슨 형사님한테 메시지를 전하면 다시는 찾아오지 않겠다고 했어요. 아빠의 눈을 하고 있는 척 저를 속이려고 했지만 아니었어요. 이제는 얼굴이 전보다 괜찮아졌지만 그래도 무서워요. 그냥 꿈속이라도 그 남자를 다시 안 봤으면 좋겠으니까 아저씨가 앤더슨 형사님한테 얘기 전해 주실래요?"

이제는 엄마가 문 앞에서 말없이 지켜보고 있었고, 그레이스는 난처해질 수 있겠다는 생각이 들었지만 그래도 상관없었다.

"뭐라고 전해 주면 될까, 그레이스?"

"그만하라고요. 나쁜 일을 당하고 싶지 않으면 그만하라고요."

7

그레이스와 세라는 거실 소파에 앉았다. 마시가 그 사이로 들어가 양쪽 팔로 두 딸을 한 명씩 감싸 안았다. 하위 골드는 세상이 뒤집히기 전까지 테리의 자리였던 안락의자에 앉았다. 오토만 의자가 한 세트였다. 랠프 앤더슨이 소파 앞으로 오토만 의자를 끌고 가서 앉았는데, 다리가 워낙 길다 보니 무릎이 거의 얼굴 양옆에 닿았다. 그래서 우스워 보이지 않을까 싶었는데, 그 덕분에 그레이스 메이틀랜드의 불안을 조금 덜 수 있다면 다행이었다.

"정말 무서운 꿈이었겠다, 그레이스. 꿈이었던 건 확실하니?"

"당연하죠." 마시의 얼굴은 긴장한 표정이었고 창백했다. "이 집에 다른 사람은 없었어요. 우리 모르게 2층으로 올라갈 방법도 없었고요."

"적어도 소리는 들렸을 거예요." 세라가 끼어들었지만 소심한 말투였다. 겁에 질린 말투였다. "계단이 워낙 심하게 삐걱거리거든요."

"형사님이 여기 있는 이유는 딱 하나, 우리 딸을 안심시키기 위해서잖아요. 그렇게 해 주시면 안 될까요?"

랠프가 말했다.

"그게 뭐였든 간에 지금은 여기 아무도 없는 거 알지, 그레이스?"

"네." 그레이스는 자신하는 목소리였다. "갔어요. 아저씨한테 메시지 전하면 가겠다고 했어요. 이제는 꿈속이든 아니든 다시 찾아오지 않을 거예요."

세라는 요란하게 한숨을 쉬었다.

"이 얼마나 다행입니까."

"쉿. 조용히 하자, 우리 딸."

랠프는 수첩을 꺼냈다.

"어떻게 생겼는지 들어 보자. 꿈속에 나온 이 남자 말이야. 아저씨가 형사인데 꿈이었다고 자신 있게 말할 수 있거든."

마시 메이틀랜드는 그를 좋아하지 않았고 앞으로도 절대 좋아할 일이 없었지만, 이번만큼은 눈으로 감사의 뜻을 전했다.

"괜찮아졌어요. 전보다 괜찮아졌어요. 이제는 점토로 만든 얼굴 같지 않았어요."

"전에는 그렇게 생겼거든요." 세라가 랠프에게 말했다. "얘 말에 따르면요."

"세라, 골드 씨랑 같이 부엌에 가서 다들 케이크 한 조각씩 먹을 수 있게 들고 올래?"

세라는 랠프를 쳐다보았다.

"저분 것도요? 우리 이제 저분 좋아하기로 하는 거예요?"

"다 같이 먹을 수 있게 들고 와." 마시는 깔끔하게 답을 피했다. "그런 걸 접대라고 하는 거야. 얼른 가."

세라가 소파에서 일어나 하위에게 다가갔다.

"이렇게 쫓겨나네요."

"그런 걸 자업자득이라고 하지." 하위가 말했다. "구중(九重)에서 만나자꾸나."

"어디서 만나자고요?"

"아무것도 아니야."

그들은 함께 부엌으로 갔다.

"짧게 끝내 주세요." 마시가 랠프에게 말했다. "하위가 중요한 사안이라고 했기 때문에 형사님을 오라고 한 거예요. 그러니까……그 사건과 연관이 있을지 모른다고 해서요."

랠프는 그레이스한테서 시선을 떼지 않은 채 고개만 끄덕였다.

"이 남자가 맨 처음 등장했을 때는 얼굴이 점토로 빚은 것 같았단 말이지……."

"그리고 눈 대신 빨대를 꽂았고요. 빨대가 만화에서 보는 것처럼 삐죽 튀어나왔고 까만 눈동자가 있어야 하는 자리에 구멍이 있었어요."

"흐음." 랠프는 수첩에 '눈 대신 빨대?'라고 적었다. "이 남자 얼굴이 점토로 빚은 것 같았다면 화상 때문에 그렇게 된 것일 수도 있을까?"

아이는 생각해 보았다.

"아뇨. 그렇다기보다 아직 덜 만들어진 것 같았어요. 그러니까…… 그게……."

"미완성이었다?" 마시가 물었다.

그레이스는 고개를 끄덕이며 엄지손가락을 입에 넣었다. 랠프는 생각했다. 상처 입은 얼굴을 하고 손가락을 빠는 열 살짜리라니…… 내 탓이야. 사실이었고, 그가 아무리 확고해 보이는 증거를 바탕으로 그런 조치를 취했다고 하더라도 변명의 여지가 없었다.

"오늘은 어떻게 생겼는데, 그레이스? 네 꿈속에 찾아온 그 남자 말이야."

"짧은 까만색 머리가 고슴도치처럼 삐죽 솟았고 입가에 수염이 좀 있었어요. 우리 아빠를 닮은 눈을 하고 있었지만 아빠 눈은 아니었고요. 손이랑 팔이 문신으로 뒤덮였어요. 뱀 문신도 있었어요. 처음에는 초록색이었던 셔츠가 금색 용이 그려진 우리 아빠의 야구

복으로 바뀌었다가 흰색으로 바뀌었어요. 거슨 부인이 우리 엄마 머리를 할 때 입는 그런 셔츠로요."

랠프가 흘끗 쳐다보자 마시가 말했다.

"헐렁한 작업복을 얘기하는 것 같아요."

"맞아요. 그거요. 그랬다가 다시 초록색으로 바뀌는 걸 보고 꿈이라는 걸 알았어요. 그런데……." 그레이스의 입술이 떨리더니 고인 눈물이 상기된 뺨을 타고 쏟아져 내렸다. "그런데 못된 말을 했어요. 내가 슬퍼해서 기쁘다고 하면서 나더러 '아기'라고 했어요."

아이는 어머니의 가슴에 얼굴을 묻고 흐느껴 울었다. 마시는 딸의 정수리 너머로 랠프를 바라보았다. 이번만큼은 그에게 화가 나서가 아니라 딸을 생각하면 겁이 나기 때문이었다. *단순한 꿈이 아니라는 걸 아는 거야.* 랠프는 생각했다. *나한테 이 꿈이 시사하는 바가 있다는 걸 간파한 거지.*

아이의 울음이 잦아들자 랠프가 말했다.

"잘했다, 그레이스. 꿈 얘기 해 줘서 고마워. 이제 다 끝났다, 그치?"

"네." 울어서 쉰 목소리로 아이가 말했다. "갔어요. 그 사람이 하라는 대로 했더니 갔어요."

"여기서 케이크 먹자." 마시가 말했다. "가서 언니랑 같이 접시 들고 와."

그레이스는 달려갔다. 단둘이 남자, 마시가 말했다.

"둘 다 그것 때문에 힘들어했어요. 특히 그레이스가 심했고요. 저는 이게 전부라고 얘기하고 싶지만, 하위는 그렇게 생각하지 않고 형사님도 마찬가지죠. 그렇죠?"

"메이틀랜드 부인…… 마시…… 어떤 식으로 생각하면 좋을지 나도 잘 모르겠어요. 그레이스의 방은 체크해 봤나요?"

"당연하죠. 하위한테 전화한 이유를 듣자마자 체크했어요."

"누가 들어왔던 흔적이 없던가요?"

"네. 창문은 닫혀 있었고 방충망도 제자리에 있었고 세라가 계단을 두고 한 얘기가 진짜예요. 오래된 집이라 계단을 밟을 때마다 삐걱거리거든요."

"침대는요? 그레이스 말로는 남자가 거기 앉아 있었다는데."

마시는 신경질적으로 웃음을 터뜨렸다.

"글쎄요, 그날 이후로 그렇게 심하게 뒤척이는데……." 그녀는 손으로 얼굴을 가렸다. "정말이지 너무 끔찍하네요."

그는 위로할 생각으로 자리에서 일어나 소파 쪽으로 다가갔지만 그녀는 긴장하며 고개를 돌렸다.

"옆에 앉지 마세요. 제 몸에 손을 대지도 말고요. 이번만 특별히 오시라고 한 거예요. 우리 작은딸이 오늘 밤에 집이 떠나가라 비명을 지르지 않고 단잠을 잘 수 있게."

하위와 메이틀랜드의 두 딸이 돌아와 준 덕분에 랠프는 아무 대꾸 없이 그 순간을 모면할 수 있었다. 그레이스는 양손에 하나씩 조심스럽게 접시를 들고 있었다. 마시는 아무도 보지 못할 만큼 잽싸게 눈물을 훔치고 하위와 딸들을 보며 환하게 웃었다.

"이야, 케이크다!" 그녀가 외쳤다.

랠프는 접시를 받아들고 고맙다고 인사했다. 개판으로 변해 버린 이 사건의 모든 정보를 지넷에게 알려 주었지만 이 아이의 꿈만큼은 얘기하지 않을 작정이었다. 이것만큼은 그랬다.

8

알렉 펠리는 휴대전화에 그의 번호를 저장한 줄 알고 있었는데, 전화를 걸어 보니 없는 번호라고 했다. 그는 예전에 쓰던 까만 주소록을 꺼내(한때는 어디든 그를 따라다니던 충직한 친구였지만 컴퓨터의 시대와 더불어 책상 서랍으로, 그것도 저 아래 서랍으로 좌천됐다.) 다른 번호로 전화를 걸었다.

"파인더스 키퍼스입니다."

수화기 저편에서 이런 목소리가 들렸다. 알렉은 자동응답기인 줄 알고(일요일 저녁이었음을 감안했을 때 일리가 있는 추정이었다.) 영업 시간과 다양한 내선번호 소개에 이어 삐 소리 이후에 메시지를 남겨 달라는 멘트가 나오길 기다렸다. 그 대신 그 목소리는 약간 짜증이 섞인 투로 이렇게 물었다.

"여보세요? 말씀하세요."

알렉은 누군지는 모르겠지만 아는 목소리라는 걸 알아차렸다. 그 목소리의 주인과 마지막으로 대화한 게 언제였던가. 2년 전? 3년 전?

"전화 끊습……."

"아뇨. 끊지 마세요. 내 이름은 알렉 펠리라고 하는데, 빌 호지스하고 통화하고 싶어서 전화했어요. 몇 년 전에, 주 경찰청에서 퇴직

한 직후에 같이 사건을 해결한 적이 있어요. 텍사스 석유 재벌의 비행기를 훔친 올리버 매든이라는 상습범이 있었는데, 그 재벌이 누구였냐 하면……."

"드와이트 크램. 기억해요. 그리고 펠리 씨도 기억해요, 만난 적은 없지만. 유감스럽지만 크램 씨는 얼른 돈을 주지 않았어요. 청구서를 아무리 못 해도 여섯 번은 보내고 법적인 조치를 취하겠다고 협박까지 했지 뭐예요. 펠리 씨는 좀 괜찮으셨나 모르겠네요."

"애를 좀 먹었죠." 알렉은 그때 기억을 떠올리며 미소를 지었다. "맨 처음 받은 수표가 부도 처리됐거든요. 그래도 두 번째 수표는 별문제 없었어요. 홀리죠? 성은 기억이 나지 않지만 빌이 당신을 극구 칭찬했었어요."

"홀리 기브니예요."

"다시 목소리 들으니까 반갑네요, 기브니 씨. 빌한테 먼저 전화했는데, 번호를 바꿨나 봐요."

정적이 흘렀다.

"기브니 씨? 내 말 들려요?"

"네. 잘 들려요. 빌은 2년 전에 죽었어요."

"이런, 맙소사. 정말 유감이에요. 심장 문제였나요?"

주로 전화와 이메일로 업무를 처리한지라 알렉이 호지스를 직접 만난 적은 딱 한 번뿐이었지만 그는 덩치가 큰 편에 속했다.

"암이었어요. 췌장암. 이제 제가 피터 헌틀리와 함께 여길 운영하고 있어요. 예전에 피터가 빌의 파트너로 일을 했었거든요."

"아, 다행이네요."

"아뇨. 다행 아니에요. 사업은 상당히 잘되고 있지만 빌이 건강하게 살아 돌아올 수 있다면 당장 때려치울 거예요. 암은 아주 개떡 같거든요."

알렉은 하마터면 다시 한 번 조의를 전하고 전화를 끊을 뻔했다. 나중에 그는 그랬더라면 얼마나 많은 게 달라졌을지 생각하게 될 것이었다. 하지만 그는 드와이트 크램의 킹 에어를 회수하던 와중에 빌이 이 여자를 두고 뭐라고 했었는지 기억이 났다. *특이하고 조금 강박증이 있고 신체 접촉을 좋아하지 않지만 빈틈이 없어요. 형사를 했더라면 엄청 잘했을 거예요.*

"빌한테 조사를 부탁하고 싶은 게 있었거든요. 하지만 당신이 대신 맡으면 어떨까요? 그 친구가 당신의 능력을 워낙 높게 평가했었는데."

"말씀은 감사하지만, 펠리 씨, 제가 과연 적임자일지 모르겠어요. 파인더스 키퍼스에서 주로 하는 일은 보석금을 내고 도망친 범죄자를 추적하고 실종된 사람을 찾는 거거든요." 그녀는 잠깐 말을 멈추었다가 다시 이었다. "그리고 거리상의 문제도 있어요. 지금 전화를 주신 곳이 북동부라면 모를까."

"그건 아니지만 현장이 오하이오 주인데 내가 직접 갈 수가 없어서요. 옆에서 챙겨야 하는 일들이 여기 있다 보니. 그쪽에서 데이턴까지는 거리가 얼마나 되나요?"

"잠시만요." 그녀는 그렇게 얘기해 놓고 거의 곧바로 답했다. "맵퀘스트에 따르면 373킬로미터요. 아주 훌륭한 프로그램이에요. 조사를 맡기려는 게 어떤 일인가요, 펠리 씨? 대답을 듣기 전에 미리 말씀드리는데, 폭력이 연루될 가능성이 있는 사건이라면 사양할게요. 저는 폭력을 혐오하거든요."

"폭력은 없어요. 아이가 살해됐으니 폭력이 발생하기는 했지만 여기서 있었던 일이고, 체포됐던 용의자가 죽었어요. 문제는 그 사람이 범인인지 여부인데, 그걸 알아내려면 그가 4월에 가족들과 함께 데이턴으로 여행을 다녀왔을 때의 행적을 역추적해야 해서요."

"그렇군요. 조사에 따르는 비용은 누가 부담하죠? 펠리 씨가 부담하나요?"

"아뇨. 하워드 골드라는 변호사가요."

"펠리 씨의 경험에 따르면 골드 변호사가 드와이트 크램보다 결제가 더 빠른가요?"

알렉은 그 질문을 듣고 씩 웃었다.

"그럼요."

그리고 착수금은 하위가 지불하겠지만, 홀리 기브니가 이 일을 맡는다고 가정했을 때 파인더스 키퍼스의 수임료는 결국 마시 메이틀랜드가 부담할 테고, 그녀는 그 비용을 감당할 수 있을 터였다. 보험회사에서는 살인 용의자에게 보험금을 지불하고 싶지 않겠지만 테리가 유죄 판결을 받은 적이 없으니 도리가 없을 것이었다. 뿐만 아니라 하위가 마시를 대신해 플린트 시티를 상대로 위법 사망 손해배상 청구 소송을 제기할 예정이기도 했다. 그가 알렉에게 전한 바에 따르면 시에서 일곱 자리 숫자의 배상금을 각오해야 될 거라고 했다. 통장 잔고가 두둑해진들 남편을 살릴 수는 없겠지만 그걸로 수사 비용을 부담하고, 그게 최선이라는 결정이 내려지면 집을 옮기고, 때가 되면 두 아이를 대학에 보낼 수 있을 것이다. 알렉은 돈이 슬픔을 치유해 줄 수는 없지만 비교적 안락하게 상심을 달래는 수단은 될 수 있다는 생각을 했다.

"어떤 사건인지 설명해 주시면 제가 맡을 수 있겠는지 말씀드릴게요, 펠리 씨."

"설명하려면 시간이 좀 걸릴 텐데. 뭐하면 내일 근무시간에 내가 다시 전화할게요."

"지금도 괜찮아요. 보고 있던 영화 끄고 올 테니까 잠깐만요."

"내가 즐거운 저녁 시간을 방해하고 있네요."

"아니에요. 「영광의 길」은 아무리 못해도 열두 번은 봤을 거예요. 큐브릭 감독의 걸작이죠. 제 생각에는 「샤이닝」이나 「베리 린든」보다 나아요. 하지만 훨씬 젊었을 때 만든 작품이니까요. 젊은 예술가들은 모험을 감행하는 성향이 높은 것 같아요."

"내가 영화를 그렇게 좋아하지는 않아서요."

그렇게 대꾸한 알렉은 호지스가 했던 말을 떠올렸다. 특이하고 조금 강박증이 있다고 하지 않았던가.

"세상을 환하게 밝히는 존재들이죠. 잠깐만요……." 뒤에서 희미하게 들리던 영화 음악이 끊겼다. 잠시 후에 그녀가 다시 전화를 받았다. "데이턴에서 뭘 하면 되는지 알려 주세요, 펠리 씨."

"아주 길다기보다 희한한 얘기예요. 이상해요. 미리 경고할게요."

그녀는 조심스러운 평소 말투보다 훨씬 풍성한 소리를 내며 웃음을 터뜨렸다. 그래서 좀 전보다 젊게 느껴졌다.

"이상한 얘기라면 전에도 접해 봤어요. 빌이랑 같이 일하던 시절에…… 아니에요. 그런데 통화가 길어질 거면 홀리라고 불러도 좋아요. 손을 쓸 수 있게 스피커 모드로 바꿀게요. 잠깐만요…… 됐다, 이제 얘기해 보세요."

알렉은 얘기를 시작했다. 뒤편으로 영화음악 대신 그녀가 받아 적느라 타닥-타닥-타닥 키보드를 두드리는 소리가 꾸준히 이어졌다. 그는 통화를 마치기 전부터 그냥 끊지 않길 잘했다는 생각이 들었다. 그녀는 훌륭하고 예리한 질문을 했다. 이 사건의 특이한 면모에 전혀 당황하지 않는 눈치였다. 빌 호지스가 죽었다니 우라지게 안타까운 노릇이었지만 완벽한 후임을 찾은 듯했다.

마침내 얘기가 끝났을 때 그가 물었다.

"관심 있어요?"

"네, 펠리 씨……."

"알렉이라 불러요. 당신이 홀리면 나는 알렉이죠."

"알았어요, 알렉. 파인더스 키퍼스에서 이 사건을 맡을게요. 앞으로 전화, 이메일 또는 페이스타임을 통해 정기적으로 보고할게요. 제가 보기에는 페이스타임이 스카이프보다 훨씬 낫거든요. 정보를 모두 입수하면 완벽하게 정리한 보고서를 전송하고요."

"고마워요. 그렇게 해 주면……."

"네. 이제 계좌번호 알려 드릴 테니까 좀 전에 상의한 착수금을 입금해 주세요."

〈2권에서 계속〉

옮긴이 | 이은선

연세대학교에서 중어중문학을, 국제학대학원에서 동아시아학을 전공했다. 편집자, 저작권 담당자를 거쳐 전문 번역가로 활동 중이다. 옮긴 책으로는 스티븐 킹의 『11/22/63』, 『닥터 슬립』, 『리바이벌』, 빌 호지스 3부작 (『미스터 메르세데스』, 『파인더스 키퍼스』, 『엔드 오브 왓치』), 『악몽을 파는 가게』, 『자정 4분 뒤』, 『악몽과 몽상』을 비롯하여 『실크하우스의 비밀』, 『모리어티의 죽음』, 『맥파이 살인 사건』, 『아킬레우스의 노래』, 『그레이스』, 『도둑 신부』, 『할머니가 미안하다고 전해달랬어요』, 『베어 타운』, 『초크맨』, 『애니가 돌아왔다』 등이 있다.

아웃사이더 1

1판 1쇄 펴냄 2019년 7월 19일
1판 3쇄 펴냄 2021년 5월 19일

지은이 | 스티븐 킹
옮긴이 | 이은선
발행인 | 박근섭
편집인 | 김준혁
책임편집 | 장은진
펴낸곳 | 황금가지

출판등록 | 2009. 10. 8 (제2009-000273호)
주소 | 06027 서울 강남구 도산대로 1길 62 강남출판문화센터 5층
전화 | 영업부 515-2000 **편집부** 3446-8774 **팩시밀리** 515-2007
홈페이지 | www.goldenbough.co.kr

도서 파본 등의 이유로 반송이 필요할 경우에는 구매처에서 교환하시고
출판사 교환이 필요할 경우에는 아래 주소로 반송 사유를 적어 도서와 함께 보내주세요.
06027 서울 강남구 도산대로 1길 62 강남출판문화센터 6층 민음인 마케팅부

한국어판 © ㈜민음인, 2019. Printed in Seoul, Korea

ISBN 979-11-5888-550-2 04840(1권)
ISBN 979-11-5888-552-6 04840(set)

㈜민음인은 민음사 출판 그룹의 자회사입니다.
황금가지는 ㈜민음인의 픽션 전문 출간 브랜드입니다.